I0588160

# GABE (SFOA)

## BLUE TEAM – STAHLHARTE BESCHÜTZER
### BUCH ZWEI

## RILEY EDWARDS
## OPERATION ALPHA

Besuchen Sie Riley im Netz!
www.rileyedwardsromance.com
facebook.com/Novelist.Riley.Edwards
instagram.com/rileyedwardsromance
youtube.com/channel
tiktok.com/@rileyedwardsromance
twitter.com/rileyedwardsrom
E-Mail: riley@rileysrebels.com

# WILLKOMMEN

Liebe Leserinnen und Leser,

willkommen in der Fan-Fiction-Welt von *Special Forces: Operation Alpha*!

Falls Sie diese Welt zum ersten Mal betreten, sollten Sie wissen, dass die Autorin in ihrer Erzählung einen oder mehrere meiner Charaktere verwendet. Manchmal spielt die Figur dabei eine wichtige Rolle in der Geschichte, und zuweilen wird sie nur kurz erwähnt. Das ist völlig legal und erlaubt, da der Roman von Aces Press, LLC veröffentlicht wird.

Dieses Buch ist vollständig das Werk der Autorin. Zwar habe ich beim Brainstorming geholfen und Ideen eingebracht, wenn es darum ging, welche meiner Figuren in der Erzählung erwähnt werden würden, aber ich hatte weder Einfluss auf den Schreibprozess noch auf die Bearbeitung der Geschichte.

Ich bin stolz und begeistert, dass meine Figuren so viel Anklang finden und viele Autorinnen und Autoren ihnen in ihren eigenen Erzählungen Platz schaffen. Vielen Dank, dass Sie sie und mich unterstützen!

Viel Spaß beim Lesen!

Susan Stoker xoxo

# BÜCHER VON RILEY EDWARDS

**<u>Blue Team – Stahlharte Beschützer:</u>**

*Owen (5 Aug)*

*Gabe (2 Sept)*

*Myles (7 Okt)*

*Kevin (4 Nov)*

*Cooper (2 Dez)*

*Garrett (6 Jan)*

**<u>Gold Team – Stahlharte Beschützer:</u>**

*Brooks*

*Thaddeus*

*Kyle*

*Maximus*

*Declan*

**<u>Red Team – Stahlharte Beschützer:</u>**

*Jasmins Erinnerung*

*Schutz für Olivia*

*Vergebung für Violet*

*Erlösung für Ivy*

*Die Rettung von Erin*

**<u>Die Gemini-Gruppe:</u>**

*Nixons Versprechen*

*Jamesons Erlösung*

*Westons Schatz*

*Alecs Traum*

*Chasins Kapitulation*

*Holdens Erwachen*

*Jonnys Befreiung*

**<u>Eliteteam 707:</u>**

*Shanes Auferstehung*

*Jaspers Freiheit*

*Levis Erkenntnis*

*Nolans Zwiespalt*

# WILLKOMMEN

Liebe Leserinnen und Leser,

willkommen in der Fan-Fiction-Welt von *Special Forces: Operation Alpha*!

Falls Sie diese Welt zum ersten Mal betreten, sollten Sie wissen, dass die Autorin in ihrer Erzählung einen oder mehrere meiner Charaktere verwendet. Manchmal spielt die Figur dabei eine wichtige Rolle in der Geschichte, und zuweilen wird sie nur kurz erwähnt. Das ist völlig legal und erlaubt, da der Roman von Aces Press, LLC veröffentlicht wird.

Dieses Buch ist vollständig das Werk der Autorin. Zwar habe ich beim Brainstorming geholfen und Ideen eingebracht, wenn es darum ging, welche meiner Figuren in der Erzählung erwähnt werden würden, aber ich hatte weder Einfluss auf den Schreibprozess noch auf die Bearbeitung der Geschichte.

Ich bin stolz und begeistert, dass meine Figuren so viel Anklang finden und viele Autorinnen und Autoren ihnen in ihren eigenen Erzählungen Platz schaffen. Vielen Dank, dass Sie sie und mich unterstützen!

Viel Spaß beim Lesen!

Susan Stoker xoxo

*Für Susan.*

# KAPITEL EINS

*EVETTE LONDON*

Dies war ein Fehler.

Ich hätte nie hierherkommen dürfen. Stattdessen hätte ich anrufen sollen, doch mir blieb keine Zeit und mein Handy hatte ich weggeworfen.

Denn ich wurde verfolgt. Nun, da ich Kalifornien hinter mir gelassen hatte, musste ich mir eingestehen, dass ich nicht nur verfolgt wurde. Jemand versuchte, mich umzubringen.

Ich hätte dennoch anrufen sollen. Auch heute gab es noch Münztelefone, ich hätte ein R-Gespräch führen können. Kyle hätte die Gebühr zweifellos übernommen und wäre dankbar gewesen, wenn ich seine Frau nicht mit diesem Problem behelligt hätte.

Aber ich musste Anaya warnen.

Außerdem war es nun ohnehin zu spät. Ich war hier.

Ich stand in der Empfangshalle von Z Corps, wo Kyle arbeitete. Er war Privatdetektiv oder ein Kommandosoldat. Ich war mir nicht sicher, aber er war ein harter Kerl und würde wissen, was zu tun war. Anaya liebte mich und er liebte Anaya. Zweifellos würde er mir helfen.

Mein Gott, ich hoffte es zumindest.

Ich war nicht ganz bei Sinnen gewesen, als ich in das Flugzeug gestiegen war. Um keine Panikattacke zu erleiden, hatte ich mich die ganze Zeit über auf meine Atmung konzentriert. Ich hatte eine höllische Angst vorm Fliegen, aber noch mehr fürchtete ich mich davor, von meinem Verfolger getötet zu werden.

Statt einen Wagen zu mieten, hatte ich ein Taxi gerufen. Es war eins dieser altmodischen gelben Taxen gewesen, wie man sie normalerweise aufgereiht am Ausgang eines Flughafens vorfindet. Den Fahrpreis hatte ich bar bezahlt.

Ich hatte mir über die Verwendung von Bargeld nie wirklich den Kopf zerbrochen und wie alle anderen stets mit Karte bezahlt. Und wenn man nicht damit rechnete, dass man schleunigst ans andere Ende des Landes reisen musste, dann ging einem das Bargeld schnell aus. Momentan hatte ich noch drei Dollar in der Tasche.

Ich hoffte wirklich, dass Kyle mir helfen würde, andernfalls steckte ich wirklich in der Klemme.

»Evette?«, ertönte Kyles dröhnende Stimme.

Ich drehte mich um und spannte unwillkürlich die Nackenmuskeln an.

Meine Freundin Anaya hatte wirklich den Jackpot geknackt, als sie diesen Adonis geheiratet hatte. Vor Kurzem war er in meinen Augen noch der attraktivste Mann gewesen, den ich je getroffen hatte. Nur Tom Cruise hatte ihn noch übertreffen können, dem ich natürlich nie persönlich begegnet war.

Aber nun musste ich feststellen, dass ich mich geirrt hatte.

Obwohl ich vor Panik ganz außer mir war, konnte ich nicht umhin, den Mann neben Kyle anzustarren.

Plötzlich rückte die Gefahr in den Hintergrund und meine Hormone spielten zur völlig falschen Zeit verrückt.

»Geht es dir gut?«, fragte Kyle.

»Nein. Jemand versucht, mich umzubringen.«

Der Mann neben Kyle drehte sich abrupt zur Fensterwand um und spähte nach draußen.

»Ivy«, bellte Kyle und die hübsche Brünette am Empfang blickte zu uns auf. »Geh nach oben und riegle alles ab.« Die Frau stand auf und Kyle wandte sich seinem Freund zu. »Gabe, übernimm die Vorderseite. Ich rufe Owen an, er müsste noch im Parkhaus sein.«

Kyle trat vor und ergriff meine Hand. Unwillkürlich seufzte ich. Nicht weil der Ehemann meiner Freundin Anaya irgendwelche ungebührlichen Empfindungen in mir auslöste, sondern weil ich eine unabhängige Frau war, die keinen Mann brauchte, der sich um sie kümmerte. Aber ich musste zugeben, dass Kyles starke, warme Hand mir ein Gefühl von Sicherheit gab. Seit Wochen hatte ich mich nicht mehr sicher gefühlt, und jetzt durchströmte mich Erleichterung und ich wurde daran erinnert, wie dumm ich gewesen war.

»Nicht hier. In Kalifornien«, erklärte ich.

Der Mann namens Gabe drehte sich langsam zu mir um und betrachtete mich mit einem so einfühlsamen Blick, dass die Morddrohungen, Verfolgungsjagden und Einbrüche der letzten Zeit plötzlich wie weggeblasen waren. All die Gründe, warum ich mein Zuhause in Riverton verlassen hatte und quer durchs Land geflogen war, lösten sich in Luft auf. Ja, mit seinen warmen schokoladenbraunen Augen zog er mich so sehr in seinen Bann, dass ich alles um mich herum vergaß.

»Wir sollten nach oben gehen, wo Sie sicher sind, in Ordnung?«, schlug Gabe vor.

Ich nickte nur, denn ich brachte keinen Ton heraus.

Ich musste tatsächlich in Sicherheit gebracht werden.

Außerdem musste ich Anaya von Kalee erzählen.

Aber zuerst musste ich mich daran erinnern, warum ich nach Maryland gekommen war. Ich musste versuchen, meine seltsame Reaktion auf diesen Mann zu ignorieren, der noch keine zehn Worte mit mir gewechselt hatte. Aber als ich in der Empfangshalle stand und Gabe in die Augen sah, hätte ich schwören können, dass ich ihn kannte. Ich war ihm noch nie begegnet, aber wenn ich zu den Frauen gehört hätte, die an Liebe auf den ersten Blick und an Seelenverwandtschaft glauben, dann hätte ich gesagt, dass ich auf einer tieferen Ebene mit ihm verbunden war. Ich hätte behauptet, dass dieser Mann mit der anderen Hälfte meines Herzens in seiner Brust geboren wurde.

Ja, das hier war ein Fehler. Ich hätte anrufen sollen.

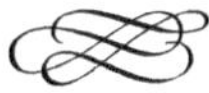

# KAPITEL ZWEI

Ich würde das durchstehen.

*Vielleicht.*

Ich war völlig überwältigt. Zuerst hatte Kyle mich durch ein Labyrinth aus Gängen geführt. Jede Tür, die wir passierten, konnte nur mit einem Code und einem Handabdruck geöffnet werden. Die Empfangsdame Ivy hatte den Aufzug vor uns erreicht. Um ihn benutzen zu können, reichte ein Fingerabdruck allerdings nicht. Dafür war ein Netzhaut-Scan erforderlich.

Was hatte das alles zu bedeuten?

Und es wurde noch schlimmer – oder besser, je nachdem, wie man es betrachtete. Der Hauptraum erinnerte mich an eine Filmkulisse. Hier hätte man ohne Weiteres einen Spionagethriller drehen können, in dem der Held seinen Weg mit toten Bösewichten pflastert und am Ende triumphiert. Auf jeden Fall wusste ich, dass ich mich in dem Gebäude in Sicherheit befand. Nicht einmal James Bond hätte bei Z Corps eindringen können. Gleichzeitig führte mir meine Umgebung meine Realität vor Augen, und die Erkenntnis traf mich mit voller Wucht.

Ich war nicht in Maryland, um meine Freundin Anaya zu besuchen und um ihre und Kyles Tochter Maxine im Arm zu halten. Obwohl ich ihre Tante ehrenhalber war, hatte ich das

Mädchen noch nie gesehen. Bei diesem Gedanken packte mich das schlechte Gewissen.

Ich hatte Kalifornien fluchtartig verlassen, nachdem ich beim letzten Mal nur knapp dem Tod entronnen war. Ich konnte nicht länger die Augen davor verschließen, dass ich immer wieder in gefährliche Situationen schlitterte. Das war kein Zufall. Alles hing zusammen.

Jetzt saß ich in einem riesigen Konferenzraum, der einen monströsen Tisch mit achtzehn Stühlen beherbergte. Über einem großen Spirituosenschrank hing ein gigantischer Flachbildfernseher.

Der Raum war nicht nur geschmackvoll, sondern auch luxuriös eingerichtet. Mir wurde klar, dass ich mir nicht einmal eine Stunde der Dienste dieser Männer leisten konnte.

*Scheiße.*

Es fiel mir schwer, mich zu konzentrieren, während acht Hünen mich neugierig beäugten. Sieben von ihnen hatte ich noch nie getroffen. Nun, bis auf Gabe, doch den kannte ich erst seit ein paar Minuten.

Wenn all das vorbei war, würde ich ein ernstes Wörtchen mit Anaya wechseln müssen. Sie hatte mir zwar erzählt, dass sämtliche Kameraden ihres Mannes gut aussahen, und sogar Scherze darüber gemacht, dass Bewerber bei Z Corps zusammen mit ihrem Lebenslauf ein professionelles Porträtfoto einreichen mussten. Allerdings hatte sie nicht erwähnt, wie umwerfend diese Männer tatsächlich waren. Als ich den Raum betreten hatte, waren mir also fast die Augen aus dem Kopf gefallen.

Und da wir gerade beim Thema Schönheit sind, wäre es eine Schande, Ivy nicht zu erwähnen. Ich neigte nicht dazu, mich selbst herabzuwürdigen und mich darüber zu beklagen, dass andere Frauen schlanker und hübscher waren oder größere Brüste hatten als ich. Vielmehr war ich der Meinung, dass wir Frauen zusammenhalten und weniger neidisch und zänkisch, dafür solidarischer sein sollten. Aber Ivy sah so gut aus, dass ich es bereute, kein tägliches Pflegeritual zu haben. Beim Anblick ihrer makellosen Haut schwor ich mir, die besten Gesichtsreiniger, Peelings und Feuchtigkeitscremes zu kaufen, die ich mir leisten konnte.

»Evette London?«

Eine männliche Stimme rief meinen Namen. Ich wandte mich dem Mann zu und bereute es sofort. Sobald unsere Blicke sich trafen, trat ein scharfsinniger Ausdruck in seine stahlblauen Augen. In meinem Beruf hatte ich schon einige kluge, aufmerksame Männer und Frauen kennengelernt. Aber noch nie hatte mich jemand so angesehen und fünf Sekunden später meine Gedanken gelesen.

»Ich bin Zane Lewis«, stellte er sich vor.

Der Mann war gefährlich. Sehr sogar. Er war scharfsinnig, intelligent und tödlich. All das konnte ich in seinem Blick erkennen. Er machte keinen Hehl daraus, dass er jede Bewegung meiner Augen, jede Zuckung und jeden Atemzug genauestens beobachtete. Mr. Lewis wollte, dass derjenige, den er ins Visier genommen hatte, sich dessen bewusst war.

Das bewunderte ich.

Ich hasste Blender.

»Es freut mich, Sie kennenzulernen, Mr. Lewis.«

Er verdrehte die Augen. »Nenn mich Zane, Z, Boss oder König der Welt. Ich reagiere auch auf Arschloch und Mistkerl. Alles außer Mr. Lewis. Die Förmlichkeiten können wir uns sparen.«

»Zane!«, blaffte Ivy neben ihm. Meiner Meinung nach bewies die zierliche Frau Mut, als sie ihm einen Klaps auf den Arm gab. »Es wäre schön, wenn du zur Abwechslung mal die Klappe halten und die Kunden nicht gleich in den ersten dreißig Sekunden in Angst und Schrecken versetzen würdest.«

Zane schüttelte den Kopf. »Zum einen ist sie keine Kundin. Ich sollte das wissen, denn Kunden bezahlen für gewöhnlich meine Rechnungen. Um Zeit zu sparen, würde ich vorschlagen, dass du ein neues Spesenkonto einrichtest. Du kannst es ›Nagel zu meinem Sarg‹ nennen. Mein Bauchgefühl sagt mir, dass du diesen speziellen Auftrag Gabe zuweisen kannst. Mein siebenter Sinn empfängt gewisse Schwingungen, aber ich bin mir noch nicht ganz sicher.«

»Zane!«, zischte Ivy erneut. »Um Himmels willen, hör auf, sie zu verängstigen. Bitte entschuldige meinen Mann, er ist noch nicht ganz stubenrein.«

»Bist du denn verängstigt?«

Äh, meinte er mich? Da ich die einzige andere »sie« im Raum war, beantwortete das wohl meine Frage. Allerdings war Zane ein guter Beobachter. Daher verstand ich nicht, wie ihm meine Angst entgangen sein konnte.

Offenbar beharrte er dennoch auf einer verbalen Bestätigung, also erfüllte ich ihm den Wunsch.

»Äh, nein. Im Augenblick nicht. *Verängstigt* war ich, als mir in Kalifornien jemand eine Waffe an den Kopf gehalten hat und ich geflohen bin. Und ich war *verängstigt*, als ich in das Flugzeug gestiegen bin, das mich hierhergebracht hat. Im Moment werde ich von Schuldgefühlen zerfressen, denn ich hätte es besser wissen und nicht hierherkommen sollen. Aber ich habe es trotzdem getan, und jetzt sind Anaya, Piper und Kalee in Gefahr. Ich habe keine Ahnung, wovon du redest, was dir dein Bauchgefühl sagt oder was es mit dem Spesenkonto auf sich hat. Allerdings würde ich zu gern wissen, ob dein siebenter Sinn dir verraten kann, ob ich noch am Leben sein werde, wenn das alles vorbei ist. Denn ich habe es verdammt noch mal satt, ständig an der Schwelle des Todes zu stehen.«

Zane verengte die Augen zu schmalen Schlitzen. Sein Blick war weder freundlich noch kalt, doch in diesem Moment trat ein harter Ausdruck in seine Iriden.

Ein Knurren ertönte zu meiner Rechten und ich wandte mich Kyle zu. Ich hätte wahrscheinlich zuerst mit ihm unter vier Augen reden sollen, um ihm zu erklären, dass ich Mist gebaut und seine Frau in Gefahr gebracht hatte. Natürlich nicht absichtlich. Das würde ich niemals tun. Aber ich hatte dieses unbändige Bedürfnis, die Wahrheit aufzudecken, und hatte mich davon leiten lassen. Aus vielerlei Gründen wäre es besser gewesen, wenn ich schon vor Wochen aufgegeben und die Finger davon gelassen hätte. Aber der wohl wichtigste Grund war meine Freundin Kalee. Sie war monatelang im Dschungel von Timor-Leste von Rebellen gefangen gehalten und zu abscheulichen Dingen gezwungen worden. Andernfalls wäre sie ermordet worden. Heute lebte sie mit Forest Dalton – besser bekannt als Phantom – zusammen.

Jedes Mal wenn ich an die Schrecken dachte, die Kalee, Piper und Anaya in Timor-Leste durchgemacht hatten, gefror mir das Blut in den Adern und mein Magen verkrampfte sich. Ich konnte nachts nicht schlafen, weil ich wusste, dass meine Freundin monatelang von Rebellen missbraucht worden war und im Dschungel beinahe gestorben wäre. Und keiner der verantwortlichen Männer war für seine Taten zur Rechenschaft gezogen worden. Ich konnte verstehen, warum Phantom sich nach Timor-Leste geschlichen und Kalee mitten in der Nacht gerettet hatte, ohne Rache zu üben. Als einzelner Mann war er den Rebellen weit unterlegen gewesen und Kalee hatte für ihn oberste Priorität gehabt. Dennoch konnte ich den Gedanken nicht ertragen, dass diese Männer immer noch frei herumliefen, weitere Menschen töteten, weitere Frauen vergewaltigten und die Einwohner von Timor-Leste terrorisierten. Das konnte ich nicht zulassen – sie mussten dafür bezahlen.

Also begann ich zu recherchieren.

Das war ein großer Fehler.

Je mehr ich herausfand, desto größer wurde die Gefahr, in der ich schwebte.

Plötzlich herrschte Tumult im Raum, der mich aus meinen düsteren Gedanken riss.

»Was ist los?«, fragte ich.

»Jemand hat dir eine Waffe an den Kopf gehalten?«, knurrte Kyle, der inzwischen aufgestanden war.

Okay, vielleicht hätte ich auch mit ihm unter vier Augen darüber reden sollen.

»Kyle …«

»Jemand hat dir *eine Waffe an den Kopf gehalten*?«, brüllte er.

Es war albern, ausgerechnet in diesem Moment an Anaya zu denken. Doch als ich die Wut in Kyles Augen sah und in seiner Stimme hörte, kam mir sofort meine Freundin in den Sinn. Ich freute mich so für sie, weil sie einen Mann gefunden hatte, der sie abgöttisch liebte. Und in seinem aufgebrachten Zustand machte Kyle mir bewusst, wie fürsorglich er selbst gegenüber der Freundin seiner Frau war.

Ich hätte ihm besser verschwiegen, dass jemand mich mit einer Waffe bedroht hatte.

»Ja.«

»Herrgott, Evette. Hast du die Polizei gerufen?«

Scheiße. An diesem Punkt wurde es kompliziert. Sobald Kyle die Antwort hörte, würde er seine Wut auf mich richten.

»Nein«, murmelte ich.

»Wie bitte?«

»Wie wäre es, wenn ihr sie erst einmal Platz nehmen lasst?«, warf Ivy ein, die immer noch neben Zane und den anderen Männern im Raum stand. »Und vielleicht könntet ihr euch vorstellen, bevor ihr mit dem Verhör beginnt?«

Als das Wort »Verhör« an mein Ohr drang, begann mein Herz zu rasen. War das der Grund, warum ich in diesem Raum war? Eigentlich war ich gekommen, um Kyle zu warnen. Ich wollte ihm beichten, was ich getan hatte, damit er es den anderen erzählen konnte. Währenddessen wollte ich … Scheiße, was hatte ich getan? Ich hatte meine Nase in Dinge gesteckt, die mich nichts angingen, und jetzt waren die Menschen, die ich liebte, in Gefahr.

Aber ich konnte das wieder in Ordnung bringen.

Möglicherweise.

Plötzlich spürte ich eine Hand an meinem Ellbogen. Hitze durchströmte mich, als die Finger an meinem Unterarm hinunterglitten und mein Handgelenk umschlossen. Meine Reaktion war völlig unangemessen. Auch ohne aufzublicken, wusste ich, wer mich berührte. Es war der Mann, den ich unten in der Empfangshalle getroffen hatte.

Dennoch sah ich auf und wünschte sofort, ich hätte es nicht getan. In dem Moment, in dem unsere Blicke sich trafen, schienen sie miteinander zu verschmelzen. Ich wusste, dass Gabe es auch spürte, denn er zuckte plötzlich zurück.

Ja, er zuckte.

Das war kein gutes Gefühl.

Aus irgendeinem Grund, den ich mir nicht erklären konnte, tat es sogar weh.

»Setz dich, Evette.«

Gabe deutete mit einem Nicken auf den Stuhl, den er für mich hervorgezogen hatte. Es war eine höfliche, ja geradezu galante Geste, doch ich wollte mich nicht setzen. Am liebsten hätte ich die Flucht ergriffen.

Was war nur aus meinem Leben geworden? Vor Kurzem hatte ich noch in meinem Arbeitszimmer vor dem Computer gesessen und für einen Artikel recherchiert, den mir der Redakteur der Online-Nachrichtenseite, für die ich arbeitete, zugewiesen hatte. Doch dann hatte ich alles stehen und liegen lassen und steckte plötzlich bis zum Hals in einem Skandal epischen Ausmaßes.

Ich hätte die Finger davon lassen sollen, aber ich konnte nicht anders.

Jemand musste für das bezahlen, was Kalee, Piper und Anaya angetan worden war. Und ich wollte dafür sorgen, dass diese Kerle ihrer gerechten Strafe zugeführt wurden.

# KAPITEL DREI

Was zum Teufel war hier los?

Evette London war keine Frau, bei der man zweimal hinschauen musste. Nein, sie zog einen sofort in ihren Bann. Ich konnte den Blick kaum von ihr abwenden. Offensichtlich war sie sich ihrer verführerischen Ausstrahlung nicht bewusst. Andernfalls wäre sie nicht von dieser Aura sanfter Unschuld umgeben gewesen.

Mit ihrer Schönheit hätte sie jeden Mann dazu bringen können, sich zu verbiegen, um ihr jeden erdenklichen Wunsch zu erfüllen. Hinzu kamen ihre Offenheit und der warmherzige Ausdruck in ihren braunen Augen, mit dem sie imstande war, einen Mann in die Knie zu zwingen.

Und genau dagegen kämpfte ich jetzt an – ganze zehn Minuten, nachdem ich sie getroffen hatte. Ihre Anziehungskraft war so stark, dass ich aus Angst zurückgeschreckt war. Noch nie hatte ich den Drang verspürt, mir eine Frau über die Schulter zu werfen, um sie wie ein Neandertaler in meine Höhle zu zerren, ihr die Welt zu Füßen zu legen, sie als mein Eigentum zu beanspruchen und sie für immer zu der Meinen zu machen.

Sie beanspruchen?

Sie zu der Meinen machen?

Was zum Teufel war nur los mit mir?

Das Letzte, was ich in meinem Leben gebrauchen konnte,

war eine Frau. Eine Frau bedeutete Verantwortung, Teilen, Geben, aber auch Nehmen. Geben bereitete mir keine Probleme, doch das Nehmen stellte für mich eine Herausforderung dar. Nie wieder wollte ich etwas annehmen, weder Freundlichkeit noch Mitgefühl noch Sympathie.

Aber ich konnte Evette etwas *geben* – Schutz.

Sie war hier, weil jemand versucht hatte, sie zu töten.

Dieser Gedanke brachte mich in die Realität zurück.

Evette setzte sich auf den Stuhl, den ich ihr angeboten hatte.

Zane nahm mit Ivy am Kopf des Tisches Platz und wurde auf der anderen Seite von seinem Bruder Lincoln Parker flankiert. Meine übrigen Kameraden, Owen, Kevin und Myles sowie Cooper, das neueste Mitglied unseres Blue Teams, setzten sich ebenfalls. Kyle gehörte zum Gold Team und war heute nur hier, um an der Nachbesprechung mit Cruz teilzunehmen. Cruz war ein FBI-Agent, der uns bei unserer letzten Mission geholfen hatte.

Evette hatte Glück und war an einem Tag erschienen, an dem der Mann ihrer Freundin Anaya sich zufällig im Gebäude aufhielt.

Laut Anaya war Evette wie eine Schwester für sie. Daher war es verständlich, dass Kyle keine Ruhe fand und wie ein Tier im Käfig auf und ab ging.

Ivy war von uns die Einzige mit Manieren und stellte uns einander vor. Evette blickte die Männer der Reihe nach an und ich nutzte die Gelegenheit, sie zu mustern, ohne Gefahr zu laufen, ihrem Charme zu erliegen.

Evette wirkte verängstigt, aber auch entschlossen.

Sie schien besorgt und doch wütend.

In diesem Moment wurde mir eines klar. Evette London war nicht quer durch das Land geflogen, um Schutz zu suchen. Sie war hierhergekommen, um uns um *Hilfe* zu bitten. Sie hatte einen Plan. An ihren gestrafften Schultern und ihrer geraden Haltung sah ich, dass sie bereit für den Kampf war.

Dieser Anblick ließ mein Herz höherschlagen.

Ihre Entschlossenheit war noch schöner als ihre makellose Haut, ihr langes, welliges tiefbraunes Haar, ihr atemberaubender

Körper und ihre gelbbraunen Augen, in denen sich nichts als Verheißung widerspiegelte.

Verheißung?

Im Ernst? Was stimmte nicht mit mir? Es war eigentlich nicht meine Art, derart blumige Worte zu verwenden.

Ich erwartete nicht viel vom Leben.

Es gab nicht viel, was mir wichtig war.

Und nur wenige Menschen lagen mir am Herzen. Dazu gehörten meine Kameraden, für die ich eine brüderliche Liebe empfand, die aus Loyalität geboren war. Wir hatten Seite an Seite gekämpft.

Was war also in mich gefahren?

»Schön, euch alle kennenzulernen. Es tut mir leid, dass ich einfach so hereingeplatzt bin.« Evettes Stimme bebte, doch es schwang auch ein entschlossener Tonfall darin mit. »Ich wusste nicht, an wen ich mich sonst wenden sollte.«

»An die Polizei«, schlug Kyle vor.

»Es tut mir leid, Kyle«, flüsterte sie.

»Soweit ich weiß, wohnst du in Riverton«, begann Zane. »Wenn du nicht die Polizei rufen wolltest, warum hast du dich dann nicht an Rocco und sein Team gewandt? Sind sie nicht im Land?«

Das war eine gute Frage. Rocco, Gumby, Bubba, Rex, Ace und Phantom waren allesamt aktive Navy SEALs. Ace hatte Evettes Freundin Piper geheiratet und Phantom war mit einer weiteren Freundin von ihr namens Kalee zusammen. Jeder dieser Männer hätte Evette beschützt, vor allem Ace und Phantom. Letzterer hätte ihr sogar mehr als nur Schutz geboten und jegliche Bedrohung ausgeschaltet. Der SEAL hielt sich nicht gern an die Regeln und mochte es nicht, wenn Kalee sich wegen irgendetwas aufregte. Soweit ich gehört hatte, war Kalee zutiefst loyal und hätte alles riskiert, um eine Freundin vor Gefahren zu bewahren.

»Nein, sie sind zu Hause«, gab Evette zu.

»Warum hast du dann nicht Ace oder Phantom angerufen?«, fragte Kyle und sprach mir damit aus der Seele.

Ich beobachtete, wie Evette sich langsam im Raum umsah

und jeden von uns genau musterte, als wollte sie ihre Optionen abwägen. Sie schien zu überlegen, wie viel sie uns verraten sollte.

Die Frau hatte also einen Plan. Sie würde ihn zweifellos in die Tat umsetzen, dennoch wog sie ihre Antwort sorgfältig ab.

Interessant.

Klug.

Evettes Blick blieb schließlich auf mir haften und sie starrte mich länger an als die anderen. Es war beunruhigend. Mit ihren Augen schien sie mich anzuflehen, ihr die Antworten zu geben, die sie brauchte, obwohl ich die Frage gar nicht kannte. Es war lächerlich, und dennoch wusste ich, was sie hören wollte.

Ich nickte ihr zu, und ihre Augen blitzten anerkennend auf.

Ja, verdammt ja.

Evette richtete sich auf und wandte sich wieder Kyle zu.

»Denkst du nicht auch, dass Ace, Piper, Phantom und vor allem Kalee schon genug durchgemacht haben?«, fragte Evette angewidert, aber mit fester Stimme.

Leider war mir nicht klar gewesen, was sie sagen würde, und das sollte sich als taktischer Fehler meinerseits erweisen. Hätte ich gewusst, dass Kyle die Beherrschung verlieren würde, hätte ich ihr vielleicht nicht grünes Licht gegeben weiterzumachen.

»Das steht außer Frage. Sie alle haben genug durchgemacht«, erwiderte Kyle.

»Richtig. Dann verstehst du auch, warum ich mich nicht an sie gewendet habe. Ich *konnte* es nicht. Außerdem geht es hier auch um Anaya, und ich dachte, das würdest du gern wissen.«

Kyle versteifte sich, als der Name seiner Frau fiel.

»Inwiefern hat das etwas mit Anaya zu tun?«

Evette schloss die Augen. In diesem Moment zeigte sich ein Riss in ihrer Fassade. Bei dem Anblick hätte ich sie am liebsten in meine Arme gezogen und sie vor Kyles Wut abgeschirmt.

»Kyle«, warf ich ein und wartete, bis mein Freund meinem Blick begegnete. Ein kalter, tödlicher Ausdruck lag in seinen Augen. »Lass uns ganz von vorn anfangen.«

»Ich muss …«

»Du wirst alles erfahren, wenn du Evette ihre Geschichte erzählen lässt.«

»Also schön«, blaffte Kyle und setzte sich auf den freien Platz neben Linc.

Evette öffnete die Augen und biss die Zähne zusammen, als sie Kyle mit einem schuldbewussten Blick bedachte, dann setzte sie wieder eine entschlossene Miene auf.

Ja, mir gefiel die Beherztheit dieser Frau.

Ich hatte unzählige Male gehört, wie Anaya ihre Freundin Evie statt Evette genannt hatte. In meinen Augen war sie jedoch keine Evie. Der Kosename war viel zu sanft und niedlich. Evette erinnerte mich eher an einen süßen, kleinen Koala. Nach außen hin weich und kuschelig, aber wenn sie sich bedroht fühlte, fletschte sie die Zähne und riss ihren Gegner in Stücke.

»Du bist Journalistin, richtig?«, fragte Linc.

»Ja, ich arbeite für eine unabhängige Mediengruppe namens *The Wire*.«

Es herrschte Stille, und Evette rutschte unruhig auf ihrem Stuhl hin und her.

»Dies ist kein Verhör«, begann ich.

Bevor ich noch etwas hinzufügen konnte, kam sie mir zuvor. »Ach wirklich? Es fühlt sich aber ganz danach an.«

»Aber es ist keines. Du bist aus einem bestimmten Grund hier. Statt dich also ins Kreuzverhör zu nehmen, hören wir dir zu. Erzähl uns, was passiert ist.«

Evette befeuchtete ihre Lippen, und ich ertappte mich dabei, wie ich sie beobachtete. Wie gebannt starrte ich auf ihren Mund, als sie ihre Zunge herausstreckte und unter ihre Unterlippe gleiten ließ. Ich war einfach nicht in der Lage, den Blick abzuwenden. Das war ein Problem, und zwar ein großes, denn auch mein Schwanz nahm davon Notiz.

»Ich wusste, dass es falsch war. Phantom und all die anderen haben mich gewarnt und mir geraten, die Finger davon zu lassen. Aber ich konnte nicht. Ich habe versucht, es zu ignorieren, aber jeden Abend, wenn ich ins Bett ging und die Augen schloss, sah ich nur Kalee vor mir. Nachdem sie nach Hause zurückgekehrt war, erzählte sie mir, wie ihr Vater sie umarmt hatte und wie es sich angefühlt hatte, als stünde ihre Haut in Flammen. Sie hatte einen so gequälten Ausdruck in den Augen. Kalee und ihr Vater stehen sich sehr nahe, und sie liebt ihn abgöttisch. Es war unglaublich schmerzhaft für sie, seine Berührung nicht ertragen zu können.

In den darauffolgenden Wochen lebte Kalee sich wieder ein. Phantom, Piper und ihre Freunde scharten sich um sie und brachten sie langsam zurück zu uns. Aber sie ist trotzdem nicht mehr derselbe Mensch, der sie vor ihrer Tortur war. Genau wie Piper.«

Evette hielt inne und wandte sich Kyle zu. »Und Anaya.«

»Ich nehme an, du hast Nachforschungen über die Ereignisse in Timor-Leste angestellt. Bei deinen Recherchen ging es wahrscheinlich um die Rebellen und die Unruhen«, vermutete Kyle.

»Das ist richtig.«

»Scheiße«, meldete Myles sich erstmalig zu Wort. »Und du bist auf etwas gestoßen, was du nicht hättest finden sollen.«

»Ja. Und als mir gesagt wurde, ich solle damit aufhören, habe ich trotzdem weitergemacht.«

»Was hast du gefunden?«, wollte Zane wissen.

Evette versteifte sich. Sie hob eine Hand, ließ sie dann aber wieder auf den Tisch fallen und begann, nervös die Hände zu ringen. Ich konnte den Anblick nicht länger ertragen und setzte mich neben sie.

»Hey«, sagte ich mit sanfter Stimme.

Als sie sich mir zuwandte und meinem Blick begegnete, verspürte ich einen Stich im Herzen. Diese beklommene Version von Evette gefiel mir ganz und gar nicht. Obwohl ich ihren Mund gern betrachtete, schmerzte es zu sehen, wie sie auf ihrer Unterlippe herumkaute, während ein unsicherer Ausdruck in ihre warmen braunen Augen trat.

»Erzähl uns, was los ist«, drängte ich so behutsam wie möglich. »Niemand verurteilt dich dafür, dass du herausfinden willst, was mit deinen Freundinnen passiert ist. Wir alle verstehen, dass du Antworten brauchst.«

»Ich will, dass sie dafür bezahlen«, sagte sie mit gedämpfter Stimme. »Jeder Einzelne von ihnen soll für das, was sie Piper,

Anaya und Kalee angetan haben, zur Rechenschaft gezogen werden. Sie sollen für das bluten, was sie all diesen kleinen Mädchen im Waisenhaus angetan haben. Und für die Dorfbewohner, die sie ermordet haben. Anaya hat es gehört. Sie hat mitbekommen, wie all diese unschuldigen Menschen abgeschlachtet wurden. Piper und ihre Töchter haben sich im Keller versteckt, aber auch Piper konnte es hören. Sie ist nach Hause zurückgekehrt in dem Glauben, Kalee sei tot und in einer Grube voller Leichen zurückgelassen worden. In einer Grube! Ich kann mir nicht einmal ansatzweise vorstellen, wie meine schöne, liebevolle, gutherzige Freundin auf den Leichen dieser Mädchen erwacht ist«, flüsterte Evette. Mir verkrampfte sich der Magen.

»Auch das verstehen wir.«

»Das glaube ich kaum. Ich kann nur noch daran denken, dass diese Kerle bestraft werden müssen.«

Jeder Mann in diesem Raum konnte sie verstehen. Selbst Ivy konnte die Blutgier, das Verlangen nach Rache und nach Gerechtigkeit nachvollziehen. Sie begriff, dass diese beiden Gefühle miteinander verschmolzen, sodass man den Unterschied nicht mehr erkennen konnte.

»Du musst mir glauben, dass uns nichts schockieren kann. Egal was du uns erzählst, niemand hier wird schlecht über dich denken. Aber wir müssen die ganze Wahrheit hören.«

Sie nickte und griff in die kleine Handtasche auf ihrem Schoß. Viel zu klein für eine Frau auf der Flucht. Im Moment war nicht der richtige Zeitpunkt, aber später würde ich Evette beibringen, wie man eine Notfalltasche richtig packte. Ich bezweifelte, dass sie genügend Bargeld bei sich hatte, um auch nur einen Tag zu überstehen. Sie hatte sicherlich keine Wechselkleidung dabei und ich hätte gewettet, dass sie nicht einmal eine Waffe bei sich trug. Schlechte Planung ihrerseits.

Als Evette die Hand wieder aus der Tasche zog, hatte sie sie zur Faust geballt, so fest, dass ihre Knöchel weiß hervortraten. In ihrem hübschen Gesicht spiegelten sich Unsicherheit und Misstrauen wider.

»Was hast du vor?«, fragte ich, um die Sache voranzutreiben.

»Du hast gesagt, du willst, dass sie bezahlen. Wie willst du das anstellen?«

»Ich werde einen Artikel verfassen ...«

»Nein!«, fiel Zane ihr ins Wort.

Sie blickte ruckartig zu ihm auf. »Du weißt nicht, was ich gefunden habe.«

»Es ist egal, was du gefunden hast. Wenn du etwas darüber schreibst, machst du nur auf dich aufmerksam.«

»Ich habe die Spur des Geldes verfolgt«, erwiderte sie. »Ich weiß ...«

»Du weißt überhaupt nichts. Aber ich weiß, dass es nur einen Weg gibt, um mit Terroristen und Rebellen fertigzuwerden, und zwar mit Waffengewalt. Mit Worten kannst du bei ihnen nichts ausrichten, aber du machst dich damit zur Zielscheibe. Du wirst keinen Artikel schreiben. Was hast du da in der Hand?«

Sie verengte die Augen, drückte den Rücken durch und straffte die Schultern. »Das will ich dir lieber nicht geben.«

»Willst du sterben?«

»Zane«, warf ich ein.

»Was denn? Ich sage nur die Wahrheit. Immerhin weiß sie bereits, dass jemand versucht, sie umzubringen. Sie ist aus einem bestimmten Grund hier, und ich kann sie nicht beschützen, wenn ich nicht weiß, was sie herausgefunden hat.«

Evette durchbohrte Zane mit einem Blick. »Ich will nicht sterben.«

Diese Worte waren keine Bestätigung, sondern vielmehr eine Einwilligung, als sie den USB-Stick auf den Tisch warf.

»Wer hat versucht, dich umzubringen?«, fragte Kevin und erinnerte mich daran, dass ihr Leben in Gefahr war. Unwillkürlich ballte ich die Hände zu Fäusten.

»Ich weiß es nicht.«

»Du hast ihn also nicht erkannt ... Ich nehme doch an, es war ein Mann?«, hakte Kevin nach.

»Ja, es war ein Mann. Und nein, ich habe ihn nicht erkannt. Er hat mich von hinten angegriffen, als ich die Haustür aufschloss, und mich ins Haus gestoßen. Er wollte meinen Computer.«

»Das war alles? Er wollte deinen Computer, du hast ihn ihm gegeben, und dann hat er dich gehen lassen?«

Eines musste ich Evette lassen. Sie zuckte bei Kevins Frage nicht einmal zusammen. Sie saß in einem Raum mit einer Gruppe Fremder, die über jemanden diskutierten, der in ihre Wohnung eingebrochen war und sie mit einer Waffe bedroht hatte. Und trotzdem blieb sie ruhig. Nichts deutete darauf hin, dass sie jeden Moment die Fassung verlieren oder zusammenbrechen könnte.

»Nein, er wollte zudem meine externe Festplatte. Ich habe gelogen und ihm weisgemacht, sie sei in meinem Schlafzimmer. Er befahl mir, sie zu holen, also bin ich aus dem Schlafzimmerfenster geklettert und geflohen.«

»Er hat dich allein in dein Schlafzimmer gehen lassen?«, fragte Myles.

»Ja, er hat meinen Laptop auf dem Küchentisch geöffnet und mich im Grunde ignoriert, also habe ich die Gelegenheit genutzt.«

»Schlau«, murmelte ich.

»Kannst du den Mann beschreiben?«, fragte Cooper.

»Sicher. Er sah durchschnittlich aus.«

Cooper kniff die Augen zusammen und schüttelte unbeeindruckt den Kopf. »Geht das auch ein bisschen detaillierter?«

»Hellbraunes Haar. Er war weder hässlich noch gut aussehend, hatte eine durchschnittliche Statur und war weder dick noch muskulös. Ich glaube, seine Augen waren haselnussbraun, um genau zu sein grünlich-braun. Er war ein paar Zentimeter größer als ich. Das einzig Auffallende war seine krumme, ziemlich große Nase. Seine Haut war gebräunt, als hätte er viel Zeit in der Sonne verbracht.«

»Keine Maske«, murmelte Cooper.

Zum Glück führte er den Gedanken nicht zu Ende. Oftmals bedeutete das Fehlen einer Maske, dass es dem Angreifer egal war, ob sein Opfer sein Gesicht sah, da er ohnehin nicht vorhatte, es am Leben zu lassen.

Cooper Cain arbeitete zwar noch nicht lange bei Z Corps, aber als ehemaliges Mitglied des Spezialeinsatzkommandos bei der Polizei von Los Angeles war er kein Neuling in diesem Geschäft. Und laut den Unterlagen, die Zane uns gegeben hatte, war er verdammt gut in seinem Job gewesen. Das überraschte uns nicht, schließlich war Cooper der Bruder von Jaxon Cain, einem Agenten aus dem Red Team. Jax war außerdem ein Freund und hochgeschätzter Kollege. Wir waren froh, seinen Bruder in unserem Team zu haben. Doch er würde noch viel über die Arschlöcher lernen müssen, die wir jagten.

Drogendealer, Menschenhändler und Terroristen waren leichte Beute. Doch das Netz aus Gier und skrupellosen Geschäften, das die großen Konzerne spannten, stand uns häufig im Weg. Deshalb mussten wir oft tief graben, um Verbindungen aufzudecken und Hinweise aufzuspüren.

Oder, wie in diesem Fall, um herauszufinden, wer die Reporterin zum Schweigen bringen wollte, die etwas entdeckt hatte, das sie nicht hätte entdecken dürfen.

»Du hast deinen Computer also zurückgelassen. Was ist auf dem Laufwerk?«, fragte ich.

Mit dem Finger schnippte sie mir den USB-Stick zu. Ich fing ihn auf und schloss ihn umgehend an den gesicherten Laptop an, der mit dem großen Bildschirm an der Wand verbunden war.

»Als ich mit meinen Recherchen begann, wusste ich nicht, wo ich anfangen sollte. Also konzentrierte ich mich auf die Gegend um das Dorf, in dem Kalee und Anaya gearbeitet hatten. Dann überprüfte ich das Waisenhaus. Dabei stieß ich auf Informationen über *Abrams Technology*. Die Firma hatte die Regierung von Timor-Leste wegen der Pacht eines großen Grundstücks angesprochen, das das Dorf, das Waisenhaus, einen Teil des Dschungels und eine benachbarte Siedlung einschloss. Der Präsident lehnte den Antrag umgehend ab. Doch der Premierminister wollte mit Abrams zusammenarbeiten und genehmigte die Pacht. Die beiden Männer befanden sich in einer Art Pattsituation. Die dazugehörigen Dokumente und Bilder befinden sich auf dem Laufwerk.«

Ich sah, dass Evette die Dokumente in Ordnern sortiert

hatte, die ich jedoch vorerst ignorierte. Stattdessen konzentrierte ich mich auf die etwa ein Dutzend Fotos. In der Hoffnung, dass mein Instinkt mich ausnahmsweise täuschte, klickte ich auf eines der Bilder, das sogleich auf dem großen Monitor erschien.

*Scheiße.*

Irgendjemand musste Kyle sofort beruhigen, bevor er die Beherrschung verlor.

»Was zum Teufel?«, knurrte er.

Ich hörte das Scharren von Stuhlbeinen auf dem Boden und drehte mich um. Entgegen meinen Erwartungen war nicht Kyle, sondern Evette aufgestanden.

»Woher hast du das?«, fragte Zane knapp.

Evette wurde blass. Sie wedelte abwehrend mit den Händen vor ihrem Körper.

»Haben sie dir damit gedroht?«, wollte ich wissen.

»Ja.« Sie warf einen Blick auf Kyle und sagte: »Das war das erste Bild, das sie mir geschickt haben.«

Anaya, Kalee und Piper standen lächelnd im Dorf zusammen. Anaya und Kalee trugen Cargohosen und marineblaue Polohemden mit dem Logo des Friedenskorps auf der linken Brust. Piper war leger in Shorts und T-Shirt gekleidet. Alle drei sahen glücklich aus.

Ich klickte auf das nächste Foto. Auf dem Bildschirm war ihre Freundin zu sehen, die in einem Massengrab auf einem Haufen ermordeter junger Mädchen lag.

»Wann hast du das erhalten?«, wollte ich wissen.

»Vorgestern.«

»Wir müssen Garrett rufen«, meldete Lincoln sich zu Wort.

Ivy stand auf, doch ich wandte den Blick nicht von Evette ab, deren Gesicht vor Trauer verzerrt war.

»Du musst uns alles erzählen, Evette«, forderte ich sie auf.

»Kyle …«

»Mach dir keine Sorgen um Kyle. Raus mit der Sprache. Was geht hier vor sich?«

Evette wandte sich Kyle zu, und ich folgte ihrem Blick. Wie

erwartet starrte er auf das Bild von Kalee. Zweifellos dachte er daran, wie kurz Anaya davorgestanden hatte, in dieser Grube zu landen.

# KAPITEL VIER

Gern wäre ich Gabes Aufforderung nachgekommen und hätte ihnen alles erzählt. Ich wollte mir alles von der Seele reden in der Hoffnung, es dadurch aus meinem Gedächtnis löschen zu können. Aber das war nicht möglich. Nun, da ich kurz davor stand, alle Fakten zu kennen, würde ich vielleicht Gerechtigkeit erlangen.

Niedergeschlagen ließ ich den Kopf hängen. Ich hatte alles vermasselt. Unwillkürlich schloss ich die Augen, als die Erinnerungen auf mich einströmten.

*Ich saß mit Kalee auf der Couch in dem Apartment, das sie mit Phantom bewohnte. Vor ein paar Wochen hatte Phantom sich wegen Befehlsverweigerung einem Disziplinarverfahren unterziehen müssen. Doch nur dank seiner Verweigerung war Kalee wieder zu Hause. Ich kannte den Mann kaum, aber in meinen Augen war Forest Dalton ein Held. Er hatte seine Karriere bei der Navy für Kalee riskiert und ihr das Leben gerettet. Danach hatte er alles in seiner Macht Stehende getan, um ihr bei ihrer Heilung zu helfen. Er liebte und beschützte Kalee genauso wie Ace Piper, dennoch war es nicht dasselbe. Noch nie zuvor war ich einem so verschlossenen, unnahbaren und mürrischen Mann wie Phantom begegnet. Doch wenn er Kalee ansah, schmolz seine harte Schale dahin.*

*»Kannst du glauben, wie groß John bereits ist?«, fragte ich.*

*Kalee zuckte zusammen, als ich Pipers neugeborenen Sohn*

*erwähnte. Wenn es möglich gewesen wäre, hätte ich mir selbst in den Hintern getreten, weil ich Kalees Lächeln hatte verblassen lassen. Sie war nach wie vor ein wandelndes emotionales Minenfeld. Bei diesem Gedanken zog sich mir der Magen zusammen und ich wurde wütend.*

*Diese verdammten, brutalen Arschlöcher.*

*»Es geht mir schon besser«, murmelte Kalee.*

*»Das weiß ich«, brachte ich hervor und ärgerte mich darüber, dass sie das Gefühl hatte, mich darauf hinweisen zu müssen.*

*Meiner schönen Freundin ging es erstaunlich gut.*

*»Als ich John zum ersten Mal im Arm hielt, fing er an zu weinen. Plötzlich stürmten die Erinnerungen auf mich ein und ich hatte einen so schlimmen Flashback, dass Ace Phantom per Videochat anrufen musste, um mich zu beruhigen. Es ist mir zuwider, dass Piper das sehen musste. Wenn sie in Zukunft an mich mit ihrem Sohn im Arm denkt, wird sie immer vor Augen haben, wie ich zusammengebrochen bin. Das ist das Schlimmste daran. Ich füge allen so viel Leid zu ...«*

*»Hör auf, Kalee. Du fügst niemandem Leid zu. Wir sind alle dankbar, dass du wieder zu Hause bist. Ist dir eigentlich klar, wie wunderbar das ist? Jeder, der einen geliebten Menschen verloren hat, betet für ein solches Wunder. Wir alle dachten, du seist tot. Wir haben um dich getrauert. Der Verlust war unerträglich. Aber jetzt bist du hier. Wir haben dich zurück.«*

*»Ihr habt die neue Kalee«, sagte sie.*

*»Und warum soll das schlecht sein? Neu, alt, vor Timor-Leste, nach Timor-Leste. Das interessiert niemanden von uns. Für uns ist nur wichtig, dass du wieder da bist.«*

*»Es ist schön, wieder da zu sein. Nein, es ist großartig, wieder zu Hause zu sein.«*

»Evette?«

Gabes sanfte, tiefe, raue Stimme riss mich aus meinen Gedanken. Doch ich war nach wie vor in meinem Elend gefangen, und eine Mischung aus Schuldgefühlen und Kummer schnürte mir schmerzhaft die Brust zu.

Ich musste eine Entscheidung treffen. War Rache es wert, meine Freunde weiter in Gefahr zu bringen? Die Antwort lautete nein, aber ich befürchtete, dass ich bereits zu weit gegangen war. Kyle und Ace würden an die Decke gehen und Phantom würde vor Wut kochen.

*Scheiße.*

Ich hatte es wirklich vermasselt.

Warum hatte ich nicht einfach die Finger davon gelassen? Kalee ging es gut. Piper war verheiratet und hatte vier Kinder. Anaya hatte die Liebe ihres Lebens gefunden und hatte eine süße kleine Tochter. Die drei Frauen lebten ihr Leben weiter.

Warum konnte ich das nicht auch tun?

»Immer mit der Ruhe«, murmelte Gabe und legte seine Hand auf meine Schulter.

Und als er sanft zudrückte, hatte ich wieder diese mir unerklärliche Reaktion. Es fühlte sich an, als würde er mit seiner Berührung einen elektrisierenden Strom durch meinen Körper leiten. Doch statt mir einen Schlag zu versetzen, strömte er durch mich hindurch wie ein warmer, beruhigender Energiefluss.

*Was zum Teufel?*

»Ich habe Mist gebaut«, flüsterte ich.

»Was auch immer du glaubst, vermasselt zu haben, wir können es in Ordnung bringen. Aber du musst uns alles erzählen.«

Das würde zu lange dauern.

Also begann ich mit den Fakten.

»Es machte mich stutzig, dass die Rebellen ausgerechnet den Ort angegriffen hatten, den Abrams pachten wollte. Ich wusste, dass Premierminister Akito Ximenes ganz versessen auf die Abmachung war, also begann ich, ihn zu überprüfen. Bei meinen Recherchen stieß ich auf eine große Überweisung. Ich verfolgte sie bis zu einer Bank in Tel Aviv. Hunderttausend waren auf Akitos Konto eingegangen und ein paar Tage später wurden zehntausend ausbezahlt. Wie ihr euch denken könnt, sind zehn Riesen in Timor-Leste eine Menge Geld. Mit hunderttausend könnte Akito wie ein König leben.«

»Abrams ist ein israelisches Unternehmen«, brummte Zane.

»Und einen Tag, nachdem die zehntausend ausbezahlt wurden, wurde das Dorf angegriffen«, schloss ich.

»Wohin ist das Geld geflossen?«, wollte einer der Männer wissen. Soweit ich wusste, hieß er Owen.

»Ich konnte keine Infos zum Namen des Kontoinhabers finden. Aber die Bank ist in Dili.«

»Und die Bilder?«, fragte Gabe. »Die wurden dir alle per E-Mail geschickt?«

»Ja.«

Verdammt, was ich als Nächstes zu sagen hatte, würde Kyle in Rage bringen.

»Die Drohungen waren allesamt gegen mich gerichtet. Aber die letzte E-Mail mit dem Bild von Kalee in dem ...« Ich verstummte. Das Wort »Massengrab« brachte ich einfach nicht über die Lippen. »Nun, die letzte war eine Drohung gegen uns alle.«

»Willst du damit sagen, dass jemand meine Frau bedroht?«, donnerte Kyle, und ich zuckte zusammen.

»Ja. Und ich habe meine Recherchen sofort danach eingestellt. Du musst mir glauben, Kyle, ich hätte nie gedacht, dass ...«

Kyle verlor endgültig die Beherrschung und schrie: »Nein, Evette, du hast verdammt noch mal gar nicht gedacht!«

Obwohl ich mit seiner Wut gerechnet hatte, traf sie mich mitten ins Herz. Und als er aus dem Raum stürmte und mich mit einem Haufen Fremder zurückließ, hatte ich Angst, dass er nicht zurückkommen würde.

*Verdammt.*

In diesem Moment betrat ein weiterer Mann den Raum und blickte Kyle hinterher.

»Wer hat ihn derart in ...« Der Neuankömmling verstummte, als er sich umdrehte und sein Blick auf den Bildschirm fiel. Er erstarrte in der Tür. »Scheiße.«

»So könnte man es ausdrücken. Um dich auf den neuesten Stand zu bringen: Evette hier hat Recherchen über Timor-Leste und Kalee Solberg angestellt«, erklärte Zane und wandte sich mir zu. »Evette, das ist Garrett. Er wird die Dateien auf dem USB-Stick analysieren. Hast du sonst noch etwas in deiner Tasche, das uns helfen könnte?«

Ich unterdrückte den Drang, die Augen zu verdrehen, war

aber dankbar für die alberne Frage. Was hätte ich seiner Meinung nach in meiner Tasche verstecken sollen? Darin war kaum Platz für meine leere Geldbörse und das Handy, das ich weggeworfen hatte. Ich würde dieses Telefon vermissen. Es war das neueste und beste auf dem Markt und hatte mich ein Vermögen gekostet. Zum Glück hatte ich die Daten gesichert, aber mein Bankkonto würde einen ordentlichen Schlag abbekommen, wenn ich es ersetzen musste.

»Baby?« Gabes sanfte Stimme riss mich erneut aus meinen Gedanken.

Plötzlich war das Handy nicht mehr wichtig und ich konnte nur noch daran denken, wie sehr es mir gefiel, wenn er mich »Baby« nannte. Ich war schon mit Männern zusammen, die mich »Süße« genannt hatten. Einer hatte mich sogar »Schätzelchen« genannt, was für mich ein Grund war, mit ihm Schluss zu machen. Hinzu kam, dass der Typ eine ernsthafte Zwangsstörung in Bezug auf saubere Böden hatte. Man musste draußen die Schuhe ausziehen, was ich ja verstehen kann, aber wenn ich Flipflops oder Schuhe ohne Socken trug, musste ich Nylon-Überschuhe anziehen. Und ja, er hatte eine Schachtel mit Einweg-Nylonstrümpfen wie in einem Kaufhaus, damit kein »Fußschweiß« auf seinen Boden kam.

Das ist doch merkwürdig, oder?

Und absolut verrückt.

»Evette, Baby«, sagte Gabe erneut.

Verdammt.

»Entschuldige.«

»Kein Problem, es ist alles ziemlich viel auf einmal. Lass dir Zeit.«

Ich sah Garrett an. »Ist Ihnen G2ware ein Begriff?«

Garretts Mundwinkel zuckten, doch er fing sich sofort wieder und unterdrückte ein Lachen. »Sparen wir uns doch die Förmlichkeiten. Ich bin Garrett. Und ich würde sagen, ich bin mit G2 vertraut, ja.«

Gabe stieß ein leises Lachen aus. Ich wusste allerdings nicht, was an einer Software zur Datenwiederherstellung lustig sein sollte. Alle im Raum schienen sich darüber zu amüsieren, aber ich war nicht in der Stimmung, den Grund dafür zu erfahren.

»Alle Informationen befinden sich auf diesem Laufwerk. Zudem habe ich auch die restlichen Daten von meinem Computer darauf gesichert.«

Garrett machte sich an dem Laptop zu schaffen, woraufhin das schreckliche Foto von Kalee endlich vom Bildschirm verschwand.

Beeindruckt beobachtete ich, wie Garrett die Finger über die Tastatur fliegen ließ. Ich konnte zwar schnell tippen, aber er war mindestens dreimal so schnell.

Auf dem großen Bildschirm erschien eine Eingabeaufforderung. Ohne mich anzusehen, fragte Garrett: »Wie lautet dein Passwort?«

»Ähm, brauchst du nicht zuerst meinen Benutzernamen?«

»Nein. Nur das Passwort.«

»BeetleJuice06141969001. Mit großem B und J.«

Während Garrett das Passwort eintippte, starrte Gabe mich an.

»Im Ernst, Baby? *Beetlejuice?*«

Gabes dröhnendes Lachen jagte mir unwillkürlich einen Schauer über den Rücken. Ich war zu sehr damit beschäftigt, gegen das warme, kribbelnde Gefühl in meinem Bauch anzukämpfen, um mich für meine Passwortwahl zu schämen.

»Ich ändere meine Passwörter alle paar Tage. Vor Kurzem habe ich mehrere Filme mit Michael Keaton geschaut. Und *Beetlejuice* ist besser als *Ein Cop zwischen Liebe und Gesetz* oder *Vier lieben dich.*«

»Was ist mit *Batman?*«, fragte Gabe.

Der Vorschlag war schrecklich.

»Jeder weiß, dass Adam West der beste Batman *aller Zeiten* war. An zweiter Stelle kam Christian Bale. Wenn ich also gerade auf Christian gestanden hätte, hätte ich mein Passwort wahrscheinlich in Batman geändert. Michael Keaton, auf keinen Fall.«

Gabe neigte den Kopf zur Seite und brach in schallendes Gelächter aus. Alles andere trat in den Hintergrund, während ich wie gebannt auf seinen Mund starrte. Ich war so fasziniert von dem Anblick seiner geraden, weißen Zähne, dass ich beinahe übersehen hätte, wie seine Augen aufleuchteten, sich verengten und tiefe Lachfältchen zum Vorschein kamen. Schnell ließ ich den Blick über sein Kinn, seine Wangen, seinen Adamsapfel und die Muskeln an seinem Hals wandern, bevor ich wieder sein Lachen in mich aufsog. Es war so schön. Und ansteckend, sodass ich die Lippen unwillkürlich zu einem Lächeln verzog.

Das bereute ich sofort, denn sein Lachen verebbte und ein feuriger Ausdruck trat in seine Augen.

»Mit Adam West hast du recht. Aber Bale war als Batman eine Fehlbesetzung«, sagte Gabe. »In *American Psycho* war er brillant.«

Hm. Da musste ich ihm zustimmen. Christian Bale war in *American Psycho* besser als in *Batman*.

Verdammt.

»Also schön, ich gebe dir einen Punkt für *American Psycho*, aber nur, wenn du zugibst, dass Michael Keaton in *Beetlejuice* großartig war.«

»Das war er, aber in *Birdman* war er besser.«

Bevor ich etwas erwidern konnte, meldete Garrett sich zu Wort. »Also schön, ihr Filmkritiker. Wenn ihr jetzt fertig seid, würde ich Evette gern zu ihrer Internetrecherche befragen.«

Ich warf einen Blick auf den Bildschirm und lief hochrot an. Wahrscheinlich war es nicht sonderlich klug gewesen, auch meinen Browserverlauf zu sichern, denn nun prangte er für alle sichtbar auf dem gigantischen Monitor.

Scheiße.

»Ich habe für einen Artikel recherchiert«, platzte ich heraus.

»Über Penisvergrößerung?«, mutmaßte Garrett.

Im Gegensatz zu den anderen Männern im Raum musste ich Garrett zugutehalten, dass er sich bemühte, ernst zu bleiben. Zane hingegen konnte sich ein schallendes Lachen nicht verkneifen.

Ivy zwinkerte mir zu. Am liebsten hätte ich mich unter dem Tisch versteckt.

»Nun, nein. Nicht direkt über Penisvergrößerung. Ich habe an einer Story über Betrugsmaschen gearbeitet.«

»Betrugsmaschen?«, wiederholte Garrett mit einem Lächeln. »Dann willst du mir also erzählen, dass Pumpen und Cremes nicht wirklich funktionieren?«

Oh. Mein. Gott.

»Ich dachte, du berichtest hauptsächlich über Bandenkriminalität und Verbrechensstatistiken«, warf Linc ein.

»Das tue ich auch«, schrie ich fast, »aber mein Redakteur wollte mir eine Pause gönnen. Er dachte, es würde mir guttun, nachdem ich mehrere Artikel in Folge verfasst hatte, in denen Kinder eine Rolle spielten.«

»Und du hast dich für Penisvergrößerung entschieden?«, fragte Zane. Offenbar hatte er nicht vor, das Thema zu wechseln. »Du bist eine Frau ganz nach meinem Geschmack.«

»Dabei ging es nicht vorrangig um Penisse, sondern um Betrugsmaschen und die Frage, warum Menschen darauf hereinfallen. Ihr wisst schon, Bauchmuskeln in fünf Minuten, Wundermittel für straffe Haut, Brustvergrößerungspillen, Peniscremes. Im Ernst, wer fällt auf so etwas herein? Hat nicht ein einziger Mann, der die Creme gekauft hat, mal innegehalten und gedacht: ›Mensch, wenn das meinen Penis vergrößert, was macht es dann mit meiner Hand?‹ Die Creme muss schließlich irgendwie aufgetragen werden. Man sollte doch meinen, dass sie auch die Hand vergrößert, wenn sie den Penis vergrößert. Ich habe mir die Finanzdaten des Unternehmens angesehen. Es verkauft eine ganze Menge davon. Also habe ich mir Gedanken gemacht und mich umgeschaut, aber ich habe noch keinen Mann mit einer ungewöhnlich großen rechten Hand auf der Straße gesehen.«

»Was ist, wenn er Linkshänder ist?«, fragte Garrett mit ausdruckslosem Tonfall.

Herrje.

»Und die Penispumpe? Du scheinst ein besonderes Interesse an der Pumpe zu haben.«

»Zane«, schimpfte Ivy.

»Was denn?«

»Beachte ihn nicht, Evette. Er ist wie ein Fünfjähriger. Er hat eine Vorliebe für das Wort *Penis*.«

»Eigentlich bevorzuge ich Schwanz. Aber Schwanzpumpe ist nicht so eingängig wie Penispumpe. Garrett, klick doch mal auf den ersten YouTube-Link ›Unfälle mit der Pumpe‹. Das sieht lustig aus.«

»Bitte nicht«, murmelte ich.

»Oh doch, bitte«, fuhr Zane fort.

»Im Ernst, Zane«, tadelte Ivy ihn.

»Will denn keiner von euch sehen, wie die Eier eines Mannes versehentlich in die Pumpe gesaugt werden?« Zane sah sich am Tisch um.

Gabe legte eine Hand auf mein Knie und ein erregender Schauer durchfuhr mich. Es war lediglich eine freundliche Geste, das wurde mir klar, als er seine Hand nicht höher schob – was ich wahrscheinlich sogar begrüßt hätte – und stattdessen mein Bein tätschelte.

»Er will dich nur ärgern«, flüsterte er. »Das ist seine Art, dich zu beruhigen.«

Beruhigen? Am liebsten wäre ich im Boden versunken.

Und wo war Kyle?

Ich konnte mich nicht beruhigen, bevor ich mit ihm gesprochen hatte.

»Evette? Sieh mich an.«

Ich ignorierte ihn. Am liebsten hätte ich mich ihm zugewandt und ihn so lange angestarrt, bis ich seine Züge ins Gedächtnis eingebrannt hatte. Ich wollte ihn lächeln sehen und ihn lachen hören. Ich wollte seine Berührung spüren. Und ich wollte herausfinden, wie gut er küsste. Ich wollte alles über ihn wissen.

Eigentlich sah mir das gar nicht ähnlich. Ich war sonst eher vorsichtig und zurückhaltend. Mein Magen schlug keine Purzelbäume und ich hatte auch keine Schmetterlinge im Bauch. Gut aussehende Männer interessierten sich nicht für mich, weshalb ich mir gar nicht erst die Mühe machte, genauer hinzuschauen. Wenn ich mich herausputzte, lag ich mit meinem Äußeren gerade so über dem Durchschnitt. Außerdem war ich ziemlich groß, was manche Männer eher abschreckte. Meine Haare und Augen waren nichts Besonderes. Sie waren braun, ohne einen Hauch von Rot in den Strähnen oder ein grünliches Schimmern in den Iriden. Ich war weder geistreich noch weltgewandt.

Mein Leben war langweilig.

Zumindest war es das, bis ich meine Nase in Dinge gesteckt hatte, die mich nichts angingen. Und jetzt wollte jemand mich umbringen.

»Bitte sieh mich an.«

Das »Bitte« brachte mich schließlich dazu, seinem Blick zu begegnen. Mir stockte der Atem. Seine versteinerte Miene stand im Widerspruch zu der Sanftheit in seiner Stimme. Gabe sah wütend aus.

»Du bist in Sicherheit.«

Mehr sagte er nicht. Das brauchte er auch nicht.

Denn aus irgendeinem Grund glaubte ich ihm.

# KAPITEL FÜNF

Ivy Lewis war eine kluge Frau.

Vor ein paar Minuten hatte sie Evette vorgeschlagen, mit ihr einen Kaffee trinken zu gehen. Als Evette aufgehorcht hatte und fast aus dem Stuhl aufgesprungen wäre, war ich mir wie ein Idiot vorgekommen, weil ich nicht daran gedacht hatte, ihr etwas anzubieten.

Da die beiden Frauen nun weg waren, konnten wir Männer offen miteinander reden.

Kyle stapfte wie ein mürrischer Grizzlybär, der gerade aus dem Winterschlaf geweckt worden war, in den Konferenzraum zurück. Ich nahm es ihm nicht übel. Es war zwar schon eine Weile her, aber Kyle erinnerte sich wahrscheinlich noch gut daran, wie seine Frau ausgesehen hatte, nachdem sie aus Timor-Leste zurückgekehrt war. Kurz darauf hatte sie sich wieder ins Kriegsgebiet begeben, um eine Gruppe Mädchen vor einem Leben voller Schmerz und Elend zu retten. Doch es hatte Komplikationen gegeben, und Anaya war entführt worden.

Da ich noch nie verliebt gewesen war, konnte ich das Ausmaß von Kyles Wut nicht nachempfinden. Dennoch konnte ich verstehen, dass er in Rage geriet, weil seine Frau sowohl direkt bedroht als auch als Druckmittel benutzt worden war, um Evette zu kontrollieren.

»Sie ist gut«, murmelte Garrett, während er weiter tippte.

Ohne aufzublicken, fuhr er fort: »Und sie ist ordentlich. Das gefällt mir, denn es macht die Sache einfacher.«

»Was hat sie herausgefunden?«

»Genug, um eine Menge sehr reicher Leute nervös zu machen. Obwohl ich bezweifle, dass sie weiß, worauf sie tatsächlich gestoßen ist.«

Ich war weder in der Stimmung für Rätsel, noch wollte ich die Sache in die Länge ziehen.

Aber ich wollte wissen, wie eine schöne, humorvolle Frau in eine Situation geraten war, in der jemand eine Waffe auf ihren Kopf richtete. Das hatte ich bisher nicht angesprochen, doch ich würde es tun, sobald ich verstand, was hier eigentlich vor sich ging.

Zum Glück riss Kyle ebenfalls der Geduldsfaden.

»Garrett.«

Garrett war einer der besten Informationsspezialisten des Landes. Wenn er etwas nicht finden konnte, dann spürte John »Tex« Keegan es sicher auf. Tex arbeitete nicht für Z Corps. Eigentlich arbeitete er für niemanden, aber er stand verschiedenen Organisationen hilfreich zur Seite. Und wenn er dich als Freund betrachtete, war er immer einsatzbereit. Glücklicherweise sah Tex in Zane einen Freund.

»Wie ihr alle wisst, muss ich sie zuerst überprüfen. Ich rate euch, euch mit eurem Urteil zurückzuhalten, denn in den meisten Fällen ist das, was an der Oberfläche schwimmt, nicht aussagekräftig. Aber es sieht ganz so aus, als hätten Evettes Recherchen ergeben, dass jemand bei Abrams die E-Mails und Bilder verschickt hat.«

»Im Ernst?«, fragte Linc.

»Ja, aber wie ich schon sagte, kratzen wir zunächst nur an der Oberfläche. Außerdem war der Absender ziemlich schlampig. Delilah Watts ist eine hochrangige IT-Spezialistin bei Abrams und würde zweifellos wissen, wie sie ihre IP-Adresse verschleiern kann. Das würde ihr natürlich nichts nützen, da ich sie trotzdem zurückverfolgen könnte, aber es würde zumindest den Anschein erwecken, als sei sie nicht völlig ahnungslos.«

»Dann kamen die E-Mails also alle von ihr?«, mutmaßte ich.

»Ja.«

»Und du denkst, jemand will uns in die Irre führen?«, vermutete ich weiter.

»Das denke ich, ja«, stimmte Garrett zu.

»Wie lautet Delilahs Adresse?«, wollte Zane wissen.

»Die habe ich dir bereits per E-Mail geschickt.«

»Myles, Kevin, ihr kümmert euch um Delilah Watts. Bringt sie hierher«, befahl Zane.

Die beiden nickten gleichzeitig.

»Kyle, dein Urlaub beginnt morgen«, fuhr Zane fort. »Es bleibt dir überlassen, wie viel du Anaya erzählen willst. Aber ich rate dir, sie nicht einzuweihen. Andernfalls wird deine Frau wahrscheinlich durchdrehen und die Reise absagen, um Evette bei ihrer Rache zu helfen. Und wir wissen alle, was passiert, wenn Frauen sich einmischen.«

Gut zu wissen, dass meinem Chef Evettes Rachepläne nicht entgangen waren. Doch das hatte ich auch nicht angenommen. Der Mann hörte und sah so gut wie alles.

»Owen, du arbeitest mit Garrett zusammen und durchforstest Evettes Dateien. Sieh dir alle Daten an, die sie gesichert hat, nicht nur die, die sich auf dem USB-Stick befinden. Garrett, du rufst Tex an und bittest ihn um die Informationen, die er über die Rebellen und Kalee gesammelt hat. Vielleicht ist er bereit, sie mit uns zu teilen.«

Nachdem er alle Männer mit ihren Aufgaben betraut hatte, lehnte Zane sich in seinem Stuhl zurück. »Ich werde Rocco anrufen. Er soll selbst entscheiden, wie viele Informationen er Ace und Phantom geben will. Das bedeutet, dass ich zehn Minuten, nachdem ich den Anruf beendet habe, mit einer Standpauke von Phantom rechnen muss.«

»Und Evette?«, fragte ich.

Als Zane nicht antwortete, ließ ich den Blick von dem Bildschirm zu meinem Chef gleiten. Er wirkte völlig gelassen, hatte seinen Stuhl ein Stück zurückgeschoben und die Hände lässig im Schoß gefaltet. Mit emotionsloser Miene sah er mich an. Zweifellos schmiedete er Pläne. Da er mich mit einem für ihn typischen finsteren Blick bedachte, war ich mir sicher, dass mir nicht gefallen würde, was er zu sagen hatte.

»Wir haben zwei Möglichkeiten. Entweder ich rufe Chaos an und frage ihn, ob er und seine Männer in der Nähe sind. Fallport, Virginia ist nur ein paar Stunden von hier entfernt. Oder du und Cooper bringt Evette in den sicheren Unterschlupf.«

»Sie bleibt bei mir«, sagte ich erleichtert. Evette würde in Sicherheit sein, während wir die Situation klären konnten.

Ein amüsierter Ausdruck huschte über Zanes Gesicht und ich wappnete mich.

»Das habe ich mir gedacht.«

Ich musste die Sache im Keim ersticken, bevor Zane sich weiter hineinsteigerte und mich plötzlich mit einer Ehefrau und zweieinhalb Kindern in einem Haus mit weißem Lattenzaun sah.

Ehefrau?

Wie zum Teufel kam ich auf diesen Gedanken?

»Zane …«

»Du und Cooper bringt sie zum Unterschlupf. Ich bitte Ivy, ihr ein paar Kleider und alles andere zu besorgen, was Frauen so brauchen. Morgen kommt Evette hierher, um mit Garrett zusammenzuarbeiten. Dann können wir die Sache hoffentlich so schnell wie möglich hinter uns bringen und sie kann nach Kalifornien zurück.«

*Zurück nach Kalifornien.*

Bei dem Gedanken verkrampfte sich mir der Magen und ich biss die Zähne zusammen.

*Scheiße.*

»Ich hole Evette«, sagte ich.

Ich war schon an der Tür, als Zane meinen Namen rief.

»Ja?«

»Ist es zu früh, dich daran zu erinnern, ein Kondom zu benutzen?«

Verdammter Klugscheißer.

Ich entschied mich für eine nonverbale Antwort und zeigte ihm den Mittelfinger. Zane quittierte die rüde Geste mit einem Lachen.

»Ich bin wirklich ein Glückspilz«, bemerkte Owen, woraufhin ich mich meinem Kameraden zuwandte.

»Wie bitte?«

»Bruder, Bruder, Bruder.« Owen schüttelte den Kopf. »Ich hätte nicht gedacht, dass ich so schnell die Gelegenheit haben würde, mich zu revanchieren. Rache ist süß.«

»Rache?«

Wovon redete Owen da?

»Wie ich sehe, ist Schritt eins bereits geschafft. Die Frau hat dein Erbsenhirn schon völlig durcheinandergebracht.«

Mir wurde klar, dass ich Owen ebenfalls zurechtweisen musste.

»Das ist nicht einmal ansatzweise mit deinem Fall zu vergleichen.«

»Natürlich. Ich bin blind, taub und dumm. Denn nur dann hätte ich übersehen können, wie du die hübsche Evette London angestarrt hast.«

»Gabe«, sagte Kyle warnend.

»Du musst dir keine Sorgen machen«, versicherte ich ihm. »Owen hat vielleicht gute Augen und sein Gehör funktioniert genauso gut wie seine große Klappe, aber er ist tatsächlich dumm. Ich kümmere mich um Evette.«

»Oh, ich kann mir schon denken, wie du dich um sie kümmern wirst«, warf Owen ein.

Ich ignorierte die anzügliche Bemerkung und ging, bevor ich ihn noch daran erinnerte, dass wir in Idaho in der ganzen Hütte gehört hatten, wir er sich um Nat »gekümmert« hatte.

Auf halbem Weg zum Pausenraum verwandelte sich der Knoten in meinem Magen in einen Felsbrocken. Ich kannte Evette seit einer Stunde und schon musste ich eine Festung um mich errichten, um ihrer Anziehungskraft zu widerstehen.

Das Ganze war keine gute Idee. Vielleicht wäre es besser, wenn Myles an meiner Stelle Evette in den Unterschlupf brachte, und ich mit Kevin zusammen nach Delilah suchte.

Ja, das wäre besser.

Ich bog um die Ecke und erstarrte, als Evettes Lachen an mein Ohr drang. Der Dorn, der sich bereits unter meine Haut gebohrt hatte, drang tief in mein Fleisch ein. So tief, dass ich befürchtete, ich würde ihn nie wieder herausbekommen.

Aber ich durfte nicht nachgeben. Stattdessen musste ich meine Abwehr stärken.

Schon bald würde Evette weg sein, dann wäre alles vorbei.

Wie schwer konnte es schon sein, diese Frau auf Distanz zu halten?

Damals konnte ich es noch nicht wissen, aber ich hätte es ahnen müssen. Denn es war sogar verdammt schwer. Evette war eine verschlagene, hinterhältige Hexe, die mir mit ihrer Magie das Herz aus der Brust riss und das blutige Organ in ihren Händen hielt. Der Vergleich war durchaus passend, denn mein Herz gehörte ihr.

# KAPITEL SECHS

»Schlechtes Timing«, bemerkte Ivy, und ich blickte sie über den Rand meiner Tasse hinweg an. »Gestern waren die Kinder alle hier. Du hättest Maxine sehen können, sie ist schon so groß geworden. Verrate bitte niemandem, dass ich das gesagt habe, aber Kyle ist ziemlich sexy, wenn er zum Übervater wird. Wenn es um seine Tochter geht, kennt sein Beschützerinstinkt keine Grenzen.«

Ivy hatte nichts zu befürchten. Ich würde Kyle Smith niemals als Übervater bezeichnen – nicht einmal, wenn ich die Geschichte weitererzählte. Außerdem hatte ich bereits von Anaya erfahren, wie verrückt Kyle nach seiner Tochter war. Ich freute mich für meine Freundin. Ihr Glück machte die Tatsache, dass sie nach Maryland gezogen war, erträglicher. Ich vermisste Anaya. Sie und Kyle hatten mich ein paarmal in Riverton besucht, aber ich hatte es nicht geschafft, zu ihr zu reisen. Meine Freundin zeigte Verständnis für meine Flugangst, aber ich wusste, dass sie enttäuscht war, weil ich weder ihr neues Zuhause gesehen noch ihre Freunde kennengelernt hatte.

Während ich Ivy anstarrte, wurde mir klar, was sie gesagt hatte. Ich konnte mich nicht mehr zurückhalten und brach in hysterisches Gelächter aus.

*Schlechtes Timing.*

Wahrscheinlich konnte man es schlechtes Timing nennen,

wenn jemand einem eine Pistole an den Kopf hielt. Aber in meinen Augen war es eher Pech.

»Ja, ich hätte Anaya und Maxine gern gesehen«, antwortete ich schließlich, »aber ich habe das Gefühl, dass Kyle sie von mir fernhalten wird.«

Und ich konnte seine Beweggründe verstehen. Es war gefährlich, sich in meiner Nähe aufzuhalten.

»Nicht doch.« Ivy machte eine abwinkende Geste. »Die Jungs werden das im Handumdrehen geregelt haben, und du wirst sie sehen, bevor du wieder nach Hause fliegst.«

Mein Herz begann zu rasen, doch diese Reaktion hatte nichts mit dem Gedanken zu tun, wieder in ein Flugzeug steigen zu müssen. Schließlich konnte ich auch auf einem anderen Weg nach Kalifornien zurückreisen. Allein bei der Vorstellung, in meine Wohnung zurückkehren zu müssen, bekam ich Sodbrennen.

Oder lag es daran, dass ich einsam war? Und ein trauriges, ereignisloses Leben führte?

Natürlich hatte ich Freunde. Seit Piper mit Ace zusammen war, tat sie ihr Bestes, um mich in ihre neue Familie zu integrieren. Gumby, alias Decker, hatte mich schon häufiger zu Grillpartys eingeladen. Er und seine Frau Sidney veranstalteten ständig irgendwelche Feste. Ihr Haus schien der Treffpunkt für seine Kameraden und ihre Familien zu sein. Die Männer waren überaus nett, ihre Frauen sogar noch netter. Und obwohl Kalee wieder zu Hause war, war ich nach wie vor unruhig.

Aber ich war nicht unruhig, weil ich nach Abenteuern lechzte. Alles in allem war ich ein Stubenhocker. Doch irgendetwas fehlte mir. Insgeheim wusste ich, was es war, aber ich ignorierte es absichtlich. Hätte ich es zugegeben, hätte ich mir eingestehen müssen, was ich wollte. Und ich war an einem Punkt in meinem Leben, an dem ich keine weiteren Enttäuschungen verkraften konnte.

Ich wusste, dass ich nie das haben würde, was Piper, Anaya und Kalee hatten. Ich war zu langweilig und zu sehr in meinen Gewohnheiten gefangen. Ich blieb lieber zu Hause, schaute mir einen Film an oder las ein Buch, statt in eine Kneipe zu gehen. Für die meisten Männer war das eher abschreckend.

Aber ich wollte trotzdem, was meine Freundinnen hatten. Da ich es jedoch nie haben würde, verdrängte ich den Wunsch einfach.

»Hey«, sagte Gabe, als er durch die Tür trat. »Können wir gehen?«

Gehen?

Oh Scheiße. Ich wusste nicht, wohin ich gehen sollte. Ich hatte kein Geld.

Mein Handy hatte ich weggeworfen, bevor ich an einem Geldautomaten etwas Bargeld geholt hatte. Leider konnte ich pro Tag nur einen gewissen Betrag abheben. Dummerweise hatte ich das Limit heruntergesetzt, für den Fall, dass jemand meine Bankkarte stehlen würde.

Sobald das hier vorbei war, würde ich das Limit wieder erhöhen. Ich hatte eine wichtige Lektion gelernt. Wenn man auf der Flucht ist, ist Bargeld das A und O. Und ich hatte keines mehr.

*Verdammt.*

Ich würde meine Kreditkarte benutzen müssen, um mir ein Hotelzimmer zu buchen.

*Dann werden sie mich finden.*

Als ich mir ein Flugticket gekauft hatte, war ich bereits ein großes Risiko eingegangen. Abgesehen davon kostet der Flug das Vierfache, wenn man ihn direkt am Flughafen bucht und noch am selben Tag fliegen will. Vielleicht war es auch so teuer, weil ich einen Nachtflug nehmen und zweimal umsteigen musste.

Heute war Samstag.

Moment mal, *Samstag?* Warum arbeiteten all diese Leute an einem Samstag?

Meine Gedanken überschlugen sich und ich wäre fast in Panik geraten.

»Hey, Evette«, rief Gabe.

»Ich muss eine Bank finden. Ich habe kein Bargeld mehr.«

»Wofür brauchst du Bargeld?«

»Um mir ein Hotelzimmer zu nehmen.«

»Ein Hotel?«

Am Rande nahm ich den überraschten Unterton in Gabes Stimme wahr, doch meine innere Unruhe steigerte sich zusehends.

»Ist das heutzutage überhaupt möglich? Kann man ohne Ausweis und Kreditkarte ein Hotelzimmer mieten?«

Oh Gott, ich würde in einem Stundenhotel übernachten müssen.

*Wie widerlich.*

Ich wusste, was in diesen Zimmern vor sich ging, denn ich hatte einst einen Artikel über Prostitution geschrieben. Die Prostituierten hatten erstaunlich offen über ihre Aktivitäten gesprochen. Ich war schockiert, als ich hörte, dass einige von ihnen ihren Beruf, wie sie ihn nannten, genossen. Für andere wiederum war er nur ein Mittel zum Zweck, um sich das Studium zu finanzieren. Zugegeben, ich hatte hoch bezahlte Escort-Damen und keine einfachen Straßenprostituierten interviewt.

»Baby, hey, sieh mich an.«

Offensichtlich war ich so in Gedanken versunken, dass ich meine Umgebung nicht mehr wahrgenommen hatte. Als ich blinzelte, war Gabe vor meinem Stuhl in die Hocke gegangen. Er hatte eine Hand auf mein Knie gelegt. Wieder war die Geste rein freundschaftlich und dennoch durchzuckte ein Kribbeln mein Bein und fuhr mir direkt in … nein, daran würde ich nicht einmal denken.

Auf keinen Fall.

Niemals.

»Ich habe kein Bargeld mehr«, wiederholte ich.

»Nein, Baby, du hast mich missverstanden. Du kommst mit mir.«

Ich war mir nicht sicher, ob ich ihn missverstanden hatte oder ob Gabe sich nicht richtig ausgedrückt hatte.

»Wohin fahren wir?«

»Zu einem sicheren Unterschlupf.«

Oh, das klang gut. Es klang *sicher*. Einen Unterschlupf konnte ich derzeit gut gebrauchen.

»Ich kann dafür aufkommen«, sagte ich hastig, als ich mich daran erinnerte, wie Zane sich darüber beschwert hatte, dass manche Leute ihre Rechnungen nicht beglichen. »Ich habe Geld …«

»Für Familienangehörige ist das gratis.«

»Aber ich gehöre nicht zur Familie.«

»Doch, Evette, das tust du. Du bist Anayas beste Freundin.«

Das war wirklich nett, aber ich konnte es trotzdem nicht annehmen.

»Ich sollte dafür bezahlen. Zane hat deutlich gemacht, wie sehr es ihm missfällt, wenn ein Kunde seine Rechnung nicht begleicht. Und ich kann mir kaum vorstellen, dass er seine Schulden von einem Inkassobüro eintreiben lässt.«

Gabe schenkte mir ein strahlendes Lächeln, und sofort verspürte ich wieder dieses Kribbeln zwischen meinen Schenkeln.

»Da hast du recht«, bestätigte er.

»Ach bitte«, schnaubte Ivy. »Als wüsste mein Mann, welche Rechnungen überfällig sind. Außerdem solltest du Evette nicht verängstigen. Zane bellt nur.«

Ich wandte mich Ivy zu und bedachte sich mit einem vielsagenden Blick.

»Also gut. Er beißt auch. Zudem knurrt und faucht er. Aber gegenüber Frauen bellt er nur. Es sei denn, du bist eine abtrünnige CIA-Agentin, dann erschießt er dich.«

*Ach du meine Güte.*

Ich war froh, dass ich keine abtrünnige CIA-Agentin war. Allerdings schien hinter dieser Bemerkung eine Geschichte zu stecken, und ich liebte spannende Geschichten.

»CIA?«, hakte ich nach.

Ivy beugte sich vor und flüsterte: »Ich erzähle es dir später, wenn Owen nicht in der Nähe ist. Aber du solltest wissen, dass Zane nur damit gedroht hat, sie zu erschießen. Er hat die Drohung nicht wahr gemacht. Trotzdem ist die Schlampe tot.«

*Mein Gott.*

»Es ist wohl besser, wenn du ihr noch nichts von Ashaki erzählst«, warf Gabe ein und stand auf. »Vielleicht solltest du es ganz für dich behalten.«

»Warum? Ich würde gern etwas über Ashaki erfahren«, sagte ich.

»Ja, Evette, und du machst keinen Hehl daraus. Ich warte nur darauf, dass du ein Notizbuch und einen Stift zückst.«

*Verdammt.*

»Ich würde niemals einen Artikel über etwas veröffentlichen, was mir ein Freund im Vertrauen erzählt hat.«

»Das habe ich auch nicht angenommen. Aber vielleicht sollten wir erst einmal dieses Trauma überwinden, bevor du dich mit einer toten CIA-Agentin, einem Sexhandelsring, einem Verbrecherboss und Owens Frau beschäftigst.«

»Owens Frau?«

Gabe setzte eine verschlossene Miene auf, und ich bereute meine Frage augenblicklich.

»Owens Frau«, bestätigte er.

Und damit war das Thema erledigt.

»Kann ich noch mit Kyle reden, bevor wir gehen?«

»Ja, er wartet im Konferenzraum auf uns.«

Gabe reichte mir die Hand, um mir beim Aufstehen zu helfen. Die Geste war zwar unnötig, aber galant. Ich folgte Ivy aus dem Pausenraum, der sich deutlich von den Pausenräumen unterschied, die ich bisher gesehen hatte. Er ähnelte eher einer Küche, die man in einer Villa erwarten würde. Hochwertige Geräte, schwarze Marmorarbeitsplatten, ein großer Tisch aus dunklem Holz in der Mitte des Raumes mit schönen, gepolsterten Stühlen. Sogar die Wände waren in einem beruhigenden Grau gestrichen.

Tatsächlich war das ganze Büro in Grautönen gehalten, die von kühlen Blautönen bis zu einem tiefen Sturmgrau reichten. Mit den Chrom-Akzenten wirkte der Raum maskulin und steril und war einer Firma würdig, die Satelliten ins All schoss. Vor allem zog jedoch die große Glaswand meine Aufmerksamkeit auf sich. Als ich das erste Mal daran vorbeigegangen war, war das Glas klar gewesen, nun war es getönt.

»Was befindet sich in diesem Raum?«, wollte ich wissen.

»Garrett nennt ihn die Kommandozentrale«, erklärte Ivy.

»Es ist Garretts Büro«, korrigierte Gabe sie.

»Wow. Es ist beeindruckend, wie die Scheiben sich verändern«, bemerkte ich.

»Wenn er Privatsphäre braucht, tönt er sie«, erklärte Ivy. »Und wenn Zane mal wieder einen Koller kriegt, schließt Garrett sich dort ein, damit Zane vergisst, dass er hier arbeitet.«

Ich konnte mir kaum vorstellen, dass Zane jemals nur einen Koller hatte. Ein Wutausbruch oder ein richtiggehender Tobsuchtsanfall war eher denkbar.

Ich beschloss, das Thema auf sich beruhen zu lassen, und konzentrierte mich darauf, was ich Kyle sagen würde. Ich musste mich dafür entschuldigen, dass ich unangemeldet aufgetaucht war und ihm meine Probleme aufgehalst hatte.

Leider war der Gang durch das Büro nicht besonders lang, und Kyle stand bereits vor dem Konferenzraum und wartete auf mich.

Verdammt.

Ich war noch nicht bereit.

Aber ich hätte keine Angst haben müssen, schließlich war dieser Mann Kyle. Er hatte immer wieder bewiesen, dass er ein guter Kerl war. Nein, er war der Beste. Das zeigte er mir einmal mehr, als er mich in seine Arme zog und mich so fest an sich drückte, dass ich kaum atmen konnte.

»Es tut mir so leid«, murmelte ich.

»Du musst dich nicht entschuldigen.«

»Doch, das muss ich. Ich habe dir diesen Schlamassel eingebrockt und Anaya in Gefahr gebracht.«

Kyle ließ mich los, legte aber seine Hände auf meine Schultern, senkte den Blick und sah mich an.

»Hör mir gut zu, du musst dich nicht entschuldigen. Ich wäre wütend geworden, wenn du in Schwierigkeiten geraten wärst und dich nicht an mich gewendet hättest. Du hast das Richtige getan, und jetzt bringen wir dich in Sicherheit.«

»Ich hätte nicht herumschnüffeln sollen«, gab ich zu.

»Das ist wahr. Aber du bist Evette. Du liebst deine Freunde

und setzt dich für Gerechtigkeit ein. Wir alle hätten wissen müssen, dass du der Sache mit Kalee, Piper und Anaya auf den Grund gehen würdest. Das ist typisch für dich. Ich wünschte nur, du hättest uns um Hilfe gebeten, als du damit angefangen hast. Dann hätten wir dich bereits während deiner Recherchen beschützen können.«

Ich war völlig verblüfft. Damit hatte ich nicht gerechnet und ich platzte unwillkürlich heraus: »Dann hättest du mich nicht aufgehalten?«

»Verdammt, nein. Ich wäre nach Kalifornien geflogen und mit dir hierher zurückgefahren, dann hättest du Garrett zu Rate ziehen können. Du hättest überall im Internet recherchieren können, ohne eine Spur zu hinterlassen.«

»Aber ich will, dass sie sterben«, flüsterte ich und offenbarte ihm damit die schreckliche Wahrheit, die ich die ganze Zeit für mich behalten hatte. »Ich will, dass sie alle für ihre Taten zur Rechenschaft gezogen werden.«

»Ach wirklich?«

Ich zuckte überrascht zusammen und starrte ihn an.

»Glaubst du, du bist die Einzige? Es gab eine Zeit, in der ich an nichts anderes denken konnte. Ich wünschte mir jeden Tag, ich könnte nach Timor-Leste zurückreisen und jeden verdammten Rebellen töten, den ich in die Finger bekommen konnte. Mit der Zeit hat sich dieses unstillbare Verlangen gelegt, aber es gibt Momente, in denen ich meine kleine Tochter betrachte und mein Magen sich zusammenzieht. Wenn Anaya auch nur einen falschen Schritt gemacht hätte, hätten sie sie getötet. Dann hätte ich heute weder meine Frau noch meine Tochter. An manchen Tagen frisst dieser Gedanke mich regelrecht auf. Doch dann höre ich Anaya lachen oder beobachte sie zusammen mit Maxine, und der Knoten löst sich. Ich erinnere mich daran, dass alles gut ist. Sie lebt, sie hat mich geheiratet und wir haben eine wunderschöne kleine Tochter. Ich habe Ace und Phantom nie gefragt, aber ich denke, ihnen geht es ähnlich. Niemand macht dir Vorwürfe, weil du Gerechtigkeit willst. Aber keiner von uns will, dass du dafür dein Leben riskierst, Evette.«

Die Worte blieben mir im Hals stecken und ich brachte

keinen Ton heraus. Zu gern hätte ich ihm gedankt, aber da es mir die Sprache verschlagen hatte, nickte ich nur.

»Ich werde mit Anaya und Maxine nach Wyoming fahren. Wenn wir dort sind, werde ich ihr erklären, was los ist.«

Er wollte mich nicht in der Nähe seiner Frau und seiner Tochter haben. Das konnte ich zwar verstehen, aber es brach mir trotzdem das Herz. Ich vermisste meine Freundin und wollte Maxine unbedingt sehen.

»Ich verstehe.«

»Nein, das tust du nicht. Du denkst, ich will sie von dir fernhalten, aber wir haben diesen Urlaub schon vor langer Zeit geplant. Ich nutze ihn, um Anaya davon abzuhalten, sich in diesen Kreuzzug zu stürzen. Du kennst meine Frau. Wenn sie hört, dass du hier bist, und den Grund für deine Anwesenheit erfährt, gibt es für sie kein Halten mehr. Sie würde sofort Pläne schmieden, und ehe ich michs versehe, hätte sie dich überredet, nach Timor-Leste zu fliegen, um den Rebellen die Hölle heißzumachen. Natürlich erst, nachdem sie sich ein Rezept für Schlaftabletten besorgt hat, damit Tatiana, Emerson und sie dich ins Flugzeug bringen können. Eva würde wahrscheinlich zu Hause bleiben, aber nur, weil jemand auf die Kinder aufpassen müsste. Ich erspare mir lieber die Abreibung, die ich von meinem Team bekommen würde, wenn meine Frau alle in deine Rachepläne verwickelt.«

Zugegebenermaßen war Kyles Erklärung einleuchtend. Anaya war von uns allen die Abenteuerlustige. Sie war mutig und klug und würde, ohne mit der Wimper zu zucken, nach Timor-Leste zurückfliegen.

»Kann ich nach eurer Ankunft in Wyoming mit ihr sprechen?«

»Auf jeden Fall.«

»Danke.«

»Hat Gabe dir gesagt, dass er dich in einen sicheren Unterschlupf bringen wird?«

»Ja.«

»Gut. Er und Cooper werden bei dir bleiben.«

*Moment mal. Wie bitte?*

Gabe würde ebenfalls dortbleiben?

»Das Haus ist ganz in der Nähe. Ich habe Thad, Max und Brooks angerufen. Sie werden ein Auge auf euch haben und mit Gabes Team zusammenarbeiten. Das Ganze sollte nicht lange dauern. Schon bald wirst du zu deinem normalen Leben zurückkehren können.«

Da war es wieder – zurück zu meinem langweiligen, eintönigen, einsamen Leben.

Aber bevor ich mich in meinen tristen Gedanken verlieren konnte, fiel mir wieder ein, dass Gabe zusammen mit mir in dem Unterschlupf wohnen würde.

Plötzlich fühlte sich das Haus gar nicht mehr so sicher an.

Das seltsame Gefühl, das ich in seiner Gegenwart hatte, und die Art, wie mein Körper auf ihn reagierte, waren äußerst beunruhigend. Es war geradezu beängstigend.

Beängstigender, als eine Waffe an meiner Schläfe zu spüren.

Ein Druck auf den Abzug, und mein Leben wäre vorbei gewesen.

Aber mich in Gabe zu verlieben würde mir ein Leben lang wehtun.

# KAPITEL SIEBEN

»Mann, nur weil du die Schlafzimmertür anstarrst, kommt sie auch nicht eher heraus.«

Für einen Moment wandte ich mich Cooper zu, dann richtete ich den Blick wieder auf die Tür.

»Was zum Teufel macht sie da so lange?«

»Da fragst du den Falschen. Frauen sind mir ein Rätsel. Sagte sie nicht, sie geht duschen?« Statt zu antworten, schaute ich auf die Uhr, woraufhin Copper ein leises Lachen ausstieß. »Es sind erst fünf Minuten vergangen, seit du das letzte Mal nachgesehen hast.«

Es waren sechs.

Aber wer zählte schon?

»Es ist über eine Stunde her, seit sie im Schlafzimmer verschwunden ist«, stellte ich fest.

»Und?«

Vielleicht war mein Verhalten irrational.

Nein, es war zweifellos irrational. Ich hatte den Verstand verloren.

Möglicherweise war sie aber aus dem Fenster geklettert und ich hatte allen Grund, mir Sorgen zu machen.

Doch die Fenster im Schlafzimmer ließen sich nicht öffnen und waren aus kugelsicherem Glas. Tatsächlich waren sämtliche Fenster im Haus mit doppelverglasten Scheiben versehen, die aus einer Mischung aus Acryl und Polycarbonat bestanden. Alle Türen, einschließlich der Türen im Inneren, waren aus Stahl, der mit einer dünnen Laminat-Holzverkleidung überzogen war. Letztere war Ivys Idee gewesen, Zane hätte sich nicht die Mühe gemacht. Ich musste zugeben, dass Ivy recht gehabt hatte. Das Haus sah nicht mehr wie eine Gefängniszelle aus, sondern wirkte richtiggehend heimelig.

»Im Ernst, Gabe, was ist los mit dir? Die Frau duscht doch nur. Hast du nicht gesehen, was Ivy ihr alles mitgebracht hat?«

Vor Kurzem war Ivy vorbeigekommen und hatte Evette drei Tüten voller Utensilien gebracht, die sie als »Notwendigkeiten« bezeichnet hatte. Ich hatte nur den Inhalt einer der Tüten gesehen, die voller Fläschchen gewesen war. Evette hatte sich sichtlich gefreut und sich überschwänglich bei Ivy bedankt. Kurz darauf war Ivy gegangen, und Evette war im Schlafzimmer verschwunden, um zu duschen. Sie hatte die Tüten alle mitgenommen.

Was mit mir los war, wusste ich nicht.

Aber ich hatte ein ungutes Gefühl im Bauch.

Was war schon dabei, wenn ich Evette eine Stunde lang nicht zu Gesicht bekam? Ich benahm mich wie ein Verrückter.

*Ich verhalte mich wie Owen.*

Seit mein Kamerad Natasha in Alaska das Blut von der Stirn gewischt hatte, hatte er sie nicht mehr aus den Augen gelassen. Immer wenn sie in seiner Nähe war, hatte er sie angestarrt. Trotzdem war er in der Lage gewesen, seiner Arbeit nachzugehen. Ich konnte nicht einmal lange genug auf eine verdammte Tür starren, um meine Gedanken zu ordnen.

Wir hatten einiges zu besprechen und mussten Pläne schmieden. Genau aus diesem Grund konnte ich es kaum erwarten, Evette zu sehen. Ich musste mit ihr reden.

Meine Nervosität hatte nichts damit zu tun, dass Evette sich im Schlafzimmer eingeschlossen hatte und ich mich nach ihrem Anblick verzehrte.

Nein.

Daran konnte es nicht liegen.

Ich lehnte mich in meinem Sessel zurück und musste zugeben, dass ich mich wie ein Idiot verhielt. Also löste ich den Blick von der Tür und wandte mich Cooper Cain zu. Er sah seinem Bruder Jaxon sehr ähnlich. Abgesehen von Coopers etwas dunkleren Haaren waren die beiden gleich groß und hatten dieselben blauen Augen mit demselben intensiven Ausdruck.

Cooper war erst kürzlich aus Tarzana, Kalifornien nach Maryland gezogen und hatte einen Job gekündigt, von dem Jax immer behauptet hatte, er würde ihn niemals aufgeben.

»Wie hast du dich in dem neuen Haus eingelebt?«, fragte ich.

»Es ist eine Bruchbude, aber die Garage ist fertig«, antwortete er.

Jax prahlte schon seit Jahren mit Coopers Fähigkeiten im Restaurieren von Motoren und Karosserien.

»Wann lädst du uns ein, damit wir all deine Fahrzeuge bewundern können?«

Coop versteifte sich und sein rechtes Auge zuckte kaum merklich. Wenn ich nicht so aufmerksam gewesen wäre, hätte ich die Bewegung fast übersehen. Dann verschwand sein Unbehagen so schnell, wie es gekommen war.

»Du willst meine Fahrzeuge sehen?«

Vielleicht war es kein Unbehagen, sondern etwas anderes.

»Und warum überrascht dich das?«

»Ich hätte dich nicht für einen Autonarren gehalten.«

Das war Blödsinn. Er hatte meinen Lexus LC500 gesehen. Außerdem hatten wir uns darüber unterhalten, warum ich den Wagen gekauft hatte. Er wusste, dass ich den Motor eigenhändig repariert hatte, nachdem der Vorbesitzer ihn kaputt gefahren hatte.

»Gibt es einen Grund, warum du mir einen Bären aufbindest?«

Coop verzog die Lippen zu einem breiten Lächeln. Dasselbe Lächeln hatte ich schon Jahre vor meiner ersten Begegnung mit Cooper bei seinem Bruder gesehen. Die Ähnlichkeit war geradezu unheimlich. Es war, als hätte ich eine jüngere Version von Jax vor mir.

»Ja.«

»Willst du mir den Grund verraten?«

»Nein.« Dann erstarb sein Lächeln und er lieferte mir trotz allem eine Erklärung. »Wenn ich dir das verraten würde, müsste ich dir verraten, wie es ist, im Schatten meines großen Bruders zu leben. Und das würde mich wie ein Weichei klingen lassen. Also rede ich lieber nicht darüber, warum es mich überrascht, dass du meine Garage sehen willst. Ich frage mich, ob du mich kennenlernen willst oder ob du Jax nur einen Gefallen tust, indem du mich im Team willkommen heißt.«

Im ersten Moment machte mich das wütend, doch dann erinnerte ich mich an das Gefühl, ein Außenseiter zu sein. Der Neue in der Schule. Der Neue in der Truppe. Der Neue im Team. Im Laufe der Zeit änderten sich zwar die Umstände, aber das Unbehagen blieb.

»Du hättest es uns sagen sollen, wenn wir dir Unbehagen bereitet haben.«

»Das ist mein Problem und hat nichts mit dem zu tun, was irgendjemand getan oder nicht getan hat. Es hat auch nichts mit Jax zu tun. Mein Bruder ist, wer er ist, und ich bin verdammt stolz auf ihn. Aber er hat die Messlatte ziemlich hoch gesetzt, und die ist sehr schwer zu erreichen.«

»Vielleicht kann ich dir bei deinem Problem helfen, indem ich dir etwas erkläre. Jaxon Cain ist kein Mitglied unseres Teams, sondern du. Dein Bruder ist ein guter Freund, den ich schon lange kenne. Aber das tut nichts zur Sache. Ich würde dir nicht mein Leben anvertrauen, wenn ich nicht wüsste, dass du mein Vertrauen verdienst. Du bist für uns genauso neu wie wir für dich. Wir müssen uns erst näherkommen …«

»Ich hoffe, du meinst rein freundschaftlich, nicht wahr?«, warf Coop ein.

»Zum Glück hast *du* Sinn für Humor, denn daran mangelt es Jax. Es ist ziemlich eintönig, der einzig Geistreiche im Team zu sein, daher ist es schön zu wissen, dass du mich in dieser Hinsicht unterstützen wirst.«

»Ach wirklich? Laut Natascha ist Kevin der Lustigste von euch, während ihr Übrigen Langweiler seid.«

Ich glaubte ihm. Es war gut möglich, dass Natasha so etwas

gesagt hatte. Aus irgendeinem unerfindlichen Grund fand sie Kevin amüsant.

»Ja, das ist Blödsinn. Kev ist eigentlich nur rüpelhaft. Verrate mir lieber, woran du gerade arbeitest«, forderte ich ihn auf.

Während der nächsten dreißig Minuten erzählte Cooper mir von dem 1964er Pontiac GTO, den er restaurierte. Ich nahm zwar an der Unterhaltung teil, aber meine Gedanken schweiften immer wieder zu Evette ab. Ich überlegte, was zum Teufel sie gerade tat und warum sie so lange brauchte. Und dann fragte ich mich, warum mich das überhaupt interessierte.

»Verdammt, Bruder, wenn ich dich nicht besser kennen würde, würde ich sagen, du bist in die Frau verknallt.«

Scheiße. Ich hatte schon wieder auf die Tür gestarrt. Also wandte ich mich wieder Cooper zu, der ein breites Grinsen im Gesicht hatte.

»Du wirst mir doch jetzt nicht ihretwegen die Hölle heißmachen, oder?«

»Oh doch, das werde ich. Du sitzt vor mir und unterhältst dich mit mir über einen kaputten alten GTO, während dir nichts anderes als Evette London durch den Kopf schwirrt.«

Verdammt. Es hatte den Anschein, als würde Cooper zu unserem Team passen.

»Ich muss zugeben«, fuhr Coop fort, »dass die Frau ihre Vorzüge hat. Aber sie wird dich in Schwierigkeiten bringen.«

Damit hatte er recht.

Offenbar war ich masochistisch veranlagt.

Nein, ich war ein absoluter Idiot.

Das Problem war nicht ihre Wissbegier. Ich hatte den neugierigen Ausdruck in ihren Augen gesehen, als Ivy eine gewisse CIA-Agentin erwähnt hatte. Es war beunruhigend zu wissen, dass sie bei der ersten sich bietenden Gelegenheit in den Sumpf, den Ashaki geschaffen hatte, eintauchen würde. Doch auch ihr Rachedurst machte mir nicht unbedingt sorgen. Aber es würde mir zum Verhängnis werden, dass ich aus einem mir unerfindlichen Grund der Mann sein wollte, der ihr den Rücken freihielt, während sie ihren Recherchen nachging.

Ich wollte Evette nicht davon abhalten, die Wahrheit über

das Schicksal ihrer Freundin herauszufinden. Ich hatte nicht die Absicht, sie daran zu hindern, die Verantwortlichen zur Rechenschaft zu ziehen. Aber ich wollte an ihrer Seite sein, während sie es tat.

Ich wollte, dass sie mir vertraute.

Das machte Evette nicht nur zu einem Problem, sondern auch zu einer Ablenkung, die wir beide nicht gebrauchen konnten.

Ich hörte, wie die Schlafzimmertür geöffnet wurde, und zwang mich dazu, sitzen zu bleiben, statt wie ein liebeskranker Welpe oder ein verdammter Stalker zu ihr zu eilen.

»Entschuldigt, dass ich so lange gebraucht habe«, zwitscherte sie fröhlich. »Ich habe noch nie eine Dusche mit mehreren Duschköpfen benutzt. Es hat etwa zehn Minuten gedauert, bis ich herausgefunden habe, wie man die große Deckendüse ausschaltet. Aus dieser strömen etwa zweihundert Liter pro Minute, was alles andere als umweltfreundlich ist. Jemand sollte wirklich mit Zane reden und ihm sagen, dass diese ganzen Düsen eine enorme Verschwendung von Wasser sind. Außerdem fühlt man sich, als würde man durch eine Autowaschanlage laufen. Das Wasser spritzt aus allen Richtungen.«

Sofort tauchte vor meinem geistigen Auge das Bild ihres nackten, nassen Körpers auf. Scheinbar hatte ich in Bezug auf Evette eine sehr lebhafte Fantasie. Es fiel mir nicht schwer, mir vorzustellen, wie sie unter dem Wasserstrahl stand. Allerdings fummelte sie in meiner Vorstellung nicht an Knöpfen und Hebeln herum, um herauszufinden, wie man das Wasser abstellt.

Ich war ein Arschloch.

Ich verdrängte die Bilder von ihren seifigen Händen, die über ihre glänzende Haut glitten, und konzentrierte mich stattdessen auf ihre vollständig bekleidete Gestalt. Dennoch schien ich meine Reaktion nicht mäßigen zu können, obwohl ihre geschmeidige Haut mit einem T-Shirt und einer Jeans bedeckt war. Die Hose saß wie angegossen. Wenn ich einen Blick auf ihren Hintern erhascht hätte, hätte ich wahrscheinlich etwas Zeit für mich gebraucht, um meine anschwellende Erektion zu zähmen.

Es war geradezu lächerlich.

Ich wusste nicht, was dümmer war. Mein Bedürfnis, in ihrer Nähe zu sein, oder die Tatsache, dass ich den Blick nicht von ihren Haarspitzen abwenden konnte, die sich unter ihren Brüsten leicht wellten, als wollten sie die Pracht ihrer prallen Rundungen betonen.

Meine Güte, ich war wirklich ein Arschloch.

»Ist alles in Ordnung?«, fragte sie.

Plötzlich packte mich wieder die Anspannung, die nachgelassen hatte, während sie im Schlafzimmer gewesen war. Evette runzelte die Stirn. Ich begegnete ihrem Blick und musterte die langen Wimpern, die ihre Augen umrahmten.

Musste sie denn so schön sein?

»Ja, wir haben nur auf dich gewartet, bevor wir uns entscheiden, was wir zum Abendessen kochen«, warf Cooper ein. Ich war dankbar, dass er das Gespräch an sich riss, denn mir hatte es die Sprache verschlagen.

»Es tut mir so leid. Ich wusste nicht, dass ihr auf mich wartet. Aber ich war so angespannt nach der Reise, denn ich hasse fliegen. Die Dusche hat so gutgetan, ich wollte gar nicht mehr raus.«

Mein Gott, sie würde mich noch ins Grab bringen.

Sofort schossen mir wieder Bilder von ihrem nackten, nassen Körper durch den Kopf. Doch diesmal stand ich in meiner Fantasie mit ihr unter der Dusche. Schließlich musste jemand all die Stellen waschen, die sie nur schwer erreichen konnte.

Ich würde in die Hölle kommen und auf direktem Weg mit dem Schnellzug zum Teufel fahren.

»Wir haben Steak, Burger oder Hühnchen«, fuhr Coop fort.

Es war gut zu wissen, dass er nicht unter demselben Gebrechen litt wie ich und noch seine Stimme hatte. Ich hingegen musste mich endlich aus meiner Benommenheit reißen.

»Hat Ivy dir alles besorgt, was du brauchst?«, erkundigte ich mich.

Der plötzliche Themenwechsel veranlasste Evette dazu, den Kopf schief zu legen.

*Ja, Baby, ich weiß, dass Cooper dich nach dem Essen gefragt hat. Aber ich kann nur daran denken, wie du deinen Körper einseifst. Deshalb verhalte ich mich wie ein Trottel.*

»Und noch einiges mehr«, antwortete sie.

Ich muss wohl genauso verwirrt ausgesehen haben, wie ich mich fühlte, denn Evette fuhr fort: »Ivy hat mir alles besorgt, was ich brauche, und noch einiges darüber hinaus.« Die letzten Worte sprach sie ganz deutlich aus, als sei ich begriffsstutzig.

Und mein Verstand schien momentan wirklich nicht richtig zu arbeiten.

*Reiß dich zusammen, Harris. Herrgott, du Idiot.*

»Natürlich. Das ist gut.«

Evette starrte mich weiterhin an. »Ist alles in Ordnung?«

»Ihm geht es gut. Aber ich bin am Verhungern. Hühnchen, Burger oder Steak?«, wollte Coop wissen.

Ich war dankbar für seine Einmischung und würde dem Mann eine Flasche seines Lieblingsschnapses kaufen, wenn das alles vorbei war.

»Ich bin nicht wählerisch, ich esse alles«, antwortete Evette.

»Also Steak«, entschied Coop und ging in die Küche.

Damit waren Evette und ich allein im Wohnzimmer.

»Also …«, begann ich.

»Ich fühle mich …«, murmelte Evette gleichzeitig.

»Du zuerst …«, sagten wir beide im Chor.

*Großartig, du Idiot.*

»Verhext«, rief Evette lächelnd.

Ich grinste und schüttelte amüsiert den Kopf. »Zwei Deppen, ein Gedanke«, erwiderte ich.

Was zum Teufel war nur los mit mir? Ich fühlte mich, als hätte mein Gehirn sich von selbst abgeschaltet, und in meinem Kopf befand sich nichts weiter als heiße Luft.

Evette lachte schallend, was zur Folge hatte, dass ihre Schultern bebten und ihre Brüste auf und ab wippten. Ich betrachtete die Strähnen ihres Haares, die um ihre Titten wallten. Nein, diese Frau hatte Brüste. Brüste, verdammt noch mal. Andere Frauen hatten Titten. Frauen, die ich nackt sehen und ficken wollte. Und ich würde Evette London auf keinen Fall ficken.

Allerdings protestierte mein Schwanz heftig bei diesem Gedanken.

*Respekt, du Arschloch.*

»Da hast du wohl recht«, kicherte sie.

»Ja.«

Mehr brachte ich nicht hervor, denn meine lüsternen Gedanken hatten mir den Verstand vernebelt. Ich musste dem ein Ende bereiten. Heute Abend würde ich ein ernstes Wort mit meinem Schwanz reden. Wem zum Teufel machte ich etwas vor? Mein Schwanz war nicht das Problem, den hatte ich unter Kontrolle. Das Problem war der Rest von mir.

Die Erkenntnis war unangenehm.

Ich konnte meine Gefühle nicht einordnen, weil ich noch nie zuvor derartige Emotionen empfunden hatte.

Ich hatte keine Ahnung, warum Evette mich derart in ihren Bann zog.

Es war völlig verrückt.

Aber ich konnte dieses nagende Gefühl nicht unterdrücken.

Mein Herz pochte wild in meiner Brust, bis ich schon glaubte, es wolle herausspringen. Und das machte mir Angst, denn ich hatte das unbestimmte Gefühl, dass es sein Ziel genau kannte. Es hatte seinen Besitzer gefunden. Aber ich würde es nicht kampflos aufgeben.

# KAPITEL ACHT

Benommen und verwirrt.

Anders konnte ich meinen Zustand nicht beschreiben.

Die letzten Tage waren die verrücktesten meines Lebens gewesen, und der gestrige Abend hatte dem Ganzen die Krone aufgesetzt.

Nach meiner Dusche und der seltsamen Unterhaltung mit Gabe war die Stimmung angespannt und unbehaglich gewesen. Während des Abendessens hatte Cooper sein Bestes getan, um die Atmosphäre aufzulockern. Er hatte über belanglose Themen geplaudert und den Grund meiner Anwesenheit mit keinem Wort erwähnt.

Obwohl ich gern zur Sache gekommen wäre, war ich dankbar für die Atempause. Mir schwirrten so viele Gedanken durch den Kopf, dass er sich anfühlte, als würde er explodieren. Zudem hatte ich keine Ahnung, wer der Mann war, der mich mit einer Waffe bedroht hatte, und ich hatte Garrett alle meine Unterlagen gegeben.

Insgeheim hatte ich ein schlechtes Gewissen, weil ich mich in diesen Schlamassel gebracht und ihn dann auf Kyle und seine Freunde abgewälzt hatte. Aber ich fühlte mich nicht schuldig genug, um mich dem Problem im Alleingang zu stellen.

Schließlich war ich nicht dumm und wusste, wann ich einer

Situation nicht mehr Herr wurde. Und die Geschehnisse in meiner Wohnung hatten mich eindeutig überfordert.

Gestern Abend hatte ich geholfen, den Abwasch zu erledigen, und mich dann mit der Begründung, ich sei müde, entschuldigt. Ich war tatsächlich erschöpft gewesen, aber das war nicht der Grund dafür, dass ich mich so hastig ins Schlafzimmer zurückgezogen hatte.

Nein, *nein*, nein. Meine Flucht hatte etwas mit Gabe zu tun.

Aber sobald ich mich ins Bett gelegt hatte, hatte ich begonnen, jedes Wort von ihm zu analysieren. Sein Lächeln, sein Stirnrunzeln, die Art, wie er mich angesehen hatte, über alles musste ich mir den Kopf zerbrechen. Es war wie ein Fluch, den ich einfach nicht abschütteln konnte. Und im Hinblick auf Gabe gab es so vieles zu überdenken, dass ich noch bis in die frühen Morgenstunden gegrübelt hatte.

Vor etwa einer Stunde war ich aufgewacht, doch ich hatte mich noch nicht dazu durchringen können aufzustehen. Ich war ein Feigling. Und nun dachte ich über all die Gefühle nach, die ich für Gabe empfand.

Einerseits machte er mir Angst, aber auf eine aufregende Art und Weise.

Ich fühlte mich sehr zu ihm hingezogen. Also schön, ich hatte Schmetterlinge im Bauch und verspürte erregendes Kribbeln, das geradezu beängstigend war.

Ständig dachte ich darüber nach, wie er mich ansah.

Mit einem wissenden Blick.

Ich hatte keine Ahnung, was genau er sah, aber ich hätte schwören können, dass ich es auch spürte.

Ich fühlte es tief in meinem Inneren.

Aus diesem Grund lag ich auch jetzt noch verwirrt im Bett und versteckte mich feige vor der Welt.

Es war unhöflich von mir. Schließlich gab es einiges zu tun.

Ich musste mich bei meinem Redakteur melden und eine Ausrede erfinden, warum ich in nächster Zeit von zu Hause arbeiten würde.

Ich musste Garrett helfen.

Aber zuerst musste ich Gabe gegenübertreten.

*Komm schon, du Weichei, steh auf, reiß dich zusammen und wappne dich. Augen zu und durch.*

Es gab zwar bessere Worte, um mich anzuspornen, doch ich stand schließlich auf und stellte mich dem Tag.

Nachdem ich mir die Zähne geputzt, die Haare hochgebunden und eines der Outfits angezogen hatte, die Ivy mir besorgt hatte, ging ich ins Wohnzimmer. In der Tür blieb ich abrupt stehen und hielt den Atem an.

Gabe.

Er hatte den Kopf gesenkt, während er sich gerade etwas aus dem Gesicht wischte. Dazu benutzte er offenbar ein zerknülltes T-Shirt.

Ich ging davon aus, dass es sein Hemd war, da er mit nacktem Oberkörper vor mir stand.

Heilige Mutter Gottes.

Er hatte mir den Rücken zugewandt, was mir die Möglichkeit gab, den Anblick zu bewundern.

Während ich seine breiten Schultern betrachtete, überlegte ich, ob ich im Internet etwas über die menschliche Anatomie lesen sollte. Ich war mit all den Muskelgruppen nicht vertraut, doch es war eine Schande, dass ich die Schönheit, die sich mir bot, nicht mit dem passenden Namen würdigen konnte. Am liebsten hätte ich eine Hand über seinen schweißnassen Rücken gleiten lassen, um jede Vertiefung und jede Erhebung unter meinen Fingerspitzen spüren zu können.

Ich ließ den Blick tiefer wandern. Zu meiner Bestürzung trug Gabe weite Sportshorts, unter denen sein wohlgeformter Hintern nur ansatzweise erkennbar war. Dann ließ ich den Blick noch tiefer auf seine perfekten Waden gleiten. Er war definitiv ein Läufer.

In diesem Moment rief Cooper meinen Namen und riss mich aus meiner Trance.

Gestern Abend hatte ich beschlossen, dass ich Cooper mochte. Doch da er mich nun unterbrochen hatte, war ich mir nicht mehr so sicher, und als ich aufblickte, sein Grinsen sah und in seine funkelnden blauen Augen blickte, änderte ich meine Meinung vollkommen. Ich mochte ihn nicht.

»Alles okay bei dir, Evette?«, fragte Cooper.

Jetzt mochte ich ihn *wirklich* nicht mehr.

»Alles bestens, Cooper. Wie geht es dir?«

»Ein weiterer Tag im Paradies«, antwortete er nur.

*Was soll ich darauf erwidern?*

»Hast du Hunger? In der Küche stehen Eier und Speck für dich«, bot Gabe an.

»Danke, ich bin tatsächlich am Verhungern.«

Bevor ich mich davonstehlen konnte, murmelte Cooper: »Ja, du sahst ziemlich ausgehungert aus.«

*Ausgehungert?*

Wovon redete er bloß?

»Wie bitte?«

»Vergiss es.« Cooper zuckte mit den Schultern, aber er hatte immer noch ein Grinsen im Gesicht. »Du solltest dir lieber etwas zu essen holen.«

*Seltsam.*

Ich kannte weder Cooper noch Gabe, daher konnte ich nicht einschätzen, ob er sich über mich lustig machte oder mich nur aufziehen wollte.

Zehn Minuten später hatte ich eine Portion Rühreier vertilgt. Ich trug meinen Teller zur Spüle und dachte immer noch über Coopers seltsame Bemerkungen nach. Plötzlich wurde mir klar, was er gemeint hatte. Ruckartig wirbelte ich herum und starrte Cooper finster an, der mit dem Rücken zu mir am Tisch saß. Es dauerte nicht lange, und er drehte sich zu mir um.

Ich verengte die Augen und durchbohrte ihn mit einem Blick, der so viel ausdrückte wie: »Du kannst mich mal.« Er grinste jedoch nur breit, also versuchte ich es mit einem Blick, der gleichbedeutend war mit den Worten: »Du bist ein Arschloch.« Damit landete ich einen Volltreffer, doch er erholte sich schnell wieder und brüllte vor Lachen.

Dieser Mistkerl.

»Ich mache keine Witze«, erklärte ich.

»Oh doch, das tust du«, erwiderte Cooper lächelnd.

Idiot.

»Was ist so lustig?«, fragte Gabe.

»Nichts«, blaffte ich.

»Du bist vielleicht ein bisschen schwer von Begriff, aber letztendlich hast du es verstanden.«

Cooper zwinkerte mir zu, bevor er sich umdrehte und sich wieder seinem Laptop widmete.

»Wovon redet er?«, fragte Gabe, der mich immer noch verwirrt anstarrte. Ich konnte ihm den Wortwechsel jedoch nicht erklären, ohne zuzugeben, dass Cooper mich dabei erwischt hatte, wie ich Gabes Muskeln bewundert hatte. Und das würde ich auf keinen Fall tun. Zum einen hatte ich ihn tatsächlich wie ausgehungert angestarrt. Und zum anderen war es möglich, dass Gabe noch einmal laufen gehen und sich dann den Schweiß mit seinem T-Shirt abwischen würde. Und ich wollte die Show auf keinen Fall verpassen.

Großartig. Jetzt war ich obendrein eine perverse Spannerin.

»Keine Ahnung«, log ich.

»Du solltest sie fragen, ob sie noch Hunger hat«, stichelte Cooper weiter.

»Bist du satt geworden?«, fragte Gabe.

Cooper stand auf und lachte so laut, dass das Geräusch des Stuhls, der über den Boden scharrte, kaum zu hören war.

»Ich kann nicht«, brachte Cooper hervor und hob kapitulierend die Hände in die Höhe. »Ich gehe … Scheiße, ich weiß auch nicht, wohin ich gehe. Bin gleich zurück.«

Cooper verließ das Zimmer, und genau wie gestern Abend blieb ich mit Gabe zurück. Wieder breitete sich betretenes Schweigen zwischen uns aus.

Er starrte mich an, als sei mir ein Horn aus der Stirn gewachsen. Und ich beäugte ihn argwöhnisch und flehte ihn im Stillen an, mir keine weiteren Fragen zu stellen.

»Was zum Teufel war das?«, wollte er wissen.

»Er ist dein Freund, sag du es mir.«

*Bitte bohre nicht weiter nach.*

»Deine Wangen sind gerötet. Hat er dich in Verlegenheit gebracht?«

*Oh Gott.*

*Warum ich?*

»Nein. Ich muss wohl eine Hitzewallung haben.«

Eine Hitzewallung? Oh mein Gott. Nun hatte ich das Bedürfnis, ihm zu erklären, dass ich nicht in den Wechseljahren war.

»Soll ich die Klimaanlage einschalten?«

»Nein, mir geht es gut. Manchmal wird mir einfach warm.«

*Hör auf zu reden, Evette. Halt den Mund und sag nichts mehr.*

»Bist du sicher? Dein Gesicht ist ganz rot.«

»Ja, mir geht es gut«, erwiderte ich mit schriller Stimme und drehte mich wieder der Spüle zu.

Ich spülte den Teller und wollte gerade den Wasserhahn zudrehen, als ich spürte, wie Gabe näher kam.

Warum nur?

»Hey«, rief er. »Bist du sicher, dass Cooper dich nicht in Verlegenheit gebracht hat?«

Er klang ernst und sogar ein wenig verärgert.

*Scheiße.*

Ich hatte drei Möglichkeiten. Entweder ich rückte mit der Wahrheit heraus. Oder ich spann meine Lügengeschichte noch weiter, und Gott weiß, was mir dann noch alles herausrutschen würde. Wahrscheinlich würde ich ihm erzählen, dass ich meine Periode hatte und dabei regelmäßig Krämpfe und gerötete Wangen bekam. Oder ich konnte Cooper zum Sündenbock machen. Dann wäre Gabe auf ihn wütend, und das wäre nicht rechtens. Die letzte Option kam also nicht infrage. Und obwohl ich mich damit selbst in Verlegenheit bringen würde, entschied ich mich für die Erstere.

*Ich werde die Wahrheit sagen.*

»Er hat mich dabei erwischt, wie ich deinen Rücken angestarrt habe«, platzte ich heraus.

»Wie bitte?«

*Heilige Scheiße.*

Ich schloss die Augen und kämpfte gegen das Gefühl der Demütigung an.

»Als ich aus dem Schlafzimmer kam, standest du mit dem Rücken zu mir und ich habe deine Muskeln bewundert. Ich habe keine Ahnung von Muskelgruppen und kann sie nicht benennen, aber du hast eine Menge davon, deshalb habe ich dich eine Weile begafft. Irgendwann hat Cooper mich dabei ertappt. Aber ich glaube nicht, dass ich zu diesem Zeitpunkt gerade auf deinen Hintern gestarrt habe. Deine Shorts sind ohnehin zu weit, um etwas zu erkennen. Aber ich habe deine Waden betrachtet, die darauf schließen lassen, dass du häufiger Laufen gehst.«

»Ausgehungert«, murmelte Gabe.

Mir stieg die Hitze in die Wangen und ich schloss die Augen. Im nächsten Moment spürte ich einen Finger unter meinem Kinn, der gerade genügend Druck ausübte, um meinen Kopf anzuheben.

»Sieh mich an, Evette.«

Meine Schmach kannte keine Grenzen. Gerade hatte ich zugegeben, eine perverse Spannerin zu sein, und nun benahm ich mich auch noch wie ein törichtes Kind.

*Großartig.*

Langsam öffnete ich die Augen und blickte in zwei tiefbraune Iriden, die mich direkt anstarrten.

»Es tut mir leid. Ich hätte dich nicht so begaffen sollen.«

Gabes Lippen umspielte ein Lächeln.

»Es macht mir nichts aus.«

»Okay, dann tut es mir leid, dass ich erwischt wurde und Cooper noch mehr Munition geliefert habe.«

»Ist das der einzige Grund, warum es dir leidtut, erwischt worden zu sein?«

»Nun, nein. Ich musste außerdem zugeben, dass ich dich heimlich angeschmachtet habe. Damit ist es wohl kein Geheimnis mehr.«

»Du hast mich also angeschmachtet.«

Ich ignorierte Gabes Bemerkung und blamierte mich einfach weiter.

»Natürlich ist es auch enttäuschend, da du beim nächsten Mal dein Hemd nicht ausziehen wirst, wenn du zurückkommst, weil du weißt, dass ich dich anstarren werde.«

»Klar.«

Erneut zuckten seine Mundwinkel und ich warf meinen gesunden Menschenverstand endgültig über Bord. Plötzlich wurde ich von dem Bedürfnis übermannt, Gabes Lippen auf meinen zu spüren.

»Evette?«

»Hm?«

»Baby, sieh mich an.«

»Ich sehe dich.«

»Nein, du starrst auf meinen Mund.«

*Scheiße.*

*Wieder erwischt.*

Ich begegnete seinem Blick, doch diesmal betrachtete er mich mit einem ernsten Ausdruck in den Augen.

»Du stellst die Selbstbeherrschung eines Mannes auf eine harte Probe.«

»Was meinst du damit?«

Er schüttelte den Kopf und setzte eine ausdruckslose Miene auf.

Wenn ich nicht so durcheinander gewesen wäre, hätte es mich beeindruckt, wie gut er seine Gefühle verbergen konnte.

»Nichts.« Er ließ meine Hand los und trat einen Schritt zurück.

Eine spürbare Kälte breitete sich zwischen uns aus. »Ich rede mit Cooper«, sagte er lediglich.

Da meine große Klappe mir schon jede Menge Ärger eingebracht hatte, hielt ich klugerweise den Mund und nickte.

Eigentlich war es nicht meine Klappe, die mich in Schwierigkeiten gebracht hatte, sondern meine Vagina, die nach über einem Jahr Auszeit wieder erwacht war. Wäre sie in dem komatösen Zustand geblieben, in dem sie sich seit meiner letzten katastrophalen Beziehung befunden hatte, hätte ich Gabe nicht derart unverhohlen angestarrt.

*Dumme Vagina.*

# KAPITEL NEUN

Wenn ich mich weiterhin wie ein geiler Teenager selbst befriedigte, würde ich mir Schwielen an der Hand zuziehen.

In den letzten drei Tagen schien ich nichts anderes getan zu haben.

Ich wachte morgens auf, holte mir einen runter und dachte dabei an Evette. Dann brachte ich Evette ins Büro, arbeitete den ganzen Tag und kehrte mit Evette in den sicheren Unterschlupf zurück. Ich aß mit Evette zu Abend und sah mit Evette fern. Schließlich ging ich ohne Evette zu Bett und befriedigte mich erneut, während ich mir ausmalte, was ich alles mit Evette anstellen wollte.

Es war immer dasselbe.

Cooper spielte in meinem Tagesablauf teilweise auch eine Rolle, aber natürlich nie, wenn ich meinen Schwanz in der Hand hatte.

Drei verdammte Tage.

Warum sollte es heute Morgen unter der Dusche anders sein?

Ich war mit einer Erektion aufgewacht, nachdem ich wieder einmal von der schönen Miss London geträumt hatte. Das Schlimmste daran war, dass Evette in diesem Traum nicht auf meinem Schwanz geritten war, sich nicht vornübergebeugt hatte, um mir ihren perfekten, herzförmigen Hintern zu präsentieren, und auch nicht meinen harten Schaft mit ihren Lippen umschlossen hatte. Nein, in meinem Traum war sie vollständig bekleidet, hielt meine Hand und starrte mich durchdringend an, während wir miteinander redeten.

*Wir redeten.*

Was zum Teufel?

Seit wann hielt ich mit einer Frau Händchen und unterhielt mich mit ihr?

Das Thema unserer Traumdiskussion hätte meine Erektion schneller zum Abflauen bringen müssen als ein Paar verschwitzte Eier in meinem Gesicht. Doch nun stand ich unter der Dusche, hatte eine Hand an der gefliesten Wand abgestützt und wichste mit der anderen meinen Schwanz.

Wenn das so weiterging, würde ich wohl bald meine linke Hand benutzen müssen.

Was für ein Versager holt sich einen runter, während er das Lächeln einer Frau vor Augen hat?

Als ich zum Höhepunkt kam, wusste ich, dass ich dieser Versager war.

»Scheiße.«

Ich ließ den Kopf hängen und das heiße Wasser auf meinen Rücken prasseln, während ich mich nach einem lauwarmen Orgasmus in der Dusche ergoss. Das war das Problem, wenn man sich zweimal am Tag selbst befriedigte. Die Erleichterung war nur von kurzer Dauer und der Höhepunkt ließ ernsthaft zu wünschen übrig. Hätte eine Frau mit mir unter der Dusche gestanden, hätte ich mich für das lahme Finale geschämt.

Eine Frau? Ich meinte natürlich Evette. Wäre sie bei mir gewesen, wäre ich auf den Gipfel der Ekstase katapultiert worden. Natürlich erst nachdem ich sie gegen die Wand gefickt und sie dazu gebracht hatte, meinen Namen zu schreien.

Leider war Evette nicht bei mir. Ich war ganz allein.

* * *

»Jemand hat in seine Cornflakes gepisst.«

Coopers charmante Bemerkung galt mir, als ich die Küche betrat.

Ein Gutes hatte unser Aufenthalt in dem sicheren Unterschlupf auf jeden Fall, denn ich hatte die Gelegenheit, Cooper näher kennenzulernen.

Zwar hatten wir nicht gerade den Whisky ausgepackt und Geschichten über unser Leben ausgetauscht, aber wir hatten viel Zeit miteinander verbracht. Ich musste seine Akte nicht lesen, um zu wissen, dass Cooper seinen Job gut gemacht hatte. Andernfalls hätte Zane ihn nicht eingestellt. Er war der einzige Mann bei Z Corps ohne militärische Erfahrung, aber das bedeutete nicht, dass er nicht über taktische Kenntnisse verfügte. Eine Akte verriet jedoch nicht alles, was es über einen Menschen zu wissen gab. Manche Informationen erhält man nur, wenn man jemanden näher kennenlernt. Mit Freude stellte ich fest, dass Cooper hochintelligent, intuitiv und direkt war. Außerdem hatte er Sinn für Humor und fügte sich nahtlos in das Team ein.

Je mehr Zeit ich mit ihm verbrachte, desto weniger sah ich seinen Bruder in ihm. Zwar gab es gewisse Ähnlichkeiten, aber Cooper und Jaxon waren sehr unterschiedlich.

»Ich habe kein Wort gesagt«, stellte ich fest und ging in die Küche. »Wo ist Evette?«

»Anaya hat angerufen. Sie ist ins Schlafzimmer gegangen, um mit ihr zu telefonieren.«

*Scheiße.* Damit hatte ich gerechnet. Nachdem Kyle sich gestern bei uns gemeldet und uns erzählt hatte, dass er seiner nun aufgebrachten Frau die Situation erklärt hatte, hatten wir Evette extra für diesen Fall ein gesichertes Handy gegeben.

Ich dachte schon darüber nach, Evette in ihr Schlafzimmer zu folgen, um ihr beizustehen, während sie mit ihrer Freundin sprach. Evette machte keinen Hehl daraus, dass sie ein schlechtes Gewissen hatte, weil sie Anaya, Kalee und Piper möglicherweise in Gefahr gebracht hatte. Während der letzten drei Tage hatten wir alles durchforstet, was sie herausgefunden hatte. Außerdem hatten wir die E-Mails, die sie erhalten hatte, genau unter die Lupe genommen. Evette hatte sie als Drohungen aufgefasst, doch sie schienen eher als Warnungen zu dienen, um Evette verständlich zu machen, dass sie ihre Recherchen einstellen solle. Keine der Nachrichten war übermäßig aggressiv. Es war seltsam, aber trotz ihres zurückhaltenden Tons waren die E-Mails fast wie eine Spur aus Brotkrumen.

Tex, Ace und Phantom waren sich einig, dass alle Bilder über ein Jahr alt waren und nichts darauf hindeutete, dass eine der Frauen aktuell verfolgt wurde. Es war unbestritten, dass die Rebellen das Dorf und das Waisenhaus zerstört hatten.

Trotzdem blieb die Frage bestehen, ob jemand die Rebellen auf das Dorf angesetzt hatte oder ob sie es zufällig überfallen hatten. Da keiner von uns an Zufälle dieser Größenordnung glaubte, gingen wir davon aus, dass jemand die Rebellen dafür bezahlt hatte, das Dorf, das Waisenhaus und möglicherweise Kalee anzugreifen.

Phantom war stinksauer, und Ace war genauso wütend. Beide Männer hatten ihr Team beauftragt, die Frauen zu beschützen. Weder Kalee noch Piper würde etwas zustoßen, selbst wenn jemand sie bedrohen sollte.

Doch das schien nicht der Fall zu sein.

Momentan war lediglich Evette in Gefahr.

Garrett hatte die Kameras rund um Z Corps und den Unterschlupf im Auge. Wer auch immer Evette mit einer Waffe bedroht hatte, bisher war er ihr nicht nach Maryland gefolgt. Und wenn doch, dann war er sehr gerissen.

»Wie lange ist sie schon da drin?«, fragte ich.

»Der Anruf kam etwa zu der Zeit, als du das Wasser in der Dusche aufgedreht hast.« Coop hielt inne und verzog die Lippen zu einem irritierenden Lächeln. »Ich dachte, ihr SEALs duscht in Sekundenschnelle. Doch du scheinst eher der Typ zu sein, der sich Zeit lässt.«

Arschloch.

»Wir haben viele Facetten, das macht uns so gefährlich. Wir wissen, wann wir uns Zeit lassen können und wann wir uns aus dem Staub machen müssen.«

»Und das gilt auch, wenn du etwas Zeit für dich brauchst?«

Ich brach in schallendes Gelächter aus. Die Reaktion überraschte mich selbst. Natürlich war ich nicht glücklich mit meiner Situation, aber ich musste Coop zugestehen, dass er lustig war.

»Den habe ich nicht kommen sehen.«

Coops Blick wurde ernst und ich wünschte mir, er würde mich wieder aufziehen.

Doch dem war nicht so.

»Geht es dir gut?«

Verdammt, nein, mir ging es nicht gut. Ich verzehrte mich nach einer Frau, die ich niemals würde haben können, und in meinen Träumen unterhielt ich mich mit ihr. Und das Schlimme daran war, dass meine Gefühle nur wenig mit Lust zu tun hatten.

Also beschloss ich, ehrlich zu sein.

»Ich muss mich einfach von ihr fernhalten.«

»Warum?«

Es hätte ein Jahr gedauert, alle Gründe aufzuzählen. Aber der wichtigste war, dass ich nicht für eine feste Beziehung geschaffen war. Diese endeten in der Regel mit Heirat und Familiengründung, und das war nichts für mich. Ich hatte früh lernen müssen, dass das Leben unerwartete Wendungen nehmen und eine Familie in Armut stürzen konnte. Das wollte ich meiner Frau und meinen Kindern nie zumuten. Als alleinstehender Mann hatte ich es leicht, aber die Verantwortung für eine Familie würde mich erdrücken. Ich hatte Hunger und Angst am eigenen Leib erfahren und mir geschworen, so etwas nie wieder erleben zu müssen.

»Weil es nicht richtig wäre. Zunächst mal ist sie Anayas Freundin und steht Kyle nahe. Außerdem musst du nur einen Blick auf die Frau werfen, und du weißt, dass sie für belanglose Abenteuer nicht zu haben ist.«

»Und du willst nichts weiter als ein belangloses Abenteuer«, riet Coop.

»Genau.«

»Gut zu wissen.«

Als Coop erneut die Lippen zu einem Lächeln verzog, verkrampfte sich mir der Magen.

Er würde es doch nicht wagen ... oder?

»Was ist gut zu wissen?«

»Dass du kein Interesse hast. Garrett redet schon die ganze Zeit davon, wie klug sie ist. Ich glaube, sie sind sich nähergekommen, als sie über irgendwelche Technologien gefachsimpelt haben. Mir war das Thema viel zu hoch, aber Evette hat es verstanden und hat Garrett mit Fragen gelöchert.«

Bei den Worten schnellte mein Blutdruck in die Höhe.

Was zum Teufel?

»Garrett soll seine verdammten Hände bei sich behalten.«

*Und seinen Schwanz*, aber diesen Gedanken behielt ich für mich.

»Das verstehe ich nicht. Im Gegensatz zu Garrett bist du nicht interessiert. Und er scheint mir kein Mann zu sein, der sie vögelt und sich danach nie wieder bei ihr meldet.«

Oh, Garrett würde sie sicher anrufen und sich ein zweites und drittes Mal mit ihr vergnügen. Aber mehr würde Evette von ihm nicht bekommen. Wie jede andere Frau auch. Es war allgemein bekannt, dass Garrett sein Herz an eine Frau aus seiner Vergangenheit verloren hatte und sie immer noch liebte. Viele Damen hatten versucht, Garrett zu verführen, und waren immer abgewiesen worden.

Evette würde keine von ihnen sein.

Aus diesem Grund kochte ich jetzt vor Wut. Aber ich wollte sie nur beschützen. Obwohl mir bei dem Gedanken daran, wie ein anderer Mann sie berührte, übel wurde, hatte meine Reaktion nichts mit Eifersucht zu tun.

Nein.

Ganz sicher nicht.

»Du irrst dich, was Garrett angeht.«

»Nein, Gabe. Der Einzige, der sich irrt, bist du.«

Bevor ich meinem neuen Teamkameraden erklären konnte, warum ich recht hatte, kam Evette mit hochrotem Kopf aus ihrem Schlafzimmer.

Statt sofort zu ihr zu eilen, zwang ich mich zur Ruhe und blieb in der Küche stehen. »Alles in Ordnung?«

Sie begegnete meinem Blick und sah mich traurig an. Mein Bedürfnis, zu ihr zu gehen, wurde immer stärker.

»Sie hasst mich zwar nicht, aber sie kocht vor Wut«, sagte Evette und ihr brach die Stimme.

Da konnte ich mich nicht länger zurückhalten.

Ich wusste, dass es ein Fehler war, aber meine Füße schienen sich wie von selbst zu bewegen, und ich ging auf sie zu. Als ich sie in meine Arme zog, schien jede Zelle meines Körpers mich zu warnen, aber ich ignorierte sie. Und als ich Evette fest an meine Brust drückte und sie mich umarmte, fand ich mich in einer ganz neuen Hölle wieder, die weit über die gewöhnliche Folter hinausging. Ich wusste, dass es falsch war, und doch fühlte es sich so richtig an, dass ich sie nie wieder loslassen wollte. Die Versuchung, nachzugeben und mich zu verlieben, war so groß, dass ich für einen Moment die Augen schloss und mich daran erinnerte, wie ich zum ersten Mal bei unserem Nachbarn um Essen gebettelt hatte.

Und nachdem ich die Schleusen einmal geöffnet hatte, strömten auch die restlichen Erinnerungen wie ein Eimer Eiswasser auf mich ein.

*Angst und Hunger.*

»Ich kenne Anaya. Ihre Wut wird schnell verebben«, beruhigte ich Evette.

»Ich weiß nicht«, krächzte Evette. »Sie war wirklich aufgebracht, weil ich ihr nicht erzählt habe, was ich vorhatte. Und sie geriet richtiggehend in Rage, weil ich sie nicht angerufen habe, nachdem ich fast angefahren wurde.«

Fast angefahren?

»Wovon redest du? Wann wurdest du fast angefahren?«

Evette erstarrte und ich mit ihr. Sie antwortete nicht.

»Evette?«

»Ich habe gar nicht mehr daran gedacht, bis ich mit Anaya gesprochen habe.« Langsam neigte sie den Kopf zurück, um mich anzusehen, aber sie löste sich nicht gänzlich von mir. »Es ist ungefähr eine Woche, nachdem ich mit meinen Recherchen begonnen hatte, passiert. Ich hatte meinen Wagen auf dem Parkplatz gegenüber dem Gebäude abgestellt, in dem ich arbeite, und überquerte die Straße auf einem Zebrastreifen. Ich war fast auf der anderen Seite angelangt, als ein Wagen von rechts kam und mich fast überfahren hätte. Wahrscheinlich hätte er mich erwischt, wenn Mark aus der Buchhaltung nicht gewesen wäre. Der Mann hat im College Football gespielt und hat mich von hinten angerempelt und mich sicher auf den Bordstein gestoßen.«

Ich war mir nicht sicher, ob ich Mark dankbar sein sollte, weil er sie gerettet hatte, oder ob ich wütend war, weil er sie angerempelt hatte. Vielleicht war ich auch aufgebracht, weil Evette vergessen hatte zu erwähnen, dass zuvor schon jemand versucht hatte, sie auszuschalten.

»Wurden noch weitere Anschläge auf dein Leben verübt, von denen du uns nichts erzählt hast?«

Evette zuckte zusammen. Ich hätte wegen meiner Schroffheit ein schlechtes Gewissen gehabt, aber wir sprachen davon, dass jemand ihr nach dem Leben trachtete.

»Nun …«, murmelte sie und verstummte sofort wieder.

Ihr Zögern löste eine ungesunde emotionale Reaktion in mir aus. Meine Schutzmauern begannen zu bröckeln, und ich war so damit beschäftigt, sie zu kitten, dass ich nicht bemerkte, wie ihr die erste Träne über ihr wunderschönes Gesicht lief. Doch dann sah ich sie, und jede weitere Träne schwächte den Zement, den ich in die Risse geschmiert hatte.

»Weine nicht«, flehte ich.

Ich hörte, wie Cooper hinter uns etwas murmelte. Offenbar telefonierte er, denn die Worte waren nicht an uns gerichtet.

»Wenn ich genau darüber nachdenke, ist da noch mehr. Es sind einige merkwürdige Dinge passiert, die ich aber nicht damit in Verbindung gebracht habe.«

Ich unterdrückte die irrationale Angst, die in mir aufzusteigen drohte. Evette befand sich in meinen Armen in Maryland und war in Sicherheit. Niemand würde ihr etwas antun oder auch nur versuchen, ihr wehzutun.

»Hör auf zu weinen, Baby. Du bist hier absolut sicher.« Aus irgendeinem mir unerklärlichen Grund drückte ich ihr einen Kuss auf die Stirn.

Meine Lippen streiften kaum ihre Haut, aber ich hätte

genauso gut meine Zunge in ihren Mund stecken können, während sie sich an meinem Schwanz rieb.

Ich verlor den Verstand.

Evette atmete tief durch, und ich musste all meine Willenskraft zusammennehmen, um den Blick nicht auf ihr Dekolleté zu senken.

Ja, ich war verrückt geworden.

»Ich komme mir vor wie eine Idiotin.«

»Nicht doch. Komm schon, wir sollten uns setzen und alles von vorn durchgehen. Lass diesmal kein Detail aus, selbst wenn es dir noch so unbedeutend erscheint.«

Sie nickte knapp und ich war dankbar, als sie einen Schritt zurücktrat.

*Eines muss ich mir merken. Unter keinen Umständen darf ich diese Frau je wieder in den Arm nehmen. Und auf keinen Fall darf ich sie jemals küssen.*

Mit dieser Warnung im Hinterkopf folgte ich ihr zur Couch.

Abstand.

Ich musste mich auf Distanz halten.

Als ich jedoch sah, wie sie auf der Sofakante saß und nervös mit den Knien auf und ab wippte, wusste ich, dass selbst die größte Entfernung nichts gegen diese Anziehungskraft zwischen uns ausrichten konnte.

# KAPITEL ZEHN

Ich war eine Närrin.

Während der letzten drei Tage war ich so fixiert darauf gewesen, mich von Gabe abzulenken, dass ich meine Probleme völlig außer Acht gelassen hatte.

Es hatte fast den Anschein, als hätte ich sie absichtlich ignoriert, denn je schneller wir eine Lösung gefunden hatten, desto schneller könnte ich zu meinem gewohnten Leben zurückkehren. Es war, als wüsste ich tief im Inneren, dass ich Gabe dann nie wiedersehen würde.

Ich war so dumm.

Vielleicht übte ich mich auch in Selbstsabotage.

Ganz gleich, was meine Gründe waren, ich musste der Realität ins Auge sehen.

»Was ist noch passiert?«, fragte Gabe.

Ich dachte an alles, was mir widerfahren war, seitdem ich mir zum ersten Mal Zugang zum Deep Web und schließlich zum Darknet verschafft hatte. Das Internet war vielschichtig und umso beängstigender, je tiefer man vordrang. An der Oberfläche bot es harmlose Seiten, auf denen man sich niedliche Katzenvideos anschauen und in den sozialen Medien Geschichten aus seinem vermeintlichen Leben posten konnte. Dann ging man einen Schritt weiter und fand Informationen über nicht offiziell veröffentlichte medizinische Forschungsergebnisse, gehackte Bankkonten und Kreditkarten. All das waren kriminelle Aktivitäten, die jedoch im Großen und Ganzen harmlos schienen im Vergleich zu dem, was man fand, wenn man in die abscheuliche und kranke Unterwelt des Darknets hinabstieg. Dort konnte man buchstäblich alles kaufen. Einfach alles.

Vor fünf Monaten hätte mich das noch schockiert. Jetzt überraschte es mich nicht mehr. Manche Gräuel, auf die man im Darknet stieß, waren mir bereits bekannt, aber ich hatte keine Ahnung von dem ganzen Ausmaß der Verderbtheit gehabt. Kriminelle handelten dort ungehindert mit Menschen und Drogen. Es war wirklich beängstigend, was in den Abgründen des Internets vor sich ging.

Jemand wie ich war in dieser Welt völlig fehl am Platz. Das hatte ich gewusst, und doch war ich dort verweilt und suchte nach … Nach was eigentlich? Was genau hatte ich gesucht?

Ein Geständnis?

Mein Gott, manchmal war ich so dumm.

Aber das erwähnte ich Gabe gegenüber nicht. Stattdessen erzählte ich ihm von meinem nächsten Missgeschick.

»Kurz nachdem ich fast überfahren worden wäre, landete ich im Krankenhaus.«

»Im Krankenhaus?«, knurrte Gabe.

Verdammt sollte er sein. Jedes Mal wenn er diesen Laut ausstieß, lief mir ein erregender Schauer über den Rücken.

»Ja, ich bin allergisch gegen Erdnüsse. Wenn ich im Büro arbeite, lasse ich mir mein Mittagessen in der Regel liefern. Ich kenne eine Handvoll Restaurants, deren Gerichte ich ohne Bedenken essen kann. An jenem Tag habe ich auch etwas bestellt, und schon nach dem zweiten Bissen fühlte ich mich unwohl. Es war schon eine Weile her, seit ich das letzte Mal eine allergische Reaktion hatte. Ich holte die Flasche mit Antihistaminsaft, die ich immer dabeihabe, aus meiner Handtasche und trank einen Schluck. Aber eine Minute später hatte ich ein Kratzen im Hals, kein gutes Zeichen. Ich gab mir meine Epi-Spritze und wartete noch eine Minute. Schließlich rief ich den Notarzt, erklärte, was los war, und gab mir eine zweite Dosis.

Zum Glück hat es geholfen, aber ich musste trotzdem in die Notaufnahme. Das Seltsame war, dass ich die Erdnüsse nicht riechen konnte.«

»Riechen? Du meinst wohl eher schmecken?«

»Beides. Aber ich kann Erdnüsse schon von Weitem riechen. Ich weiß, es klingt verrückt, aber ich habe diese Allergie schon mein ganzes Leben lang und wittere selbst die kleinste Menge wie ein Bluthund. Und normalerweise schmecke ich es sofort, wenn auch nur eine Spur von Erdnuss auf meine Zunge trifft. Als Kind musste ich mich sogar jedes Mal übergeben. Aber an jenem Tag habe ich die Erdnüsse in meinem Essen weder gerochen noch geschmeckt.«

Gabe starrte mich aufmerksam an, doch statt nervös zu werden, wäre ich am liebsten auf seinen Schoß gesprungen und hätte mich an ihn gekuschelt.

*Ganz ruhig, Mädchen.*

»Es leuchtet ein, dass du sie riechen kannst. Was ist noch passiert?«

Den Vorfall mit den Erdnüssen hätte ich als Versehen des Restaurants abtun können, doch den nächsten Zwischenfall konnte ich nicht so leicht erklären.

»Mein Wagen hat Feuer gefangen.« Gabes Augen loderten auf und schienen fast so heiß zu brennen wie die Flammen an jenem Tag. »Während ich im Inneren saß.«

»Wie bitte?«

Oh Mann, er sah wütend aus.

»Zum Glück stand ich an einer roten Ampel, als ich einen dumpfen Knall hörte. Der Laut war eher gedämpft und nicht mit einer Explosion zu vergleichen. Doch im nächsten Moment quoll Rauch unter der Motorhaube hervor. Er war so dicht, dass ich nichts mehr sehen konnte. Wahrscheinlich hat es mehr gequalmt als gebrannt, aber als die Polizei und die Feuerwehr eintrafen, stiegen schon Flammen auf. Zum Glück hat nicht das ganze Fahrzeug Feuer gefangen.« Mir war klar, dass ich redete wie ein Wasserfall, aber etwas musste ich Gabe noch sagen, damit er mich nicht für eine Idiotin hielt. »Mein Wagen wurde abgeschleppt und der Mechaniker stellte fest, dass Öl unter die

Motorhaube gespritzt war, was die starke Rauchentwicklung zur Folge hatte.«

»Defekte Zylinderkopfdichtung?«

Ich schüttelte den Kopf. »Der Mechaniker konnte die Ursache nicht genau feststellen.«

Gabe schwieg für eine Weile, und ich nutzte die Gelegenheit, um über die letzten Monate nachzudenken. Der Wagen, der mich fast überfahren hatte, die allergische Reaktion und das Feuer waren einschneidende Erlebnisse gewesen. Bis zu dem Tag, an dem mir jemand eine Waffe an den Kopf gehalten hatte. Diese Erfahrung hatte mich auf direktem Weg nach Maryland geführt. Aber da war noch etwas gewesen.

»Ich glaube, jemand ist in meine Wohnung eingebrochen«, sagte ich. »Zu dem Zeitpunkt war ich nicht zu Hause und ich bin mir auch nicht hundertprozentig sicher, weil nichts gestohlen wurde. Aber die Post, die ich auf der Anrichte gestapelt hatte, lag an einem anderen Platz. Natürlich könnte ich einfach paranoid sein und mich vielleicht nicht daran erinnern, sie weggeräumt zu haben, aber es erschien mir seltsam.«

Ich beobachtete, wie Gabe die Kiefermuskeln anspannte und die Lippen zu einer dünne Linie zusammenpresste.

»Sonst noch was?«

»Nein.«

Mit einem Nicken stand Gabe auf und fragte: »Bist du bereit, ins Büro zu fahren?«

Völlig verschlossen.

So war Gabe. Heiß und kalt.

Mal lächelte er und scherzte, mal war er stoisch und distanziert.

Er wechselte so schnell seine Stimmung, dass ich kaum mithalten konnte.

*Warum will ich überhaupt mithalten?*

»Ja. Ich bin fertig.«

»In fünf Minuten brechen wir auf.«

Dann ging er so schnell er konnte davon, ohne den Eindruck zu erwecken, er würde fliehen.

Ich blieb sitzen und zwang mich, über den vor mir liegenden

Tag nachzudenken, statt über einen Mann nachzugrübeln, der offensichtlich nichts mit mir zu tun haben wollte. Das war gar nicht so leicht, da ich von Natur aus dazu neigte, jedes seiner Worte auf die Goldwaage zu legen. Ich versuchte, aus seiner Mimik schlau zu werden und herauszufinden, warum Gabe so verschlossen war.

Schließlich wanderten meine Gedanken zu Anaya. Sie war so wütend auf mich, aber überraschenderweise nicht, weil ich Informationen über Timor-Leste eingeholt hatte. Nein, sie war in Rage, weil ich ihr weder von meinen Plänen erzählt noch sie um Hilfe gebeten hatte. Aber ich hatte einen guten Grund gehabt, sie nicht einzubeziehen – Kyle und Maxine. Im Gegensatz zu mir hatte sie jetzt eine Familie und war glücklich. Vor allem eine Bemerkung von ihr war mir im Gedächtnis geblieben. Bei der Erwähnung von Gabe hatte sie gesagt: »Bleib bei ihm, egal was passiert.«

Ich wusste, dass ich mich an einen Strohhalm klammerte, aber ich konnte nicht umhin zu denken, dass hinter ihrer Aussage eine tiefere Bedeutung steckte. Natürlich wollte meine Freundin, dass ich in Sicherheit war. Sie wusste, dass Gabe und der Rest seines Teams mich beschützen würden. Aber als sie von Gabe gesprochen hatte, war ihr wütendes Geschrei verstummt und ihre Stimme hatte einen sanften Tonfall angenommen.

Dank meiner Neugier war ich als Journalistin erfolgreich. Aber der Nachteil war, dass ich meinen Verstand nie abschalten konnte. Ich hörte nie auf zu denken, und das hatte mich letztendlich in Schwierigkeiten gebracht.

* * *

Einige Stunden später saß ich in Garretts Büro und überprüfte meine E-Mails auf einem geliehenen Laptop, als Garretts Stimme die Stille durchbrach.

»Das Konto in Dili gehört einem John Smith.«

»Wenn das kein falscher Name ist«, murrte ich.

»Gibt es einen bestimmten Grund, warum du Erkundigungen über Paul Solberg eingezogen hast?«

Kaylees Vater. Der plötzliche Themenwechsel überraschte mich. Ich blickte vom Bildschirm auf und sah, dass Garrett mich anstarrte.

»Mr. Solberg hat viel Zeit in Washington verbracht und sowohl mit Senatoren als auch mit Kongressabgeordneten zu Mittag gegessen. Er verfügt über viele einflussreiche Verbindungen und hat einige Gefallen eingefordert, um ein SEAL-Team nach Timor-Leste zu schicken, das Kalee retten sollte. Ich glaube, ich musste …« Ich atmete tief durch, bevor ich den Rest aussprach: »Ich musste sicher sein.«

»Du wolltest dich vergewissern, dass Paul Solberg sauber ist?«

»Ja.«

Das Eingeständnis tat mir im Herzen weh. Tief in meinem Inneren war ich mir sicher gewesen, dass Mr. Solberg seiner geliebten Tochter niemals etwas antun oder sie in Gefahr bringen würde. Zumindest nicht absichtlich. Ich glaubte auch nicht, dass er in irgendwelche kriminellen Machenschaften verwickelt war. Aber er war der Geschäftsführer eines großen Unternehmens mit mehreren Tochtergesellschaften. Einige dieser Firmen waren in der Rüstungsindustrie tätig, genau wie Abrams. Er hatte viele Angestellte, und es wäre gut möglich, dass einer von ihnen sich der dunklen Seite zugewandt hatte. Bevor ich meine Informationen weitergegeben hätte … Nun, ich war mir noch nicht einmal im Klaren darüber gewesen, an welche Behörde ich mich hätte wenden sollen. Aber bevor ich den nächsten Schritt unternommen hätte, hatte ich mich vergewissern wollen, dass Mr. Solberg eine weiße Weste hatte.

*Und wenn ich herausgefunden hätte, dass Solberg Industries in diese Sache verwickelt ist, was hätte ich dann getan?*

Die Antwort auf diese Frage quälte mich immer noch. Ich wollte Gerechtigkeit. Aber wenn ich in einer von Mr. Solbergs Firmen auf Hinweise auf zwielichtige Geschäfte gestoßen wäre, hätte ich meine Ermittlungen sofort eingestellt. Um Kalees willen. Ich hätte alles gelöscht, wenn ich damit meine Freundin davor hätte bewahren können, die Wahrheit zu erfahren. Zum

Glück war das nicht der Fall, und Mr. Solberg und seine Unternehmen waren blitzsauber.

»Ich hätte das Gleiche getan.« Garret schenkte mir ein verführerisches Lächeln.

Ich erwiderte es. Genau wie alle anderen Männer hier sah auch Garrett umwerfend aus. Es schien, als sei ich seit meiner Ankunft im innersten Heiligtum von Z Corps nur von gut aussehenden Menschen umgeben.

»Gehst du mit mir essen?«, platzte Garrett heraus.

*Was zum Teufel?*

Meine Augen blitzten auf, aber bevor ich die richtigen Worte fand, um höflich abzulehnen, knallte jemand einen Stapel Papiere auf Garretts Schreibtisch. Mir gefror das Blut in den Adern, als ich Gabe erblickte.

»Owen hat mich gebeten, das vorbeizubringen«, sagte er mit zorniger Stimme.

Er kochte vor Wut, daran bestand kein Zweifel.

Garrett ließ sich davon nicht beeindrucken. »Danke«, erwiderte er gelassen. »Hat Myles sich schon gemeldet?«

»Ja, sie sind noch in Richmond. Keine Spur von Delilah Watts«, antwortete Gabe mit angespanntem Tonfall.

Für einen Mann, der nichts mit mir zu tun haben wollte, schien er ziemlich aufgebracht darüber, dass Garrett mich zum Abendessen eingeladen hatte.

Es war verrückt, aber als ich Gabes finsteren Blick sah, hätte ich am liebsten gelächelt. Zumindest beachtete er mich. Nach unserer Ankunft bei Z Corps hatte er mich praktisch in Garretts Büro abgestellt und sich aus dem Staub gemacht. Und als ich ihm vorhin im Pausenraum begegnet war, war er vor mir geflohen, als litte ich an einer Genitalwarzeninfektion und er hätte Angst, sie könnte auf seinen Penis überspringen. Nun, das war vielleicht etwas übertrieben, aber er ging mir definitiv aus dem Weg.

»Sie ist schlauer als ich«, murrte ich.

Gabe fixierte mich mit einem Blick, der sich wie eine Stahlklinge in meine Brust rammte. Plötzlich war mir das Lächeln vergangen. Er war wirklich wütend, und wenn ich es nicht besser gewusst hätte, hätte ich darauf gewettet, dass in seiner Verärgerung auch ein Anflug von Schmerz mitschwang.

»Wie kommst du darauf?«, fragte Garrett.

»Sie hat weder ihre Kreditkarten noch ihr Handy benutzt, und sie ist auch nicht mit dem Flugzeug, dem Zug oder mit dem Bus gereist. Auf den Verkehrskameras habt ihr sie nicht finden können. Sie war weder bei sich zu Hause, noch wohnt sie bei Freunden. Und sie ist nicht zu ihren Eltern gefahren. Das verrät mir, dass sie schlau ist. Wahrscheinlich hat sie eine Menge Bargeld bei sich und eine dieser Notfalltaschen gepackt, von denen Gabe gesprochen hat.«

»Sie könnte tot sein«, gab Gabe zu bedenken.

Das wäre ein Problem. Wir mussten Delilah Watts lebend finden. Sie hatte die Antworten, die wir brauchten. Und nachdem ich mich etwas beruhigt hatte und mir die E-Mails, die sie mir geschickt hatte, noch einmal angesehen hatte, fragte ich mich, ob sie mir gar nicht drohen, sondern mir helfen wollte.

Ihre Nachrichten beschränkten sich auf kurze Sätze wie »Sie werden dich finden« oder »Du musst auf dich aufpassen«. In einer stand sogar: »Je tiefer du in den Sumpf vordringst, desto gefährlicher wird es für dich.« Allen E-Mails waren Bilder beigefügt, die mir Angst gemacht hatten. Die drei Frauen auf den Fotos hatten viel gelitten. Kalee war lange tot geglaubt. Anaya wäre im Dorf beinahe von Rebellen getötet worden. Und Piper war nur knapp dem Angriff auf das Waisenhaus entkommen.

Vielleicht hatte Delilah mir nur zur Vorsicht raten wollen. Aber warum? Und woher hatte sie die Bilder?

»Ich frage mich, wer die Fotos gemacht hat«, murmelte ich.

Plötzlich schossen mir die unterschiedlichsten Gedanken durch den Kopf. Hatte Abrams jemanden nach Timor-Leste geschickt, um das Land auszukundschaften? Hatten die Rebellen Kameras? Das wäre doch seltsam, nicht wahr? Ein Rebell, der herumlief und Fotos knipste? Es würde mehr Sinn ergeben, wenn Abrams dafür verantwortlich wäre. Oder vielleicht der Premierminister. Er wollte das Land verpachten. Nein, es wäre einleuchtender, wenn der Präsident jemanden damit beauftragt hätte, Fotos von dem Dorf und den lächelnden Freiwilligen des Friedenskorps bei der Arbeit zu machen. Er könnte die Bilder als Grund anführen, warum er das Land nicht verpachten wollte.

Das Dorf hatte zwar nicht gerade floriert, aber die Freiwilligen hatten einen wichtigen Beitrag geleistet. Und das Waisenhaus auf dem Land war tausendmal besser als die korrupten Einrichtungen in der Stadt.

»Wie bitte?«

»Ich mache das alles viel komplizierter, als es sein muss«, sagte ich.

»Wie meinst du das?«

»Ich denke zu viel darüber nach und suche nach einem Skandal. Abrams wollte das Land pachten. Als der Präsident von Timor-Leste sich dagegen sträubte, hat Abrams den Premierminister bestochen. Dieser hat die Rebellen dafür bezahlt, dass sie das Dorf vernichten. Das hat die Verhandlungen verzögert. Der Präsident wollte die Einheimischen nicht vertreiben. Kalee, Piper und Anaya gerieten zwischen die Fronten. So einfach ist das. Ich suche weiter nach irgendeiner Verschwörung, aber es gibt keine. Ich wette, Delilah hat etwas Verdächtiges auf den Servern von Abrams gefunden, und als sie entdeckte, dass ich herumschnüffelte, sah sie in mir eine Verbündete.«

»Oder sie steckt mit ihnen unter einer Decke und hat die Hunde auf dich gehetzt, um dich auszuschalten«, warf Gabe ein.

»Ich dachte, du hältst sie nicht für eine Bedrohung.«

»Das stimmt nicht, Baby. Ich sagte, ich glaube nicht, dass Piper, Anaya oder Kalee das Ziel war. Ich sagte auch, dass es so aussieht, als wollte sie dir eine Warnung schicken. Und ich habe dir versprochen, dass du bei uns sicher bist. Ich habe nie behauptet, dass Delilah Watts keine Bedrohung darstellt.«

»Aber sie hat nicht versucht, ihre Identität zu verbergen, Gabe. Sie arbeitet im Rechenzentrum der Firma. So dumm kann sie nicht sein.«

»Das bestreite ich ja gar nicht. Ich will dir nur vor Augen führen, dass wir nicht wissen, wer diese Frau ist, und da wir es nicht wissen, ist sie der Feind.«

»Der Feind? Aber …«

»Kein Aber, Evette. Ich gehe kein Risiko ein, wenn es um dein Leben geht. Wir wissen nur, dass Delilah Watts für Abrams arbeitet, dir E-Mails und Bilder geschickt hat und jetzt unauffindbar ist. Sie ist keine anonyme Quelle, die dir Informationen zu einer Story liefert.«

Verdammt. Woher wusste er, dass ich begonnen hatte, in ihr eine Informantin zu sehen?

Ich hatte Gabes Worten nichts entgegenzuhalten, er hatte mich durchschaut. Aber bevor ich überhaupt etwas darauf erwidern konnte, wandte er sich zum Gehen. Bevor er durch die Tür trat, warf er noch einen Blick über die Schulter. »Lass mich wissen, ob Garrett dich heute Abend nach Hause bringt.«

»Wie bitte?«

Wovon redete er?

»Das Abendessen mit Garrett«, erklärte er knapp.

Gabe nickte seinem Freund zu, und in diesem Moment sah ich es. Der kalte Ausdruck in den Augen und die Maske der Gleichgültigkeit.

Vielleicht war das auch nur Wunschdenken. Möglicherweise war es ihm tatsächlich egal und er verbarg nichts, weil es nichts zu verbergen gab.

Verdammt. Das tat weh. Es sollte mich nicht so treffen, aber es schmerzte trotzdem.

Und da ich verletzt war und nicht wollte, dass er es merkte, spielte ich mit.

»Ich gebe dir Bescheid.«

Bis auf ein kaum merkliches Zucken blieb seine Miene unverändert. Wahrscheinlich hätte ich es nicht einmal bemerkt, wenn ich ihn nicht angestarrt hätte.

Ich wartete, bis Gabe gegangen war, dann wandte ich mich Garrett zu.

»Das hast du mit Absicht getan«, beschuldigte ich ihn.

»Natürlich.«

»Wie bitte? Du leugnest es nicht einmal?«

»Warum zum Teufel sollte ich lügen?«

Das war eine seltsame Frage. Jeder lügt, wenn er bei etwas ertappt wird, was er nicht hätte tun sollen.

»Weil ich dich erwischt habe?«

»Soll das eine Frage sein?« Garrett verzog die Lippen zu einem sündhaften Lächeln. Wenn ich auch nur das geringste Interesse an ihm gehabt hätte, hätte er mir gefährlich werden können.

»Ich verstehe dich nicht.«

»Spiel einfach mit«, riet er mir.

»Ich bin mir nicht sicher, ob ich das will.«

»Vertrau mir. Gabe braucht nur einen Schubs in die richtige Richtung.«

»Garrett …«

»Schätzchen, vertrau mir.«

Wahrscheinlich war ich der dümmste Mensch auf diesem Planeten, denn ich wollte Garrett vertrauen. Ich wollte Gabe seine alberne Maske vom Gesicht reißen und darauf herumtrampeln, bis sie so zerstört war, dass er sie nie wieder würde tragen können.

Zu diesem Zeitpunkt hatte ich nichts mehr zu verlieren.

Außer meinem Herzen.

Nein, wem machte ich eigentlich etwas vor?

Ich hatte mein Herz bereits verloren.

# KAPITEL ELF

»Ich hätte dich nicht für einen Liebhaber von Sportwagen gehalten«, sagte Evette auf dem Beifahrersitz.

Ich hatte mich entschieden, den Firmen-Geländewagen gegen meinen Lexus zu tauschen. Was sollte ich sagen, ich hatte mein Baby eben vermisst.

»Nein? Was für einen Wagen sollte ich deiner Meinung denn fahren?«

»Keine Ahnung. Einen Pick-up wahrscheinlich.«

Evettes unschuldige Bemerkung ließ mich innerlich zusammenzucken.

Garrett fuhr einen höhergelegten Pick-up. Vielleicht hatte Evette eine Vorliebe für Männer mit einem lässigen, unbeschwerten Lächeln, die keinen Ballast mit sich herumschleppten und keine Hemmungen hatten, sich zu nehmen, was sie zu bieten hatte.

»Natürlich«, entgegnete ich schroff.

Schweigen breitete sich im Wagen aus und ich bereute sofort, sie angeblafft zu haben. Trotzdem bot ich weder eine Erklärung für mein unhöfliches Verhalten, noch versuchte ich, die Stimmung aufzulockern.

Ich fand einfach nicht die richtigen Worte für eine Entschuldigung, denn ich konnte nur daran denken, dass Garrett mit ihr ausgehen wollte. Ich fragte mich, warum sie jetzt mit mir nach Hause fuhr, statt mit ihm beim Abendessen zu sitzen.

*Scheiße.*

Vielleicht hatten sie sich für einen anderen Abend verabredet.

Eifersucht übermannte mich. Den Rest der Fahrt steigerte ich mich immer mehr in das Gefühl hinein, bis ich vor Wut kochte.

Was kümmerte es mich, wenn sie mit Garrett ausging? Er war ein guter Kerl, vielleicht war Evette genau die Richtige, um ihm über seine Ex-Freundin hinwegzuhelfen. Warum verkrampfte sich dann jedes Mal mein Magen, wenn ich die beiden zusammen lachen hörte?

Sie gehörte mir nicht.

*Aber sie könnte dir gehören, Arschloch, wenn du dich endlich zusammenreißt.*

Als wir den sicheren Unterschlupf erreichten, fuhr ich den Lexus in die Garage, stellte den Motor ab und schloss mit der Fernbedienung die Türen.

Evette gab keinen Ton von sich.

Ich genauso wenig.

Die Stille zwischen uns war mehr als unbehaglich und schien mich zu erdrücken. Je länger wir schweigend im Wagen saßen, desto unangenehmer wurde der Druck.

»Es tut mir leid, Gabe.«

Sie entschuldigte sich? Wofür? Dafür, dass sie eine schöne Frau war? Dafür, dass jeder Mann mit einem intakten Schwanz und einer Vorliebe für ein hübsches Gesicht und einen prallen Hintern sich ein Bein ausreißen würde, um mit ihr auszugehen?

»Wofür entschuldigst du dich?«

*Bitte sag nicht, es tut dir leid, dass du dich mit Garrett verabredet hast.*

»Dafür, dass ich dein Leben durcheinandergebracht habe und dir auf die Nerven gehe.«

»Du bringst mein Leben nicht durcheinander«, seufzte ich.

»Es fühlt sich aber so an, und es tut mir wirklich leid. Ich könnte mich in der Ferienwohnung meiner Eltern in Florida verstecken. Dann hättest du mich nicht mehr am Hals und …«

»Nein.«

»Niemand ist mir hierher gefolgt. Und wer auch immer den Kerl beauftragt hat, der mir eine Pistole an den Kopf gehalten hat, geht wahrscheinlich davon aus, dass er mich abgeschreckt hat. Immerhin hinterlasse ich bei meiner Suche nun keine elektronischen Spuren mehr. In Florida wäre ich vollkommen sicher, und du müsstest dich nicht mehr mit mir herumschlagen.«

Allein der Gedanke, dass sie nach Florida gehen könnte, brachte mich fast um den Verstand. Sie würde nirgendwohin gehen. Ich war nicht bereit, sie gehen zu lassen.

*Wann war ich so ein Arschloch geworden?*

»Du gehst nicht ungeschützt nach Florida.«

»Ich verstehe das einfach nicht.«

»Was verstehst du nicht? Dass Kyle dir sofort hinterher reisen würde, um dich zurückzuholen? Dass Anaya sich Sorgen machen würde? Dass Zane Phantom und Ace versprochen hat, sich um dich zu kümmern?«

*Dass du mir fehlen würdest?*

Das würde ich ihr jedoch nicht sagen.

Verdammt, das sollte ich nicht einmal mir selbst eingestehen.

»Sicher.«

Wie war es möglich, dass ein einzelnes Wort sich anfühlte, als würden tausend Messer mein Herz durchbohren?

Ohne ein weiteres Wort stieg Evette aus dem Wagen und schlug die Tür hinter sich zu.

Was dann kam, ließ mich wünschen, ich wäre in meinem Lexus sitzen geblieben.

Kaum waren wir durch die Hintertür getreten, fragte sie: »Wann kommt Cooper nach Hause?«

Großartig, jetzt war ich auch noch eifersüchtig auf einen weiteren Kameraden.

»Erst in einer Weile.«

Evette nickte und stellte ihre Handtasche auf der Anrichte ab.

»Warum bist du heute Abend nicht mit Garrett ausgegangen?«

Verdammt, war mir die Frage tatsächlich herausgerutscht?

Evette wandte mir ruckartig den Kopf zu und bedachte mich mit einem finsteren Blick. Wäre dies ein Horrorfilm gewesen, in dem die weibliche Hauptrolle vom Teufel besessen war, hätte ihr Kopf sich jetzt um dreihundertsechzig Grad gedreht und sie hätte grünes Erbrochenes ausgespuckt. In meinem Leben hatte ich schon viele Frauen verärgert. Für gewöhnlich wurden sie wütend, wenn sie feststellten, dass ich die Wahrheit gesagt hatte und meinem Schwur treu blieb, mich niemals zu binden. Ganz gleich, wie sehr sie sich bemühten.

Aber noch nie hatte ich eine Frau, mit der ich noch nie geschlafen hatte, derart in Rage gebracht.

»Was kümmert es dich?«

Sie stemmte eine Hand in die Hüfte und mein Blick folgte der Bewegung. Doch ich nahm mir Zeit und betrachtete zuerst die geschmeidige Haut an ihrem Dekolleté, das unter dem durchsichtigen weißen Oberteil deutlich zu sehen war. Darunter trug sie ein eng anliegendes rosa Top mit Spaghettiträgern, das ihre prallen Brüste hervorragend zur Geltung brachte. So oft hatte ich mir in meiner Fantasie ausgemalt, wie ich sie zusammenpresste und meinen Schwanz zwischen ihnen hindurchgleiten ließ, während sie meine Eichel leckte.

Bei dem Anblick lief mir das Wasser im Mund zusammen.

*Ich bin wirklich ein Arschloch.*

Der Saum ihres Hemdes streifte den Bund ihrer Jeans und betonte ihren flachen Bauch. Evette bestand nicht nur aus Haut und Knochen, sondern hatte runde Hüften, einen wohlgeformten Hintern und dicke Oberschenkel, die mir nicht mehr aus dem Kopf gingen. Ich wollte spüren, wie sie sie mir um die Taille schlang, während ich in sie stieß.

Selbst in meinen wildesten Träumen hätte ich mir keinen perfekteren Körper, kein hübscheres Gesicht, keine schönere Frau vorstellen können. Klug, geistreich und selbst unter Druck gelassen. Sie hatte kein einziges Mal die Beherrschung verloren oder einen Nervenzusammenbruch erlitten. Ich war durch und durch beeindruckt.

»Gabe?«

Richtig, sie hatte mir eine Frage gestellt. Warum kümmerte es mich?

Das war die große Frage. Ich hätte lügen und ihr sagen können, dass es mir egal war. Ich hätte sie warnen können, dass Garrett eine andere Frau liebte und das bis zu seinem letzten Atemzug tun würde. Er würde sie ausführen, sich mit ihr vergnügen und sie dann vor die Tür setzen. Aber ich würde meinen Bruder niemals verraten.

»Es kümmert mich eben.«

*Großartig gemacht.* Ich war sowohl zu einem Mistkerl als auch zu einem Weichei geworden.

»Garrett ist ein netter Kerl«, erwiderte sie.

Ich biss mir auf die Innenseite meiner Wange, bis ich Blut schmeckte, dann presste ich mit zusammengebissenen Zähnen hervor: »Das weiß ich.«

»Und er hat dich an der Nase herumgeführt.«

»Wie bitte?«

Evette seufzte und entspannte ihre Haltung ein wenig.

»Er wusste, dass du im Raum warst. Deshalb hat er mich zum Essen eingeladen. Er wollte nicht wirklich mit mir ausgehen, sondern dich zum Narren halten.«

Natürlich hatte Garrett mich in sein Büro kommen sehen. Er hatte mir direkt in die Augen geblickt, bevor er Evette zum Essen eingeladen hatte. *Arschloch.*

»Das war nicht sehr nett von ihm.«

»Vielleicht nicht, aber als ich ihn darauf angesprochen habe, hat er es zugegeben.«

Interessant. Was hatte mein *Freund* noch zu sagen?

»Hat er dir verraten, warum er mich zum Narren halten wollte?«

Evette rümpfte die Nase und biss sich auf die Unterlippe.

Herrgott, der Anblick war kaum zu ertragen.

»Verdammt, hör auf damit.«

Sie zuckte zusammen und löste die Zähne von ihrer Unterlippe, doch dann trat sie einen Schritt auf mich zu.

*Nein, nein, nein.*

Sie kam weiter auf mich zu. »Womit soll ich aufhören?«

Ich widerstand dem Drang, mich wie ein Feigling aus dem Staub zu machen. Wann war aus mir ein derartiges Weichei geworden?

*Seit du beschlossen hast, die Finger von ihr zu lassen.*

Richtig.

Mir blieb also nichts anderes übrig, als mich zurückzuziehen. Andernfalls würden meine Hände auf ihrem Hintern landen und ich würde mit der Zunge entweder ihren Mund oder ihre Muschi liebkosen.

Bei dem Gedanken hätte ich fast laut gestöhnt. Ich stellte mir vor, wie sie ihre Beine über meine Schultern legte und ich mein Gesicht zwischen ihre kräftigen Schenkel schob. Ich würde sie mit den Fingern ficken und gleichzeitig mit der Zunge ihre Lustperle verwöhnen, bis sie von der Welle der Ekstase mitgerissen wurde und ihr Honig meine …

»Gabe?«

*Verdammte Scheiße.*

»Ich brauche eine Minute.«

»Das sehe ich.«

Ich biss die Zähne zusammen und mein Schwanz zuckte.

Es wäre müßig gewesen, meine Erektion zu verbergen. Ich wusste, dass sie auf meine Lenden starrte, weil ich sie beobachtete und sah, als sie den Blick senkte. Mir entging auch nicht, wie ihre Augen aufblitzten. Aber das war nicht der Grund, warum ich eine Minute für mich brauchte.

Ich musste meine Gedanken sammeln, bevor ich ihr gestand, dass sie aufhören sollte, sich auf die Unterlippe zu beißen, weil ich das gern selbst getan hätte.

Evette trat noch einen Schritt näher und ich versuchte, mich so gut es ging zu beherrschen. Vielleicht hatte ich keinen Einfluss auf die Reaktion meines Körpers, aber ich würde nicht die Kontrolle über meinen gesunden Menschenverstand verlieren.

»Tu das nicht«, warnte ich sie.

»Was soll ich nicht tun?«

Sie schenkte mir ein betont unschuldiges, aber dennoch kesses Lächeln, das meinen Schwanz pochen ließ. Sie wusste genau, was sie tat, und ich musste dem ein Ende bereiten.

»Du spielst mit dem Feuer.«

»Ach wirklich? Ich dachte, ich flirte mit dir.«

Sie kam einen weiteren Schritt auf mich zu und ich wich tatsächlich vor Angst zurück.

Evette neigte den Kopf zur Seite. In diesem Moment wusste sie, dass sie mich in der Hand hatte. Wie zum Teufel war das passiert?

»Nein, Baby, du flirtest nur, wenn du dir noch überlegen musst, was du als Nächstes tun wirst.«

»Und was werde ich als Nächstes tun, Gabe?«

»Keine Ahnung. Aber ich weiß, was ich tun werde, wenn du näher kommst.«

»Dann ist das hier also das Vorspiel?«

*Herrgott.*

Mein Schwanz stimmte ihrer Einschätzung voll und ganz zu.

»Ich warne dich.«

»Hm. In meinen Ohren klingt das eher wie eine Einladung.«

»Das denkst du jetzt vielleicht. Aber morgen früh, wenn du deinen wunden Hintern aus meinem Bett schleppst, wirst du dir wünschen, dein Antwortschreiben wäre in der Post verloren gegangen.«

»Das klingt nach einer Herausforderung.« Sie lächelte.

Ich hatte keinen Zweifel daran, dass sie die Herausforderung annehmen würde. Und vielleicht würde sie sie sogar meistern.

Dann meldete sich mein Verstand plötzlich wieder zu Wort und ich wurde von Schuldgefühlen übermannt. Das alles war so lange erheiternd, bis ich sie mit meinem Schwanz aufspießte.

»Hör zu, wir müssen damit aufhören.«

»Das sagst du immer wieder«, erwiderte sie und kam noch einen halben Schritt auf mich zu.

Zögerlich und verlockend zugleich.

Ein provokanter Ausdruck flammte in ihren Augen auf.

*Scheiß drauf.*

*Wenn Evette London spielen will, dann spielen wir.*

Mit der Entscheidung kam die Erleichterung. Die Anspannung wich aus meinem Körper und an ihre Stelle trat ein unbändiges Verlangen.

Es juckte mir in den Fingern, sie zu berühren.

Mein Schwanz pochte bei der Aussicht darauf, dass sein Wunsch Erfüllung finden würde.

*Komm schon, Baby, noch einen Schritt, und du gehörst mir.*

»Nur damit das klar ist«, begann ich, »das hier wird zu nichts führen. Am Ende wartet kein Haus mit weißem Lattenzaun. Für uns beide gibt es keine Zukunft. Hier ist keine Romantik im Spiel, sondern lediglich Sex. Du hast die Wahl, Evette. Wenn du willst, was ich dir zu bieten habe, dann komm her, Baby. Aber du musst wissen, dass du von mir nichts als Respekt und die besten Orgasmen deines Lebens bekommen wirst.«

Sie musterte mich für einen Moment erschrocken und ich glaubte schon, sie würde sich abwenden und gehen. Ich war mir nicht sicher, ob ich mich darüber freuen sollte, dass sie zur Vernunft gekommen war, oder ob ich enttäuscht war, weil ich nun nicht mehr die Gelegenheit haben würde, ihr süßes Aroma zu schmecken.

»Ich wohne fast fünftausend Kilometer weit entfernt«, sagte sie unnötigerweise.

Ich wusste verdammt gut, wo sie wohnte. Immerzu musste ich daran denken, dass sie dorthin zurückkehren würde, wenn das hier vorbei war, und ich sie dann nie wiedersehen würde. Der Gedanke war deprimierend.

»Das ist richtig. Aber im Moment bist du hier und musst eine Entscheidung treffen. Du kannst gehen und wir tun so, als hätte dieses Gespräch nie stattgefunden. Oder du nimmst mein Angebot an. Es liegt ganz bei dir. Aber wenn du näher kommst, solltest du damit rechnen, dass ich dir innerhalb von wenigen Minuten deine Jeans heruntergezogen, meine Finger zwischen deinen Schenkeln vergraben und dir deinen ersten Orgasmus beschert haben werde.«

»Du bist ja sehr von dir selbst überzeugt, nicht wahr?«

Wenn ein Mann einer Frau nichts anderes zu bieten hatte als ein bisschen Spaß, dann war er bestrebt, seine Sache gut zu machen, wenn er schlau war. Und da ich nicht dumm war, hatte ich im Laufe der Jahre ein paar Tricks gelernt.

»Komm her, damit ich dich von meinen Talenten überzeugen kann.«

Ein verschmitztes Lächeln huschte über ihr Gesicht und wieder blitzte ein herausfordernder Ausdruck in ihren Augen auf.

»Hm. Vielleicht bist du derjenige, der in wenigen Minuten vor Lust schreien wird.«

*Ja bitte.* Ihre Denkweise gefiel mir.

Ich breitete die Arme aus und forderte sie ebenfalls heraus.

»Trau dich. Ich werde dich nicht aufhalten.«

Evette leckte sich die Lippen und sofort durchzogen wieder all die schmutzigen Fantasien meine Gedanken, die ich in den letzten Tagen versucht hatte zu verdrängen. Dunkle Begierden, die ich unterdrückt hatte. Bedürfnisse, die ich noch mit keiner anderen Frau ausgelebt hatte. Doch nun wollte ich die Bestie in mir entfesseln und Evette mein wahres Ich zeigen. Ich wollte sehen, wie ihr hübsches Gesicht sich vor Lust verzerrte, wenn ich sie vor mir auf die Knie zwang und ihren Mund fickte. Ich wollte sehen, wie sie meinen Schwanz und mein Sperma schluckte, während ihre Lippen rot und geschwollen waren. Aber mehr als alles andere wollte ich hören, wie sie meinen Namen stöhnte, nach meinem Schwanz bettelte und vor Lust schrie.

Ich senkte die Arme und wartete.

Evette rührte sich nicht von der Stelle.

Nein, sie übertraf meine Erwartungen, indem sie ihre Schuhe abstreifte. Anschließend zog sie sich das dünne weiße Oberteil über den Kopf und warf es beiseite. Sie ließ die Hände auf den Knopf ihrer Jeans sinken und hielt inne.

»Willst du einfach nur da stehen und zusehen?«

»Ja.«

Unbeeindruckt zuckte Evette mit den Schultern, öffnete den

Knopf und zog langsam den Reißverschluss hinunter. Während sie mit der Hüfte wackelte, schob sie sich die Hose über den Hintern und die Schenkel, um schließlich herauszusteigen. Nun stand sie nur noch mit einem rosafarbenen Top und einem schwarzen Spitzenhöschen bekleidet vor mir.

*Guter Gott.*

*Wer hätte gedacht, dass die liebreizende Miss London eine wilde Seite hat?*

»Jetzt bist du dran.«

Ich schüttelte den Kopf und lächelte. »So läuft das nicht.«

»Wie läuft es dann?«

»Das habe ich dir schon gesagt.«

»Du willst, dass *ich* zu *dir* komme«, stellte sie fest und zog eine Augenbraue in die Höhe.

Ich nickte. Aber meine Selbstbeherrschung geriet ins Wanken, als sie den Saum ihres Tops packte und es sich genüsslich über den Kopf zog.

Mutig.

Selbstbewusst.

Verdammt sexy.

Dennoch blieb ich wie angewurzelt stehen, selbst als der rosafarbene Stofffetzen durch die Luft segelte, meine Brust traf und zu Boden fiel, wobei ich keine Anstalten machte, ihn aufzufangen.

»Es ist beeindruckend, wie gut du dich im Griff hast.«

In ihrer Stimme schwang ein Hauch von Verletzlichkeit mit. Es gab nicht viele Männer, die in der Lage gewesen wären, tatenlos vor einer umwerfenden Frau zu stehen, die nichts weiter als einen BH und einen Slip trug. Nur meine pure Willenskraft hielt mich davon ab, mich auf sie zu stürzen und sie auf dem Küchenboden zu ficken. Ich hatte nicht einmal geahnt, dass ich so viel Selbstkontrolle besaß. Im Gegensatz zu all den anderen Frauen, mit denen ich vor ihr mein Bett geteilt hatte, wurde mir plötzlich klar, was ich von Evette brauchte.

Diese Erkenntnis erfüllte mich mit neuem Leben.

»Komm näher, dann zeige ich dir, wie beeindruckend ich tatsächlich bin.«

Evette betrachtete meinen Schritt. Ich wusste, was sie sah. Mein Schwanz war steinhart und bereit, sie bis zum Umfallen zu vögeln. Aber ich wagte es nicht, den Blick von ihrem Gesicht abzuwenden. Denn sobald ich ihrer kaum verhüllten Brüste ansichtig wurde, würde ich die Kontrolle verlieren. Ich verzehrte mich buchstäblich danach, sie zu berühren, sie zu schmecken und jeden Zentimeter ihres Körpers zu beherrschen.

Das Verlangen floss so heiß durch meine Adern, dass meine Haut zu kribbeln begann.

Ich musste sie haben, aber zuerst musste sie zu mir kommen.

»Ich glaube, ich kann von hier aus sehen, wie beeindruckend du bist.« Evette begegnete wieder meinem Blick. »Eines würde ich gern noch wissen, Gabe.«

Ich hätte ihr fast alles gesagt, was sie hören wollte, solange sie ihren prallen Hintern zu mir bewegte. Also gab ich ihr mit einem Nicken zu verstehen, dass sie fortfahren solle.

Einen Moment lang stand sie schweigend da und starrte mich an. Eines musste ich ihr lassen, ihre Selbstbeherrschung war auch nicht zu verachten. Sie sah mir direkt in die Augen. »Wie viel Zeit haben wir?«

»Die ganze Nacht.«

Langsam schüttelte sie den Kopf. »Bis wir Besuch bekommen.«

Besuch? Wovon zum Teufel redete sie?

»Cooper«, fuhr sie fort.

*Scheiße.* Den hatte ich ganz vergessen.

»Keine Ahnung. Ein paar Stunden.«

»Nun, das ist enttäuschend.«

Ich überraschte mich selbst, als mir ein lautes Lachen entfuhr. »Vertrau mir, Baby, dieser Abend wird in keiner Weise enttäuschend sein.«

»Noch eine letzte Sache«, fügte sie hinzu, und das verschmitzte Funkeln in ihren Augen erlosch. »Warum willst du, dass ich zu dir komme?«

Diese Frage konnte ich leicht beantworten.

»Weil es die letzte Entscheidung sein wird, die du heute Nacht triffst.«

# KAPITEL ZWÖLF

Ein erregender Schauer lief mir über den Rücken und rauschte durch mich hindurch.

Es war mir ein Rätsel, wie ich den Mut aufgebracht hatte, mich vor Gabe auszuziehen. Vielleicht hatte die Art, wie er mich angesehen hatte, mir Selbstvertrauen gegeben. Vielleicht hatte der Anblick seiner Erektion mich angespornt. Vielleicht hatte ich seine Selbstbeherrschung einfach nur auf die Probe stellen wollen, um zu sehen, wie er nachgab.

Doch das tat er nicht.

Er blieb standhaft, und aus irgendeinem Grund erregte mich das mehr, als wenn er sich auf mich gestürzt hätte.

Mir war bewusst, dass mein Leben nicht sonderlich aufregend und ziemlich einsam war. Ich bereute es nicht per se, aber insgeheim wollte ich wissen, wie es sich anfühlte, wild und unbeschwert zu sein. Zur Abwechslung wollte ich alle Bedenken über Bord werfen und für den Moment leben.

Ein Risiko eingehen.

Das Leben genießen.

Ich wollte all meine Hemmungen ablegen und etwas Verrücktes tun.

Die bloße Tatsache, dass ich mich gerade in einer Küche vor den Augen eines Mannes ausgezogen hatte, der vollständig bekleidet war, war das Verrückteste, was ich je in meinem ganzen Leben getan hatte. Und das sagte einiges über mich aus.

Ich war von Natur aus nicht zügellos, aber aus irgendeinem Grund gab Gabe mir das Gefühl, dass in mir eine wilde Seite schlummerte. Als könnte ich alles tun, was ich wollte, jede sein, die ich sein wollte, und mich einfach gehen lassen.

Ich hatte mich entschieden. Ich wusste, was ich tun würde. Aber dieses verbale Vorspiel bereitete mir zu viel Vergnügen, um es schon zu beenden.

»Würdest du das näher erläutern?«, fragte ich.

»Nein, aber ich werde es dir zeigen.«

Ja, ich wollte, dass er es mir zeigte.

Ich trat einen Schritt auf ihn zu und sah das Feuer in Gabes Augen auflodern.

»Ist das nahe genug?«, neckte ich ihn.

»Näher.«

Ich fragte mich, ob er wusste, wie tief und rau seine Stimme klang, wenn er erregt war.

Kaum merklich bewegte ich mich auf ihn zu und ein Ausdruck purer Frustration huschte über Gabes Gesicht. Unwillkürlich verzog ich die Lippen zu einem Lächeln, während Schmetterlinge in meinem Bauch flatterten. Der Anblick seiner angespannten Kiefermuskeln und seiner geballten Fäuste verlieh mir ein Gefühl von Macht. Zumindest gab ich mich der Illusion hin, dass ich die Kontrolle hatte und den großen, bösen Gabe in den Wahnsinn treiben konnte.

Noch einen Schritt, und ich würde in seinen persönlichen Raum eindringen.

Es passierte tatsächlich.

»Bist du sicher?«, raunte Gabe.

Sex mit Gabe, ohne ein schlechtes Gewissen haben zu müssen? Äh, ja, ich war mir sicher.

»Bist du dir denn sicher?«, stellte ich ihm eine Gegenfrage.

Ein raubtierhaftes Grinsen breitete sich auf Gabes Gesicht aus und mir kam der Gedanke, dass ich mich vielleicht übernommen hatte. Doch seltsamerweise zweifelte ich nicht an meiner Entscheidung. Ich konnte es kaum erwarten, seine Hände auf meiner Haut zu spüren.

Warum bewegte ich mich dann nicht vorwärts?

»Evette?«

»Ja?«

»Nimm es dir.«

»Hm?«

»Nimm dir, was du willst.«

Es war, als hätte er meine Gedanken gelesen. Als wüsste er, was ich wollte.

Ich trat noch einen Schritt vor und … nichts geschah.

Er rührte sich nicht.

Wenn ich ihm noch näher kommen würde, würde ich ihn berühren müssen. Vielleicht wollte er genau das. Ich hob eine Hand, doch dann hielt ich inne, als er knurrte: »Halt.«

Plötzlich war ich nervös. Ich stand fast nackt vor ihm, während er vollständig bekleidet war. Vor ein paar Minuten war es noch aufregend gewesen, doch nun war es nervenaufreibend.

Er senkte den Blick auf mein Dekolleté, hob eine Hand und strich mit den Fingern über den spitzenbesetzten Saum meines BHs. Und da spürte ich es. Die einfache, sanfte Berührung ließ meine Knie weich und meine Brustwarzen hart werden.

»Es fühlt sich an, als hätte ich ewig gewartet«, flüsterte Gabe.

Er ließ einen Finger zwischen meine Brüste gleiten und ein Lächeln umspielte seine Lippen. »Willst du wissen, was ich hier mit dir machen will?«

»Du wirst mich hoffentlich küssen.«

Gabe begegnete meinem Blick, während er weiter die Vertiefung zwischen meinen Brüsten rieb. Da ich immer noch meinen Push-up-BH trug, waren sie zusammengepresst und prall. Ich spürte seine Fingerspitze auf einer Brust und das Kratzen seines Fingernagels auf der anderen.

Wie konnte eine so leichte Berührung so sexy und erotisch sein? Als stünde die Bewegung sinnbildlich für …

»Verdammt ja, ich werde dich küssen«, sagte Gabe und riss mich aus meinen Gedanken. »Aber ich habe mir vorgestellt, wie gut es sich anfühlen würde, wenn ich meinen Schwanz zwischen deine Brüste gleiten lasse.«

Obwohl mir ein ähnlicher Gedanke gekommen war, jagten Gabes Worte mir einen erregenden Schauer über den Rücken.

»Es würde dir gefallen«, stellte er fest.

»Das würde es«, bestätigte ich.

Dann geschah etwas Merkwürdiges. Gabe zog seinen Finger zwischen meinen Brüsten hervor und legte seine Hand an meine Wange. Mit dem Daumen streichelte er über meine Haut und blickte mir dabei direkt in die Augen.

Es war nicht sexy.

Sondern zärtlich.

Eine liebevolle Geste, die meine Nerven beruhigte.

»Ich werde mich um dich kümmern«, versprach er.

Eine Woge der Emotionen schnürte mir die Kehle zu und ich war sprachlos. Ich konnte nichts weiter tun, als in Gabes seelenvolle braune, schwarz gesprenkelte Augen zu starren.

»Geh in dein Zimmer, Baby. Ich komme gleich nach«, flüsterte er.

Die Stimmung hatte sich plötzlich verändert, aber ich war mir nicht sicher, ob das gut oder schlecht war. Doch statt mir den Kopf darüber zu zerbrechen, nickte ich nur.

»Bevor du ins Bett gehst, zieh dein Höschen und deinen BH aus«, wies er mich an, und mein Magen machte einen Satz.

Ich nickte erneut und eilte aus der Küche, wobei ich mir schmerzlich bewusst war, dass ich nur mit einem BH und einem Stringtanga bekleidet durch das Haus lief.

Oh mein Gott. Mir stieg die Hitze in die Wangen. Was war nur in mich gefahren? Ich war doch sonst nicht so wild und ungestüm, sondern langweilig. Ich stand neben dem Bett, starrte auf die hellblaue Bettdecke und fragte mich, ob ich einen Fehler begangen hatte.

Gabe hatte mich sogar gewarnt, dass ich mit dem Feuer spielte. *Scheiße.*

Ich konnte ihn doch nicht aufheizen und dann abblitzen lassen. Es hatte Spaß gemacht, ihn zu reizen, aber jetzt, da die kühle Luft meine Haut umschmeichelte, war es auf einmal nicht mehr lustig.

Warme Lippen berührten meine Schulter. Hitze durchströmte meinen Körper. Doch bevor ich mich ganz der Wärme hingeben konnte, spürte ich seine rauen Hände an meinen Hüften, bevor er sie über meinen Bauch und meinen Brustkorb wandern ließ.

»Atme, Evette«, flüsterte Gabe an meinem Nacken und ich stieß den Atem aus. Ich hatte gar nicht gemerkt, dass ich ihn angehalten hatte.

Kaum war der Sauerstoff aus meiner Lunge geströmt, da zog er auch schon meinen BH hoch und umfasste meine nackten Brüste.

Haut auf Haut.

Genau das wollte ich.

Ich wollte es fühlen.

Wieder stockte mir der Atem, als das Verlangen wie ein Güterzug durch mich hindurchrauschte. Gabe machte mich rasend vor Lust. Stürmisch liebkoste er meinen Nacken, küsste, saugte und knabberte an meiner Haut, während er seine Finger um meine Brustwarzen kreisen ließ. Ich war kurz davor, zum Höhepunkt zu kommen.

Er rieb seine Erektion an meinem Hintern. Der raue Stoff seiner Hose strich über meine nackte Haut und fühlte sich so verdammt unanständig an. Die Empfindung durchzuckte mich wie ein Blitz.

»Spreiz.« *Er liebkoste meinen Nacken.* »Deine.« *Er biss mir in die Schulter.* »Beine.« *Er leckte über meine Haut.*

Wie von Sinnen gehorchte ich. Ich war kaum imstande, etwas anderes zu tun, als den Kopf zur Seite zu neigen, um seinen Lippen besseren Zugang zu gewähren.

»Weiter, Baby.«

Ich tat wie geheißen. Als Gabe ein Knurren an meinem Hals ausstieß, wusste ich, dass ich in großen Schwierigkeiten steckte. Ich hätte alles getan, was er von mir verlangte, nur um die Vibration seiner Stimme an meiner Haut zu spüren.

Er löste eine Hand von meiner Brust und ich stöhnte protestierend auf.

»Geduld«, murmelte er und zwickte mit den Fingern seiner anderen Hand in meine Brustwarze, nur um dann kräftig daran zu ziehen. Ich bäumte mich auf.

»Mehr?«

»Ja«, zischte ich.

Er kniff erneut hinein und drückte dieses Mal etwas fester zu, bis der Druck fast zu schmerzhaft wurde. Dann löste er seinen Griff und schob seine andere Hand in mein Höschen. Er streifte mit den Fingerspitzen kaum meine Klitoris, doch diese Berührung reichte aus, um meine Hüfte zum Zucken zu bringen.

»Mm«, summte Gabe an meiner Schulter. »Halt still, Evette.«

»Ich kann nicht.«

»Versuch es, mir zuliebe.«

Ich wollte ihm gehorchen, aber als er mit zwei Fingern in mich eindrang, konnte ich mich nicht mehr beherrschen und schob das Becken vor.

»Verdammt, Schatz«, raunte er mir ins Ohr, und ich rieb mich noch heftiger an seinen Fingern. »Eigentlich wollte ich dich ganz langsam zum Höhepunkt bringen und dich so lange reizen, bis du um meinen Schwanz bettelst.«

Wollte?

»Ich flehe dich jetzt an.«

Während er weiterhin zwei Finger in mich stieß, rieb er mit der Handfläche über meine Lustperle.

Ich hatte meinen Rücken eng an seine Brust geschmiegt.

Er hatte seinen Arm um meine Brust gelegt, hielt mich fest und spielte mit einer meiner Brustwarzen.

Ich konnte es nicht länger ertragen und brauchte mehr. Wenn nötig, würde ich ihn anbetteln und anschreien, um ihn dazu zu bringen, mir mehr zu geben.

»Du musst nichts sagen, Schatz. Deine Muschi ist so verdammt feucht, dass ich es kaum erwarten kann, in dir zu sein. Reib dich an meinen Fingern.«

»Ja.«

Dann befriedigte ich mich wie eine zügellose, wollüstige Frau schamlos an seinen Fingern. Indem ich immer wieder das Becken vorschob, rieb ich meine Lustperle an seinem Handballen und brachte mich schneller zum Orgasmus, als ich es für möglich gehalten hätte. Eine Welle der Ekstase schoss mit Wucht durch mich hindurch und weckte ein noch größeres Verlangen in mir. Ich wollte, dass dieses Gefühl niemals endete.

Schließlich verebbte die Ekstase, und Gabe zog seine Finger aus meiner Muschi. Dann war auch das Gefühl seines warmen Körpers hinter mir verschwunden und ich taumelte vorwärts. Bevor ich mit dem Gesicht voran auf das Bett fallen konnte, stützte ich mich mit beiden Händen auf der Matratze ab.

»Nicht bewegen«, befahl Gabe.

Er hätte die Worte nicht erst aussprechen müssen. Meine Beine waren so schwach, dass ich mich gar nicht hätte bewegen können, selbst wenn ich es gewollt hätte. Als ich das Rascheln von Kleidung hörte, reckte ich den Hals und warf einen Blick über die Schulter.

Gierig betrachtete ich Gabes nackten Oberkörper. Der Anblick seiner Rückenmuskeln war beeindruckend gewesen. Aber die Erhebungen und Vertiefungen seiner Bauchmuskeln waren geradezu Ehrfurcht gebietend.

»Ja, Schatz, bleib genau so.«

Er legte eine Hand an meinen Rücken, während er mit der anderen den Knopf seiner Jeans öffnete. Ich beobachtete, wie er sie herunterzog und seinem langen, dicken und harten Schaft zur Freiheit verhalf.

Die Empfindungen strömten auf mich ein. Der Anblick von Gabes Männlichkeit. Das Gefühl seiner Fingerspitzen, die meinen Hintern streiften. Der Klang seines rauen Atems. Sein Blick, der auf meiner Haut brannte. Es war die reinste Reizüberflutung.

Raubtierhaft.

Hungrig.

Er sah mich an, als wollte er mich verschlingen. Ein erregender Schauer durchflutete mich und ich musste mich mit aller Kraft zwingen, nicht in die Knie zu gehen.

»Gabe«, flüsterte ich, als er sich ein Kondom überstreifte.

Doch ich war mir nicht sicher, was ich damit bezwecken wollte. Bettelte ich ihn an, sich zu beeilen? Forderte ich ihn auf, mich zu ficken? Oder flehte ich ihn an, mir nicht wehzutun?

Was auch immer er in meiner Stimme wahrnahm, seine Miene erweichte sich ein wenig, als er den Fetzen Spitze zur Seite schob und seine Eichel an mein Geschlecht presste.

»Leg den Oberkörper aufs Bett und heb den Hintern an.«

Gabe gab mir zwar Anweisungen, aber er wartete nicht, bis ich sie befolgte. Er ließ seine Hand an meinem Rücken hinauf bis zwischen meine Schulterblätter gleiten und drückte mich nach unten. Dabei übte er gerade genügend Druck aus, um mich wissen zu lassen, wer das Sagen hatte.

Er hatte die Kontrolle.

Ich musste weder grübeln noch mir den Kopf zerbrechen noch meinen Gedanken nachhängen, zweifeln oder mir überlegen, was ich tun sollte. Gabe nahm sich einfach, was er wollte. Er *zeigte* es mir.

Als ich den Oberkörper absenkte, löste sich etwas tief in meinem Inneren. Ich entspannte mich und gab mich hin. Eine Ruhe überkam mich und ich war in der Lage zu fühlen.

*Wirklich zu fühlen.*

Gabes Hände waren rau und schwielig. Die Härchen an seinen Oberschenkeln kitzelten meine Beine. Der String meines Slips schnitt mir in die Haut. Mein Honig benetzte die Innenseiten meiner Oberschenkel. Meine Brüste schmerzten. Mein heißes Geschlecht pochte voller Vorfreude.

Behutsam drang Gabe mit seiner Eichel in mich ein. Ich spürte, wie er mich dehnte, und konnte es kaum erwarten, von ihm ausgefüllt zu werden.

»Wir lassen es langsam angehen«, sagte er.

Nein. Endlich konnte ich alles fühlen, ich wollte es nicht langsam angehen lassen.

»Bitte halt dich nicht zurück.«

»Schatz, es wird ...«

»Bitte, Gabe. Ich will, dass es echt ist.«

»Echt?«

»Du musst du selbst sein. Ich will alles, was du mir geben kannst. Halt dich nicht zurück.«

Ich war mir nicht sicher, ob meine Worte überhaupt Sinn ergaben oder worum ich ihn eigentlich bat. Ich wusste nur, dass ich mich in der Lust verlieren wollte, die Gabe mir bereiten konnte. Und ich wollte endlich aus meinen Gedanken ausbrechen und nicht mehr darüber nachdenken.

Fluchend rammte Gabe seinen Schwanz mit einem kraftvollen Stoß so tief in mich hinein, dass ich mich unwillkürlich auf die Zehenspitzen stellte.

»Oh Gott.«

Er ließ mir keine Verschnaufpause, sondern drang in einem unbändigen Rhythmus immer wieder in mich ein. Dabei stieß er so hart zu, dass ich den Kopf in den Nacken warf und seinen Namen rief. Vielleicht kam mir auch nur unverständliches Zeug über die Lippen.

Ich zitterte am ganzen Leib, doch Gabe machte keine Anstalten, seine Stöße zu verlangsamen, und vergrub seine Finger schmerzhaft in meiner Hüfte.

»Gibst du mir, was ich brauche?«

»Alles«, platzte ich heraus.

»Verflucht«, knurrte er stieß noch kraftvoller zu. »Schieb eine Hand zwischen deine Beine.«

Ich tat wie geheißen, wobei meine Brustwarzen über die Decke rieben. Auch das spürte ich.

*Endlich.*

Ich ließ meine Hand zwischen meine Schenkel gleiten und ertastete seine Finger. Gabe packte meine Hand und zog sie zu sich, sodass meine gespreizten Finger seinen Schwanz streiften, während er weiter in mich hinein- und wieder herausglitt.

»Spürst du, wie feucht du bist?«, fragte er.

»Ja.«

»Du willst, dass es echt ist?«

»Ja.«

»Du willst alles von mir?«, raunte er.

Für den Bruchteil einer Sekunde war ich unentschlossen und Zweifel überkamen mich. Wenn er mir bisher noch nicht alles von sich gegeben hatte, hätte ich vermutlich nicht noch mehr verkraften können. Doch da ich nicht mehr ganz bei Sinnen war, verpuffte dieser Gedanke so schnell, wie er gekommen war.

»Alles«, bestätigte ich.

Er drückte meine Hand.

»Was, wenn ich dir sagen würde, dass ich dir deinen süßen Arsch versohlen will, bis er ganz rot ist, während ich zusehe, wie ich meinen Schwanz in dich versenke?«

Meine Fantasie beschwor ein unanständiges Bild herauf, und mein Unterleib zuckte.

Gabe stieß ein lautes, tiefes Stöhnen aus.

»Meine Güte, deiner Muschi gefällt der Gedanke offenbar.«

Er hatte ja keine Ahnung.

»Und wenn ich dir befehlen würde, vor mir auf die Knie zu gehen, damit ich dich dabei beobachten kann, wie du meinen Schwanz lutschst, würdest du es tun?«

Eine weitere schmutzige Szene spielte sich in meinem Kopf ab und trieb mich an den Rand der Ekstase.

»Ja, ich würde deinen Schwanz lutschen«, sagte ich zu ihm.

Später, viel später, würde ich mich fragen, wer in diesem Moment meine Gedanken lenkte. Wer war diese Frau, der nicht nur die Vorstellung gefiel, Gabes Schwanz zu lutschen, sondern die es auch nicht erwarten konnte, ihn mit ihrem Mund zu verwöhnen? Evette London war nicht wild, sie hatte weder eine Vorliebe für Verbalerotik, noch wollte sie sich den Hintern versohlen lassen.

Doch diese neue Evette wollte alles. Diese Frau brannte vor Verlangen und würde alles tun, was Gabe von ihr verlangte.

Es war gefährlich.

Ich lief Gefahr, mich in einem Mann zu verlieren, der mir unmissverständlich klargemacht hatte, dass es für uns keine Zukunft gab.

Im nächsten Moment zog Gabe seinen Schaft aus mir heraus und hob mich ruckartig hoch. Für einen Augenblick schwebte ich in der Luft, bevor ich mit dem Rücken auf der Matratze landete und Gabe sich auf mich legte.

»Sieh mich an«, befahl er mit rauer Stimme.

Verwirrt blinzelte ich ihn an.

Die Nachttischlampe spendete genügend Licht, sodass ich in Gabes tiefbraune Iriden blicken konnte, die sich mit meinen verbanden.

Was war hier los?

Ich kam nicht mehr dazu, ihn zu fragen, denn im nächsten Moment drang er wieder in mich ein. Doch diesmal stieß er nicht mit Wucht in mich, sondern bewegte sich in einem gleichmäßigen berauschenden Rhythmus.

»Heb die Knie an, Schatz.« Sein Tonfall war nicht mehr rau, sondern angespannt. »Ich will dich beobachten, während ich meinen Schwanz in dir vergrabe«, erklärte er und beantwortete damit meine unausgesprochene Frage. »Und ich will, dass du genau weißt, wessen Schwanz dich fickt.«

Als könnte ich das vergessen.

Gabe beugte sich vor und presste seine Lippen an meinen Hals. Ich neigte den Kopf zur Seite und genoss das Gefühl seiner Zunge, die er von meiner Kehle zu meinem Ohr hinaufgleiten ließ.

»Berühre mich, Schatz.«

Ich ließ die Bettdecke los und legte meine Hände an seine Brust. Nun, da er mir die Erlaubnis gegeben hatte, seinen Körper zu erkunden, ließ ich keine Stelle unberührt. Schultern, Rücken, Brustkorb, ich ertastete alles, was ich mit meinen Fingern erreichen konnte. Ich fühlte das Spiel seiner Muskeln unter meinen Fingerspitzen und spürte, wie seine geschmeidige Haut sich darüber spannte.

Es war herrlich.

Gerade hatte Gabe mich noch hart und hemmungslos von hinten genommen, doch nun erging er sich in einem sinnlichen Spiel. Langsam ließ er die Hüfte kreisen und liebkoste sanft meinen Hals. Mit jedem Stoß rieb er sein Becken an meiner Lustperle und wiegte mich in vermeintlicher Sicherheit. Ich glaubte, dass es besser nicht werden konnte, doch da ahnte ich noch nicht, dass er mich zutiefst erschüttern würde. Nach dieser Erfahrung würde kein Mann ihm je das Wasser reichen können.

Gabe ließ seine Lippen an meine Wange wandern, während

er eine Hand unter meinen Hintern und die andere in mein Haar schob.

»Jetzt bist du bereit für die echte Erfahrung«, raunte er heiser und ich spannte die Muskeln an.

Er grub seine Fingerspitzen tiefer in mein Fleisch, während er die Faust um meine Strähnen schloss und seine Lippen auf meine presste. Dann drang er mit der Zunge in meinen Mund ein und begann, mich zu verschlingen. Gabe küsste mich nicht einfach nur, sondern nahm sich kompromisslos, was er wollte. Und ich gab ihm alles.

Während er seine Zunge mit meiner in einem stürmischen, leidenschaftlichen Tanz verwob, beschleunigte er seine Stöße jedoch nicht. Wenn überhaupt, verlangsamte er die Bewegungen seiner Hüfte, sodass ich spürte, wie er seinen Schaft fast ganz aus mir herauszog und mich dehnte, als er wieder in mich eindrang. Er hob meinen Hintern an und vergrub sich sogar noch tiefer in mir, wobei er mit jedem Stoß meine Klitoris reizte.

Es war unglaublich.

Es übertraf alles, was ich jemals für möglich gehalten hätte.

Gabe zog den Kopf ein Stück zurück, um dann seine Stirn auf meine zu pressen, während er meine Haare immer noch mit festem Griff umklammerte.

Unser Atem vermengte sich miteinander, unser Stöhnen wurde eins und unsere Körper wiegten sich im Gleichklang.

Noch nie hatte ich mich einem Menschen so nahe gefühlt. Es hatte etwas seltsam Erotisches, *seine* Luft zu atmen, *seinen* Schweiß auf meiner Brust zu spüren und ganz genau zu wissen, dass ich *seinen* Schwanz in mir hatte. Gleichzeitig gab ich ihm alles von mir. Meinen Atem, meinen Körper – und wenn ich ehrlich war, auch mein Herz.

Vielleicht nicht auf romantische Weise, wie es Liebende tun würden. Aber ich wusste, dass er immer einen Teil von mir besitzen würde. Es war dumm und leichtsinnig, aber es war mir egal. Ich wollte, dass er mich für immer bei sich trug. Niemals wollte ich vergessen, wie es sich anfühlte, in Besitz genommen zu werden.

»Bist du bereit, mir mehr zu geben?«, fragte er.

*Meine Güte.*

*Noch mehr?*

»Alles.«

Ich brachte das Wort kaum über die Lippen, da zeigte Gabe mir bereits, was »mehr« bedeutete.

Mit kraftvollen Stößen drang er immer wieder in mich ein. Dabei umfasste er mit einer Hand meinen Hintern und zog mit der anderen an meinen Haaren, sodass meine Kopfhaut schmerzte. Gabe war unerbittlich in seinem Streben nach »mehr«.

Und als mein Körper ihm schließlich gab, was er verlangte, wurde auch er von einer rauschenden Welle der Lust erfasst. Hinter meinen Augenlidern explodierte ein Feuerwerk aus Farben. Mein Unterleib umklammerte seinen Schwanz, und ich schlang meine Arme fest um seinen Rücken, wobei ich den Kopf in den Nacken neigte, bis seine Stirn auf meinen Lippen ruhte. Ich schmeckte seinen Schweiß, hörte sein tiefes Stöhnen und spürte, wie er sich in mir ergoss.

Wie erstarrt lagen wir da, während wir beide um Atem rangen. Aber mit jeder verstreichenden Sekunde kehrte die Realität zurück. Langsam begann mein Verstand wieder zu arbeiten und die Angst verdrängte die Lust.

*Was habe ich getan?*

# KAPITEL DREIZEHN

Was zum Teufel war gerade passiert?

Irgendein mir fremdes Gefühl hatte mich übermannt und mir die Kehle zugeschnürt.

Was hatte ich getan? Gerade eben hatte ich sie noch gefickt und plötzlich hatte ich sie zärtlich geliebt. Zumindest kam es einer emotionalen, intimen Begegnung so nahe, wie es mir möglich war.

Noch nie hatte ich eine Frau geküsst, während ich mit ihr geschlafen hatte. Vor und nach dem Sex durchaus, aber niemals währenddessen. Diese Art von Intimität erweckte einen falschen Eindruck. Es musste eine Erklärung für mein Verhalten geben. Ich hatte Evette nicht geküsst, bevor wir im Bett gelandet waren. Also hatte ich meine Regel gebrochen und sie geküsst, als ich tief in ihr war. Nicht wahr? Sie war schließlich nicht irgendeine Frau, die ich in einer Kneipe aufgegabelt hatte, und ich hatte ihr versprochen, sie mit Respekt zu behandeln. Deshalb hatte ich es langsam angehen lassen und sie geküsst. Ja, das musste es sein.

*Lügner.*

Und warum lag ich immer noch auf ihr?

Ich hob den Kopf und begegnete Evettes Blick. Ein Ausdruck der Angst spiegelte sich in ihren Augen wider.

Verdammt.

»Habe ich dir wehgetan?«

Sie schüttelte den Kopf, aber es war nicht zu übersehen, wie unbehaglich ihr zumute war.

»Was ist los?«

Ohne zu wissen warum, löste ich meine Hand aus ihrem Haar und legte sie auf ihre Wange. Auch das war neu. Wenn ich mit einer Frau geschlafen hatte, blieb ich für gewöhnlich nicht auf ihr liegen oder stellte Fragen und streichelte ihr Gesicht. Stattdessen wich ich meist zurück. Ich verhielt mich zwar nicht abweisend, aber ich zog eine klare Grenze, um meine Absichten unmissverständlich zum Ausdruck zu bringen.

»Nichts.« Evette schenkte mir ein Lächeln. »Das machst du wirklich gut.«

Ich war mir ziemlich sicher, dass sie die Worte als Kompliment gemeint hatte, aber aus irgendeinem Grund machten sie mich wütend. Eigentlich hätte ich mich darüber freuen sollen, dass sie mich zu verstehen schien. Stattdessen verspürte ich ein unangenehmes Brennen in meiner Brust.

Vielleicht war sie klüger als ich und hatte nichts weiter gespürt als den Orgasmus, den ich ihr beschert hatte.

Ja, auch dieser Gedanke ärgerte mich.

»Sicher«, erwiderte ich knapp und zog meinen Schaft aus ihr heraus.

Sofort spürte ich den Verlust ihres warmen Körpers, doch ich zwang mich, das Gefühl zu ignorieren, und kämpfte gegen den Drang an, meine Arme um sie zu schlingen und sie festzuhalten.

Das Kondom.

Es war zwar eine armselige Ausrede, um sich zu entfernen, aber es war dennoch eine Notwendigkeit.

»Bin gleich zurück«, sagte ich und rollte mich aus dem Bett.

Beim Beseitigen der Beweise ließ ich mir Zeit.

Beweise wofür?

Dass ich sie gefickt hatte?

Herrgott, stand ich wirklich im Badezimmer und starrte auf ein benutztes Kondom? Der Anblick zerrte an meinen Nerven. Wie wäre es wohl gewesen, ungeschützt mit ihr zu schlafen? Ich hatte ernsthaft den Verstand verloren. Noch nie zuvor hatte ich

Sex ohne ein Kondom in Betracht gezogen. Ich hatte noch nie den Wunsch gehabt, mich in einer Frau zu ergießen. Ich wollte die *Intimität* nicht.

Da war schon wieder dieses Wort.

*Scheiße.*

Ich wusch mir die Hände und spritzte mir Wasser ins Gesicht in der Hoffnung, dass die kalte Flüssigkeit mich aus diesem Wahn erwecken würde, dem ich offenbar verfallen war. Doch als ich den Kopf hob und mein Spiegelbild betrachtete, erkannte ich den Mann, der mir entgegenstarrte, nicht wieder. In dem Gesicht war keine Spur der kühlen Distanziertheit zu erkennen, die normalerweise vorherrschte. Weder vermischte ich Sex und Gefühle, noch verwechselte ich einen großartigen Orgasmus mit Emotionen.

Ein Geräusch aus dem Schlafzimmer riss mich aus meiner Benommenheit.

*Reiß dich zusammen, du Idiot.*

Das gelang mir jedoch nicht, und als ich Evette bekleidet neben dem Bett stehen sah, flammte erneut Wut in mir auf.

»Danke, dass du meine Sachen vom Küchenboden aufgesammelt hast«, sagte sie.

Ich verschwieg ihr, dass ich die Kleider nur aufgehoben hatte, weil ich einen Moment gebraucht hatte, um mich zu beruhigen, bevor ich ihr ins Schlafzimmer gefolgt war. Auf keinen Fall würde ich zugeben, dass sie etwas in mir geweckt hatte, das ich tief in mir vergraben hatte.

Nein, damit würde ich entschieden zu viel preisgeben.

»Du hast dich angezogen?«

»Nun ...« Sie ließ das Wort in der Luft hängen. Dann ließ sie den Blick über meine Brust weiter nach unten wandern und biss sich auf die Unterlippe.

»Ich dachte, ich hätte Cooper gehört, und war der Meinung, du seist fertig mit mir«, erklärte Evette, ohne den Blick von meinem Schwanz zu lösen.

Fertig mit ihr?

*Auf keinen Fall.*

»Evette?«

»Hm?«

Sie hörte mir gar nicht zu.

Erneut erwachte die Leidenschaft zwischen uns zum Leben.

In drei … zwei … eins.

Mein Schwanz wurde hart und Evette begegnete meinem Blick.

»Sehe ich aus, als sei ich fertig?«

Sie schüttelte den Kopf und wollte etwas erwidern, als ein lautes Klopfen an der Schlafzimmertür ertönte.

»Ist jemand da?«

Owen.

Verdammter Mistkerl.

»Ja. Ich komme gleich«, rief ich.

Evette warf mir einen bösen Blick zu und verengte die Augen zu dünnen Schlitzen.

»Was denn? Hätte ich warten sollen, bis er die Tür öffnet?«

Sie senkte den Blick wieder auf meine Erektion und runzelte die Stirn, bevor sie wieder zu mir aufsah. Aber sie sagte nichts.

»Worüber denkst du so angestrengt nach, Schatz?«

Schon wieder sprach ich sie mit einem Kosenamen an. Ich musste damit aufhören.

Eines musste ich Evette lassen. Sie riss sich ziemlich schnell aus ihrer Benommenheit und gewann ihre Fassung wieder. Ich hätte erleichtert sein sollen, aber ihre scheinbare Gleichgültigkeit nagte an mir.

»Nichts. Du solltest dich anziehen.«

Damit hatte sie recht. Owen war ungeduldig.

Ich hob meine Hose vom Boden auf und zog sie an, wobei ich auf die Unterhose verzichtete. Vorsichtig verstaute ich meinen harten Schaft, bevor ich den Reißverschluss zuzog. Nachdem ich mir mein T-Shirt über den Kopf gezogen hatte, griff ich nach meinen Socken und sagte: »Um deine Frage von vorhin zu beantworten: Ich bin noch nicht fertig mit dir.«

Ein wohliger Schauer durchfuhr mich, als ich Evettes Reaktion sah. Sie bebte zwar nicht am ganzen Leib, doch sie zuckte sichtlich zusammen und biss sich auf die Unterlippe. Offenbar war sie doch nicht ganz ungerührt geblieben. Mehr musste ich nicht sehen.

Am liebsten hätte ich sie gepackt und zurück aufs Bett geworfen, doch ich hielt mich zurück. Stattdessen blieb ich auf dem Weg zur Tür vor ihr stehen und drückte ihr einen zärtlichen Kuss auf die Stirn.

»Und später heute Abend werden wir sehen, wie real es zwischen uns noch werden kann.« Ich strich mit meinem Daumen über ihre vollen Lippen. Sofort schossen mir unanständige Bilder durch den Kopf, die ich ungeniert zum Ausdruck brachte. Schließlich hatte Evette gesagt, dass sie alles von mir wollte. »Ich hatte noch keine Gelegenheit, dich zu schmecken. Und ich kann es kaum erwarten, deinen wunderschönen Mund um meinen Schwanz zu spüren.«

Evette starrte mich mit großen Augen an. Ein schockierter Ausdruck spiegelte sich darin wider, aber auch eine gesunde Portion Begierde.

»Ich denke nicht, dass …«

»Nein, Schatz, du sollst nicht denken. Wenn wir in diesem Zimmer sind, musst du nichts weiter tun, als dich gehen zu lassen. Ich werde dir alles geben, was du brauchst.«

»Aber …«

»Habe ich dir wehgetan?«

»Nein.«

»Hat dir das, was wir gerade getan haben, gefallen?«

Augenblicklich liefen ihre Wangen rot an. Der Anblick war verdammt niedlich. Vor einer Stunde hatte diese Frau sich, ohne mit der Wimper zu zucken, vor mir entkleidet und war dann fast nackt durch die Küche marschiert in dem Wissen, dass ich sie ficken würde. Und wahrscheinlich hatte sie sogar damit gerechnet, dass ich sie an Ort und Stelle auf dem Boden vernaschen würde. Sie hatte mir zu verstehen gegeben, dass sie meinen Mund an ihren Brüsten spüren wollte, hatte unser Geplänkel als Vorspiel bezeichnet und sich dann von mir auf die Matratze drücken lassen. Ohne einen einzigen Kuss. Und dann hatte sie mir geradeheraus gestanden, dass sie meinen Schwanz lutschen wollte.

Doch nun hatte meine Frage ihr die Schamesröte ins Gesicht getrieben.

Es war bezaubernd.

Es war etwas Wahres dran an der Aussage, dass ein Mann sich in der Öffentlichkeit eine Dame und im Bett eine Wildkatze wünschte. Evette verkörperte beides. Außerhalb dieses Zimmers hätte sie mir wahrscheinlich die Eier abgerissen, wenn ich ihr befohlen hätte, auch nur einen Stift vom Boden aufzuheben. Aber sobald sie sich mir hingab, genoss sie jede Sekunde. Je mehr Kontrolle ich ausübte, desto gefügiger wurde sie. Je weniger sie nachdachte, desto mehr verlor sie sich in ihrer Lust.

Mit einem Wort: Sie war umwerfend.

Im Grunde war sie perfekt, aber ich weigerte mich, diesem Gedanken nachzuhängen. Um unser beider willen musste ich meine Emotionen unter Verschluss halten und eine gewisse Distanz wahren. Alles andere würde in einer Katastrophe enden.

»Du musst nicht antworten, Schatz. Ich weiß, dass du es genossen hast.«

»Du bist wohl gar nicht überheblich?«, spottete sie.

Wenn Evette mit hochrotem Kopf ihre Frau stand, war sie nicht nur bezaubernd, sondern durch und durch sexy.

Ich beugte mich vor, liebkoste die Stelle direkt unter ihrem Ohr und flüsterte: »Ich weiß, dass du es genossen hast. Ich werde es auf jeden Fall niemals vergessen. Du machst mir nichts vor, dein Körper lügt nicht. Aber für den unwahrscheinlichen Fall, dass ich deine Erinnerung auffrischen muss ...« Ich verstummte und ließ meine Zunge stattdessen sprechen. Als ich sie schließlich über ihr Schlüsselbein gleiten ließ, bebte Evette am ganzen Leib.

Mir war noch nie eine Frau begegnet, die so empfänglich für meine Liebkosung gewesen war.

Um der Versuchung nicht zu erliegen, trat ich einen Schritt zurück. Owen war hier. Wenn ich ihn nicht so gut gekannt hätte, wäre ich beunruhigt gewesen. Aber wenn es wirklich ein Problem gegeben hätte, hätte er einfach kurzerhand angerufen. Er war nur aus einem Grund hier – um mir die Hölle heißzumachen. Cooper hatte es sich zur Aufgabe gemacht, Owen täglich auf dem Laufenden zu halten. Aber seine Berichte hatten nichts mit unseren Ermittlungen zu tun, sondern beschränkten sich ausschließlich auf Evette.

Mein Kamerad hätte zu keinem schlechteren Zeitpunkt hier auftauchen können.

Ich verließ Evettes Schlafzimmer und überlegte, wie ich erklären sollte, dass ich gerade bei ihr gewesen war, und noch dazu hinter verschlossener Tür. Ich betrat die Küche und erblickte Owen, der gerade den Kopf in den Kühlschrank gesteckt hatte. Als er mich kommen hörte, richtete er sich auf und grinste breit.

»Ich habe mir schon Sorgen gemacht«, sagte er.

»Sorgen worüber?«

»Dass du verschollen gegangen bist.«

Verschollen?

Herrgott, Owen hatte keine Ahnung, wie nahe er damit der Wahrheit kam. Vor einer halben Stunde war ich in einem Meer aus Lust *und* Emotionen versunken und hätte mich fast darin verloren. Dabei jagte mir das »und« eine Heidenangst ein.

»Was tust du hier?«

»Was ist los? Darf ich meinem Kumpel denn keinen Besuch abstatten?«

*Kumpel.*

»Hast du getrunken?«

Owen ignorierte mich und spähte über meine Schulter.

»Wo ist Evette?«

Ich kniff die Augen zu schmalen Schlitzen zusammen. Darauf hatte ich keine schlüssige Antwort. Er würde alles, was ich sagte, gegen mich verwenden.

»Die bessere Frage ist doch: Warum bist du hier? Und nenn mich nicht Kumpel.«

»Ich bin hier, weil ich Hunger habe. Nat arbeitet heute bis Ladenschluss und ich hatte keine Lust zu kochen.«

Das war Blödsinn.

»Wir haben schon gegessen«, log ich, weil ich ihn abwimmeln wollte.

Owen verzog die Lippen zu einem breiten Lächeln und mir wurde klar, dass ich einen Fehler gemacht hatte.

»Das glaube ich dir gern«, erwiderte er.

»Wie alt bist du? Zehn?«

»Rache ist süß, *Kumpel*. Alle Mittel sind erlaubt.«

»Und wofür genau rächst du dich?«

»Für die Würstchen.«

Als ich Owens verärgerten Gesichtsausdruck sah, entfuhr mir unwillkürlich ein schallendes Lachen und ich erinnerte mich an die albernste Unterhaltung, an der ich je beteiligt gewesen war. Im Gegensatz zu Natasha hatte ich jedoch keinerlei Anspielungen auf irgendwelche Geschlechtsteile gemacht. Schließlich war sie es gewesen, die Kevins Penis als Würstchen bezeichnet hatte. Und ich hatte nicht verkündet, dass ich Tacos mochte. Ich war lediglich ein unschuldiger Zuschauer gewesen.

»Das war Kevin«, erinnerte ich ihn.

»Du hast ihn angestachelt.«

»Auch in dieser Hinsicht liegst du falsch. Aber deine Freundin hat mein Arschloch bedroht.«

»Äh, wie bitte?«

Ich drehte mich um und sah, dass Evette hinter mir stand. Ihr Lächeln war nicht weniger breit als Owens. Der einzige Unterschied bestand darin, dass ich ihr das ihre am liebsten aus dem Gesicht geküsst hätte.

»Owens Frau ist gemein«, sagte ich zu Evette.

»Sie hat dein Arschloch nicht bedroht, Idiot«, warf Owen ein.

Ich schüttelte mich absichtlich übertrieben. »Doch, das hat sie.«

»Wie bedroht man denn ein Arschloch?«, fragte Evette.

Sowohl ihr verwirrter Gesichtsausdruck als auch Owen, der entnervt den Atem ausstieß, brachten mich erneut zum Lachen.

»Mit Gift«, brachte ich hervor.

»Gift? Hat sie es dir in den Hintern eingeführt oder wie …?«

»Abführmittel«, unterbrach Owen sie. »Der Idiot spricht von einem Abführmittel, nicht von Gift.«

»Oh«, erwiderte Evette gedehnt und lächelte. »Das ist nicht bösartig, sondern clever.«

Mein Lachen verebbte und ich zuckte mit den Schultern. »Jacke wie Hose.«

»Was gibt es zu essen?«, fragte Owen.

Da ich den Blick immer noch auf Evette gerichtet hatte, entging mir nicht, wie ihre Augen aufblitzten.

*Ja, Schatz, ich will auch, dass er verschwindet.*

Da ich mich jedoch damit abfinden musste, dass Owen erst gehen würde, wenn ich ihm eine Mahlzeit serviert hatte, gab ich nach. Je schneller das Abendessen auf dem Tisch stand, desto eher würde er verschwinden und ich konnte hoffentlich mit Evette in ihr Schlafzimmer zurückkehren, bevor Cooper nach Hause kam.

»Spaghetti«, verkündete ich und ging weiter in die Küche.

»Du bist schlecht gelaunt«, murmelte Owen leise, als ich ihn passierte.

»Und du störst.«

»Ach wirklich?« Er grinste.

Selbstgefälliger Arsch.

Ich nahm ein Glas Tomatensoße und eine Packung Nudeln aus dem Vorratsschrank und stellte beides auf die Anrichte, bevor ich in die Hocke ging, um einen großen Topf zu holen.

»Brauchst du Hilfe?«, erkundigte Evette sich.

»Nein. Sag Owen, er soll dir was zu trinken holen, und setz dich hin.«

»Ich kann einen Salat zubereiten«, drängte sie.

»Hast du denn Lust auf Salat?«

»Nicht wirklich.«

»Gut. Owen bekommt Spaghetti, mehr nicht.«

»Das ist gemein.«

Ich richtete mich auf, stellte den Topf in die Spüle und drehte mich zu Evette um. Während ich in ihr hübsches Gesicht blickte, konzentrierte ich mich vor allem auf ihre Augen. Wie meine waren sie braun, aber viel heller, klarer und strahlender. Wenn die Augen wirklich das Fenster zur Seele waren, dann war ihre Seele rein. Unbeschmutzt. Zu gut für einen Mann wie mich. Es war gut, dass sie wieder in ihr gewohntes Leben zurückkehren würde. Irgendwann würde sie einen Mann finden, der ihrer würdig war.

Sie biss sich auf die Lippe und wurde sichtlich unruhig. Jede andere Frau hätte ich verdächtigt, nur mit mir zu spielen, indem sie die Schüchterne mimte oder versuchte, meine Aufmerksamkeit auf ihren Mund zu lenken. Diese Masche hatte ich schon bei unzähligen Frauen beobachtet. Aber ich hatte gelernt, dass Evette keine Spielchen spielte. Sie war zielstrebig und ehrlich. Aber wenn sie sich über etwas den Kopf zerbrach und zu grübeln begann, wurde sie verlegen. Wenn sie also auf ihrer Unterlippe herumkaute, war das kein Trick, sondern ein Zeichen ihrer Nervosität.

»Owen ist ein guter Kerl«, sagte ich und spähte über ihre Schulter. Mein Kamerad stand am Tisch und blätterte einen Stapel Papiere durch.

Er musste sie mitgebracht haben, denn ich selbst hatte mir keine Arbeit mit nach Hause genommen.

Evette löste die Zähne von der Unterlippe. »Ich weiß.«

»Was ist dann das Problem?«

»Nichts. Ich will nur nicht unhöflich sein.«

Ich dachte über ihre Worte nach und musste zugeben, dass ich mich selbst Owen gegenüber ziemlich rüpelhaft verhielt. Er würde von mir etwas zu essen bekommen, dann wollte ich ihn loswerden, damit ich Zeit mit Evette verbringen konnte.

*Nein. Du willst mit ihr allein sein, um sie zu vögeln. Du willst keine Zeit mit ihr verbringen.*

Auf den ersten Blick bestand nur ein kleiner Unterschied zwischen dem Verlangen, mit ihr allein zu sein, und dem Wunsch, Zeit mit ihr zu verbringen. Auf einer tieferen Ebene war er jedoch gewaltig.

»Hey«, rief ich Owen zu. »Willst du, dass Evette einen Salat macht?«

»Nein danke.«

Ich begegnete wieder Evettes Blick und sah die Unsicherheit in ihren Augen.

»Jetzt sag mir, was dich bedrückt.«

»Nichts.«

»Blödsinn.«

Evette straffte die Schultern und zeigte mit dem Finger auf mich.

Temperamentvoll.

»Du kennst mich nicht gut genug, um zu wissen, was in meinem Kopf vorgeht, Gabe.«

»Doch, das denke ich schon.«

Meiner Meinung nach kannte ich sie sogar ziemlich gut. Ich hätte mein Wissen gern auf den körperlichen Aspekt beschränkt, aber ich konnte nicht leugnen, dass es viel tiefer ging. Es schien, als hätte ich es mir in den letzten Tagen zur Aufgabe gemacht, Evette genau zu studieren. Es war nicht schwer gewesen, sie zu durchschauen. Sie war unabhängig und intelligent, was dazu führte, dass sie sich in ihre Gedanken zurückzog, um nach Antworten zu suchen. Statt andere um Hilfe zu bitten, versuchte sie, ihre Probleme eigenständig zu lösen. Und im Moment grübelte sie angestrengt und ging im Geiste alles durch, was ich gesagt oder getan hatte.

Dessen war ich mir sicher.

Aber ich wollte, dass sie sich mir öffnete.

»Nein, du kennst mich nicht.«

Außerdem wusste ich, dass sie verdammt stur war.

»Du denkst zu viel nach. Gerade spielst du jeden Moment in Gedanken durch, den wir zusammen verbracht haben, angefangen bei dem, was hier in der Küche passiert ist. Aber ich will dich beruhigen, damit du den Rest des Abends genießen kannst. Ich habe jede Minute geliebt. Nein, ich habe sogar jede Sekunde geliebt. Alles, was du gesagt oder getan hast, jeden Laut, jede Bewegung.«

»Gabe.« Ihre Augen weiteten sich und sie schüttelte den Kopf. »Owen kann uns hören.«

»Er beachtet uns gar nicht.«

»Doch, das tue ich.«

Evette versteifte sich und bedachte mich mit einem tödlichen Blick.

»Ich habe dich gewarnt, das ist die Rache«, fuhr Owen fort.

»Oh, wie süß sie doch ist. Soll ich in den Supermarkt gehen und dir eine Schachtel …«

»Halt die Klappe, bevor du Evette in Verlegenheit bringst.«

Ohne mit der Wimper zu zucken, erklärte Owen: »Tut mir leid, Evette, ich will dich nicht in Verlegenheit bringen. Ich will unserem Freund Gabe nur beibringen, was geschieht, wenn man sich über seine Kameraden lustig macht. Wenn man selbst an der Reihe ist, sollte man kein Spielverderber sein und den Spott über sich ergehen lassen.«

»Ich bin kein Spielverderber. Du kannst mich auf den Arm nehmen, so viel du willst, aber halte Evette da raus. Es sei denn, du willst, dass ich dich im Beisein von Nat daran erinnere, dass ich mit Ohrstöpseln schlafen musste, um die Geräusche auszublenden, die aus deinem Schlafzimmer drangen. Wetten, dass sie gern hören würde, wie das ganze Haus mitbekommen hat, dass …«

»Verstanden.«

Evette runzelte die Stirn und ich bereute meinen Gefühlsausbruch sofort.

»Ich habe nicht wirklich mit Ohrstöpseln geschlafen.« Das war die Wahrheit. Aber ich hatte es ernsthaft in Erwägung gezogen.

»Wie bitte?« Überrascht hob sie das Kinn an. »Entschuldige, ich habe nicht zugehört. Ich habe über etwas nachgedacht.«

Ich gab ihr einen Moment Zeit, um ihre Worte zu erläutern. Doch als sie schwieg, fragte ich: »Worüber hast du nachgedacht?«

»Über Bodenschätze.«

»Wie bitte?«

»Ich habe über Abrams nachgedacht und habe mich gefragt, warum die Firma ein Grundstück in einem Land pachten will, das in Trümmern liegt. Überall herrschen Unruhen, die Rebellen kontrollieren mehrere Gebiete und die Streitkräfte haben Mühe, die Einheimischen zu schützen. Warum sollte ein Unternehmen ausgerechnet dort einen Teststandort errichten wollen? Es würde ein Vermögen kosten, die Einrichtung zu bewachen. Und warum gerade in dieser Gegend? Sie könnten überall Land pachten, aber Abrams wollte den Grund und Boden, auf dem das Dorf stand.«

Wir hatten bereits versucht, Antworten auf genau diese Fragen zu finden. Evette hatte recht. Sie hätten hektarweise Dschungel roden können. Sogar in der Stadt gab es genügend verlassene Bereiche, die Abrams hätte pachten können.

»Und wie kommst du auf Bodenschätze?«

»Ich habe einen Artikel über ein neues Projekt gelesen, an dem Abrams arbeitet. Dabei geht es um kognitive Radarsysteme. Die Entwicklung ist abgeschlossen, aber aus irgendeinem Grund verzögert sich die Produktion.« Evette hielt inne und schloss die Augen. Dann schüttelte sie kurz den Kopf und sagte: »Monolithisch integrierte Mikrowellenschaltungen. Das ist der Grund für die Verzögerung. Etwas fehlt. Irgendein Mineral oder eine chemische Verbindung, die für die Herstellung der Chips benötigt wird. Ich kann mich nicht an alles erinnern, weil die Wissenschaft hinter den Mikrochips mein Verständnis übersteigt. Ich brauche einen Computer.«

»Du glaubst also, dass das Mineral, das benötigt wird, in Timor-Leste zu finden ist?«, fragte Owen.

»Ich denke schon. Möglicherweise. Warum haben sie es sonst auf dieses Grundstück abgesehen?«

Mir fielen viele Gründe ein. Das Dorf und das Waisenhaus lagen weit außerhalb der Stadt. Ja, das Land befand sich mitten in einem Machtkampf, aber die Lage war taktisch günstig. Es wäre ein Leichtes, Wachen um das Gelände zu postieren und jeden auszuschalten, der sich näherte. Außerdem wurden Vorschriften in Ländern, in denen Krieg herrschte, schnell unter den Tisch gekehrt. Umwelt-, Menschenrechts- und Arbeitsgesetze wurden ignoriert. Verdammt, wenn man die richtigen Leute bezahlte, konnte man eine behördliche Aufsicht komplett umgehen.

»Hier haben wir keinen Computer«, erklärte ich. »Die Verbindung ist nicht sicher.«

»Ich werde Garrett anrufen«, warf Owen ein. »Er war noch im Büro, als ich gegangen bin.«

Das wunderte mich nicht. Garrett wohnte praktisch in seinem Büro.

»Wir sollten gehen …«

»Nein, Evette. Du hast heute zehn Stunden am Stück gearbeitet und solltest etwas essen und dich ausruhen. Morgen fahren wir ins Büro. Hoffentlich hat Garrett dann weitere Informationen für dich.«

»Ich habe keinen Hunger.«

»Aber du wirst etwas essen«, bellte ich.

Evette zuckte zusammen und wich einen Schritt zurück.

Scheiße. *Habe ich das wirklich gerade gesagt?*

Mein Magen verkrampfte sich, als mir klar wurde, dass ich sie erschreckt hatte. Ich hatte sie nicht anblaffen wollen. Ich wusste nicht einmal, warum ich es getan hatte.

*Doch, das weißt du, Arschloch.*

»Du hast den ganzen Tag nichts gegessen.« Ich bemühte mich um einen sanfteren Tonfall, doch der Schaden war bereits angerichtet.

Evette hatte die Stirn gerunzelt und sie sah mich fragend an. »Warum zwingst du mir ständig Essen auf?«

Verflucht.

Diese Frage würde ich ihr nicht beantworten.

»Was genau siehst du dir da an?«, wollte ich von Owen wissen, um das Thema zu wechseln.

Einen Moment lang bedachte Owen mich mit einem enttäuschten Blick. Er kannte meine Vergangenheit und daher auch all meine Komplexe. Doch dann erhellte sich seine Miene und ich atmete erleichtert auf.

»Zane hat mich gebeten, den Vorfall, der sich vor ein paar Monaten ereignet hat, genauer unter die Lupe zu nehmen.«

Es dauerte einen Moment, bis ich verstand, wovon Owen sprach. Eine Welle der Anspannung überkam mich und meine Schultern verkrampften sich. Bei Z Corps wartete eine Menge Arbeit auf uns. Diese beschränkte sich nicht nur darauf, Evette aus dem Schlamassel zu befreien, in den sie geraten war. Aber meine Gedanken kreisten ständig um diese Frau, sodass ich wichtige Dinge in den Hintergrund gedrängt hatte. Vor fast zwei

Monaten, während mein Team in Idaho war, hatte jemand eine Rohrbombe im Parkhaus von Z Corps deponiert. Der Vorfall wurde von einer Überwachungskamera aufgezeichnet und Schlimmeres konnte verhindert werden. Es schien, als hätte der Bombenleger nur unsere Aufmerksamkeit erregen wollen.

Viel mehr beunruhigte mich die Tatsache, dass jemand bei Leo und Thad zu Hause Steine durch die Fenster geworfen hatte. Der Anschlag war bestenfalls amateurhaft, aber er hatte seinen Zweck erfüllt und uns wachgerüttelt. Leo hatte den Kerl geschnappt, der sein Haus verwüstet hatte. Ein Zwanzigjähriger ohne Vorstrafen oder bekannte Verbindungen zu irgendwelchen Banden. Er hatte geschworen, dass er nur herumgealbert hatte, und da das Werfen eines Steins durch ein Fenster keine Gefängnisstrafe nach sich zog, hatte er die Strafe bezahlt und sich entschuldigt. Für die Polizei war der Fall damit erledigt. Aber keiner von uns hatte ihn vergessen – außer mir. Ich war so in Evette vertieft, dass ich seit ihrem Erscheinen nicht mehr daran gedacht hatte.

»Hast du etwas herausgefunden?«, fragte ich.

»Vor einiger Zeit hat Zane eine Drohung erhalten«, sagte Owen.

Das war nichts Neues, Zane bekam wahrscheinlich jeden Monat ein Dutzend Drohbriefe. Wenn man bedachte, dass mehrere Leute auf jedem Kontinent dieser Welt ihn tot sehen wollten, war das nicht überraschend.

»Und? Irgendjemand droht ihm doch ständig.«

Owens Mundwinkel zuckten, dann verzog er die Lippen zu einem Grinsen.

»Ja, er ist nicht sonderlich beliebt. Aber dieser Brief kam aus Kanada. Darin stand: ›Die Steine, die du wirfst, werden eines Tages auf dich zurückfallen.‹ Da der Absender keine konkrete Drohung ausgesprochen hatte, wurde der Brief zu den Akten gelegt. Aber jetzt frage ich mich, ob es da vielleicht einen Zusammenhang gibt.«

Es sollte erwähnt werden, dass Zane die Drohungen, in denen der Absender auf besonders kreative Weise beschrieb, wie er ihn töten wollte, an eine Pinnwand in seinem Büro heftete.

Und wenn er niedergeschlagen oder traurig war, munterte er sich auf, indem er die Nachrichten las. Auf eine verkorkste Art gaben sie ihm das Gefühl, wichtig zu sein. Je realistischer die Drohung, desto besser fühlte er sich.

»Es leuchtet ein, dass Zane keinen zweiten Blick darauf geworfen hat. Es klingt kaum nach einer Drohung.«

»Ja, der Brief wurde nicht weiter untersucht. Aber vor ein paar Tagen habe ich ihn ausgegraben und auf Fingerabdrücke überprüfen lassen.«

»Und du hast etwas gefunden.«

»Ja. Bronson Williams.«

»Jetzt spann mich nicht auf die Folter, Bruder, spuck es aus. Ist der Kerl vorbestraft?«

Owen sah Evette an und zog die Augenbrauen in die Höhe. »Soll ich es ihm erzählen oder ihn zappeln lassen?«

»Mich solltest du nicht fragen, ich will es auch wissen. Was hast du herausgefunden?«

Und sofort kam Evettes Neugier wieder zum Vorschein. Zwar hatte sie keine Ahnung, worüber wir redeten, aber sie wollte das Geheimnis unbedingt lüften. Eine der vielen Eigenschaften, die ich an ihr mochte.

*Konzentrier dich.*

»Keine Vorstrafen. Der Mann hat eine blütenreine Weste. Er besitzt eine Reihe von Lieferwagen und bietet einen mobilen Autopflegedienst an. Er besitzt ein Haus, zahlt pünktlich seine Rechnungen, hat moderate Geschäftsschulden, war nie verheiratet und hat keine Kinder.«

»Familie?«, fragte Evette, und ich hätte fast gelächelt.

»Die Eltern sind noch verheiratet. Beide sind sauber. Sein Vater war Präsident der National Bank und ist mittlerweile pensioniert. Seine Mutter hat nie gearbeitet. Sie haben gut investiert, daher hätte Mr. Williams schon vor zehn Jahren in Rente gehen können, ohne etwas an ihrem Lebensstil ändern zu müssen. Branson hatte einen Bruder aus der ersten Ehe seiner Mutter – Aaron Cardon.«

»Hatte?«, warf Evette ein. Sie hatte sich festgebissen.

Evettes anfängliche Anspannung war verschwunden. Statt

über uns beide nachzudenken, konzentrierte sie sich jetzt voll und ganz auf ein Rätsel, das sie unbedingt lösen wollte. Ich konnte nachvollziehen, wie ihre Wissbegier sie in Schwierigkeiten gebracht hatte.

»Aaron ist vor zehn Jahren bei einem Flugzeugabsturz ums Leben gekommen.«

Evette wirkte niedergeschlagen und murmelte: »Oh.«

»Wo ist das passiert?«

»Auf Zypern. Zehn Minuten nach dem Start stürzte das Flugzeug ins Mittelmeer. Alle vier Insassen kamen ums Leben.«

»Also ein Privatjet«, schlussfolgerte ich. »Gibt es eine Verbindung zu Zane?«

»Nein. Zumindest habe ich keine gefunden. Und ich habe eine Menge ausgegraben.« Owen neigte den Kopf in Richtung Tisch. »Aaron Cardons Leben liest sich wie ein Buch. Es liefert fast zu viele Informationen und scheint zu sauber zu sein.«

»Darf ich mal sehen?«, fragte Evette.

»Nur zu«, antwortete Owen und wandte sich wieder mir zu.

Erneut bedachte er mich mit einem missbilligenden Blick. Er hatte Evette etwas gegeben, worauf sie sich stürzen konnte, und mir dadurch eine Auszeit verschafft. So musste ich ihre Frage, warum ich sie zum Essen nötigte, nicht beantworten.

Owen kannte die Antwort und war nicht damit einverstanden, dass ich meine Vergangenheit für mich behielt. Von mir aus sollte er wütend auf mich sein, aber ich würde Evette nicht von meinem Komplex erzählen.

Meine Güte, das klang erbärmlich.

Aber es war die Wahrheit. Selbst nach so vielen Jahren waren mir die Abende noch lebhaft in Erinnerung, an denen ich hungrig zu Bett gegangen war. All die Male, in denen meine Mutter auf eine Mahlzeit verzichtet hatte, damit ich etwas essen konnte. Das Betteln, das Bitten um Almosen. Wenn man einmal obdachlos gewesen war, vergaß man das nicht so leicht. Die Schmerzen, die ein leerer Magen verursachte, verschwanden niemals ganz. Ich hätte tausend Mahlzeiten verspeisen und mich vollstopfen können, bis ich platzte, und trotzdem hätte mich das Ziehen in meinen Eingeweiden gequält.

Ich ignorierte Owens vorwurfsvollen Blick, füllte den Topf mit Wasser und begann, das Abendessen zuzubereiten. Irgendwie musste ich mich ablenken, um das nervöse Flattern in meinem Inneren zu beruhigen.

Ich schüttelte den Kopf über meine eigene Dummheit. Der hungernde Junge von damals gehörte der Vergangenheit an. Meiner Mutter würde es nie wieder an etwas fehlen. Sie musste nie wieder Angst haben, nachts die Augen zu schließen. Keiner von uns würde jemals wieder ohne ein Bett schlafen. Dafür hatte ich gesorgt.

# KAPITEL VIERZEHN

Tief in meinem Inneren hatte ich ein seltsames Gefühl, das mich einfach nicht losließ.

Wie immer, wenn ich eine vage Ahnung hatte, dass etwas nicht stimmte, war ich hin- und hergerissen und beschritt einen schmalen Grat zwischen Besorgnis und Neugier. Aber wenn mir jemand wichtig war, konnte ich mich einfach nicht zurückhalten. Und ich musste zugeben, dass Gabe mir am Herzen lag. Wahrscheinlich sogar zu sehr.

Es wäre möglich, dass ich aus einer Mücke einen Elefanten machte, aber seit dem Tag, an dem ich Gabe begegnet war, erinnerte er mich ständig daran, etwas zu essen. Täglich schaute er in Garretts Büro vorbei und brachte Snacks. Er bemerkte, wenn ich das Mittagessen ausließ oder mein Abendessen nicht aufaß.

Anfangs hatte ich mir nichts dabei gedacht, aber nachdem er mich wegen des Abendessens fast angebrüllt hatte, ging es mir nicht mehr aus dem Sinn.

Nun schob ich die restlichen Nudeln auf meinem Teller hin und her und war mir bewusst, dass Gabe mich beobachtete. Ich hätte die Mahlzeit ohne Weiteres verspeisen können, aber aus irgendeinem Grund wollte ich ihn auf die Probe stellen. Ich wollte herausfinden, ob er von mir verlangen würde, alles aufzuessen.

Aber er schwieg.

Wahrscheinlich machte ich mich lächerlich und suchte nach einer Geschichte, obwohl es keine gab. Mein Verstand hatte mich schon einmal in die Irre geführt. Ich hatte tief gegraben, doch am Ende hatte ich statt einer Story nur eine flauschige Hasendame und ihre Jungen gefunden.

Zuweilen war mein Verstand ein Fluch – er schaltete nie ab. Ich dachte wieder an den Bericht über Aaron Cardon, den Geschäftsmann, der bei einem Flugzeugabsturz ums Leben gekommen war. Owen hatte recht, sein Profil war zu makellos. Owen hatte eine lückenlose Chronologie seines Lebens gefunden. Es schien, als gäbe es im Internet zu viele Informationen über den Mann, vor allem wenn man bedachte, dass er bereits vor zehn Jahren gestorben war.

Und genauso schnell, wie Aaron mir in den Sinn gekommen war, verschwand er wieder aus meinem Kopf und Abrams drängte sich erneut in den Vordergrund meiner Gedanken.

»Es ist faszinierend, sie zu beobachten«, sagte Owen und lachte leise.

»Wen?«, fragte ich und blickte von meinem Teller auf. »Mich?«

»Ja. Du siehst aus, als seist du mit deinen Gedanken ganz woanders. Und jedes Mal, wenn dir etwas anderes in den Sinn kommt, verändert sich dein Gesichtsausdruck. Ich habe mitgezählt und würde sagen, dass du über drei verschiedene Themen nachgedacht hast«, erklärte Owen.

Vor Verlegenheit lief ich rot an.

War ich wirklich *so* leicht zu durchschauen?

Owen lächelte triumphierend. »Und da war wieder ein Gedanke.«

»Glaubt ihr, Garrett …«, begann ich, doch ich wurde unterbrochen, als Owens Handy klingelte.

»Wenn man vom Teufel spricht.«

Owen wischte über das Display, tippte auf das Lautsprechersymbol und legte das Telefon auf den Tisch.

»Garrett«, sagte Owen zur Begrüßung. »Du bist auf Lautsprecher. Evette und Gabe sind auch hier.«

»Delilah hat Kontakt aufgenommen.« Garrett kam direkt zur Sache.

»Wo ist sie?«, fragte Gabe.

»Ich konnte die E-Mail noch nicht zurückverfolgen. Entweder hat sie Evette die Bilder nicht geschickt oder sie wollte Evette wissen lassen, dass sie es war. Die Frau ist gut. Ihre IP-Adresse wurde an ein halbes Dutzend Standorte weitergeleitet, und sie hat das neue E-Mail-Konto über ein VPN aus Paris eingerichtet. Ich werde sie finden, aber das kann eine Weile dauern. Diesmal hat sie ein Video geschickt. Evette muss ins Büro kommen und überprüfen, was ich mir gerade ansehe.«

Sofort sprang ich aus meinem Stuhl auf, um meine Schuhe zu holen, und verpasste den Rest des Gesprächs. Als ich zurückkam, waren unsere Teller bereits abgeräumt.

»Seid ihr fertig?«, fragte ich und blickte zwischen den beiden Männern hin und her.

Die beiden hätten unterschiedlicher nicht sein können. Owen wirkte amüsiert, seine haselnussbraunen Augen funkelten verschmitzt, und er hatte die Lippen zu einem Lächeln verzogen. Der Mann war zweifellos attraktiv, er war groß und hatte breite Schultern. Offensichtlich trainierte er viel. Aber die grauen Strähnen an seinen Schläfen verliehen ihm das gewisse Etwas. Gabe hingegen lächelte weder, noch wirkte er belustigt. Er starrte mich nur an. Er war ein paar Zentimeter größer als Owen und ein klein wenig breiter und muskulöser. Aber zusammen genommen machten diese Kleinigkeiten aus ihm einen umwerfenden, imposanten Mann.

Sofort wanderten meine Gedanken zu seinem nackten Körper. Ein Kribbeln durchfuhr mich, als ich mich daran erinnerte, wie er auf mir gelegen, in mich gestoßen und mich ausgefüllt hatte.

»Und … sie ist wieder woanders«, murmelte Owen.

Die Schamesröte breitete sich auf meiner Brust aus und stieg mir in die Wangen.

»Wir treffen uns im Büro«, sagte Gabe zu Owen, während er jedoch mich anstarrte.

Das war gar nicht gut. Es erinnerte mich nur an seinen raubtierhaften Blick, als er in mich eingedrungen war.

»Verstanden«, erwiderte Owen mit einem belustigten Unterton in der Stimme. Doch dann ging er wortlos zur Tür hinaus.

»Alles in Ordnung?«, fragte ich.

»Es tut mir leid, dass ich dich vorhin so angefahren habe. Das war unangebracht«, gab Gabe zu.

»Nicht der Rede wert.«

»Doch, das war es. Ich hätte nicht so mit dir sprechen dürfen.«

»Vergessen und vergeben«, erwiderte ich.

»Ich glaube dir, dass du mir vergeben hast. Aber ich weiß auch, dass du dir während des gesamten Abendessens den Kopf darüber zerbrochen hast. Wenn du dir Sorgen machst, dass ich mich wieder wie ein Arsch benehme …«

»Warum nötigst du mich ständig, etwas zu essen?«

Eigentlich hatte ich das Thema nicht noch einmal ansprechen wollen, doch da er mir praktisch die Vorlage geliefert hatte, wollte ich mir die Gelegenheit nicht entgehen lassen.

Gabe war sichtlich unbehaglich zumute und eine düstere Stimmung ging von ihm aus, die den ganzen Raum erfüllte.

»Äh, vergiss, dass ich gefragt habe.« Ich hob kapitulierend die Hände.

Plötzlich wollte ich es nicht mehr wissen. Gabe strahlte eine Traurigkeit aus, die mich innerlich zerriss. Allein der betrübte Ausdruck in seinen Augen schnitt mir tief ins Herz.

Gabe atmete hörbar aus und war sichtlich erleichtert. »Wir sollten jetzt besser ins Büro fahren.«

»Es tut mir leid. Ich hätte nicht nachhaken sollen«, sagte ich.

»Ich habe mich wie ein Arschloch benommen. Du hast jedes Recht, mich zu fragen. Aber gleichzeitig bin ich ein Mistkerl. Wenn du mich also vom Haken lässt, werde ich mich nicht beschweren.«

Mit diesen Worten ging er zur Tür. Meine Gedanken ließen mir keine Ruhe, als ich ihm in die Garage folgte und in den

Wagen stieg. Sie schwirrten mir auch noch auf dem Weg zu Z Corps durch den Kopf.

Hätte er mir geantwortet, wenn ich nicht zurückgerudert wäre?

Hatte ich meine Chance vertan?

Ich nahm an, dass die Antwort auf beide Fragen ja lautete. Aber ich konnte seine Traurigkeit nicht vergessen. So neugierig ich auch war, ich wollte Gabe nicht wehtun.

»Was hältst du von Aaron Cardon?«, brach Gabe das Schweigen.

»Ich glaube, Owen ist da auf etwas gestoßen. Sein Profil ist zu makellos. Außerdem erschien mir etwas an dem Unfallbericht seltsam. Natürlich habe ich noch nie einen Bericht der Flugaufsichtsbehörde von Zypern gelesen. Ich nehme an, diese Untersuchungskommission ähnelt der Nationalen Verkehrssicherheitsbehörde hier in den USA. Und soweit ich weiß braucht diese mehr als achtundvierzig Stunden, um eine Untersuchung abzuschließen.«

»Da hast du recht.«

»Manchmal geht meine Fantasie mit mir durch«, gestand ich. »Ich bin Journalistin, und als solche soll ich nur die Fakten berichten. Doch hin und wieder ergeben die Fakten einfach keinen Sinn. Und wenn ich sie genauer untersuche und Lücken finde, sehe ich automatisch eine Vertuschung, obwohl die Sache völlig harmlos sein könnte.«

»Was du Fantasie nennst, nenne ich Intuition. Und du solltest immer auf dein Bauchgefühl hören. Bei einer Untersuchung musst du auch immer die Beweise hinterfragen, selbst wenn du sie selbst gefunden hast. Du hast einen guten Instinkt, Evette. Folge ihm.«

Sein Kompliment traf mich mitten ins Herz und raubte mir den Atem.

»Denkst du das wirklich?«

Es war mir egal, ob ich wie eine Närrin klang. Seit ich mich mit Abrams angelegt hatte, war mein Selbstwertgefühl im Keller. Ich hatte tausend Anfängerfehler gemacht, die mich in Schwierigkeiten gebracht hatten. Was war schon dabei, wenn ich nach etwas Anerkennung lechzte?

»Ja«, bestätigte er. »Du bist klug und intuitiv. Du hast einen Faden aufgegriffen und daran gezogen, bis er sich entwirrt hat. Und mit deiner Einschätzung des Unfallberichts hast du ins Schwarze getroffen. Die zypriotische Untersuchungsbehörde konnte unmöglich in zwei Tagen eine vollständige Analyse der Unfallstelle durchführen. Das ist einfach nicht machbar. Dem Bericht zufolge explodierte das Flugzeug kurz vor dem Aufprall auf das Wasser. Allein das Einsammeln der Trümmer hätte viel länger gedauert. Überraschend ist, dass die Versicherung den Bericht akzeptiert und gezahlt hat.«

Die Versicherung war mir gar nicht in den Sinn gekommen. Die Auszahlung für eine Cessna Citation musste hoch gewesen sein. Hinzu kam die Entschädigung, die die Familien der sechs Passagiere erhalten hatten. Accordion Textiles, die Firma, für die Aaron gearbeitet hatte, war dafür nicht aus eigener Tasche aufgekommen.

»Daran hatte ich gar nicht gedacht. Glaubst du, es war ein Terroranschlag?«

»Keine Ahnung. Das Flugzeug war auf dem Weg in die Türkei. Alle Passagiere waren US-Bürger. Aber falls es ein Anschlag war, hat sich niemand dazu bekannt.«

»Dann war es wohl keiner«, vermutete ich.

»Wahrscheinlich nicht«, bestätigte Gabe.

Die Marineakademie kam in Sicht und ich starrte wie gebannt auf den beleuchteten Campus. Ich hatte ihn noch nie bei Nacht gesehen. Die Lichter reflektierten auf dem Severn River und schienen förmlich zu tanzen.

»Wow.«

Gabe warf mir einen Blick zu und lächelte, aber er sagte nichts. Er ließ mich in aller Stille den Anblick bewundern. Erst nachdem wir die Brücke überquert hatten, ergriff er wieder das Wort.

»Es ist wunderschön, nicht wahr?«

»Ja, ich habe diesen Ort noch nie bei Nacht gesehen.«

»Wenn das alles vorbei ist, lade ich dich zum Abendessen bei mir zu Hause ein. Vor dort aus hat man einen hervorragenden Blick auf die Brücke und die Marineakademie.«

Plötzlich rutschte mir das Herz in die Hose.

*Wenn das alles vorbei ist.*

Übersetzt bedeutete das: *bevor du zu deinem einsamen Leben zurückkehrst.*

»Du wohnst also hier in der Gegend?«

Meine Güte, das war albern. Er hatte mir gerade erzählt, dass er von seinem Haus die Marineakademie sehen konnte – natürlich wohnte er in der Nähe. Plötzlich drängte sich mir ein weiterer Gedanke auf. Ich hatte noch nie mit einem Mann geschlafen, ohne zu wissen, wo er wohnte.

Das war mir noch nie passiert. In meinem langweiligen, sicheren Leben in Riverton hatte ich keinen Sex mit Männern, die ich kaum kannte. Zuerst ging ich mit ihnen aus und lernte sie kennen. Ich stellte ihnen tiefgründige Fragen über ihre Vergangenheit und wog ab, ob sie für eine langfristige Beziehung geschaffen waren, bevor ich mit ihnen ins Bett ging. Und ich zog mich auf keinen Fall vor ihnen aus und flehte sie förmlich an, mich zu ficken. Niemals würde ich es wagen, ihnen die volle Kontrolle zu überlassen, damit ich mich fallen lassen und meinen Verstand abschalten konnte. Nein, ich hatte immer die Kontrolle und mein Verstand lief stets auf Hochtouren.

Es war ermüdend.

Gabe legte seine warme Hand auf meine, ohne jedoch unsere Finger miteinander zu verschränken oder meine Hand zu drücken. Die Geste war tröstlich und beruhigte meine Nerven.

»Ich wohne einige Kilometer von dem sicheren Unterschlupf entfernt am Ufer des Flusses.«

*Am Fluss. Herrje.*

»Kannst du dein Haus von der Brücke aus sehen?«

»Ja.«

Heilige Scheiße. Jedes Mal wenn wir die Severn River Bridge überquert hatten, hatte ich die stattlichen und wunderschönen Häuser am Ufer bewundert. Die meisten schienen imposante Anwesen zu sein, die wahrscheinlich Millionen von Dollar gekostet hatten.

»Im Ernst?«

Gabe schwieg einen Moment, und mir wurde klar, wie unhöflich meine Bemerkung geklungen haben musste. Ich wollte mich gerade entschuldigen, als er das Schweigen brach.

»Ich bin in armen Verhältnissen aufgewachsen. Mein Vater ist gestorben, als ich noch klein war, aber soweit ich mich erinnern kann, hatten wir ein anständiges Leben. Doch nach seinem Tod ...« Seine Worte hingen schwer in der Luft, und das erste Teil des Puzzles fügte sich zusammen. »Als er nicht mehr da war, hatten meine Mutter und ich kaum etwas.«

Ein mulmiges Gefühl breitete sich in meinem Magen aus, und ich murmelte: »Ihr hattet nichts zu essen.«

Bei diesem Gedanken stockte mir der Atem und ich hatte Schwierigkeiten, Luft zu holen. Jetzt ergab alles einen Sinn. Gabe hatte mich ständig gefragt, ob ich Hunger hätte. Er hatte sich beschwert, als ich das Mittagessen ausgelassen hatte, und mich vorhin sogar angeblafft. Als Kind hatte er so gut wie nichts gehabt. Und sein Vater war gestorben, als er noch klein war, bevor er alt genug gewesen war, um konkrete Erinnerungen zu haben.

Oh mein Gott.

»Als ich mich bei der Navy verpflichtete, habe ich meiner Mutter versichert, dass sie nie wieder hungern müsse«, erklärte er.

Er hatte es ihr nicht nur versichert. Seinem Tonfall nach zu urteilen hatte er es feierlich geschworen.

»Und du auch nicht«, fügte ich vorsichtig hinzu.

»Ich auch nicht. Die Menschen, die mir am Herzen liegen, werden nie wieder hungern müssen. Ich würde nie wieder ...« Gabe verstummte abrupt und presste die Lippen zu einer dünnen Linie zusammen.

Ich wusste nicht, was ich darauf erwidern sollte. Eigentlich gab es nichts zu sagen. Ein einfaches »Es tut mir leid« schien zu hohl für das, was er durchgemacht hatte. Ich kannte Gabe nicht sonderlich gut, aber ich vermutete, dass er diese Worte nicht von mir würde hören wollen. Irgendetwas musste ich jedoch sagen.

»Ich wette, deine Mutter ist stolz auf dich.«

Gabe fuhr in die Tiefgarage und parkte neben dem Geländewagen, den er in den vergangenen Tagen gefahren hatte.

Schöner Wagen.

Teures Haus.

Man musste kein Genie sein, um zu erkennen, dass er überkompensierte. Ich hätte wetten können, dass Gabe seine Mutter verwöhnte.

Wieder hatte ich ein flaues Gefühl im Magen. Es tat mir weh zu wissen, dass Gabe auch Jahre danach noch das Bedürfnis hatte, das Leid wiedergutzumachen. Ich nahm an, dass er schon lange nicht mehr Not leiden musste, doch der Schmerz seiner Kindheit war offensichtlich noch immer allgegenwärtig.

»Sie ist stolz, aber nicht auf die Art, wie du vielleicht denkst«, antwortete er schließlich. »Doch ich werde dir ein andermal erzählen, wie stur meine Mutter sein kann.«

Als ich das Murren in seiner Stimme hörte, musste ich lächeln.

»Lass mich raten. Sie erlaubt ihrem Sohn nicht, sie zu verwöhnen und mit Geschenken zu überschütten.«

»So in etwa«, murmelte er, und ich wusste, dass ich ins Schwarze getroffen hatte. »Also, bist du bereit, dir das Video anzuschauen, das Delilah an Garrett geschickt hat?«

Ich wusste nicht, wie ich darauf antworten sollte. Garrett hatte mir nicht gesagt, was auf der Aufnahme zu sehen war, aber zumindest ein Aspekt war beruhigend.

»Ich bin froh, dass sie lebt.«

»Evette …«

»Ich weiß, ich weiß. Du vertraust ihr nicht. Aber nachdem ich ihre E-Mails noch einmal gelesen habe, glaube ich wirklich, dass sie mich warnen wollte. Allerdings verstehe ich immer noch nicht, warum sie mir die Bilder geschickt hat.«

»Hoffentlich werden wir sie finden und sie fragen können.«

Gabe klang jedoch nicht sonderlich begeistert. Genauso wenig schien er meine Meinung darüber zu teilen, dass Delilah diese E-Mails als Warnung geschickt hatte. Stattdessen schien er mich beschwichtigen zu wollen, aber es gab nichts, was ich hätte sagen können, um ihn umzustimmen. Hoffentlich war das Video, das Delilah geschickt hatte, nicht der letzte Nagel zu ihrem Sarg. Ich konnte mir kaum vorstellen, dass sie es begrüßen würde, als Gast im Verhörraum von Z Corps zu landen.

»Hey, habt ihr eigentlich einen Verhörraum vor Ort?«

Gabes Mundwinkel zuckten und er bemühte sich, ein Lächeln zu unterdrücken. »Wir foltern unsere Verdächtigen alle außerhalb, falls du das meinst.«

*Wie bitte?*

»Das habe ich nicht gemeint. Aber du machst doch sicher Witze, nicht wahr?«

»Ja, Schatz, ich mache Witze. Und nein, wir haben keinen speziellen Verhörraum in der Zentrale.«

»Aber anderswo habt ihr einen?«

Er schwieg einen Moment, bevor er antwortete: »Ja. Wir haben sogar an zwei verschiedenen Orten Räume, die wir nutzen können, falls wir einen Verdächtigen verhören müssen. Außerdem besitzt Z zwei weitere sichere Unterschlüpfe in der Gegend und einen an der Ostküste. Also, bist du jetzt bereit, nach oben zu gehen und herauszufinden, warum Garrett uns ins Büro bestellt hat?«

Ich konnte es kaum erwarten, das Video zu sehen, von dessen Inhalt Garrett uns am Telefon nichts hatte erzählen wollen.

»Bereit.«

Statt aus dem Wagen zu steigen, packte Gabe mich am Nacken und zog mich über die Mittelkonsole zu sich, bis mein Mund nur einen Hauch von seinem entfernt war. Doch er küsste mich nicht. Er vergrub nur seine Fingerspitzen in meiner Haut, während sein rauer Atem sich mit meinem vermengte. Dann festigte er seinen Griff um meinen Nacken und presste seine Stirn an meine.

»Ich weiß nicht, woran es liegt, aber du machst mich ganz verrückt«, flüsterte er.

»Wie bitte?«

»Du bist eine gefährliche Frau, Evette London. Ich weiß, dass ich vor dir weglaufen sollte, aber ich kann mich einfach nicht dazu bringen, mich zu bewegen.«

Ich war wie erstarrt und wagte kaum zu atmen, während mein Herz jedoch so wild pochte, dass ich glaubte, am ganzen Leib zu vibrieren. Es war ein seltsames Gefühl, als würde ich hyperventilieren und zugleich ersticken.

»Gabe«, keuchte ich.

Mehr brachte ich nicht heraus. Gabe zog den Kopf nicht zurück, doch das wollte ich auch nicht. Ich wollte mit ihm verbunden bleiben und hätte ewig in dieser Position verweilen können. Er vergrub seine Finger in meinem Nacken, während er mich mit seinem Duft umhüllte. Ich hob eine Hand und legte sie an seine Wange. Trotz des schummrigen Lichts konnte ich sehen, wie er die Augen schloss.

»Du machst mir eine Heidenangst.«

»Du mir auch«, erwiderte ich.

»Nein, Schatz. Du machst mir eine *Heidenangst*.«

Ich konnte die Veränderung in seinem Tonfall hören, doch ich verstand nicht ganz, was es damit auf sich hatte. Bevor ich ihn jedoch bitten konnte, seine Worte zu erläutern, lieferte er mir eine Erklärung.

»Ich weiß nicht warum, ich kann es nicht erklären, aber als ich den Empfangsbereich betrat und dich dort stehen sah, habe ich es gespürt. Ein Gefühl von *Richtigkeit* überkam mich. Ein Adrenalinstoß. Jahre des Leidens fielen einfach von mir ab und ich konnte wieder frei atmen. Und das nur durch einen Blick. Und als wir oben im Büro saßen, war das Gefühl um ein Zehnfaches stärker. Ich wollte dich beschützen, und zwar nicht nur, weil es mein Job ist, sondern weil der Gedanke, dass dir etwas zustoßen könnte, mir körperliche Schmerzen bereitete. Du treibst mich an den Rand des Wahnsinns. Du weckst in mir den Wunsch, dich festzuhalten, damit niemand mich je wieder von dir trennen kann. Du jagst mir eine Heidenangst ein, weil ich noch nie in meinem Leben den Wunsch hatte, die Verantwortung zu übernehmen, die eine Beziehung mit sich bringt. Aber du? Du weckst sogar eine Sehnsucht in mir. Ich will, dass du mich brauchst. Ich will, dass du bei mir Schutz suchst. Ich will mich dir hingeben.«

*Heiliger Strohsack.*

Gabe spürte es auch.

*Er spürt es.*

*Heilige Scheiße.*

Gabe löste seine Hand von meinem Nacken und schob sie in mein Haar. Meine Kopfhaut kribbelte, meine Lunge brannte, mein Herz pochte.

»Ich muss vor dir weglaufen«, flüsterte er.

»Bitte nicht.«

»Evette …«

»Bitte nicht. Nicht jetzt. Bitte gib uns noch ein bisschen mehr Zeit.«

»Schatz …«

»Du hast mir schon gesagt, dass das hier zu nichts führen wird. Ich weiß, dass es keine Zukunft für uns gibt. Glaub mir, ich träume nicht von weißen Lattenzäunen. Ich will nur das Hier und Jetzt. Bitte gib mir das.«

Gabe stieß hörbar den Atem aus. Und da er seine Stirn immer noch an meine gepresst hatte, spürte ich, wie er nickte. Ich hoffte, dass die Geste eine Bestätigung war. Wahrscheinlich machte ich mich zum Narren, denn ich wusste, dass unsere gemeinsame Zeit nur im Herzschmerz enden würde.

Aber für ein paar weitere Tage mit Gabe würde ich ein gebrochenes Herz in Kauf nehmen.

# KAPITEL FÜNFZEHN

Ich befand mich mit meinen Kameraden im Konferenzraum, während das Video, das Delilah Watts geschickt hatte, auf dem großen Monitor an der Wand abgespielt wurde. Statt mich jedoch auf die undeutliche Schwarz-Weiß-Aufnahme der Überwachungskamera zu konzentrieren, auf der der Kerl zu sehen war, der Evette eine Waffe an den Kopf gehalten hatte, konnte ich nur an sie denken.

Immer wieder grübelte ich über den kolossalen Fehler nach, den ich begangen hatte. Warum zum Teufel hatte ich Evette von meiner Vergangenheit erzählen müssen? Vor ein paar Stunden war ich mir noch sicher gewesen, dass ich ihr nie ein Sterbenswörtchen darüber verraten würde.

Das Schlimme daran war, dass ich in ihren hübschen braunen Augen kein Mitleid, sondern nichts als Verständnis gesehen hatte. Der Anblick hatte meine Entschlossenheit erschüttert und ich hätte fast noch mehr ausgeplaudert. Zum Glück hatte ich mich zurückgehalten, bevor ich mir eine noch tiefere Grube graben konnte.

»Bist du sicher?«, fragte Garrett und riss mich aus meinen Gedanken.

Ich löste den Blick vom Bildschirm und betrachtete Evette.

Sie nickte. »Ja. Ganz sicher. Er hat diese Kleidung getragen. Ich erinnere mich an die Goldkette.«

Ich konzentrierte mich wieder auf das Standbild auf dem Monitor. Darauf war ein in Schwarz gekleideter Mann durchschnittlicher Größe und Statur zu sehen. Die genaue Haarfarbe war zwar nicht erkennbar, doch wir wussten, dass sie dunkel war.

»Delilah muss in Riverton sein«, sagte Owen. »Wahrscheinlich ist sie die Straßen rund um Evettes Wohnhaus abgegangen und hat die Überwachungskameras bemerkt.«

»Das sehe ich auch so.« Garrett tippte auf seine Tastatur, woraufhin der Bildschirm sich teilte und die Überwachungsaufnahmen eines Geschäfts gegenüber dem Wohngebäude zeigte. »Mehr habe ich nicht. Die anderen Läden in dem Häuserblock haben keine Kameras.«

Darauf war ebenfalls ein in Schwarz gekleideter Mann zu sehen, der mit gesenktem Kopf und verdecktem Gesicht Evettes Wohnhaus betrat. Garrett verfügte zudem über die Aufnahmen, die den Kerl zeigten, als er das Haus wieder verließ.

»Also ist Delilah nach Kalifornien gefahren und hat die Gegend ausgekundschaftet«, fügte Cooper hinzu. »Sie ist umhergewandert, hat alle Kameras gefunden und dann? Hat sie alle gehackt und ist mit etwas Glück auf diese Aufzeichnungen gestoßen?«

»Sie ist nicht in ein Flugzeug gestiegen«, entgegnete Garrett. »Ich habe alle Flüge überprüft. Wahrscheinlich ist sie mit dem Wagen gefahren.«

»Warum sollte sie das tun?«

Verdammt, in Evettes Gesicht zeichnete sich ein hoffnungsvoller Ausdruck ab. Sie wollte glauben, dass diese Delilah auf ihrer Seite stand. Aber ich war noch nicht bereit, mich auf diese Theorie zu versteifen. Irgendetwas stimmte nicht.

»Oder sie hat bei der Planung geholfen und dem Mann gesagt, wo er parken soll. Dann hat sie eine Kamera installiert«, gab ich zu bedenken.

»Ist das dein Ernst, Gabe?«, warf Evette empört ein.

»Coop hat recht, sie hatte *Glück,* und ich traue dem Glück nicht.«

»Evette sollte Delilah kontaktieren«, meldete Zane sich zu Wort.

Ein unangenehmes Gefühl beschlich mich. Es gefiel mir gar nicht, worauf er hinauswollte. Ich kannte Zane Lewis. Er würde Evette niemals einer direkten Gefahr aussetzen, aber er würde hart an der Grenze navigieren.

»Was soll ich ihr sagen?«, fragte Evette. Ganz offensichtlich war sie mit dem Vorschlag einverstanden.

Mir verkrampfte sich der Magen. Ich musste die Sache unterbinden, bevor Evette die Chance ergriff, Delilah aus der Reserve zu locken.

Wem machte ich etwas vor? Evette war bereits mit Feuereifer dabei und konnte es kaum erwarten, in Aktion zu treten.

»Delilah weiß, dass du dich an uns gewandt ...«, begann Zane.

»Vielleicht auch nicht«, unterbrach ich ihn. »Die Frau fischt nur nach Informationen. Für Delilah wäre es ein Leichtes, das Flugticket zu finden, das Evette gekauft hat. Sie hat mit ihrer Kreditkarte bezahlt und den Flug unter ihrem richtigen Namen gebucht. Delilah müsste zudem nicht lange suchen, um auf Evettes Verbindung zu Anaya zu stoßen. Anaya würde sie zu Kyle führen, und Kyle zu Z Corps. Höchstwahrscheinlich würde Delilah annehmen, dass Evette uns um Hilfe bitten würde, aber es wäre trotzdem nur eine Vermutung. Und jetzt verlangst du von Evette, dass sie bestätigt, dass sie mit uns zusammenarbeitet oder zumindest mit uns in Kontakt steht.«

Zane lehnte sich in seinem Stuhl zurück, verschränkte die Arme vor der Brust, verengte die Augen und musterte mich. Er konnte mich anstarren, so viel er wollte, ich war an seinen durchdringenden Blick gewöhnt. Allerdings gefiel mir das Lächeln nicht, das sich auf seinem Gesicht ausbreitete.

»Angenommen, Delilah weiß nichts davon.« Zane zuckte mit den Schultern. »Wenn Evette sich meldet und bestätigt, dass sie mit uns arbeitet, dann können wir ihnen eine Falle ...«

»Nein.«

Zanes Lächeln verwandelte sich in ein breites Grinsen.

»Was hast du? Das ist doch ein guter Plan. Evette steht unter unserem Schutz. Sie muss nur einen Köder vor Delilahs Nase baumeln lassen. Falls diese ihn schluckt und einen Auftragskiller auf Evette ansetzt, wissen wir, auf welcher Seite Delilah steht. Ein weiterer Vorteil dabei ist, dass einer von euch einen weiteren Bösewicht ausschalten kann. Vielleicht sollte ich Evettes Leibwächter spielen. Es ist schon eine Weile her, seit Ivy mir das letzte Mal erlaubt hat, jemanden zu erschießen. Ich bin ein bisschen eingerostet und muss in Form bleiben.«

Mein Chef war ein Klugscheißer.

»Das Problem ist nur, dass der Köder, von dem du sprichst, Evette ist. Sie soll vor Delilahs Nase baumeln. Und das kannst du vergessen. Es gibt andere Möglichkeiten, Delilah zu finden, bei denen meine Frau kein derartiges Risiko eingehen muss. Garrett soll stattdessen mit ihr in Kontakt treten.«

Plötzlich herrschte Stille im Raum. Es war kein Mucks zu hören.

*Verdammte Scheiße!*

»*Deine* Frau?«, fragte Zane grinsend.

Ich ignorierte den Kloß in meiner Kehle, der mir die Luft abschnürte, und versuchte, meinen Lapsus zu überspielen.

»Willst du mich auf die Palme bringen?«, fauchte ich.

»Das könnte man sagen.«

Plötzlich überkam mich das Verlangen, meinen Chef zu erschießen. Im Gegensatz zu seinen Fähigkeiten waren meine nicht eingerostet und ich hatte erst vor Kurzem jemanden erschießen müssen. Also würde ich mein Ziel auf keinen Fall verfehlen.

»Wir werden Evette nicht als Köder benutzen. Auf keinen Fall.«

»Warum nicht?«

Die lächerliche Frage kam von der Frau selbst. Ich wandte mich ihr zu und sah aufrichtige Neugier in ihrem Gesicht. Ihr Leben war ohnehin in Gefahr, da musste sie sich nicht noch weiter aus dem Fenster lehnen. Das Problem war jedoch, dass Evette sich bereits entschieden hatte. In ihren Augen war Delilah eine nützliche Quelle, keine Bedrohung.

»Weil du getötet werden könntest.«

»Nein, mir würde nichts zustoßen«, erwiderte sie ungläubig. »Du hast es selbst gesagt, du würdest nicht zulassen, dass mir etwas passiert.«

Verdammte Scheiße. Ihre Worte trafen mich mitten ins Herz und hinterließen ein angenehmes Gefühl. Es war so gut, dass ich einen Moment innehalten musste, um es auf mich wirken zu lassen. Leider konnte ich mich nicht lange damit aufhalten, denn ich musste sie wieder auf den Boden der Tatsachen zurückholen.

»Ganz genau, Evette. Und aus diesem Grund werde ich unter keinen Umständen einem Szenario zustimmen, bei dem du dich einem so großen Risiko aussetzt. Dabei kann zu viel schiefgehen.«

»Dann ist es ja gut, dass du nicht zustimmen musst.«

Ich schenkte weder ihren gestrafften Schultern noch ihren verengten Augen oder dem stählernen Unterton in ihrer Stimme Beachtung.

Auf keinen Fall würde ich sie in Gefahr bringen.

Ich wandte mich wieder Zane zu und war bereit, ihn so lange zu bekämpfen, bis er nachgab. Doch sein Lächeln war verblasst und er starrte Evette mit einem Ausdruck von Respekt an. Von ihm würde ich keine Hilfe bekommen. Ich warf einen Blick auf Owen, der nachdenklich wirkte. Vielleicht würde ich in ihm einen Verbündeten finden. Und Cooper könnte ich möglicherweise überreden, mich zu unterstützen. Aber Garrett würde sich auf die Seite von Zane und Evette stellen.

Ich war erledigt.

Evette würde Delilah kontaktieren, und ich konnte nichts tun, um sie davon abzuhalten.

»Neue Regel«, sagte Zane. »Niemand darf mich kritisieren, bevor er die betreffende Frau nicht länger als eine Woche kennt. Das bedeutet, dass ich immer noch entscheiden kann, wie wir Evette einsetzen.«

»Zane ...«

»Es sei denn, du sagst mir, dass du Anspruch auf Evette erhebst. Denn wenn das der Fall ist, werde ich Phantom ausrichten, dass er sich getrost an dich wenden soll, wenn es um seine stündlichen Berichte geht. Dann kannst du dich mit diesem mürrischen Mistkerl auseinandersetzen und ihm versichern, dass wir Evette beschützen. Zweifellos wird es ihn beruhigen zu wissen, dass *du* persönlich auf sie aufpasst. Aber falls das nicht der Fall ist, dann steht die Frau unter meinem Schutz, was bedeutet, dass Evette Delilah anrufen wird.«

Dieser verdammte hinterhältige Scheißkerl.

Ich presste die Zähne zusammen, während der Knoten in meinem Magen sich in einen Felsbrocken verwandelte.

*Du würdest nicht zulassen, dass mir etwas passiert.*

Evette war überzeugt davon.

Aber was, wenn ich sie nicht beschützen konnte? Was, wenn keiner von uns dazu in der Lage wäre? Was, wenn Delilah Watts ein ganzes Team schickte, um Evette auszuschalten, und ich sie verlor?

Zu viele Eventualitäten.

Doch die bedeutendste Frage, die sich mir stellte, war: Was, wenn Evette nicht darüber hinwegsehen konnte, dass ich mich wie ein Neandertaler verhielt und ihr ihren Wunsch verweigerte? Ich konnte so viele Ansprüche auf sie erheben, wie ich wollte, Evette war nicht die Art von Frau, die sich *irgendetwas* gefallen ließ.

»Wenn du Delilah anrufst und sie tatsächlich mit Abrams zusammenarbeitet, könnten innerhalb weniger Stunden mehrere bewaffnete Männer in Annapolis auftauchen, um Jagd auf dich zu machen. Das ist dir doch klar, oder?«

Ein Anflug von Enttäuschung huschte über ihr Gesicht, doch ich konnte ihre Reaktion nicht nachvollziehen. Schließlich gab ich ihrem Willen nach.

»Ich verstehe.«

»Gut. Und du bist bereit, dieses Risiko einzugehen?«

»Ich vertraue darauf, dass ihr mich alle beschützen werdet.«

*Ihr alle.*

Nicht ich.

»Aber ich glaube nicht, dass Delilah mir etwas antun will«, fügte sie hinzu.

»Dann ruf sie an.« Ich machte eine abwinkende Handbewegung und lehnte mich in meinem Stuhl zurück.

Die Geste war übertrieben dramatisch. Ich benahm mich wie ein trotziges Kind, das sein Lieblingsspielzeug nicht bekommen hatte. Evette gehörte mir nicht und ich hatte keinerlei Anspruch auf sie. Nicht so wie Owen Natasha in Besitz genommen hatte. Nat ließ sich von Owen sicher nicht herumkommandieren, aber sie schätzte zweifellos seine Meinung.

Ich hatte keine Kontrolle über diese Situation.

Ich hatte kein Recht, sie zu bitten, Delilah nicht anzurufen.

Ich hatte nichts.

Keine Verpflichtungen. Genau so hatte ich gelebt.

Bis Evette London in mein Leben geschneit war und mir den Kopf verdreht hatte.

Jetzt war ich stinksauer.

# KAPITEL SECHZEHN

Eigentlich sollte ich nicht gekränkt sein. Was zum Teufel war mit »Anspruch erheben« überhaupt gemeint? Und warum verspürte ich den Wunsch, dass Gabe »Anspruch« auf mich erhob? Das klang ganz nach irgendwelchem Machogehabe. Warum verärgerte es mich dann so, dass Gabe es einfach so negiert hatte?

Und warum sah Gabe mich jetzt an, als hätte *ich ihn* verletzt?

Er war doch derjenige, der mich zurückgewiesen hatte. Ich hätte mich zwar nicht darauf eingelassen, aber er hätte zumindest etwas entgegnen können.

Selbst wenn ich mich in Delilah täuschte, würde Gabe mich beschützen.

*Scheiße.*

War es egoistisch von mir, ihn in Gefahr zu bringen, nur weil ich das Gefühl haben wollte, einen Beitrag zu leisten? Was, wenn Gabe oder einer der anderen Jungs verletzt wurde?

»Also schön, da du nun ein heilloses Durcheinander angerichtet hast, macht es dir sicher nichts aus, wenn ich jetzt übernehme, oder?«, fragte Garrett an Zane gewandt.

Zane fixierte Gabe mit einem Blick und starrte ihn auch weiterhin an, als er antwortete: »Ich würde es nicht als heilloses Durcheinander bezeichnen. Es war nur ein Schubs.«

»Wie bitte?« Gabe richtete sich in seinem Stuhl auf und

bedachte Zane mit einem Ausdruck im Gesicht, der in meinen Augen beunruhigend war. Zane ließ sich jedoch nicht beirren.

Ich nahm nicht an, dass Zane Lewis sich so schnell aus der Ruhe bringen ließ.

»Ein Schubs«, wiederholte Zane. »Du brauchst viel zu lange.«

»Zu lange?«

»Um Himmels willen. Können wir bitte Gabes Liebesleben für einen Moment vergessen und uns an die Arbeit machen?«, murrte Garrett.

Ich stimmte Garrett zu. Und als Gabe plötzlich eine Welle der Feindseligkeit ausströmte, die den ganzen Raum zu erfüllen schien, erachtete ich seinen Vorschlag sogar als genial.

»Was zum Teufel?«, knurrte Gabe.

Ja, er fauchte jedes Wort und ich war überrascht, dass er keinen Schaum vor dem Mund hatte.

»Delilahs E-Mail enthielt auch einen Namen«, fuhr Garrett fort, als hätte Gabe nichts gesagt. »Sie hat uns Informationen über Forrest Lawson gegeben. Das ist der Mann, der Evette mit einer Waffe bedroht hat. Er ist tot. Seine Leiche wurde auf einer Müllhalde außerhalb von Palmdale gefunden. Ein Müllmann entdeckte die Leiche, als er seine Ladung abkippte. Palmdale liegt etwa zweihundertsiebzig Kilometer von Riverton entfernt. Nach Angaben der Entsorgungsanlage in Antelope Valley führt diese spezielle Route am Flughafen von Palmdale und an allen Hangars vorbei. Wir haben Delilah eine E-Mail geschickt und ihr Schutz angeboten. Es ist unwahrscheinlich, dass sie antwortet, aber wir haben es versucht. Es könnte helfen, wenn Evette sie ebenfalls kontaktiert, aber ehrlich gesagt glaube ich, dass Delilah auf sie genauso wenig reagieren wird. Myles und Kevin sind auf dem Weg nach Kalifornien.«

Man könnte sagen, dass Gabe unzufrieden war, dass ihm diese Information vorenthalten wurde, doch das wäre noch untertrieben gewesen. Er kochte vor Wut und sandte düstere Schwingungen aus, die sich zu einem Wirbelsturm zu verdichten schienen, der alles und jeden vernichten würde.

»Einen Moment mal«, sagte er plötzlich in einem vermeintlich ruhigen Tonfall. »Du willst mir also erzählen, dass Delilah Watts nicht nur ein Video von dem Mann geschickt hat, der bei Evette eingebrochen ist, sondern uns auch einen Namen sowie Informationen über seinen Tod geliefert hat? Und statt das von Beginn an zu erwähnen, hast du mich an der Nase herumgeführt?«

»Ich habe dich nicht an der Nase herumgeführt«, stritt Zane ab. »Ich habe dir nur einen Schubs in die richtige Richtung gegeben.«

Die Luft schien elektrisch geladen. Im nächsten Moment hörte ich Gabes Stuhl über den Boden kratzen, dann sprang er auf. Ich bekam es mit der Angst zu tun. Gabe sah aus, als würde er Zane am liebsten erwürgen. Und Letzterer war groß. *Wirklich* groß. Ein Kampf zwischen den beiden Giganten würde sicher nicht gut ausgehen. Sie würden sich gegenseitig in Stücke reißen. Am liebsten hätte ich die Augen geschlossen, um das Schauspiel nicht mit ansehen zu müssen. Allerdings stürzte Gabe sich nicht auf Zane. Stattdessen riss er meinen Stuhl zurück, ergriff meine Hand und zog mich auf die Füße. Dann nahm er meine Handtasche vom Tisch und schob sie mir entgegen. Währenddessen starrte er Zane unumwunden an. Ich konnte seine Augen kaum sehen, aber ich wusste, dass sie vor Wut brannten.

*Oh Mann.*

»Wir gehen«, zischte Gabe.

Wenn es möglich gewesen wäre, hätte er wahrscheinlich Feuer gespien.

Gabe führte mich in Richtung Tür. Ich hielt es für das Beste, mich ihm nicht zu widersetzen, und folgte ihm. Dabei musste ich mich anstrengen, um mit ihm Schritt zu halten, denn er ging mit langen, energischen Schritten voraus. Als er abrupt an der Tür stehen blieb, prallte ich mit ihm zusammen. Sofort legte er einen Arm um meine Schultern und zog mich an sich.

»Ich gebe dir einen guten Rat, Zane. Tu so etwas nie wieder.«

»Wie ich sehe, hast du die richtige Entscheidung getroffen«, antwortete dieser.

Ich spürte, wie Gabe sich versteifte und seinen Griff um mich festigte.

»Du siehst nur, wie ich gehe, bevor ich etwas tue, was ich später bereuen werde.«

»Wie du meinst«, erwiderte Zane. »Und Evette? Warum nimmst du sie mit? Cooper ist hier, er kann sich doch um sie kümmern.«

»Treib es nicht zu weit«, zischte Gabe. Ich stieß einen quietschenden Laut aus, als er so fest zudrückte, dass er mir die Luft aus der Lunge presste.

Es war, als hätte er Angst, jemand könnte mich ihm entreißen.

»Gabe«, keuchte ich. »Das ist zu fest.«

Er lockerte seinen Griff kaum merklich.

»Wolltest du, dass ich die Nerven verliere, Z?«

»Ich verstehe dich, Bruder«, sagte Zane. »Und Linc auch. Das weißt du. Aber sieh uns heute an. Sieh dir an, was wir haben. Du glaubst vielleicht, deine Fahrzeuge, dein riesiges Haus am Fluss, dein Bankkonto, die Konten, die du für deine Mutter eingerichtet hast, und die Arbeit, die du nebenbei leistest, seien die Erfüllung. Wahrscheinlich hast du dir eingeredet, dass du schlau bist, weil du in ungezwungenes Leben ohne Verpflichtungen führst. Aber ich kann dir sagen, Bruder, du begehst einen großen Fehler. Also ja, ich wollte dich in Rage bringen, damit du dir endlich eingestehst, dass Evette dir etwas bedeutet. Und danach will ich, dass du in deinem Leben mehr Platz für andere Dinge machst, statt dich nur an materielle Besitztümer zu klammern, die rein gar nichts bedeuten.«

Das war gar nicht gut. Ich konnte spüren, wie Gabe vor Wut vibrierte. Ich reckte den Hals und warf Owen einen hilfesuchenden Blick zu. Doch er lächelte nur nachdenklich und nickte.

Was zum Teufel? Würden Owen, Garrett oder Cooper nichts tun, um die Situation zu entschärfen?

»Das war nicht nett«, murmelte ich und sah Zane an.

»Vielleicht nicht, aber es musste gesagt werden.«

»Möglicherweise. Aber die Art, wie du es getan hast, war

alles andere als nett. Erstens hast du mich benutzt, um Gabe wütend zu machen. Und zweitens hättest du das, was du Gabe zu sagen hattest, auch unter vier Augen mit ihm besprechen können. Oder noch besser, vielleicht solltest du dich einfach um deine eigenen Angelegenheiten kümmern. Was Gabe mit seinem Leben, seinem Geld und seiner Mutter macht, geht dich einen Scheißdreck an. Und du hättest es nicht vor den anderen ansprechen müssen.«

»Wer im Glashaus sitzt, sollte nicht mit Steinen werfen«, entgegnete Zane sarkastisch. »Du hättest dich ebenfalls um deine eigenen verdammten Angelegenheiten kümmern sollen, statt die schmutzige Wäsche von Kalee, Piper und Anaya öffentlich zu waschen.«

Zanes Antwort traf mich wie ein Schlag in die Magengrube.

»Das ist nicht dasselbe …«

»Doch, es ist genau dasselbe, Evette. Jeder Mann in diesem Raum könnte behaupten, dass dein Vorgehen dumm war. Aber du bist anderer Meinung, weil diese Frauen dir am Herzen liegen. Vielleicht findest du mein Verhalten nicht nett, aber ich habe meine Gründe. Allen voran die Tatsache, dass Gabe Harris mir wichtig ist. Du hast keine Ahnung, wer er wirklich ist. Denn wenn du es wüsstest, dann würdest du genauso still schweigen wie Owen und Garrett. Sie kennen ihn und wissen, dass er nichts preisgeben wird. Wenn er nicht dazu gezwungen wird, wird er sich niemals öffnen.«

»Zane«, warnte Gabe.

»Du irrst dich«, sagte ich zu Zane. »Er hat sich mir gegenüber geöffnet. Ich weiß, dass er ein Haus am Fluss besitzt, und ich bin mir ziemlich sicher, dass ich verstehe warum. Ich weiß, warum er immer versucht, mich zum Essen zu nötigen, und warum er mich böse ansieht, wenn ich meinen Teller nicht leer gegessen habe. Und ich weiß, in welchen Verhältnissen er aufgewachsen ist. Was du gerade getan hast, war grausam und unnötig. Wenn überhaupt, wird er sich jetzt wahrscheinlich überlegen, ob er in Zukunft überhaupt noch etwas von sich preisgeben will.«

Ich legte eine Hand an Gabes Brust und versuchte, den Kopf zurückzuziehen, um sein Gesicht besser sehen zu können.

Er hatte die Zähne zusammengebissen und die Stirn in Falten gelegt.

Oh ja, Gabe war wütend.

»Gabe«, sagte ich.

Er schien mich gar nicht zu hören.

Also versuchte ich es noch einmal. »Baby.«

Gabe reagierte sofort. Und wenn ich meine Hand nicht gegen seine Brust gedrückt hätte, hätte ich das Zittern nicht gespürt, das ihn durchströmte. Ich musste zugeben, dass ich das Gefühl mochte.

Er senkte den Blick und sah mir in die Augen.

»Willst du mich jetzt nach Hause bringen?«

»Ja.«

Ohne ein weiteres Wort führte er mich aus dem Konferenzraum. Er gab keinen Ton von sich, als wir die komplizierten Sicherheitskontrollen passierten und das Gebäude verließen. Und er schwieg immer noch, als er mir beim Einsteigen in seinen Wagen half und sich hinters Steuer setzte. Dann ließ er den Kopf hängen, und ich gab ihm einen Moment für sich. Die Stille war zwar nicht unangenehm, aber sie war erdrückend.

Ich wartete.

Minuten vergingen, während wir in seinem Wagen in der Tiefgarage saßen. Gabe starrte auf seinen Schoß und ich schaute aus der Windschutzscheibe. Immer wieder warf ich ihm verstohlene Blicke zu und hoffte, dass er mich nicht dabei erwischte. Es brach mir das Herz. Aber nicht, weil ich glaubte, dass Zane eine Grenze überschritten hatte, die er nicht hätte übertreten dürfen. Und auch nicht, weil Gabe in Armut aufgewachsen war. Nein, mein Herz schmerzte, weil ich das Gefühl hatte, dass Zane den Nagel auf den Kopf getroffen hatte und Gabe sich abschottete. Zane hatte recht damit, dass materielle Dinge nichts bedeuteten, doch mehr schien Gabe nicht zu haben.

»Wir waren obdachlos«, platzte Gabe heraus, und ich zuckte erschrocken zusammen. »Nicht von Anfang an. Es dauerte ein paar Jahre. Nach Dads Tod zogen wir aus unserem Haus in eine Wohnung, dann in ein kleineres Apartment und schließlich in eine Absteige in einer schlechten Gegend. Neben uns wohnte eine nette alte Frau mit einem guten Herzen. Wenn ich so hungrig war, dass ich es nicht mehr aushielt, ging ich zu ihr und sie gab mir etwas zu essen. Die Frau war bettelarm und half mir trotzdem. Schließlich schliefen wir im Wagen meiner Mutter. Und zwar lange. Wir duschten an Raststätten. Ab und an mietete sie ein beschissenes Motelzimmer oder brachte uns in einer Notunterkunft unter, damit ich in einem Bett schlafen konnte. Es war nicht klug, Geld für ein Zimmer zu verschwenden, aber sie tat es trotzdem – für mich.«

»Das war sehr nett von ihr.«

*Mein Gott, wirklich, mehr fällt dir dazu nicht ein? Es war nett, echt?*

»Ich war von der Güte anderer abhängig und musste um meine nächste Mahlzeit betteln. Meine Mutter hat ihr Bestes gegeben. Sie hat sich den Arsch aufgerissen und geschuftet. Aber wenn man einmal so tief in der Scheiße steckt, ist es fast unmöglich, da wieder rauszukommen. Wenn sie nicht die Verantwortung für ein Kind gehabt hätte, wäre es für sie einfacher gewesen.«

Das war wahrscheinlich das Traurigste, was ich je gehört hatte.

»Möglicherweise«, räumte ich ein. »Aber ich wette, sie hat die schweren Zeiten nur überstanden, weil sie dich hatte. Wahrscheinlich warst du das einzig Gute in ihrem Leben und sie hat nur deinetwegen nie aufgegeben. In gewisser Weise wäre es einfacher für sie gewesen, wenn sie nur für sich selbst hätte sorgen müssen. Aber wenn sie dich nicht gehabt hätte, wäre ihr Leben sicher trostloser gewesen.«

Gabe hob den Blick und nickte mir kurz zu.

Dann startete er den Wagen und fuhr schweigend aus der Tiefgarage.

Als wir erneut die Severn River Bridge überquerten, suchte ich das Ufer ab. Welches dieser Häuser gehörte ihm wohl? Die Gebäude waren alle groß und prachtvoll. Und sie waren beleuchtet. Ich fragte mich, ob seine Außenbeleuchtung mit einer Zeitschaltuhr gesteuert wurde. Dann fiel mir auf, dass jedem Haus ein Steg vorgelagert war, und ich überlegte, ob er ein Boot hatte. Zane hatte von einem Haus, Geld und mehreren Fahrzeugen gesprochen, aber ein Boot hatte er nicht erwähnt.

Ich wollte ihn schon fragen, hielt mich aber zurück.

Als wir die Brücke hinter uns ließen, zwang ich mich, an Delilah zu denken. Schließlich waren wir ihretwegen überhaupt erst ins Büro gefahren, nicht wahr? Im Nachhinein betrachtet schien das Treffen wie eine sorgfältig geplante Falle.

Ich schob diese Gedanken beiseite und nahm mir vor, Anaya über Zane auszuquetschen, wenn ich sie das nächste Mal sah. Sie und Kyle würden in ein paar Tagen aus dem Urlaub zurück sein. Vielleicht könnte Kyle mich mit ihr und Maxine besuchen.

»Ich habe ganz vergessen, dich zu fragen«, brach Gabe das Schweigen. »Bist du fertig mit dem Artikel?«

Verflucht. Arbeit. Ich hatte mich bemüht, sie nicht schleifen zu lassen. Glücklicherweise hatte mein Chef zugestimmt, als ich ihn angelogen und ihm erzählt hatte, ich müsse dringend zu meinen Eltern fahren. Wie viele meiner Kollegen musste ich nicht ins Büro kommen, um meinen Job zu machen. Solange wir die Abgabefristen einhielten und zu den Mitarbeiterversammlungen erschienen, durften wir von zu Hause arbeiten. Ich hatte bisher zwar eine Versammlung versäumt, hatte aber den letzten Artikel pünktlich eingereicht, daher war mein Chef nachsichtig gewesen.

»Ja, ich habe ihn heute Nachmittag an den Redakteur geschickt. Und ich habe meinen Chef angerufen und ihm erzählt, dass der Zustand meines Vaters sich noch nicht verbessert hat. Ich habe ihn um eine weitere Woche Urlaub gebeten.«

»Und dein Chef hatte keine Einwände?«

»Nein.«

Aber ich hatte welche. Es war mir zuwider, andere zu beschwindeln, zumal ich keine gute Lügnerin war. Wir hatten beschlossen, ihm die Geschichte aufzutischen, dass mein Vater krank sei. Als dann die Frage aufkam, welches Leiden wir ihm andichten wollten, hatte Gabe mir geraten, etwas Einfaches wie einen Herzinfarkt vorzuschieben. Daraufhin hatte ich alle möglichen Ursachen eines Infarkts recherchiert. Ich hatte mich ausgiebig mit dem Thema beschäftigt, doch Gabe gebot mir Einhalt und erklärte mir, dass es glaubwürdiger sei, wenn ich meinem Chef nicht alles bis ins Detail erzählen würde. Also stellte ich meine Recherchen ein. Nichtsdestotrotz fühlte es sich falsch an, die Krankheit eines geliebten Menschen vorzutäuschen. Aber ich konnte unmöglich die Wahrheit sagen.

Diese war jedoch so verrückt, dass mein Chef sie wahrscheinlich ohnehin nicht geglaubt hätte. Und falls doch, würde er die ganze Geschichte hören wollen, und die konnte ich ihm auf keinen Fall erzählen.

»Gut. Da Delilah nun Kontakt aufgenommen hat, wird sie hoffentlich bereit sein, uns weitere Informationen zu geben.«

Das war interessant.

»Du glaubst also, dass sie auf unserer Seite steht?«

»Nein. Wenn es um deine Sicherheit geht, glaube ich gar nichts. Aber ich bin bereit, sie zu benutzen, wenn wir die Sache dadurch schneller beenden können. Ich will sie in der Nähe haben, damit wir sie im Auge behalten können. Und ich will wissen, was sie weiß. Aber ich traue niemandem außerhalb meines Teams. Nur meine Teamkameraden werden dich beschützen.«

Da er das Thema nun schon einmal angesprochen hatte, würde ich mir die Gelegenheit nicht entgehen lassen und ihm ein paar Fragen stellen.

»Zane hat gesagt …«

»Zane ist ein neugieriger Mistkerl. Lass dich nicht von seinem Gehabe täuschen. Er mimt den Gleichgültigen, aber das ist nur Fassade. Wie ein Amor auf einer Mission mischt er sich in unsere persönlichen Angelegenheiten ein.«

»Warum?«

Gabe trommelte mit den Daumen auf das Lenkrad und nahm sich einen Moment Zeit, bevor er antwortete.

»Ich kann mir nicht vorstellen, unter welchem Druck Zane steht. Ivy kümmert sich zwar um die Verwaltung bei Z Corps, aber Zane muss jeden Tag aufs Neue Gefahren abwägen. Jeder

Vertrag, der auf seinem Schreibtisch landet, birgt gewisse Risiken. Und jedes Mal, wenn er einen Auftrag annimmt, weiß er, dass einer von uns vielleicht nicht von dem Einsatz zurückkehren wird. Er verbirgt seine Gefühle mit seinem Sarkasmus, seiner Arroganz und seiner Schroffheit. Aber unter der harten Schale steckt ein Mann, dem seine Männer am Herzen liegen. Er spürt die Last seiner Entscheidungen und nimmt sie sehr ernst.«

Das beantwortete meine Frage zwar nicht unbedingt, aber es jagte mir eine Heidenangst ein.

»Ist jemand nicht von einem Einsatz zurückgekehrt?«

*Bitte sag Nein. Bitte sag Nein.*

»Ja. Eric Wheeler. Er war Mitglied des Red Team. Wir haben ihn vor ein paar Jahren bei einem Einsatz in Südamerika verloren.«

*Eric Wheeler.*

»Zanes Sohn«, flüsterte ich.

»Ja. Zane hat seinen Sohn nach Eric benannt. Bevor er Ivy getroffen hat, war Zane … Ich kann nicht erklären, wer dieser Mann war, aber er hatte eine Festung um sich errichtet. Er hatte sich von allen abgeschottet, sogar von seinem Bruder Lincoln. Heute mimt er das Großmaul, das den Mund nicht halten kann und seine Nase in die Angelegenheiten anderer steckt. Für gewöhnlich belässt er es bei einer spitzfindigen Bemerkung oder einer Provokation. Offenbar probiert er jedoch eine neue Taktik, und ich bin das Versuchskaninchen.«

»Was er getan hat, war nicht nett«, wiederholte ich.

»Das ist wahr. Aber ich kann seine Bewegründe verstehen.«

Nun, das war sehr großzügig von Gabe. Hätte Zane mich bloßgestellt, wäre ich wohl nicht so verständnisvoll gewesen.

»Versteh mich nicht falsch«, fuhr Gabe fort, »ich bin wütend auf ihn. Aber in gewisser Weise hatte er recht.«

»Inwiefern hatte er recht?«

»Du kennst mich nicht.«

Das Herz rutschte mir in die Hose und mein Magen verkrampfte sich.

»Was meinst du damit?«, fragte ich, obwohl ich langsam

glaubte, dass diese Unterhaltung vielleicht keine so gute Idee war.

Gabe antwortete nicht. Er griff nach der Sonnenblende und drückte auf die Fernbedienung. In diesem Moment wurde mir erst bewusst, dass wir vor dem sicheren Unterschlupf angekommen waren. Wir warteten schweigend, während das Garagentor sich öffnete. Dann fuhr er den Wagen in die Garage und stellte den Motor ab. Er sagte immer noch nichts, als er ausstieg. Also folgte ich seinem Beispiel und betrat wortlos hinter ihm das Haus.

Währenddessen rasten meine Gedanken jedoch.

Delilah Watts, die Arbeit, Gabe, ein toter Mann – alles wirbelte durcheinander.

Offensichtlich hatte ich meinen Selbsterhaltungstrieb noch nicht aktiviert. Mein Leben war in Gefahr, und mein einziges Interesse galt Gabe. Ich dachte an Gabe und mich. An Gabe und seine Fahrzeuge, sein großes Haus, sein Geld, seine Traurigkeit, sein Bedürfnis, alles überkompensieren zu müssen.

Und aus irgendeinem Grund wollte ich ihm zeigen, wie recht Zane hatte. Geld und Besitztümer waren bedeutungslos. Aber Gabe hatte sich klar ausgedrückt. Unsere Beziehung würde zu nichts führen.

# KAPITEL SIEBZEHN

Ich schuldete Evette eine Erklärung. Das Problem dabei war, dass ich keine hatte. Ich konnte ihr unmöglich gestehen, dass ich noch nie mit den Frauen, mit denen ich geschlafen hatte, über meine persönlichen Angelegenheiten gesprochen hatte. Geschweige denn mit irgendeiner anderen Frau. Und ich konnte ihr schlecht erzählen, dass mir noch nie in den Sinn gekommen war, mein Leben mit jemandem zu teilen, weil Frauen und Kinder in meinen Augen eine Belastung und zusätzliche Verantwortung waren, die ich nicht wollte. All das würde mich wie ein egoistisches Arschloch klingen lassen. Und im Grunde war ich eines. Genau aus diesem Grund hatte ich immer eine gewisse emotionale Distanz gewahrt.

Doch dann war Evette auf der Bildfläche erschienen und hatte innerhalb weniger Tage meine Denkweise ins Wanken gebracht. Trotzdem brachte ich es nicht über mich, es mir selbst einzugestehen. Für mich war es schwer zu begreifen, wie sehr ich mir wünschte, dass sie zu einem ständigen Teil meines Lebens wurde.

Und obendrein musste Zane sich einmischen. Ich hätte sein Spielchen durchschauen müssen. Stattdessen war ich direkt in die Falle getappt und hatte meine Karten offen auf den Tisch gelegt.

Ich bewegte mich auf einem schmalen Grat und je mehr Zeit

ich mit Evette verbrachte, desto mehr schien die Grenze zu verwischen.

Diese Gedanken schwirrten mir durch den Kopf, als ich Evette in ihr Schlafzimmer zog.

Ohne Erklärung.

Wortlos.

Keine Entschuldigung.

Doch sie protestierte nicht.

Stattdessen ließ sie mir die Ruhe zuteilwerden, die ich brauchte.

Und das machte mir Angst.

»Vertraust du mir?«, fragte ich.

»Ja.«

Sie zögerte nicht. Auch das durchströmte mich gleichermaßen mit Freude und Furcht.

»Warum?«

Evette legte den Kopf schief, sah mir direkt in die Augen und schien in Gedanken versunken, während sie versuchte, das bedeutendste Rätsel der Welt zu lösen.

»Das ist keine Fangfrage, Schatz.«

»Mag sein, aber die Frage scheint mir trotzdem wichtig zu sein. Deshalb sollte ich sie mit Bedacht beantworten.«

Was zum Teufel tat ich da? Warum war es wichtig, *warum* sie mir vertraute?

»Komm her, Evette.«

Wieder zögerte sie nicht und kam auf mich zu. Sie protestierte auch nicht, als ich einen Arm um ihre Taille schlang und sie an mich zog. Sofort schmiegte sie ihren Kopf unter mein Kinn, presste ihre Lippen an meinen Hals und umarmte mich.

Sie hielt mich fest.

Küsste mich. Sanft. Federleicht.

Mehr war nicht nötig, um die letzten Reste meiner Vernunft dahinschmelzen zu lassen. Ich war süchtig nach ihr. Vielleicht ein Leben lang. Selbst wenn sie nach Kalifornien zurückkehren und mich verlassen würde, wusste ich, dass sie einen Teil von mir mitnehmen würde. Sie würde das Einzige haben, was ich niemals zu geben geglaubt hätte.

Ich hörte, wie die Haustür geöffnet wurde, und war dankbar für die Unterbrechung. Wie ein Neandertaler hatte ich Evette ins Schlafzimmer gezogen, um meine Versprechen von vorhin einzulösen. Doch dann war ich abgelenkt worden. Und nun musste ich mich sammeln, bevor ich auf die Knie fiel und sie anflehte, mich nicht zu verlassen.

»Coop ist gerade gekommen«, sagte ich. »Ich werde kurz mit ihm reden.«

»Kommst du zurück?«

Mein gesunder Menschenverstand schrie Nein.

Mein Schwanz legte jedoch ein Veto ein.

Letztendlich waren weder mein Schwanz noch mein Verstand für meine Entscheidung verantwortlich. Ich konnte nicht einmal behaupten, dass mein Herz die Kontrolle übernommen hatte, denn das würde meinen Emotionen bei Weitem nicht gerecht werden. Ein ungeahntes Gefühl tief in meinem Inneren sorgte dafür, dass ich ihr immer wieder verfiel.

»Ja, Schatz. Mach dich bettfertig. Ich bin gleich zurück.«

Evette legte den Kopf in den Nacken und begegnete meinem Blick.

»Nur damit du es weißt«, begann sie, »ich vertraue dir, weil du mir nie einen Grund gegeben hast, es nicht zu tun. Aber du hast auch etwas an dir, das es mir unmöglich macht, dir nicht zu vertrauen.«

Mit diesen Worten stellte sie sich auf die Zehenspitzen und küsste mich.

Erneut war die Liebkosung federleicht.

Sanft.

Es war nur eine zarte Berührung, doch ich spürte sie mit voller Wucht.

Ich hätte Reißaus nehmen sollen.

Ich hätte weglaufen sollen, ohne mich noch einmal umzudrehen.

Aber es war zu spät. Sie hatte von mir Besitz ergriffen.

Ich atmete tief durch und schlug immer noch eine Schlacht in meinem Inneren, obwohl ich wusste, dass ich sie verlieren würde.

Und schließlich gab ich mich geschlagen.

Am liebsten hätte ich sie sofort aufs Bett geworfen und jeden Zentimeter ihres Körpers erforscht, doch ich wandte mich ab.

Zuerst musste ich mit Cooper reden.

Ich hatte noch etwas Arbeit vor mir.

»Ich bin gleich zurück.«

Ich ging ins Wohnzimmer und sah Cooper in der Küche stehen. Er leerte gerade eine Flasche Bier, warf sie in den Recyclingbehälter und drehte sich dann zu mir um.

»Alles in Ordnung?«

»Ja«, antwortete ich, doch Coop bedachte mich mit einem vielsagenden Blick. Er wusste, dass ich log, sagte aber nichts. »Wie war das Abendessen bei deinem Bruder?«

»Es ist immer eine Freude, meinen Neffen zu beobachten, wie er meinem Bruder auf der Nase herumtanzt. Meine Eltern kamen mit einem dieser alten Kaugummiautomaten und einer Rolle Münzen vorbei. Als ich ging, hatte Mason das Geld aufgebraucht und den Automaten zur Hälfte leer geräumt. Der Junge wird noch Tage später einen Zuckerschock haben. Jaxon hat sich die ganze Zeit über beschwert. Mason hat die Proteste seines Vaters einfach ignoriert und fröhlich weitergekaut. Violet hat wie immer nur gelächelt, bis Mas versucht hat, eine Blase zu machen, und einen Kaugummi auf den Boden gespuckt hat. Danach hat sie den Automaten weggeräumt. Aber meine Mutter ist fest entschlossen, Rache zu üben. Um sich für Jaxons Verhalten früher zu revanchieren, hat sie dem Jungen versprochen, ihm noch mehr Kaugummis mitzubringen.«

Da war wieder dieses Wort – Rache. Auch Owen war vorhin vorbeigekommen, um sich dafür zu revanchieren, weil ich ihn wegen Natasha aufgezogen hatte.

»Wirst du mir jetzt die Wahrheit sagen? Wie geht es dir nach dem Vorfall im Büro?«

Mir ging es nicht gut. Ich war wütend und verwirrt und stand kurz vor einer Katastrophe.

»Ich hätte es kommen sehen müssen. Zane kennt mich und weiß, wie er mich aus der Reserve locken kann. Ich habe die

Beherrschung verloren und ihm damit noch mehr Munition geliefert.«

Coop nickte. »Ich stecke weder in deiner Haut noch kenne ich die ganze Geschichte. Aber mir scheint, dass du alles tun solltest, um eine gute Frau an dich zu binden, wenn sie erst einmal in dein Leben getreten ist.«

»So einfach ist das nicht.«

»Das ist es nie. Und nicht nur, weil es harte Arbeit ist, ein erstrebenswertes Ziel zu erreichen.«

»Evette ist kein Ziel.«

»Wirklich nicht?«

Erneut wurde ich von einer inneren Unruhe gepackt. Dieses Gefühl unterschied sich von der Wut, die ich zuvor empfunden hatte. Und es hatte auch nichts mit der Unentschlossenheit zu tun, die mich seit meiner ersten Begegnung mit Evette plagte. Inzwischen tobte ein regelrechter Krieg in mir. Ich wollte Evette nicht gehen lassen, aber aufgrund meiner Vergangenheit war ich überzeugt davon, dass ich mich von ihr trennen musste. Die Angst befahl mir, auf Distanz zu bleiben, aber die Anziehungskraft zwischen uns stellte meinen Verstand auf eine harte Probe. Dieses unbändige Verlangen rief in mir alle möglichen lächerlichen Gedanken hervor.

Bisher hatte ich immer nur ein Ziel im Leben gehabt. Ich wollte nie wieder arm sein.

Ich wollte weder Frau noch Kinder. Nichts im Leben war von Dauer. Nichts war sicher. Für nichts gab es eine Garantie.

»Wovor hast du Angst?«

Coops Frage riss mich aus meinen schrecklichen Erinnerungen. Ich wollte schon entgegnen, dass ich mich vor nichts fürchtete, immerhin war ich ein erwachsener Mann. Aber Tatsache war, dass ich die Angst bis ins Mark spürte.

»Vor dem Leben«, gab ich zu.

»Das ist ziemlich allgemein gesprochen.«

»Du warst Polizist. Dein Bruder war beim Militär. Du kennst die Gefahren unseres Berufes. Auch wenn du denkst, du hast alles im Griff, kann etwas passieren, was du nicht kontrollieren kannst und das alles zunichtemacht.«

»Ich verstehe, was du meinst.«

Wie schön, dass Coop es verstand, denn ich war mir nicht einmal mehr sicher, ob ich selbst wusste, wovor ich solche Angst hatte.

»Witwenmacher«, murmelte Coop. »Ich kannte viele Männer in L. A., denen es genauso ging. Sie hatten eine Frau nach der anderen, gingen keine feste Beziehung ein und wollten auf keinen Fall eine Familie gründen, solange sie noch bei der Polizei waren. Aber ich kannte auch eine Menge Kerle, die verheiratet waren und Kinder hatten.« Coop zuckte mit den Schultern, als hätte er nicht gerade all meine Probleme in wenigen Sätzen zusammengefasst.

Aber es schien, als sei er noch nicht fertig und wollte mir noch den Todesstoß versetzen.

»Ich war noch nie verliebt. Ich habe einen Bruder begraben. Während ich neben seiner Witwe saß, war ihre Trauer so spürbar, dass ich kaum atmen konnte. Ich habe mich um sie gekümmert und sie gehalten, während sie in meinen Armen schluchzte. Ich habe sie gestützt, als ihre Beine nachgaben. Also verstehe ich, dass du niemandem ein solches Leid zufügen willst.

Aber ich habe auch mit eigenen Augen gesehen, was mit einem Mann geschieht, wenn er seine Ängste beiseiteschiebt und sich dem Leben stellt. Ich habe die unendliche Freude gespürt, die die Eltern durchströmt, wenn ihr Kind das Licht der Welt erblickt. Letztendlich musst du dich wohl selbst fragen, ob du mit dem Wissen leben kannst, dass du ein Feigling bist. Und dass du einer guten Frau den Rücken kehrst, weil du Angst vor dem Leben und all den Dingen hast, die du nicht kontrollieren kannst.«

Eigentlich hatte ich mich immer für einen ausgeglichenen Mann gehalten, der sein Temperament ziemlich gut im Griff hatte. Aber gerade erst hatte Zane mir die Leviten gelesen, und als Coop mich nun auch noch einen Feigling nannte, verlor ich die Beherrschung.

»Es gefällt mir nicht, als Feigling bezeichnet zu werden«, presste ich hervor.

»Das glaube ich dir gern. Aber ich wette, es wird dir noch

weniger gefallen, für den Rest deines Lebens in den Spiegel blicken zu müssen in dem Wissen, dass du einer bist.«

»Was soll das heißen?«, zischte ich mit zusammengebissenen Zähnen.

»Das ist eine gute Frage, Gabe. Was zum Teufel hält dich davon ab, dir einzugestehen, dass du Gefühle für Evette hast? Warum lässt du es nicht zu? Verdammt noch mal, Bruder, das ist doch das Beste im Leben. Zumindest habe ich das gehört. Du weißt schon, Junge trifft Mädchen, findet sein Glück, verliebt sich. Dazu kommt noch eine Prise großartiger Sex. Die Beziehung ist voller guter Zeiten und hin und wieder gibt es auch schwere Zeiten. Dann wird geheiratet und ein Kinderwagen wird angeschafft. Aber nicht in deinem Fall. Du verdrehst alles, bis es dunkel und schmerzhaft ist, und rundest es dann noch mit einem Schuss Elend ab. Was ist denn so schlimm daran, wenn du dich in Evette verliebst?«

»Es ist schlimm, weil ich sterben und sie mit einem Kind allein lassen könnte. Was wird dann aus ihr?«

»Keine Ahnung, Gabe. Ich würde vermuten, dass sie am Boden zerstört wäre, weil sie dich verloren hat. Aber im Herzen würde sie die schönen Erinnerungen …«

»Ein Herz voller schöner Erinnerungen bringt kein Essen auf den Tisch. Es bezahlt die Miete nicht und hält dich nicht warm. Wenn sie obdachlos und hungrig ist und ein Kind hat, das sie ernähren muss, werden die Erinnerungen ihr auch nichts bringen.«

Stille erfüllte den Raum.

Mir schlug das Herz bis zum Hals.

Ich fühlte mich, als würde Lava durch meine Adern fließen.

Und das Gift, das meine Gedanken durchzog, kribbelte auf meiner Haut.

Allein das Atmen bereitete mir Schmerzen.

Zane und Cooper hatten recht. Ich war ein materialistischer Feigling, der den eigenen Wert an bedeutungslosen Dingen wie Geld, Fahrzeugen und Spielzeugen festmachte, die Männer kauften, wenn ihr Leben leer und hohl war. Viel zu sehr fürchteten sie sich vor dem Gedanken, dass das Leben vielleicht mehr zu bieten hatte.

»Das würdest du niemals zulassen«, flüsterte Cooper.

Er hatte recht, ich würde es nicht zulassen. Aber mein Vater hatte uns auch nicht verarmt zurücklassen wollen. Er hatte eine Lebensversicherung abgeschlossen, doch die Prämie hatte nicht gereicht. Er hatte sogar etwas Geld angelegt, doch Investitionen sind nichts wert, wenn der Markt einbricht und man so verzweifelt ist, dass man die Auszahlung braucht, bevor der Markt sich erholt. Er hatte nicht gewusst, dass er sterben würde, bevor der Wagen abbezahlt und die Hypothek getilgt war. Und meine Mutter wusste nicht, wie sie ohne ihn zurechtkommen sollte. In ihrer Verzweiflung und ohne Familienangehörige, die ihr hätten helfen können, war sie verloren gewesen und hatte schlecht gewirtschaftet. Und als sie sich endlich wieder aufgerafft hatte, war es zu spät.

Es war einfach Pech.

Das Leben war grausam.

»Gabe, wenn es nicht Evette ist, dann ist es eine andere. Aber wer auch immer die Frau sein mag, die für dich bestimmt ist, für sie wird gesorgt sein. Du weißt doch, dass deine Brüder niemals zulassen würden, dass deine Familie Not leiden muss.«

»Die Frau ist Evette«, platzte ich heraus.

Obwohl ich die Wahrheit nun ausgesprochen hatte, konnte ich nicht behaupten, dass ich innerlich zur Ruhe kam. Aber ich fühlte mich nicht mehr so eingeengt wie zuvor.

Das Leben konnte sich schlagartig ändern, aber das bedeutete nicht, dass ich mich wie ein Feigling verstecken musste.

Ich rieb mir mit beiden Händen übers Gesicht und mein Kopf klärte sich langsam. Auf keinen Fall würde ich Evette wegen irgendwelcher möglicher Eventualitäten aufgeben, die vielleicht nie eintreten würden.

Ich ließ die Hände sinken und begegnete Cooper Cains Blick.

Der Mann war noch klüger, als ich ihm zugetraut hatte.

»Ich bin dir für deine Hilfe dankbar, Bruder. Auch auf die Gefahr hin, mich zu wiederholen: Ich bin verdammt froh, dich in meinem Team zu haben.«

»Das weiß ich zu schätzen«, erwiderte er.

»Sollte es jemals eine Situation geben, in der du mich brauchst, werde ich mich bei dir revanchieren und für dich da sein.«

Coop verzog den Mund und schüttelte den Kopf. »Großartig«, murmelte er. »Ich bin mir nicht sicher, ob ich überhaupt in eine Situation kommen will, in der du dich ausgerechnet für diesen Gefallen bei mir revanchierst.«

»Vertrau mir, das willst du«, erwiderte ich und dachte an die Fehler, die ich begangen hatte, und die, die noch vor mir lagen.

Mit seinen Worten hatte Coop mir das nötige Werkzeug gegeben, das ich brauchte, um all den Müll zu beseitigen, der sich über die Jahre angesammelt hatte.

Zu lange hatte ich die Vergangenheit mein Leben beherrschen lassen.

»Also schön, zurück zur Arbeit. Ich habe den Lagebericht mitgebracht.« Coop zeigte auf einen Ordner auf der Anrichte. Im selben Moment klingelte mein Handy.

Ich zog es aus der Tasche und runzelte die Stirn, als ich einen Blick auf das Display warf.

»Hey«, sagte ich. »Ich dachte, du bist schon in der Luft.«

»Der Flieger hat Verspätung«, brummte Myles. »Owen hat angerufen und mir erzählt, was im Büro vorgefallen …«

»Es ist alles in Ordnung«, unterbrach ich ihn.

»Alles in Ordnung? Owen sagte, Z hätte deine Vergangenheit angesprochen und Evette sei mit im Raum gewesen.«

Ich ließ den Kopf hängen und seufzte. Myles würde ich nicht abwimmeln können. Er würde das Thema nicht fallen lassen, bevor er alle Fakten kannte.

»Z hat wie üblich die gute Fee gespielt und mich mit dem Vorschlag geködert, Evette solle Delilah kontaktieren. Ich war damit nicht einverstanden und habe Z gesagt, was ich von seiner Idee halte. Daraufhin hat er mir die Meinung gegeigt und ich bin mit Evette gegangen.«

»Ja, Gabe, das weiß ich alles. Ich weiß auch, dass Evette dich verteidigt hat. Das finde ich beeindruckend. Nicht viele würden sich Zane entgegenstellen und ihm die Stirn bieten. Hast du es ihr erzählt?«

Für einen Moment hing Myles' Frage zwischen uns in der Luft. Er wusste, dass ich mit Außenstehenden nicht über meine Vergangenheit sprach. Nicht viele Leute wussten, wie ich aufgewachsen war. Aber Evette war keine Außenstehende.

»Ich habe es ihr erzählt. Einiges davon vor dem Vorfall im Büro, das meiste danach. Sie weiß zwar noch nicht alles, aber sie weiß genug.«

Es folgte eine bedeutungsschwere Pause, bevor Myles fragte: »Und dir geht es gut?«

»Bis eben ging es mir nicht gut. Ich war stinksauer. Aber Evette hat mich beruhigt, dann hat Cooper mir den Kopf zurechtgerückt. Also ja, jetzt ist alles in Ordnung.«

»Was hat Coop gesagt?«

»Hm?«

»Wie hat er dir den Kopf zurechtgerückt?«

Ich sah auf und begegnete Coopers Blick. Er hatte sich mit der Hüfte an die Anrichte gelehnt, die Arme vor der Brust verschränkt und ein selbstgefälliges Grinsen im Gesicht.

»Er hat mir gesagt, ich benehme mich wie eine weinerliche Zicke, und hat mir einen Tampon angeboten.«

Coop lachte laut auf, während Myles am anderen Ende der Leitung ein leises Lachen von sich gab.

»Muss Coop genäht werden?«

»Diesmal nicht. Aber wenn er mich noch einmal Feigling nennt, braucht er vielleicht zusätzlich einen Gips.«

»Klingt, als hätte er dir einen Gefallen getan«, vermutete Myles.

Coop hatte mir viel mehr als nur einen Gefallen getan. Ich konnte kaum in Worte fassen, was er mir gegeben hatte.

Es war Zeit, das Thema zu wechseln.

»Also, wie lautet der Plan?«, fragte ich und öffnete die Akte, die Coop mitgebracht hatte.

»Wir treffen uns mit Wolf und Abe, wenn wir in Kalifornien sind. Abe sagte, er kennt ein paar Orte, an denen sich jemand verstecken würde, der nicht gefunden werden will.«

Wolf und Abe waren beide pensionierte SEALs und wohnten in der Nähe von Riverton.

»Und Phantom? Hat er sich gemeldet?«

»Nur zweihundertfünfundsechzig Mal. Falls wir lange genug in Kalifornien bleiben, werden wir uns mit Phantom und seinem Team treffen. Sie brechen bald zu einer Trainingsübung auf. Wolf wird Kalee und Piper beschützen, während sie weg sind. Wir werden ebenfalls ein Auge auf sie haben, wenn wir können. Aber unsere Priorität ist es, Delilah zu finden.«

»Glaubst du, sie ist noch dort? War sie überhaupt jemals dort?«

Ich nahm den Bericht und überflog schnell die erste Seite mit Garretts Notizen. Er hatte die Orte aufgelistet, an denen Delilahs IP-Adresse angepingt wurde.

»Garrett ist ziemlich sicher, dass Delilah in Riverton ist«, antwortete Myles. »Kevin und ich werden versuchen, sie aufzuspüren.«

Ich blätterte zur nächsten Seite und fand den Zeitungsartikel über Forrest Lawsons Leiche, die auf einer Mülldeponie gefunden worden war.

Da der Artikel mich nicht interessierte, blätterte ich zu dem Polizeibericht auf der dritten Seite.

»Sieht so aus, als hatte Forrest Lawson einige Vorstrafen«, sagte ich. »Kleinkriminelle Vergehen wie Einbruch, Diebstahl, Hausfriedensbruch und Autodiebstahl. Keine Gewaltverbrechen oder Verhaftungen wegen Waffenbesitzes. Er hatte auch keiner Bande angehört.«

»Wie zum Teufel ist ein Kleinkrimineller an Abrams geraten?«, wollte Myles wissen.

»Gute Frage. Warte mal, ich schalte auf Lautsprecher, Coop steht hier neben mir.«

Ich legte das Handy auf die Anrichte und überflog Forrest Lawsons lange, wenn auch langweilige Vorstrafenliste. Da ich nichts Auffälliges fand, ging ich zum Bericht des Leichenbeschauers über.

»Laut der Autopsie war die Todesursache ein Schuss in den Hinterkopf.«

Coop blätterte in den Papieren, zog den Polizeibericht zu sich und tippte auf einen der Absätze, die ich überflogen hatte.

»Forrests Wagen wurde vor seinem Wohnhaus gefunden. Es gab keinerlei Einbruchsspuren und nirgendwo war Blut. Sowohl sein Handy als auch seine Brieftasche hatte er bei sich. Aber es wurden keine Schlüssel gefunden.«

Die Leiche war auf einer Deponie entdeckt worden. Jemand hatte ihn weggeworfen wie Müll.

Forrest Lawson war angeheuert worden, um einen bestimmten Job zu erledigen.

»Wurde er getötet, weil er den Auftrag *nicht* ausgeführt hat oder *weil* er ihn ausgeführt hat und nicht mehr gebraucht wurde?«, fragte ich.

»Wenn Lawson geschickt worden war, um Evette zu töten, dann hätte er sie meiner Erfahrung nach sofort ausgeschaltet und dann ihre Wohnung nach dem Computer durchsucht«, gab Coop zu bedenken.

»Dem stimme ich zu«, sagte Myles, »aber dieser Typ war ein absoluter Anfänger. Er hat seine Zielperson aus den Augen gelassen, als er ihr befohlen hat, ihre externe Festplatte zu holen. Vielleicht wollte er sichergehen, dass er alle Beweise hat, bevor er sie tötet?«

»Wer auch immer versucht hat, Evette zu überfahren, trug eine Maske«, murmelte ich. »Der Wagen war gestohlen, was zu Lawsons Vorstrafen passt. Er war dreimal wegen Autodiebstahls verhaftet worden. Und die Sache mit dem Öl war ziemlich schlampig ausgeführt. Jemand hat es auf ihren Motor gegossen, entweder um den Wagen in Brand zu setzen oder um eine Rauchwolke zu erzeugen, um ihr die Sicht zu nehmen und möglicherweise einen Unfall zu provozieren. Ein Profi hätte nichts dem Zufall überlassen.«

»Du denkst, Lawson hat alle drei Jobs ausgeführt. Und weil er dreimal gescheitert ist, wurde er beseitigt«, folgerte Myles.

»Drei Fehler«, fügte Coop hinzu.

»Vier Fehler«, korrigierte ich. »Es wäre gut, wenn du und Kevin dem Café einen Besuch abstatten könntet, in dem Evette ihr Mittagessen bestellt hat. Vielleicht weiß dort jemand etwas über die Erdnüsse in ihrer Mahlzeit. Außerdem müssen wir herausfinden, wie Lawson mit seinem Auftraggeber kommuniziert hat und wie und wohin das Geld überwiesen wurde. Und wir sollten Evettes Verdacht wegen der Bodenschätze weiterverfolgen. Garrett kommt nicht voran, und wir hätten diese Informationen schon vor fünf Tagen gebraucht.«

»Garrett hat Tex mit der Recherche hinsichtlich der Bodenschätze beauftragt«, informierte Coop mich. »Und er versucht, Lawsons Anrufliste zu bekommen.«

Forrest Lawson wurde mit seinem Handy in der Tasche gefunden. Das bedeutete, dass wir darauf nichts finden würden. Lawson mag ein Idiot gewesen sein, aber ich hätte wetten können, dass ein Profi ihn erschossen hatte. Dieser wäre nicht so dumm gewesen, ein Handy mit einem Haufen Informationen am Tatort zurückzulassen.

»Die Anruflisten werden uns nicht weiterbringen, aber das GPS in Lawsons Wagen vielleicht.«

»Lawson fuhr einen Chevy Cruze. Der hat nicht nur GPS, sondern auch WLAN an Bord«, sagte Cooper, schob die Papiere auf der Anrichte beiseite und zeigte mir die E-Mail, die Delilah an Garrett geschickt hatte. »Das solltest du lesen.«

Ich sah mir die Nachricht an. Je mehr ich las, desto mehr verkrampfte sich mein Magen.

Vielleicht hatte ich mich in Delilah Watts getäuscht.

*Bitte beschützt sie.*

Delilah erwähnte Evette nicht namentlich, aber es war offensichtlich, wen sie meinte.

»Was hältst du von Delilah?«, fragte ich Myles.

»Sie ist eine Informantin«, antwortete er wie aus der Pistole geschossen.

»Und du?«, wandte ich mich an Cooper.

»Ich gebe zu, dass ich am Anfang skeptisch war. Aber je länger wir uns mit Abrams beschäftigen, desto dubioser wird die Firma. Sie versuchen nicht nur, in Timor-Leste Land zu pachten, sie haben es auch auf Grundstücke in Kroatien und El Salvador abgesehen. In allen drei Ländern hat es in letzter Zeit Aufstände gegeben, und die Gebiete, in die Abrams vordringen will, sind von kriminellen Aktivitäten durchsetzt. In allen drei Ländern gibt es starke Rebellengruppen. Zudem waren die Grundstücke, die Abrams wollte, in allen drei Fällen besiedelt.«

»Waren?«, fragte Myles.

»Genau wie in Timor-Leste wurden die Dörfer überfallen, kurz nachdem Abrams sich an die Regierung gewandt hatte.«

»Kommen dort auch Bodenschätze vor?«, wollte Myles wissen.

»Keine Ahnung. Aber ich kann euch versichern, dass die Vorschriften der Umweltschutzbehörde dort keine Geltung haben. Außerdem befolgt dort niemand die globalen Umweltgesetze der UN. Abrams könnte dort also unbemerkt eine Teststation einrichten. Oder sie könnten die Mineralien einfach abbauen und niemand würde sie aufhalten.«

»Zufall«, murmelte ich.

»Für Kalee wurde nie Lösegeld gefordert«, erinnerte Myles mich. »Mr. Solberg ist ein sehr reicher Mann. Er hätte jeden Preis gezahlt, den die Rebellen verlangt hätten.«

»Das Einzige, was ich mehr hasse als einen verdammten Zufall, ist …«

»Eine rektale Untersuchung?«, warf Myles ein. »Soweit ich gehört habe, kann es ziemlich wehtun, wenn man nicht genügend Gleitmittel auf den Latexhandschuh gibt.«

Cooper lachte leise und Myles stieß ebenfalls ein Lachen aus. Doch ich beachtete sie gar nicht, denn plötzlich ertönte ein Kichern hinter mir.

»So langsam erkenne ich ein Muster«, bemerkte Evette.

»Scheiße.« Myles' Lachen verstummte, doch Cooper ließ seiner Belustigung freien Lauf.

»Ich traue mich gar nicht zu fragen«, erklärte ich und drehte mich um.

Evette schenkte mir ein strahlendes Lächeln.

Bei dem Anblick verspürte ich ein Brennen in meiner Lunge.

Ja, ich würde Evette auf keinen Fall gehen lassen.

Es wäre sicher nicht schwer, jeden Tag neben diesem Lächeln aufzuwachen.

Wenn es sein müsste, würde ich sie auf den Knien anbetteln.

»Ihr alle scheint einen Faible für Arschlöcher zu haben.«

»Äh …«, stammelte Myles. »Wie kommt sie darauf?«

»Owen. Er war vorhin hier und wir hatten eine kleine Auseinandersetzung. Als er nicht nachgeben wollte, habe ich ihn daran erinnert, dass Nat gedroht hat, mein Arschloch zu bestrafen.«

Evettes Kichern verwandelte sich in schallendes Gelächter, und ich starrte sie nur an. Ich nahm den Laut kaum war, denn ich war wie gebannt von der Verzückung, die sich in ihrem Gesicht abzeichnete.

Mein Gott, sie war wunderschön.

# KAPITEL ACHTZEHN

Drei Dinge spielten sich fast gleichzeitig ab.

Ein lautes Lachen dröhnte aus dem Handy.

Gabe zwinkerte mir zu.

Dann lächelte er.

Genauer gesagt verzog er die Lippen zu einem verspielten, jungenhaften und verschmitzten Grinsen. Er schien vollkommen entspannt zu sein. Die Veränderung in ihm war sowohl verblüffend als auch faszinierend. Natürlich hatte ich Gabe zuvor schon lachen gehört, aber dabei war er immer etwas verkrampft gewesen. Nein, verkrampft war das falsche Wort. Distanziert traf es besser. Als könnte er sich nicht ganz mit dem Gedanken anfreunden, glücklich zu sein.

Aber irgendetwas war anders, und das erregte meine Aufmerksamkeit mehr als alles andere.

»Ich möchte an dieser Stelle festhalten, dass ich bei keinem Gespräch über irgendjemandes Arschloch anwesend war. Und nur damit ihr es wisst, wenn es um *mein* Arschloch geht, habe ich kein Interesse an solcherlei Praktiken.« Cooper hielt inne und lächelte. »Allerdings bin ich ein großer Fan davon, wenn es umgekehrt ist.«

»Das will ich gar nicht wissen«, murmelte Gabe.

»Nur um das klarzustellen, ihr habt damit angefangen.«

»Ich lege jetzt besser auf«, sagte der Mann am anderen Ende der Leitung. »Ich melde mich, sobald wir gelandet sind.«

Ich glaubte, Myles' Stimme zu erkennen, aber ich hatte nicht viel Gelegenheit gehabt, mich mit ihm oder Kevin zu unterhalten, bevor sie aufgebrochen waren. Und wenn sie anriefen, wurde ich nie in ihre Gespräche einbezogen. Doch bevor ich Gabe fragen konnte, fiel mein Blick auf die Papiere, die auf der Anrichte verstreut lagen.

»Das sind der Lage- und Polizeibericht«, erklärte Gabe.

»Darf ich mal sehen?«

Sein jungenhaftes Grinsen verblasste, doch er hatte immer noch einen verschmitzten Ausdruck im Gesicht, als er erwiderte: »Wenn ich dir sagen würde, dass die Arbeit bis morgen warten kann, würdest du dann auf mich hören und mit mir zu Bett gehen?«

Ich spürte, wie mir die Hitze in die Wangen stieg, und warf einen Blick auf Cooper, der sichtlich amüsiert den Kopf schüttelte.

»Schau mich nicht so an, Schätzchen«, sagte Cooper. »Ich kümmere mich nur um meine eigenen Angelegenheiten.«

»Einen Versuch war es wert«, murmelte Gabe, bevor er zum Kühlschrank ging und ihn öffnete. »Hast du Hunger?«, rief er mir über seine Schulter hinweg zu.

»Du kannst es einfach nicht lassen, nicht wahr?«, fragte ich mit einem Lächeln.

Schlagartig bereute ich meine unbedachte Bemerkung und atmete erst wieder aus, als Gabe lachte.

»Ich habe es ungefähr so gut im Griff wie du deine Neugier.«

»Ich würde es eher Wissbegier nennen«, schnaubte ich.

»Du kannst es nennen, wie du willst, aber im Moment hält mich deine *Wissbegier* davon ab, etwas zu bekommen, was ich will.«

Er zog mich auf.

Und aus irgendeinem albernen Grund begann mein Herz, schneller zu pochen.

Es scherzte, war unbeschwert und normal. Fast hätte ich vergessen, dass vor meinem geistigen Auge ein Verbotsschild schwebte. Ich durfte Gabe nicht verfallen. Die Sache zwischen uns würde zu nichts führen und war nichts weiter als ein Spiel.

Bei diesem Gedanken schlug meine Stimmung schlagartig um und mein Herz pochte aus einem anderen Grund. Ein schmerzhaftes Ziehen durchdrang mich.

Warum durften Kalee, Piper und Anaya ihr Glück finden, während ich in meinem einsamen Leben gefangen war? Warum konnte ich nicht haben, was sie hatten?

Die bessere Frage war jedoch: Warum lastete ein Fluch auf mir? Vor mir stand ein Mann, der mich in jeder Hinsicht begeisterte und interessierte, aber er hatte mir unumwunden gesagt, dass er nicht mehr als Spaß und Sex wolle. Also würde ich nehmen, was ich kriegen konnte. Und wenn ich schließlich nach Kalifornien zurückkehrte, würde ich darüber nachdenken, wie grausam das Universum war.

»Nun, wenn es dir lieber ist, können meine Neugier und ich den Polizeibericht mit in mein Zimmer nehmen und die Tür abschließen. Dann sehen wir uns morgen früh.«

»Schatz.«

»Soll das eine Antwort sein?«

»Hör auf rumzualbern, und lies den Bericht.«

»Da ist aber jemand gereizt«, murrte ich, obwohl ich mich insgeheim über seine Ungeduld freute.

Gabe warf Cooper einen flüchtigen Blick zu, dann sah er mich wieder an. Sein strahlendes Lächeln verhieß nichts Gutes.

»Du hast Glück, dass Coop hier ist, sonst würde ich dir zeigen, wie gereizt ich sein kann.«

»Vergesst einfach, dass ich hier bin«, schlug Coop vor.

»Perversling«, murmelte ich und griff nach dem Polizeibericht.

»Oh, Schätzchen, du hast ja keine Ahnung.«

»Würdest du bitte aufhören, mit meiner Frau zu flirten?«

Ich starrte stur auf die Seite vor mir, doch die Worte verschwammen vor meinen Augen.

*Meine Frau.*

Das war nun schon das zweite Mal, dass er mich so nannte.

Cooper lachte leise.

Gabe knurrte.

Cooper sagte etwas, aber ich konnte ihn nicht verstehen, denn meine Gedanken überschlugen sich.

Warum nannte Gabe mich seine Frau? Ich gehörte ihm nicht.

»Außerdem habt ihr doch von Analplugs gesprochen, nicht ich«, hörte ich Cooper sagen, als mein Verstand sich wieder einschaltete.

»Niemand hat über Analplugs geredet«, erwiderte Gabe.

»Wie zum Teufel sollte dein Arschloch sonst bedroht sein, wenn kein Analplug im Spiel ist?«

Oh mein Gott.

*Ich kann nicht ...*

Ich konnte nicht mehr an mich halten.

Ich bemühte mich vergeblich, ein Lachen zu unterdrücken. Es platzte aus mir heraus und kam tief aus meinem Bauch. Ich lachte, bis ich mich krümmte und mir Tränen über die Wangen rannen. Und selbst dann konnte ich nicht aufhören. Ich fächelte mir Luft zu und presste die Lippen zusammen, doch das machte es nur noch schlimmer. Seltsame Laute entrangen sich meiner Kehle, die mich nur noch mehr zum Lachen brachten.

Ich achtete gar nicht auf die Jungs. Zum einen nahm ich sie ohnehin nur verschwommen war, und zum anderen konnte ich vor lauter Lachen nichts hören.

»Es war kein Analplug«, stammelte ich und versuchte, mich irgendwie zusammenzureißen. »Es war ein Abführmittel.«

»Mit Abführmitteln spaßt man nicht«, murrte Gabe mit ausdrucksloser Miene.

Ich musste erneut lachen. Diesmal so heftig, dass ich die Arme um die Taille schlang und mich vornüberbeugte. Im nächsten Moment spürte ich eine Hand an meinem Nacken.

Ich fing mich wieder und dachte, wie ungerecht das Leben doch war. Ich genoss Gabes Sticheleien in vollen Zügen. Ich liebte es, ihn und seine Freunde zu beobachten, wenn sie lachten und sich gegenseitig aufzogen. Owen, Cooper, Gabe, Garrett und die anderen erinnerten mich an Phantom und seine Freunde. Sie waren wie Brüder.

Ich wünschte, ich könnte das auch haben, doch zugleich wusste ich, dass mir so viel Glück nie zuteilwerden würde.

»Tut mir leid, es ist alles in Ordnung«, sagte ich.

»Ja, das ist es«, murmelte Gabe vor sich hin.

Ich konzentrierte mich auf das Dokument in meiner Hand und achtete nicht auf das Pochen meines Herzens und das flaue Gefühl in meinem Magen.

Warum konnte das nicht echt sein? Es kostete mich enorme Anstrengung, doch ich riss mich zusammen und begann, den Polizeibericht zu lesen. Nichts schien besonders hervorzustechen. Auch im Autopsiebericht erregte nichts meine Aufmerksamkeit. Dann las ich Delilahs E-Mail an Garrett. Als ich fertig war, las ich sie gleich noch einmal.

*Bitte beschützt sie.*

Warum sollte Delilah Watts sich um meine Sicherheit sorgen?

Garretts Antwort befand sich ebenfalls in der Akte. Mir fiel auf, dass sie verschickt worden war, bevor Gabe und ich ins Büro gefahren waren. Zane hatte mich nicht darum bitten müssen, Delilah zu kontaktieren, da er Garrett bereits damit beauftragt hatte. Und laut seiner Antwort bot Zane Delilah Schutz an.

»Zane besitzt eine Hütte außerhalb von Riverton?«, fragte ich.

»Nein, sie gehört Abe«, antwortete Gabe.

»Abe? Arbeitet er auch für Z Corps?«

»Nein. Abe ist ein pensionierter SEAL. Hin und wieder bittet Zane Abe und sein Team um Hilfe, wenn ein Auftrag zusätzliche Männer erfordert.«

»Es ist nett von Abe, dass er Zane seine Hütte überlässt.«

Gabes Mundwinkel zuckten und er verzog die Lippen zu einem schiefen Lächeln.

»Nun, Zane hat ein Vermögen bezahlt, um die Hütte renovieren zu lassen, nachdem er sie das letzte Mal benutzt hatte. Abes Frau Alabama war sehr angetan von den Verbesserungen.«

»Zane hat Abes Hütte renoviert, um sich für dessen Gastfreundschaft zu revanchieren?«

»Nein, Schatz. Er hat sie renoviert, weil Leo Olivia dort versteckt hatte. Als die Bösewichte sie fanden, haben sie die Hälfte des Gebäudes mit einer Panzerfaust zerstört.«

Ich riss die Augen auf. Bösewichte? Eine Panzerfaust?

»Wie ich sehe, willst du dich auch in diese Geschichte verbeißen. Wie wäre es, wenn wir zunächst einmal dein Drama aus der Welt schaffen. Dann werde ich dir alles über die anderen erzählen.«

Drama.

Das war durchaus eine Möglichkeit, um den Schlamassel zu beschreiben, in dem ich gerade steckte. Es klang zumindest besser als versuchter Mord. Jemand wollte mich umbringen, weil ich meine Nase in Dinge gesteckt hatte, die mich nichts angingen.

»Also denkt Zane, dass sie auf unserer Seite steht.«

»Nein. Wie ich schon sagte, *denkt* niemand irgendetwas. Wir werden tun, was nötig ist, um dich zu beschützen.«

»Zane bietet ihr keinen Schutz an, sondern stellt ihr eine Falle.«

Das gefiel mir nicht. Es war gut, dass Zane mich nicht gebeten hatte, mit Delilah Kontakt aufzunehmen, denn ich hätte ihm nicht geholfen, sie dingfest zu machen. Ich hatte zwar erst jetzt begriffen, dass Delilah mir nicht nur helfen, sondern mich auch warnen wollte, aber ich würde auf keinen Fall zulassen, dass Zane und die anderen sie als Feindin behandelten.

»Es ist keine Falle in dem Sinne, dass ihr etwas zustoßen wird. Aber wir müssen sie befragen, und um das zu tun, müssen wir sie finden. Delilah ist auf der Flucht und will nicht gefunden werden. Sie ist wachsam und vorsichtig. Also warum läuft eine Frau davon und achtet dabei darauf, keine Spuren zu hinterlassen?«

Mir kamen mehrere Gründe in den Sinn.

»Weil jemand hinter ihr her ist.«

»Richtig. Die Frage ist nur warum. Läuft sie vor uns weg oder vor Abrams?«

»Abrams«, antwortete ich sofort.

Gabe seufzte und schüttelte den Kopf.

»Schatz, ich verstehe, dass du glauben willst, dass sie auf deiner Seite ist. Und ich sage ja gar nicht, dass sie es nicht ist. Aber du musst verstehen, dass ich unter keinen Umständen dein Leben in Gefahr bringen werde. Ich brauche mehr als nur Mutmaßungen und Hypothesen, bevor ich glaube, dass sie uns hilft. Auf keinen Fall werde ich ihr einfach so vertrauen.«

»Aber, Gabe …«

Gabe wurde ernst und verengte die Augen, dann schüttelte er den Kopf.

»Nein, Evette. Kein Aber. Wir arbeiten daran, sie zu finden. Ihr wird nichts passieren. Aber Delilah Watts ist nicht meine Verantwortung, sondern du. Und ich werde niemanden, den ich als Bedrohung betrachte, in deine Nähe lassen. Meine einzige Priorität ist es, dich zu beschützen. Das ist alles.« Gabe hielt inne und seine Miene erweichte sich, bevor er fortfuhr: »Du hast gesagt, du vertraust mir. Jetzt bitte ich dich, Wort zu halten und genau das zu tun.«

Ich vertraute Gabe. Wenn er mir versicherte, dass Delilah nichts passieren würde, dann glaubte ich ihm.

»Ich vertraue dir«, erwiderte ich schließlich.

Gabe festigte seinen Griff um meinen Nacken und zog mich an sich. Dann beugte er sich vor und drückte mir einen Kuss auf die Stirn.

»Danke«, flüsterte er, und ich schloss die Augen.

Ich wollte mich von ihm lösen, aber gleichzeitig wollte ich, dass er mich näher an sich drückte. Ich wollte mich von seiner Zuneigung umhüllen lassen.

*Ich will mehr, als er mir bieten kann.*

»Ich vertraue dir, aber du musst mir auch vertrauen«, sagte ich. »Ich will mit Delilah reden. Mir ist klar, dass sie wahrscheinlich nicht mit mir sprechen wird, aber ich will es zumindest versuchen.«

Gabe presste seine Stirn an meine und schlang seinen anderen Arm um mich.

Er zog mich näher an sich.

»Evette …«

»Garrett oder Zane können mit ihr reden, aber sie weiß, dass ich hier bin. Ich werde keiner größeren Gefahr ausgesetzt sein als jetzt. Vielleicht kann ich sie dazu bringen, sich mit Myles und Kevin zu treffen.«

»Sie hat recht«, meldete Cooper sich zu Wort. »Einen Versuch ist es wert. Es würde viel Zeit sparen, wenn Evette Delilah zu einem Treffen überreden könnte.«

Gabe hatte seine Stirn immer noch an meine gepresst, als er antwortete: »Das haben wir doch schon besprochen. Sie weiß vielleicht nicht, dass du mit uns zusammenarbeitest.«

»Und ich wiederhole, was ich dir im Büro gesagt habe. Ich weiß, dass du mich beschützen wirst. Bitte lass mich mit ihr sprechen.«

Gabe atmete tief durch und zog den Kopf zurück. Aber er ließ mich nicht los und starrte mir lange in die Augen. Ich wollte gerade weiter argumentieren, als er mit sanfter Stimme das Wort ergriff.

»Das kann ich nicht zulassen. Es geht gegen meine Natur. Eine Stimme in mir befiehlt mir, mit dir zu fliehen und dich zu verstecken, während meine Kameraden alles regeln. Viermal hat jemand versucht, dich zu töten, und viermal hattest du Glück. Ich will dich nicht ein fünftes Mal einer solchen Gefahr aussetzen. Ich will nicht, dass du auch nur in die Nähe des Geschehens kommst. Und wenn ich auch nur eine Sekunde geglaubt hätte, dass du meinen Plan befolgen würdest, wären wir längst über alle Berge und ich hätte dich an einem Ort versteckt, an dem du von der Außenwelt abgeschnitten wärst. Aber ich kenne dich. Und ich weiß, dass du rebellieren würdest.«

Er hatte recht, ich würde ihn bekämpfen. Ich hatte mich zwar an Kyle gewandt, ihm erzählt, was ich getan hatte, und ihn um Hilfe gebeten. Aber das bedeutete nicht, dass ich mich nicht aktiv an der Suche nach demjenigen beteiligen wollte, der versuchte, mich zu töten. Auf jeden Fall wollte ich etwas zu den Ermittlungen gegen Abrams beitragen. Ganz zu schweigen davon, dass ich diejenigen zur Strecke bringen würde, die Kalee die Hölle auf Erden bereitet hatten. Irgendjemand würde für all die Monate bezahlen, in denen meine Freundin gefangen gehalten und gezwungen worden war, unaussprechliche Dinge zu tun.

Ich war erstaunt, dass Gabe mich bereits so gut kannte. Ich hatte keinen Hehl daraus gemacht, wer ich war und was ich wollte, aber ich war überrascht, dass er mir so viel Aufmerksamkeit geschenkt hatte, um zu wissen, dass ich nicht mit ihm weglaufen und meine Probleme anderen überlassen würde.

»Aber ich habe drei Bedingungen«, fuhr Gabe fort. »Du versuchst nur, über die von Garrett eingerichteten Kanäle zu kommunizieren. Er kann deinen Standort verschleiern. Du erwähnst mit keinem Wort, dass du mit uns zusammenarbeitest, und wenn nötig, lügst du einfach.«

Dagegen hatte ich nichts einzuwenden. Ich hatte nicht vor, eine ungesicherte Internetverbindung zu benutzen. Das wäre schlichtweg dumm. Diese Lektion hatte ich bereits auf die harte Tour gelernt.

»Und die dritte Bedingung?«

»Die ist nicht verhandelbar, Evette. Du musst mir versprechen, dass du mit mir fortgehst, sobald ich das Gefühl habe, dass wir hier nicht mehr sicher sind.«

Ich wollte widersprechen und ihn daran erinnern, dass ich nicht vor den Problemen, die ich verursacht hatte, davonlaufen würde. Aber die Worte blieben mir im Hals stecken, als Gabes Miene sich erweichte und ein Anflug von Angst in seine Augen trat.

»Bitte, Schatz, versprich es mir.«

Vielleicht lag es an dem »bitte« oder an der Tatsache, dass Gabe mich »Schatz« nannte. Vor allem war es sein durchdringender Blick, der mich schließlich nachgeben ließ.

»Also schön. Ich verspreche es.«

Ich wusste, dass ich die richtige Entscheidung getroffen hatte, als die Angst aus seinen Augen wich und ein Ausdruck der Erleichterung an ihre Stelle trat.

»Danke.«

Da war sie wieder – die Dankbarkeit. Eigentlich hätte ich ihm dankbar sein müssen, weil er mich beschützen wollte. Nein, das stimmte nicht. Er wollte es nicht tun, er tat es einfach. Er passte auf mich auf, selbst wenn ich es ihm manchmal nicht leicht machte.

»Ist in den Berichten etwas zu finden, was erwähnenswert wäre?«, wollte ich wissen.

»Nein. Cooper hat Garrett gebeten, das GPS und das WLAN in Lawsons Wagen zu überprüfen.«

»Glaubst du, dass Abrams nun einen anderen Auftragskiller schicken wird, da Forrest Lawson tot ist?«

»Ja. Aber nur, um das klarzustellen: Wir haben nicht bewiesen, dass Abrams dafür verantwortlich ist. Zumindest nicht gänzlich. Davon abgesehen bezweifle ich nicht, dass derjenige, der Forrest Lawson angeheuert hat, erneut jemanden beauftragt hat, um dich umzubringen. Ich will dir keine Angst machen, aber du musst vorsichtig sein. Diesmal wird derjenige keine Fehler machen.«

»Wie meinst du das?«

»Lawson war ein Stümper. Er hatte vier Versuche, dich zu erledigen, und er hat jedes Mal versagt.«

Gabe warf einen flüchtigen Blick auf Cooper und wandte sich wieder mir zu. Erneut huschte ein Anflug von Unbehagen über sein Gesicht und er spannte seinen Arm um meinen Rücken an, bis er sich so hart anfühlte wie ein Stahlband.

»Mein Bauchgefühl sagt mir, dass mehr dahintersteckt als Pachtverträge im Ausland und der Abbau von Bodenschätzen. Wir gehen diesem Aspekt nach, aber irgendetwas übersehen wir.«

»Was meinst du?«, fragte ich, obwohl Gabes ernster Gesichtsausdruck mir verriet, dass ich es lieber nicht wissen wollte.

»Ich bin mir nicht sicher. Wir haben drei Pachtanträge in Timor-Leste, Kroatien und El Salvador. Tex und Garrett sehen sich diese genauer an. Vielleicht finden sie etwas, das alle drei verbindet. Das würde uns helfen, besser zu verstehen, was hier vor sich geht.«

Eine Stimme in meinem Hinterkopf meldete sich undeutlich zu Wort. Sie schien mir sagen zu wollen, dass ich mich an etwas über El Salvador erinnern sollte, doch ich konnte es nicht zuordnen. Morgen würde ich meine Notizen durchgehen, aber es hatte keinen Sinn, sich jetzt den Kopf darüber zu zerbrechen.

»Tex ist der Beste in seinem Job, Evette. Wenn es etwas zu finden gibt, wird er es aufspüren.«

»Was ist mit Garrett, ich dachte, er sei der Beste«, neckte ich, um die Stimmung etwas aufzulockern.

»Garrett ist unglaublich. Er kann jedes System hacken und jede Software entwickeln, die wir brauchen. Aber Tex ist der beste digitale Ermittler der Welt. Niemand ist geschickter beim Zusammensetzen von Puzzleteilen.«

»Garrett entwickelt Software?«

Das war beeindruckend.

»Hat er dir nichts davon erzählt?«

»Wovon?«

»Von G2, der Backup-Software, die du benutzt?«

»Was ist damit?«

»Die ist von Garrett. Er hat das Programm entwickelt.«

»Im Ernst?«

»Ja. Er hat die Software verkauft und damit ein Vermögen gemacht. Nein, das ist nicht ganz richtig. *Wir* haben damit ein Vermögen gemacht.«

»Wer ist wir?«

»Das ist ein Thema für eine Gutenachtgeschichte«, sagte Gabe mit einem Lächeln.

»Versuchst du, mich mit meiner Neugier ins Bett zu locken?«

»Leider bin ich dazu gezwungen, solange Cooper sich noch mit uns im Raum befindet. Ich muss dich mit einer spannenden Geschichte ködern, um dich ins Bett zu kriegen.«

»Nur zu, Bruder. Ich hätte sie mir an deiner Stelle schon vor zehn Minuten über die Schulter geworfen und ins Schlafzimmer geschleppt. Stattdessen hast du nur eine Menge Zeit mit heißer Luft verschwendet«, warf Cooper ein. »Aber ich bin eben ein Mann der Tat. Ich handle lieber, statt zu reden.«

»Hast du eine Frau?«, wollte ich von Cooper wissen.

»Nein.«

»Also handelst du im Grunde als Ein-Mann-Show.«

Für einen kurzen Moment herrschte Schweigen, dann spürte

ich, wie Gabe am ganzen Leib zu vibrieren begann. Schließlich lachte er schallend und presste sein Gesicht an meinen Hals.

Ein unglaubliches Gefühl durchströmte mich, während ich in Gabes Armen lag und seine Freude förmlich spüren konnte. Ich musste schlucken, als ich von Emotionen übermannt wurde, die ich nicht hätte empfinden sollen.

*Genau das will ich.*

Ich wollte von Gabe gehalten werden, während er lachte, in dem Wissen, dass ich diejenige war, die ihn zum Lachen gebracht hatte.

Glück.

Schutz.

Sicherheit.

Ich wollte mich den Emotionen hingeben.

Aber vor allem wollte ich ihn lieben dürfen.

Der Gedanke verflog, als Gabe sich plötzlich von mir löste. Er bückte sich, hob mich hoch und warf mich wie in einem schlechten Film über die Schulter. Ich ließ die Papiere fallen und stützte mich mit den Händen an seinem Rücken ab.

»Gabe!«

»Kluger Mann, dieser Cooper Cain«, murmelte Gabe, als er aus der Küche marschierte. »Weniger reden, mehr handeln.«

»Als Ein-Mann-Show«, erinnerte ich ihn. »Und wenn du mich nicht runterlässt, wirst du auch nicht mehr bekommen.«

»Das werden wir ja sehen.«

Gabe ließ mich erst runter, als wir im Schlafzimmer waren und er die Tür verschlossen hatte. Doch statt mich abzusetzen, warf er mich aufs Bett. Ich fiel auf die Matratze und blinzelte schockiert, bevor ich ihn anstarrte.

Mir blieb jedoch keine Zeit, denn im nächsten Moment packte er mich an den Knöcheln und zog mich zu sich. Ich war noch ganz benommen, als er nach meinen Schlafshorts griff, seine Daumen unter den Bund schob und sie mir zusammen mit meinem Höschen auszog. Er warf sie über seine Schulter und legte sich dann auf mich, wobei er die Ellbogen auf die Matratze stützte und sein Gesicht dicht an meines führte. Er war mir so nahe, dass ich die schwarzen

Sprenkel in seinen Iriden sehen konnte. Aber seine umwerfenden Augen waren nicht der Grund, warum mir der Atem stockte.

Es war die Begierde, die sich darin widerspiegelte und wie Feuer brannte.

Der Blick sagte alles.

Gabe starrte mich an, als hätte er mich noch nie zuvor gesehen, doch da er mich nun mit seinem Blick gefangen hatte, gehörte ich für immer ihm.

Das beschwor zumindest meine Fantasie herauf. Ich wäre glücklich gewesen, für den Rest meines Lebens in diesem Moment zu verharren.

Ich verzehrte mich danach, mich in seinem Blick zu verlieren.

»Löse deine Hände nicht von der Matratze«, raunte er mit heiserer Stimme und jagte mir einen Schauer der Erregung durch den Körper, der mir direkt zwischen die Schenkel fuhr.

»Nicht anfassen«, befahl er. »Du sollst nur fühlen.«

Mit diesen Worten rutschte er an mir herunter und packte mit seiner Hand meine rechte Wade.

Die Geste reichte aus, um meinen Körper in Brand zu setzen.

Und dann *fühlte* ich es.

Gabe liebkoste zuerst meinen Knöchel und ließ seine Lippen dann an meinem Bein hinaufgleiten, wobei er mich abwechselnd küsste und leckte.

Dabei ließ er sich Zeit und raubte mir fast den Verstand.

Als er schließlich seinen Mund auf mein Geschlecht presste, konnte ich meine Hände kaum noch auf dem Bett halten.

»Mm«, summte er an meiner Klitoris und ich bäumte mich auf.

Langsam ließ er seine Zunge um meine Lustperle kreisen und dann durch meine Spalte gleiten.

»Du schmeckst so verdammt gut.«

Anschließend drang er mit der Zunge genüsslich in mich ein. Er reizte und quälte mich, während er mit langsamen Bewegungen immer wieder in mich stieß und mich dabei sanft mit den Lippen streichelte. Auch dabei ließ er sich Zeit und schien sich jede meiner Bewegungen einzuprägen, während er das Feuer der Begierde in mir schürte.

»Ich will dich berühren.«

»Noch nicht.«

Ich hob die Hüfte an, um ihn zu drängen, seine Bewegungen zu beschleunigen.

»Bitte«, flehte ich.

Aber er verweigerte mir den Wunsch. »Nein.«

Das steigerte mein Verlangen umso mehr und ich ballte die Hände um die Bettdecke zu Fäusten, um mich zu zwingen, ihm zu gehorchen.

»Du hast ja keine Ahnung«, stöhnte Gabe und küsste die Innenseite meines Oberschenkels.

»Keine Ahnung, was du mir gibst.« Noch ein Kuss, diesmal auf meine Hüfte.

»Dinge, von denen ich nicht einmal gewusst hatte, dass ich sie brauche.«

Gabe schob mein Oberteil hoch und knabberte an meinem Bauch.

»Du willst mich berühren.«

Es war keine Frage, aber ich antwortete trotzdem. »Ja.«

»Aber du wirst es nicht tun, nicht wahr?« Gabe hob den Kopf und begegnete meinem Blick. »Du wirst mir alles geben, was ich will.«

Diesmal brachte ich keinen Ton heraus, aber Gabe brauchte ohnehin keine Bestätigung. Er kannte die Antwort bereits.

In seinen Augen brannte ein Feuer. Unzählige Empfindungen durchströmten mich, die ich zweifellos nicht hätte fühlen sollen, wenn es nach ihm gegangen wäre. Aber ich spürte mehr als nur die Berührung seiner Hand, als er mein Oberteil hochschob. Mehr als seine Handfläche, die über meinen BH glitt und dabei meine Brustwarze reizte, während er mein T-Shirt in seiner Faust zusammenraffte. Mehr als das Pochen zwischen meinen Schenkeln. Mehr als die kühle Luft, die meine überhitzte Haut umschmeichelte.

Ich fühlte zu viel.

»Ich werde dich langsam und genüsslich lieben.«

Ich schüttelte hastig den Kopf. Seine Worte schmerzten wie ein Dolchstoß in mein Herz.

»Das kann ich dir nicht geben«, krächzte ich.

»Doch, Schatz. Du kannst.«

»Nicht so. Verdammt …«

»Ganz langsam«, wiederholte er und senkte den Kopf.

Ich wollte protestieren, ich wollte es wirklich, aber als er meine Brustwarze durch den Stoff meines BHs mit den Lippen umschloss, konnte ich mich nicht mehr daran erinnern, wogegen ich mich eigentlich sträubte.

Gabes Vorstellung von langsam war eine bedächtige Folter.

Er saugte, leckte und knabberte an jedem Zentimeter meiner Brust. Dann ließ er seinen Mund zu meinem Hals wandern. Er berührte mich nicht mit seinen Händen, sondern ließ seine Lippen, seine Zunge und seine Zähne die Arbeit tun.

Irgendwann stieg ein neues Gefühl in mir auf, das mich zu überwältigen drohte. Diese süße Qual kam einer Anbetung gleich. Bei jeder seiner Liebkosungen stöhnte ich auf. Und jedes Mal wanderte Gabe weiter und fand eine neue Stelle, die er verwöhnen konnte. Das ging eine ganze Weile so, bis ich mich selbst davon überzeugt hatte, dass er wirklich Liebe mit mir machte.

Es war gefährlich.

Ich wand mich keuchend und war so berauscht von all den Empfindungen, dass ich kaum mitbekam, als Gabe sich wegdrehte.

Als er sich wieder auf mich rollte, war er nackt. Er führte seine Lippen an mein Ohr und flüsterte: »Hände über den Kopf, Schatz.«

Wie von Sinnen gehorchte ich.

»Wenn wir fertig sind, wird es keinen Zweifel mehr geben«, warnte er mich.

Er ließ die Spitze seines Schaftes durch meine feuchte Spalte gleiten und drang ein Stück weit in mich ein.

Dann ergriff er meine Hände und verschränkte seine Finger mit meinen.

Die Geste war nicht dazu gedacht, mich auf die Matratze zu drücken und mich einzuengen.

Nein, Gabe *hielt* meine Hände.

Mir stockte der Atem.

*Ich will, dass es echt ist.*

Er hatte keine Ahnung, was seine Berührung in mir auslöste. Ich verzehrte mich förmlich nach einer Chance mit ihm.

»Keinen Zweifel?«, fragte ich und stieß den Atem aus, als Gabe ein wenig tiefer in mich eindrang.

»Ich werde jegliche Zweifel zwischen uns ausräumen.«

Ich verstand immer noch nicht, was er meinte. Doch als er sich tief in mir vergrub und mich ganz ausfüllte, war ich ohnehin nicht mehr in der Lage, klar zu denken.

»Gabe«, stöhnte ich.

Ich hob die Hüfte an, um seinen Stößen entgegenzukommen. Dabei neigte ich den Kopf zurück und schloss die Augen.

»Sieh mich an, Schatz, ich will nicht, dass du auch nur eine Sekunde verpasst, während ich dich liebe.«

Er hatte es schon wieder gesagt, er wollte *mich lieben.*

»Ich kann dich nicht ansehen«, erwiderte ich mit gebrochener Stimme, während mir Tränen in die Augen stiegen. »Wenn ich es tue, werde ich nie über dich hinwegkommen.«

»Das will ich doch hoffen.«

Ich riss die Augen auf und sah, dass Gabe mich anstarrte.

Mit offenem Blick.

Er hatte seine Mauern eingerissen.

»Es wird zu nichts führen«, erinnerte ich ihn.

Ich spürte ein schmerzhaftes Ziehen in meinem Herzen, als ich die Worte aussprach.

»Sieh einfach zu, Evette.«

Aber ich kam gar nicht dazu, ihn anzusehen.

Im nächsten Moment senkte Gabe den Kopf, presste seinen Mund auf meinen und raubte mir den Atem.

Er küsste mich nicht einfach nur, sondern liebkoste mich innig. Mit jedem Streich seiner Zunge löschte er einen Teil meiner Zweifel aus. Mit jedem Stoß seiner Hüfte entfachte er Hoffnung in mir.

Gemächlich küsste er mich weiter und ließ mich kaum zu Atem kommen, während er die ganze Zeit meine Hände hielt. Er hatte nicht vor, uns schnellstmöglich auf den Gipfel der Ekstase zu treiben. Es ging ihm auch nicht darum, meinen Körper zu erforschen und meine Reaktion zu beobachten.

Vielmehr wollte er mich anbeten, verehren und genießen.

Ich war mir nicht sicher, wie viel Zeit verging. Vielleicht waren es Minuten, vielleicht Stunden. Ich wusste nur, dass ich mich völlig in Gabe verloren hatte und nicht wollte, dass dieses Gefühl je endete.

Noch bevor ich bereit war, gab mein Körper sich den Empfindungen hin und ich kam mit Wucht zum Höhepunkt. Eine berauschende Woge der Euphorie durchströmte mich, und ich musste meinen Mund von Gabes reißen, um nicht zu ersticken.

»Schling deine Beine um mich.«

Ich hörte die Worte, doch ich glaubte nicht, mich bewegen zu können. Meine Muskeln waren wie erstarrt, so fest hatte ich meine Knie an seine Taille gepresst.

»Sofort, Schatz.«

Als ich mich immer noch nicht rührte, umfasste Gabe meine beiden Hände mit einer Hand und packte mit der anderen mein Bein und hob es an. Die Bewegung entspannte mein anderes Bein, und ich schlang meine Schenkel um ihn und verschränkte die Knöchel an seinem Rücken.

Mehr brauchte Gabe nicht, um sich gehen zu lassen. Ich hielt mich an ihm fest und sah ihm direkt in die Augen, während er immer wieder in mich stieß, bis ihm ein tiefes Stöhnen entfuhr.

Der Laut durchfuhr meinen ganzen Körper und hallte in meiner Brust wider. Ich hatte zwar noch nicht allzu viel Erfahrung gesammelt, aber ich war auch keine Jungfrau mehr. Doch noch kein Mann hatte mich je auf diese Weise geliebt. Noch nie hatte ich mich so frei gefühlt. Noch nie hatte mir jemand so ein wunderschönes Geschenk gemacht. Und zu sehen, wie Gabes Augen vor Lust glühten und dann voller Vertrauen strahlten, war ein Geschenk.

Und er gab mir sogar noch mehr, als er am ganzen Körper

erzitterte, den Atem ausstieß und gleichzeitig meinen Namen flüsterte.

Ich liebte es, wenn er mich »Schatz« nannte, und genoss es sogar noch mehr, wenn er dabei in mir war. Aber in diesem Moment wurde mir klar, dass es nichts Schöneres gab, als zu hören, wie er meinen Namen hauchte.

Für einen langen Moment herrschte Stille und ich beobachtete, wie er langsam wieder auf die Erde zurückschwebte. Wir sahen einander immer noch in die Augen und unsere Körper waren immer noch miteinander verbunden, während unsere Herzen im Einklang pochten. Und als er die Lippen zu einem Lächeln verzog, wie ich es noch nie zuvor gesehen hatte, machte er mir noch ein Geschenk.

»Weißt du überhaupt, wie wunderschön du bist?«

Mit diesen Worten ließ Gabe seine Hand von meiner Hüfte über meinen Brustkorb weiter hinaufwandern, bis er sie schließlich an meine Wange legte.

Ich starrte ihn weiterhin an, während er den Blick auf meinen Mund gesenkt hatte.

»Gib mir eine Chance.«

Die Worte waren kaum mehr als ein Flüstern und ich war mir nicht sicher, ob ich sie richtig verstanden hatte.

»Eine Chance?«

»Vergiss alles, was ich gesagt habe, und gib uns eine Chance. Du und ich.«

Mein Herz hörte auf zu schlagen und begann zu tanzen. Bis mein Verstand wieder auf den Boden der Tatsachen zurückkehrte.

»Ich lebe …«

»Darüber machen wir uns später Gedanken.«

Da ich nun schon einmal in der Realität angelangt war, konnte ich das Problem nicht einfach ignorieren. Wenn ich mir später Gedanken darüber machte, würde der Abschied nur noch schmerzhafter werden. Er würde mich vernichten. Außerdem zerbrach ich mir ständig über alles den Kopf.

»Gabe …«, begann ich und verstummte sofort wieder, weil ich nicht wusste, was ich sagen sollte. Ich wusste, was ich sagen *wollte.* Nur zu gern würde ich mein einsames, langweiliges Leben in Kalifornien aufgeben, wenn ich eine Chance auf eine Beziehung mit Gabe hätte.

Ich wusste, was ich wollte, aber mir war auch klar, dass es verrückt war.

Liebe auf den ersten Blick war nur ein Mythos.

Es wäre dumm, für einen Mann, den ich kaum kannte, auf die andere Seite des Landes zu ziehen.

Und doch hatte ich mich auf den ersten Blick in Gabe verliebt.

Ich war kurz davor zuzustimmen. Ich wollte verrückt und mutig sein und mich einfach darauf einlassen.

»Ich weiß, was ich gesagt habe, und ich weiß, warum ich es gesagt habe«, erklärte Gabe. »Aber tief im Inneren wusste ich auch, dass es eine Lüge war. Ich habe dir die Möglichkeit gegeben, dich zurückzuziehen, doch du hast sie nicht genutzt.«

Damit hatte er recht. Ich hatte ihn gebeten, uns mehr Zeit zu geben.

»Ich gebe auf«, murmelte er, woraufhin ich unbewusst meine Schenkel um ihn anspannte.

Um seine Augen bildeten sich Lachfältchen, während er mit dem Daumen träge mein Kinn streichelte.

»Du gibst auf?«, flüsterte ich.

»Ich weiß nicht mal mehr, warum ich dagegen angekämpft habe, aber ich gebe auf. Zwar habe ich eine Schlacht verloren, aber in der nächsten Runde werde ich mich nicht geschlagen geben. Stattdessen werde ich mit aller Kraft dafür kämpfen, dass du bei mir bleibst. Ich werde nicht lockerlassen, bis du keinerlei Zweifel mehr hast, dass du mir gehörst, und bis du darauf vertraust, dass ich dir gehöre.«

*Gabe gehört mir?*

»Ich gehöre dir?«

Gabe schob sein Becken vor und erinnerte mich daran, dass er immer noch in mir war.

»Ist das unbequem?« Ich wollte schon verneinen, aber Gabe wartete nicht auf meine Antwort. »Ich halte immer noch deine Hände über deinem Kopf fest. Du liegst ausgestreckt unter mir und hast deine Beine fest um mich geschlungen. Außerdem habe ich nach wie vor meinen Schwanz in dir vergraben, Baby.«

Damit hatte er recht. Gabe hatte sich weder zurückgezogen noch sich von mir heruntergerollt, nachdem er mit mir geschlafen hatte. Stattdessen hatte er mir sein Herz ausgeschüttet, während wir nach wie vor miteinander verbunden waren. Er hatte meine Hände nicht losgelassen, aber ich hätte nicht behaupten können, dass er sie auf dem Bett festhielt. Ich hätte sie bewegen können, wenn ich gewollt hätte, aber ich hatte es nicht getan. Genauso wenig hatte ich versucht, mich von ihm zu lösen.

Ich war genau da, wo ich sein wollte.

Mir war nicht klar, warum mich das zu der Seinen machte. Doch als Gabe seine Hüfte kreisen ließ und in mich stieß, war es mir egal.

»Gabe«, hauchte ich.

»Mein«, knurrte er.

Ich verlor seine wunderschönen braunen Augen aus dem Blick, als ich die Lider schloss und Gabe seinen Mund auf meinen presste. Danach dachte ich an gar nichts mehr und schwelgte nur noch in dem berauschenden Gefühl seiner Zunge, die mit meiner tanzte. Dann vertiefte Gabe den Kuss und ich verlor mich in den Empfindungen. In diesem Moment wusste ich, dass ich ihm die Wahrheit gesagt hatte – ich würde Gabe Harris alles geben, was er wollte.

# KAPITEL NEUNZEHN

Evette stieß einen halb stöhnenden, halb flehenden Laut aus. Das Geräusch war so sexy, dass mein Schwanz pochte. Noch nie war mein Schwanz nach dem Sex steif geblieben und bereit für die nächste Runde gewesen. Niemals. Außer bei Evette.

Wieder entfuhr ihr dieses sinnliche Miauen, und ich warf alle meine guten Vorsätze über Bord.

Das Verlangen packte mich. Ich hatte sie gerade erst genommen, aber ich verzehrte mich nach mehr. Ich konnte einfach nicht genug von ihr bekommen.

Ich zog den Kopf zurück, drehte mich auf die Seite und rollte mich auf den Rücken, wobei ich Evette mit mir zog, bis sie rittlings auf mir saß. Sie stützte sich mit einer Hand auf meiner Brust ab und blinzelte erstaunt, dann riss sie die Augen auf.

»Das war beeindruckend.«

Nein, beeindruckend war die Art, wie Evettes Muschi meinen Schwanz umschloss und sich weigerte, ihn loszulassen.

»Zieh dein Oberteil aus. Den BH auch.«

Evette zögerte nicht. Sobald sie sich der Kleidungsstücke entledigt hatte, setzte ich mich auf und saugte eine ihrer Brustwarzen in meinen Mund. Ein Streich meiner Zunge genügte, und sie verhärtete sich. Ich widmete mich auch der anderen Knospe und umkreiste sie mit der Spitze meiner Zunge, bevor ich sanft hineinbiss und damit ihren Unterleib zum Zucken brachte.

*Gütiger Gott.*

*Herrlich.*

»Reite mich, Schatz.«

Evette hob sich langsam an und ich biss die Zähne zusammen, als sie sich genauso gemächlich wieder absenkte.

»Reite mich, Evette.«

Sie neigte den Kopf nach vorn und schenkte mir ein verschmitztes Grinsen, bevor sie den Kopf schüttelte.

»Doch, Schatz. Schneller.«

»Oh nein, Baby, du bist dran.« Sie löste meine Hände von ihrer Hüfte, verschränkte unsere Finger miteinander und hielt sie zwischen uns in die Höhe. »Sieh einfach zu.«

*Verflucht.*

Evette hob sich wieder an, bis nur noch die Spitze meines Schwanzes in ihr war. »Du willst mich berühren, nicht wahr?«, fragte sie.

Ich versteifte mich und spannte sämtliche Muskeln im Körper an, während mir das Blut heiß durch die Adern strömte.

»Evette«, warnte ich sie.

»Du willst die Kontrolle übernehmen.«

»Evette.«

»Aber du wirst es nicht tun. Stattdessen wirst du jetzt zuschauen. Fühlen. Und loslassen.«

Mit Wucht senkte sie sich auf mir ab.

»Oh ja«, stöhnte sie. »Sieh zu, wie ich dich nehme, Gabe. Vertrau darauf, dass ich *dir* alles geben werde, was du brauchst.«

In mir tobte ein Krieg. Einerseits war ich gefangen in dem Gefühl ihres heißen Unterleibs, der meinen Schwanz umschloss, und andererseits übermannte mich das Bedürfnis, die Kontrolle zu übernehmen. Aber wenn ich mit Evette zusammen war, verlor ich den Kampf.

»Nimm es dir«, presste ich hervor und ignorierte die widersprüchlichen Gedanken, die mir durch den Kopf schossen. Natürlich hätte ich sie überwältigen können. Ich hätte meine Hände befreien, ihre Hüften packen und immer wieder in sie stoßen können, bis ihre Augen glasig wurden und sie vergessen hatte, was sie von mir verlangte.

Aber ich tat es nicht.

Und als sie mit einem sanften Blick auf mich herabsah, wusste ich bis ins Mark, dass ich ihr alles geben würde, was sie wollte. Und ich würde nehmen, was auch immer sie mir zuteilwerden ließ.

»Du musst dich bewegen, Schatz.«

»Du … du willst mir wirklich das Zepter in die Hand geben?«

Ihre atemlose Stimme traf mich mitten ins Herz. Hätte ich zu diesem Zeitpunkt noch irgendwelche Zweifel gehabt, hätte allein der staunende Unterton in ihrer Stimme mich einlenken lassen.

»Ich gebe dir alles, was du brauchst. Wenn du willst, dass ich nur hier liege und zusehe, dann werde ich dich dabei beobachten, wie du mich nimmst, Schatz. Aber ich kann mein Bedürfnis nach Kontrolle nur unterdrücken, wenn du mich fickst. Also beweg dich.«

Evette zögerte nicht.

Sie ritt meinen Schwanz hart und schnell. Jedes Mal wenn sie ihre Hüfte kreisen ließ und sich auf mich absenkte, quälte sie mich auf wunderbare Art und Weise. Jedes Stöhnen, jedes Wimmern und jedes Keuchen war eine süße Folter. Es juckte mir in den Fingern, sie zu berühren, zu streicheln und zu führen.

Verdammt, sinnliche Qual und pure Lust vermengten sich miteinander.

»Gabe«, hauchte Evette.

»Härter.«

Evette ritt mich noch heftiger, wobei ihre Brüste auf und ab wippten. Ich biss die Zähne zusammen. Der Anblick ihrer halb geschlossenen Lider, ihrer leicht geöffneten Lippen und das Gefühl ihrer engen, feuchten Muschi, die meinen Schwanz umklammerte, trieb mich immer weiter an den Rand der Ekstase.

»Ich brauche …«

Atemlos.

Wunderschön.

»Was brauchst du, Schatz?«

»Mehr.«

*Verdammt, ja.*

»Beug dich nach vorn und stütze deine Hände am Kopfteil ab.«

Evette gehorchte ohne Umschweife. Ich hob den Kopf an, umschloss ihre Brustwarze mit meinem Mund und saugte daran, wobei ich sie leicht mit den Zähnen reizte. Ihr Unterleib zuckte. Ja, da war es. Ich zog den Kopf zurück, liebkoste ihre andere Brust und bäumte die Hüfte auf, um ihr entgegenzukommen.

»Mehr?«

»Ja«, zischte sie.

Sie ließ den Kopf nach vorn fallen und umhüllte mein Gesicht mit ihrem seidigen Haar. Ich war ganz und gar von Evette umgeben. Eingeschlossen. In ihr versunken.

»Komm für mich, Schatz, oder ich übernehme die Führung.«

»Ich komme … gleich«, stöhnte sie.

Das war nicht gut genug. Sie war kurz davor, den Gipfel der Lust zu erklimmen, doch ich war ihr einen Schritt voraus.

Im nächsten Moment kam ein leises, gieriges Stöhnen aus ihrer Kehle. Sie warf den Kopf in den Nacken und strich sich die Haare zurück, dann spannte sie die Muskeln ihres Unterleibs an und umklammerte meinen Schwanz so fest, dass sie mich mit sich über den Abgrund der Ekstase stieß.

Ich konnte mich nicht mehr halten. Ich packte ihren Hintern und bohrte meine Fingerspitzen in ihren Po. Noch einmal stieß ich tief in sie hinein und wusste, dass ich die richtige Stelle getroffen hatte, als sie heftig aufstöhnte.

»So gut. So, *so* gut, Baby.«

Das letzte Wort beendete sie mit einem leisen Wimmern, das mich mitten ins Herz traf. Es war unglaublich, diese zarte, atemlose Stimme zu hören, die mich »Baby« nannte. Es war fast so gut wie das, was sie mit meinem Schwanz anstellte.

Ich wollte für immer an diesem Gefühl festhalten. Ich wollte *sie* nicht loslassen und war bereit, für sie zu kämpfen.

Es gab kein Zurück. Keinerlei Zweifel. Evette London gehörte mir und ich würde sie behalten.

Ich ließ meine Hände über ihren prallen Hintern und über die warme Haut an ihrem Rücken gleiten. Ihr Haar kitzelte meine Fingerspitzen, als ich sie an meine Brust zog.

Sie schmiegte ihr Gesicht an meinen Hals und leckte genüsslich summend über meine Kehle. »Du schmeckst gut.«

Ich sagte ihr nicht, dass sie besser schmeckte.

Stattdessen erkundete ich mit den Händen ihren Körper, ohne meine Gefühle zu hinterfragen. Ich wollte nicht mehr wissen, wie sie es schaffte, all diese Empfindungen in mir hervorzurufen, sondern genoss sie einfach. Nein, ich genoss sie nicht nur, ich ließ mich davon umhüllen, bis ich ganz und gar in Evette versunken war.

»Danke.«

Bevor ich ihre Dankbarkeit und das fast schmerzhafte Pochen in meiner linken Brust verarbeiten konnte, ging Evette mir so tief unter die Haut, dass sie für den Rest meines Lebens einen Platz in meinem Inneren haben würde. Dessen war ich mir sicher.

»Ich glaube, ich habe mich in dich verliebt.« Evettes Worte waren kaum mehr als ein Flüstern, doch meine Reaktion war weniger zurückhaltend. Ich versteifte mich und atmete schwer. »Ich weiß, es klingt verrückt und ist eigentlich viel zu früh. Aber ich weiß auch, was ich fühle. Ich habe Angst. So große Angst, mich noch mehr in dich zu verlieben und dich dann verlassen zu müssen. Trotzdem will ich es riskieren, auch wenn es bedeutet, dass ich am Ende mit gebrochenem Herzen dastehe.«

Verdammte Scheiße.

*Ich glaube, ich habe mich in dich verliebt.*

Ich ließ diese Worte tief in mich eindringen und konzentrierte mich dann auf Evettes Atem, der sich langsam beruhigte. Im Gegensatz zu ihr fiel es mir schwer zu atmen und meine Lunge brannte. Ich spürte ihr Gewicht auf mir, doch sie war keine Last.

*Aber ich will es riskieren, auch wenn es bedeutet, dass ich am Ende mit gebrochenem Herzen dastehe.*

Sie würde mich auf keinen Fall verlassen, aber diese Unterhaltung würde ich mir für ein anderes Mal aufheben. In diesem Moment war nur wichtig, dass sie zugestimmt hatte, das Risiko einzugehen und uns eine Chance zu geben. Mehr brauchte ich nicht. Der Rest würde sich von selbst ergeben. Dafür würde ich sorgen. Den Gedanken verdrängte ich jedoch erst einmal, denn es war an der Zeit, ihr mehr zu geben. Aber zuvor mussten wir noch etwas Wichtiges besprechen.

»Ich habe gerade ohne Kondom mit dir geschlafen, Schatz. Bereits zum zweiten Mal.«

Evette spannte sämtliche Muskeln im Körper an schnappte hörbar nach Luft.

Ich drückte sie und fuhr fort: »Ich hatte noch nie ungeschützten Sex. Ich gehe regelmäßig zum Arzt und hatte noch nie einen positiven Befund. Damit will ich sagen, dass ich gesund bin. Nimmst du die Pille?«

Evette hob den Kopf von meiner Schulter. Zu meinem Leidwesen löste sie dabei ihren Mund von meinem Hals, sodass ich ihre Lippen nicht mehr auf meiner Haut spürte. Und ich konnte den wunderbaren Duft ihres Haares nicht mehr riechen. Aber etwas Positives hatte es natürlich, dass sie sich aufsetzte, denn so konnte ich sie betrachten, während ich meinen halbsteifen Schwanz noch immer in ihr vergraben hatte. Sie war atemberaubend, ihr hübsches Gesicht wirkte entspannt, während sie mit ihren wunderschönen Augen auf mich herabstarrte.

»Noch nie?«, flüsterte sie.

Ich nahm an, dass sie davon sprach, dass ich noch nie mit einer Frau geschlafen hatte, ohne ein Kondom zu benutzen. »Noch nie«, bestätigte ich.

»Ich auch nicht«, erwiderte sie. »Und ich nehme die Pille.«

Ich wartete darauf, dass Erleichterung mich durchflutete, doch nichts geschah. Genauso wenig hatte ich mit angehaltenem Atem auf ihre Antwort gewartet. Tatsächlich fürchtete ich mich nicht davor, sie vielleicht geschwängert zu haben. Ich war zwar nicht enttäuscht, dass sie die Pille nahm, aber ich war diesbezüglich auch nicht besorgt.

Darüber wollte ich ebenfalls nicht nachdenken.

»Du solltest ins Bad gehen, um dich zu säubern, Schatz. Wir müssen uns unterhalten, und danach werde ich dich noch einmal vernaschen.«

»Noch einmal?«, hauchte sie mit großen Augen.

Verdammt, sie war so niedlich.

»Ja, noch einmal, doch ich brauche noch ein paar Minuten. Aber wir haben ohnehin etwas zu besprechen.«

Evette stieß ihren Zeigefinger in meine Brust und verengte argwöhnisch die Augen. »Bist du echt?«

Verflucht, sie war wirklich bezaubernd.

»Ja.«

»Bist du sicher, dass du ein Mann und keine Maschine bist?«, fragte sie voller Staunen.

Oh ja, sie war verdammt süß.

»Geh dich waschen, Schatz. Ich mag es nicht, mich selbst zu schmecken, und ich will dich vernaschen, bevor ich dich ficke.«

Evette verlor den sanften Schleier in ihren Augen, aber er wurde durch offene Begierde ersetzt. Ich brauchte keine paar Minuten, bis mein Schwanz bereit für Runde drei war, obwohl es Dinge gab, die ich ihr sagen musste.

»Meinst du das ernst?«, stöhnte sie und ließ ihre Hüfte kreisen.

Sie wurde feucht. Als ich die Nässe zwischen ihren Schenkeln spürte, zuckte mein Schwanz von Neuem. Das Wissen, dass ich sie ungeschützt genommen hatte und der Saft meiner Erregung sich nun mit ihrem Honig vermischte, entfachte in mir von Neuem den Wunsch, meinen Besitzanspruch geltend zu machen. Dabei war es mir scheißegal, dass mich das wahrscheinlich zu einem Neandertaler machte.

»Ignoriere das Gefühl und steig von mir runter.«

Nach anfänglichem Zögern gehorchte sie und stand auf. Bevor sie ging, warf sie mir noch einen Blick über die Schulter zu und musterte mich anerkennend, dann stolzierte sie ins

Badezimmer, wobei sie aufreizend mit ihrem knackigen Hintern wackelte.

Es kostete mich mehr Mühe, als ich zugeben wollte, sie nicht sofort zurück ins Bett zu ziehen und meinen steifen Schwanz in ihr zu vergraben. Ich konnte nicht behaupten, dass ich noch nie drei Runden in einer Nacht geschafft hatte, aber ich musste immer wieder eine Pause einlegen. Aber nicht mit Evette. Ein Kuss, ein Blick, eine Bewegung ihrer Hüfte genügten, und ich war mehr als bereit. In Zukunft würden wir noch herausfinden können, wie oft und wie schnell sie mich in einer Nacht erregen konnte. Aber das würde noch warten müssen.

Evette hatte gesagt, dass sie mir eine Chance geben würde, und ich wusste, dass sie es ernst meinte. Dafür würde ich mich bei ihr revanchieren, indem ich mehr von mir preisgab, damit sie mich kennenlernen konnte. Ein derartiges Gespräch hatte ich noch nie mit jemandem geführt und ich war mir nicht ganz sicher, wie ich es angehen sollte. Aber ich wusste, dass ich ihr alles erzählen würde.

Viel zu schnell kam Evette zurück ins Schlafzimmer. Mein Schaft war noch nicht ganz erschlafft und der Anblick ihres nackten Körpers war nicht gerade hilfreich. Ich betrachtete ihre hochgewachsene Gestalt, ihre prallen Brüste und den Schwung ihrer Hüfte, und schon pochte mein Schwanz von Neuem.

Nicht gut.

Wir mussten reden.

Vielmehr musste ich reden, während sie zuhörte.

Evette blieb neben dem Bett stehen und verzog die Lippen zu einem Lächeln, als ihr Blick auf meine Lenden fiel.

»Du hast gesagt, wir müssen reden«, murmelte sie, während sie weiterhin meinen Schwanz musterte.

»Ja.«

»Du solltest das Ding vielleicht wegpacken, wenn du willst, dass ich dir zuhöre und an der Unterhaltung teilhabe.«

»Ich bin mir nicht sicher, ob *er* es schätzt, als *Ding* bezeichnet zu werden.«

Sie begegnete meinem Blick und meine Brust begann zu

brennen. Es war, als hätte der Sauerstoff in meiner Lunge Feuer gefangen.

In diesem Moment wirkte sie weder niedlich noch verspielt noch freudig oder offenherzig. Glücklich traf es auch nicht.

Sie wirkte verzückt – von mir.

Aber mehr noch, sie lächelte mich an, als sei ich der *Ihre*.

Als hätte *sie* Anspruch auf mich erhoben.

Als wüsste sie, dass ich ihr gehörte.

Und ich liebte es.

# KAPITEL ZWANZIG

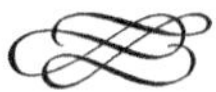

Als ich Gabe gesagt hatte, er solle seinen Schwanz wegpacken, hatte ich nicht gescherzt. Andernfalls würde ich mich nicht auf die Unterhaltung konzentrieren können, die er mit mir führen wollte. Ich hatte nichts gegen eine weitere Runde einzuwenden, denn ich wollte meine Theorie auf die Probe stellen, dass sich unter all diesen Muskeln keine Knochen, sondern Metallstangen und Schrauben verbargen. Kein Mann konnte zweimal hintereinander mit einer Frau schlafen und danach immer noch bereit sein, ohne einmal zu erschlaffen.

Es war unmöglich.

Verrückt.

Unvorstellbar.

Und doch sah ich den stahlharten Beweis direkt vor mir.

Gerade erst hatte ich mich gesäubert, und schon spürte ich, wie ich wieder feucht wurde.

»Schatz?«

»Hm?«

»Komm ins Bett, damit wir reden können.«

»Wird das ein langes Gespräch?«

»Es würde viel schneller gehen, wenn du dich mit deinem süßen Arsch neben mich legen würdest.«

*Mir wäre es lieber, du würdest meinen »süßen Arsch« wieder über die Bettkante beugen.* Doch das behielt ich für mich. Nicht nur, weil ich dann wie eine notgeile Schlampe geklungen hätte, sondern weil Gabe ernsthaft mit mir reden wollte. Er hatte etwas auf dem Herzen, und um mich zu konzentrieren, musste ich den Gedanken an Sex beiseiteschieben. Das Problem war, dass ich nicht über ihn klettern wollte. Ich schämte mich, es zuzugeben, aber mir war in den Sinn gekommen, dass ich mich *versehentlich* auf seinen Schwanz fallen lassen könnte.

Aber ich hatte ohnehin keine Gelegenheit mehr, mich zu fragen, wie ich ins Bett gelangen sollte, denn im nächsten Moment setzte Gabe sich auf, packte meine Hüfte, hob mich hoch und auf die andere Seite des Bettes.

»Verdammt, bist du stark«, murmelte ich.

Gabe antwortete nicht, sondern rollte mich auf die Seite und zog mich an sich. Ich schmiegte meinen Kopf an seine Brust und er legte meinen Arm über seinen Bauch.

»Zuerst will ich darauf eingehen, was du vorhin gesagt hast. Du sollst wissen, dass ich genauso empfinde.«

Ich hatte vorhin eine Menge gesagt, daher war ich mir nicht sicher, worauf Gabe sich bezog. Bevor ich ihn jedoch fragen konnte, fuhr er fort: »Wahrscheinlich weißt du bereits, dass ich auf dem besten Weg bin, mich in dich zu verlieben. Aber nur für den Fall, dass ich mich nicht klar ausgedrückt habe, will ich dir meine Gefühle gestehen. Ich würde dich niemals bitten, uns eine Chance zu geben und mit mir herauszufinden, wohin diese Beziehung führen kann, wenn ich mir nicht schon sicher wäre. Ich habe dagegen angekämpft, Evette. Ich habe versucht, das Richtige zu tun und mich von dir fernzuhalten. Als das nicht mehr möglich war, habe ich versucht, meine Gefühle für dich zu verdrängen. Immer wieder habe ich mir die Gründe vor Augen geführt, warum wir nicht zusammen sein können. Doch ich kann mich nicht mehr dagegen wehren. Aber nicht, weil Zane und Cooper mir die Hölle heißgemacht haben, sondern weil ich tief in meinem Inneren weiß, dass es der größte Fehler meines Lebens wäre, dich gehen zu lassen. Ich würde es bis zu meinem Tod bereuen. Ich habe keine Erklärung für das, was ich empfinde, und kann es nicht vernünftig begründen. Aber es ist, wie es ist. Ich fühle, was ich fühle, und ich werde mir keine

Gedanken darüber machen, wie ich mich mit einem einzigen Blick in dich verlieben konnte. Ich will nur, dass du weißt, dass ich es getan habe und dass es mir verdammt viel bedeutet, dass du mir eine Chance gibst.«

Das waren so viele Informationen auf einmal, die mich alle mit Glück erfüllten. Doch ich verstand nicht ganz, warum er glaubte, es sei das Richtige, sich von mir fernzuhalten.

»Was meinst du damit, dass du das Richtige tun wolltest, indem du dich von mir fernhältst?«

Gabe schwieg eine ganze Weile. Er hatte seinen Arm um mich angespannt und aufgehört, mich zu streicheln. Er rührte sich nicht. Auch das konnte ich nicht verstehen.

»Du verstehst, dass ich im Begriff bin, mich in dich zu verlieben, richtig?«, fragte er flüsternd.

Ich schloss die Augen und ließ die Worte auf mich wirken. Sie drangen tief in mein Herz ein und schlugen dort Wurzeln.

»Ja«, flüsterte ich.

»Und von Zane hast du gehört, dass ich Probleme mit Geld habe. Aber du weißt nicht, wie tief meine Probleme gehen, Schatz.«

»Oooo…kaaay … Warum erklärst du es mir nicht?«

»Ich war jahrelang obdachlos, und so etwas vergisst man nie. Damals war ich jung und machtlos und musste mit ansehen, wie meine Mutter sich abmühte. Sie tat, was sie konnte, doch es hat trotzdem nicht gereicht. Dabei hat sie weder getrunken noch Drogen genommen oder ihr Geld verspielt und hat immer hart gearbeitet. Also habe ich früh gelernt, wie ungerecht das Leben ist. Du kannst schuften bis zum Umfallen und ein guter Mensch sein, und trotzdem kann dir das Schicksal einen Strich durch die Rechnung machen. Nach dem Tod meines Vater kam meine Mutter einfach nicht zurecht und alles ging den Bach runter.

Ich habe in der Schule in keinem Sportteam gespielt, ich war nie auf einem Abschlussball oder in einem Nachmittagsklub. Und meinen Abschluss habe ich gerade so geschafft. Aber nicht, weil ich kein Interesse hatte oder dumm war, sondern weil ich ständig erschöpft war, im Unterricht eingeschlafen bin und keine Zeit für Hausaufgaben hatte. Ich wäre durchgefallen, wenn ich nicht jeden Test in jedem Fach bestanden hätte. Mit dreizehn habe ich einen Job in einer Pizzeria angenommen. Ich habe schwarz gearbeitet, in der Küche Käse gerieben und nach Ladenschluss den Laden geputzt. Da ich minderjährig war und keine Arbeitserlaubnis hatte, war die Bezahlung miserabel. Die Besitzer zahlten mir weniger als den Mindestlohn, aber immerhin hatte ich jeden Tag etwas zu essen.«

Gabe hielt inne. Tausende von Fragen schwirrten mir durch den Kopf, aber vor allem wollte ich mehr über seine Mutter erfahren. Als er mir erzählt hatte, dass sie nicht zurechtgekommen war, hatte seine Stimme rau geklungen, doch als er davon gesprochen hatte, wie hart seine Mutter gearbeitet hatte, war sein Tonfall zärtlich gewesen. Er war wütend, aber nicht auf sie. Obwohl er enttäuscht war, zeigte er Verständnis. Die Tatsache, dass er sich in seiner Jugend machtlos gefühlt hatte, erklärte vieles. Im Schlafzimmer übte er eine gewisse Kontrolle aus. Er fesselte mich zwar nicht ans Bett, um mich auszupeitschen, aber er verlangte von mir, dass ich mich von ihm führen ließ. Glücklicherweise hatte ich dagegen keinerlei Einwände, da ich mich ihm gern unterordnete. Ich verstand sein Bedürfnis, Dominanz auszuüben, denn auf diese Weise verschaffte er sich ein Gefühl, das er in seiner Kindheit nie hatte. Mir war auch bewusst, dass er mir wahrscheinlich drei Mahlzeiten am Tag aufzwingen würde, wenn er könnte. Der Gedanke tat mir im Herzen weh. Am liebsten hätte ich ihn in meine Arme gezogen und geweint, doch ich wusste, dass er es hassen würde.

Außerdem verstand ich jetzt vollkommen, warum er mich verstecken und verhindern wollte, dass ich Delilah kontaktiere. Als er sagte, dass es gegen seine Natur ginge, meinte er in Wirklichkeit, dass ich eine Entscheidung getroffen hatte, die ihn machtlos machte. Gabe glaubte, dass es seine Pflicht war, mich zu beschützen, und er nahm diese Aufgabe sehr ernst. Und ich hatte Vertrauen in seine Fähigkeiten. Dennoch lenkte er ein und gab mir, was ich wollte.

*Ich bin im Begriff, mich in dich zu verlieben.*

Gabe war nicht nur dabei, sich zu verlieben. Er war bereits in mich verliebt, genau wie ich in ihn.

»Dann ging ich zur Navy«, fuhr Gabe fort. »Während der Grundausbildung schickte ich meiner Mutter jeden Gehaltsscheck. Ich brauchte das Geld nicht und wollte sicherstellen, dass sie alles Nötige hatte. Während meiner anschließenden Ausbildung an der Marineakademie schickte ich ihr die Hälfte meines Gehalts. Als ich schließlich zur Flotte kam, stand sie wieder auf eigenen Beinen. Ich lebte in der Kaserne und sparte jeden Cent. Ich ging weder mit meinen Freunden aus noch kaufte ich mir irgendetwas. Meine Kameraden machten sich über mich lustig, weil ich nie Geld ausgab, aber ich brachte es einfach nicht über mich. Die Erinnerungen waren einfach zu präsent. Bei jeder Mahlzeit erinnerte ich mich daran, wie es sich angefühlt hatte zu hungern. Eines Tages unterhielt ich mich bei der Arbeit mit einem Unteroffizier. Er erwähnte, dass er einige Investitionen getätigt hatte. Ich bekundete mein Interesse und er vermittelte mir einen Finanzberater. Ich fing klein an. Der einzige Grund, warum der Kerl mir nicht ins Gesicht gelacht und mir gesagt hat, ich solle meine hundert Dollar nehmen und verschwinden, war, weil er Mitleid mit mir hatte. Aber ich war so verzweifelt, dass es mir egal war. Von da an investierte ich mehr. Dann kaufte ich ein heruntergekommenes Haus, das ich mir mit einigen Mitbewohnern teilte und eigenhändig renovierte. Als ich Norfolk verließ, um meine Ausbildung zum Navy SEAL zu beginnen, verkaufte ich es mit einem satten Gewinn. Aber ich legte weiterhin jeden Cent beiseite, lebte sparsam, fuhr eine Schrottkarre und investierte weiter.«

Das klang weniger nach Geldproblemen, sondern eher, als hätte er kluge Entscheidungen getroffen. Offensichtlich fuhr Gabe längste keine Schrottkarre mehr. Sein Haus hatte ich zwar noch nicht gesehen, aber es lag am Flussufer und war auf keinen Fall renovierungsbedürftig.

Um nicht in Tränen auszubrechen, ignorierte ich die Bemerkung über das Hungern. Der Gedanke, dass dieser große, starke, wunderbare Mann einst hungrig zu Bett gegangen war, war für mich kaum zu ertragen. Also schob ich ihn beiseite und konzentrierte mich auf den finanziellen Aspekt.

»Du scheinst deine Finanzen gut verwaltet zu haben«, stellte ich fest.

»Das ist richtig. Als ich meine Ausbildung bei den SEALs begann, hatte ich bereits ein stattliches Anlageportfolio, etwas Geld auf der Bank und eine Altersvorsorge – und das alles mit einem Einstiegsgehalt. Während des Trainings brauchst du kein Geld, weil du keine Zeit hast, es auszugeben. Also habe ich jeden Gehaltsscheck in meine Investitionen gesteckt. Auch nach meinem Abschluss habe ich mein Geld weiterhin auf meine Konten eingezahlt. Danach gönnte ich mir eine kurze Auszeit, doch durch das Training, die Einsätze und die Nachbesprechungen kam ich kaum dazu, mein Geld auszugeben. Ich lebte sparsam, sandte meiner Mutter, was sie brauchte, und rührte den Rest kaum an.«

Ich konnte immer noch nicht erkennen, wo das Problem lag. Im Laufe der Jahre war ich nicht besonders klug mit meinem Geld umgegangen. Ich hatte Studiendarlehen aufgenommen, die ich immer noch abbezahlte. Trotz meiner Schulden ging ich hin und wieder aus. Ich hatte einen Schrank voller Kleider und Schuhe, aber keine Investitionen. Mit meinen Ersparnissen würde ich einige Monate über die Runden kommen, falls ich je meinen Job verlieren sollte. Außerdem zahlte ich in die Rentenkasse ein, aber abgesichert war ich nicht. Eine Weile fuhr ich eine Rostlaube. Als ich nach dem Motorschaden das Geld von der Versicherung bekam, zahlte ich damit meinen alten Honda ab und leistete die Anzahlung für einen neueren Gebrauchtwagen, den ich nun in Raten abstotterte. Ich besaß kein Haus, sondern mietete eine Wohnung. Das lag hauptsächlich daran, dass ich alleinstehend war und mir den Aufwand ersparen wollte, den ein Eigenheim mit sich brachte. Aber ich hatte ohnehin nicht genügend Geld für eine Anzahlung. Ich wünschte, ich wäre so sparsam gewesen wie Gabe, aber ich hatte während des Studiums als Kellnerin gearbeitet und konnte ohnehin nicht viel beiseitelegen. Inzwischen verdiente ich nicht schlecht, aber überragend war das Gehalt auch nicht.

Also verstand ich nicht ganz, worauf Gabe hinauswollte. Ich

spürte jedoch, wie angespannt er war. Er versteifte sich und festigte seinen Griff um meinen Rücken.

»Ich kann immer noch nicht verstehen, wo das Problem liegt«, sagte ich mit sanfter Stimme. »Es hat ganz den Anschein, als hättest du alles richtig gemacht und gut für dich und deine Mutter gesorgt.«

»Das ist wahr«, murmelte er und drückte mich kurz, bevor er fortfuhr: »Zane hat recht damit, dass ich Wert auf materielle Dinge lege. Ich bin mir vollauf bewusst, wie wichtig Geld für mich ist, aber das ist mir egal. Als ich aus der Navy ausschied, hätte ich mich zur Ruhe setzen und ein angenehmes Mittelklasse-Leben führen können. Aber ich wollte kein Mittelklasse-Leben, ich wollte mehr. Dann fing ich an, für Z Corps zu arbeiten, und Zane zahlt mir viermal so viel wie die Navy. Seitdem genieße ich mein Geld. Damit meine ich, dass ich es ausgebe. Ich habe meiner Mutter ein Haus mit drei Zimmern in Bremerton geschenkt und zahle die jährlichen Steuern dafür. Mir selbst habe ich eine Eigentumswohnung gekauft. Sowohl das Haus als auch die Wohnung habe ich bar und vollständig bezahlt. Niemand kann sie uns wegnehmen. Wenn ich etwas will, kaufe ich es. Und wenn ich es mir nicht leisten kann, dann warte ich so lange, bis ich es kann. Die einzige Ausnahme ist mein Haus. Dafür habe ich eine Hypothek aufgenommen.«

»Niemand kann sie dir wegnehmen«, flüsterte ich, als mir langsam dämmerte, worauf er hinauswollte.

»Niemand kann mir etwas wegnehmen. Es gehört mir. Die Eigentumswohnung, die Fahrzeuge, die Geländemotorräder, die Quads, das Boot – all das gehört mir. Ich muss mich weder mit einer Bank noch mit einem Vermieter herumschlagen. Nie wieder muss ich in einem Obdachlosenheim übernachten, meine Lebensmittel bei der Tafel holen, an einer Raststätte duschen oder meine Wäsche im Waschbecken waschen. Ich bin nicht auf Almosen angewiesen, muss nicht betteln oder stehlen und keine gebrauchten Kleider und Schuhe tragen, die nicht passen. Ich habe Geld auf der Bank und kann mir kaufen, was ich will, wann ich es will. Die Erinnerung ist jedoch nicht verblasst. Ich fühle mich immer noch schmutzig. Dabei spielt es keine Rolle, dass ich jetzt in einem Haus dusche, von dem ich nie zu träumen gewagt hätte, und zwar in einem Badezimmer, das größer ist als das Schlafzimmer der meisten Leute. Der Dreck und der Schmutz lassen sich nicht abwaschen. Wenn ich das Gefühl habe, dass die Vergangenheit mich niederdrückt, dann kaufe ich mir etwas, um mich daran zu erinnern, dass ich nicht in einem Fahrzeug lebe, keine abgelegten Klamotten trage und nicht rieche, als hätte ich eine Woche lang nicht geduscht. Ich will damit sagen: Abgesehen von dem Haus habe ich keine Schulden und verdiene bei Z Corps genügend Geld, um mein Vermögen zu vermehren. Wenn ich jedoch spüre, dass der Druck zu groß wird, muss ich etwas tun, um ihn abzubauen. Dann kann ich niemanden gebrauchen, der mir davon abrät, mich einer Therapie unterziehen will oder mir erzählt, wie verrückt ich bin. Ich bin mir dessen bewusst, aber es ist mir egal.«

Ich konnte nur noch an seine Bemerkung denken, wie schmutzig er sich gefühlt hatte. Es war, als hätte Gabe mir mit diesen Worten eine Klinge in die Brust gerammt. Danach hatte ich den Rest so gut wie ausgeblendet. Zumindest zerbrach ich mir nicht mehr den Kopf darüber, warum er glaubte, es sei ein Problem, sein Geld auszugeben, das er verdient und gespart hatte. Denn es war keins. Er hatte sich nicht überschuldet und seine Finanzen waren gesichert. Also war das Problem nicht das Geld, sondern der Grund, warum er es ausgab.

Sein Problem war nicht die Erinnerung an das Leben auf der Straße oder an die Zeiten, in denen er hatte hungern müssen, sondern die Tatsache, dass er sich schmutzig fühlte. Ich hätte wetten können, dass er als Kind oft gehänselt worden war. Wahrscheinlich hatten seine Schulkameraden ihn aufgezogen, weil er abgelegte Kleidung getragen hatte. Und vermutlich hatten sie sich über den Geruch lustig gemacht, den er verströmt hatte.

Der Gedanke versetzte mir nicht nur einen Stich in die Brust, sondern schnitt tief in meine Seele.

Und ich wusste nicht, was ich tun sollte. Natürlich würde ich ihn nicht direkt darauf ansprechen, aber ich würde mein

Bestes tun, um eine Möglichkeit zu finden, seinen Schmerz zu lindern.

»Gabe, es ist dein Geld, du kannst damit tun und lassen, was du willst. Es geht niemanden etwas an.«

Ich spürte, wie seine Hand an meiner Hüfte zuckte, bevor er seine Fingerspitzen in mein Fleisch grub. Es schmerzte ein wenig, aber ich bewegte mich nicht. Stattdessen ließ ich ihn gewähren.

Es war traurig, dass Gabe materielle Dinge brauchte, um sich besser zu fühlen, statt sich an seine Mutter oder die Menschen zu wenden, die ihm nahestanden und die ihn offensichtlich sehr liebten. Aber es stand mir nicht zu, darüber zu urteilen, wie er seinen Schmerz verarbeitete. Schließlich schadete er niemandem. Wie seine Mutter trank er nicht, nahm keine Drogen und verspielte sein Geld nicht.

»Du musst noch etwas wissen.« Als ich den ominösen Unterton in seiner Stimme hörte, wappnete ich mich. »Ich hatte noch nie eine Beziehung. Die Frauen gingen in meinem Leben ein und aus, aber ich habe mich weder an eine von ihnen gebunden, noch habe ich einer von ihnen die Treue geschworen. Ich habe noch nie über die Ehe oder eine eigene Familie nachgedacht und war mir sicher, dass ich nichts davon wollte. In meinen Augen war das zu viel Verantwortung und brachte zu viele Verpflichtungen mit sich.«

Darauf war ich nicht gefasst gewesen. Seine Worte trafen mich wie ein Schlag in die Magengrube und schmerzten heftiger, als ich es für möglich gehalten hätte. Ich wünschte mir eine feste Beziehung und wollte eines Tages eine Familie gründen. Ich wollte eine liebevolle Ehe mit einem Mann, mit dem ich alt werden konnte. Und ich wollte unbedingt Kinder.

Ich war so schockiert, dass ich keinen Ton herausbrachte.

Sein Geständnis ließ sich nicht mit seinen früheren Worten vereinbaren. Er hatte mich gebeten, uns eine Chance zu geben. Und als wir über Verhütung gesprochen hatten, hatte er nicht die Nerven verloren. Obwohl wir kein Kondom benutzt hatten, schien er sich um eine mögliche Schwangerschaft keine Sorgen zu machen.

»Deshalb weiß ich es.«

»Was weißt du?«

»Dass ich den größten Fehler meines Lebens begehen würde, wenn ich dich nicht davon überzeugen würde, hier bei mir zu bleiben. Ich würde es für immer bedauern. Wenn ich dir erzähle, dass ich nie eine Beziehung wollte, dann meine ich damit, dass ich alles in meiner Macht Stehende getan habe, um eine Bindung zu vermeiden. Ich habe darauf geachtet, dass keine Frau den falschen Eindruck von mir bekommt. Ich weiß, das klingt schrecklich, aber der Gedanke, die Verantwortung für eine Familie übernehmen zu müssen, hat mir eine Heidenangst eingejagt.

Seit unserer Begegnung – genauer gesagt, seit ich dich zum ersten Mal gesehen habe – ist es genau umgekehrt. Jedes Mal wenn ich daran denke, dass du nach Kalifornien zurückkehren wirst, bekomme ich es mit der Angst zu tun. Dann dreht sich mir der Magen um und ich verfalle in eine düstere Stimmung. Deshalb habe ich aufgehört, mich dagegen zu wehren und mir den Kopf darüber zu zerbrechen, wie das überhaupt möglich ist. Ich bin bereit, alles zu tun, um dich davon zu überzeugen, dein Leben in Riverton aufzugeben und hierherzuziehen. Bevor ich dich kennengelernt habe, war ich verdammt einsam und ich hatte mich damit abgefunden. Aber jetzt weiß ich, wie es sich anfühlt, dich in meiner Nähe zu haben, und ich weiß, dass ich ohne dich nicht leben kann.«

Ich atmete nur noch stoßweise, doch mein Keuchen hatte nichts damit zu tun, dass ich mit Gabe nackt im Bett lag. Obwohl ich eine Hand über seiner Brust drapiert und meinen Schenkel um sein Bein geschlungen hatte, waren meine Gedanken nicht mit sinnlichen Fantasien erfüllt.

*Ich bin im Begriff, mich in dich zu verlieben.*

*Ich würde es für immer bedauern.*

*Ich habe Angst.*

*Du weckst in mir den Wunsch, dich festzuhalten, damit niemand mich je wieder von dir trennen kann.*

Auch das hatte er mir gesagt, und er hatte es mich fühlen lassen. Er hatte seinen Arm um meine Schultern gelegt und mich fest an sich gedrückt. Noch nie hatte ich mich so begehrt gefühlt.

Immer hatte ich mich nur um mich selbst gekümmert. Ich hatte an dem College meiner Wahl studiert und dafür meinen damaligen Freund verlassen, mit dem ich in der Schule zusammen war. Nach meinem Abschluss zog ich zurück nach Hause und beendete im Zuge dessen meine Beziehung zu meinem damaligen Freund. Aber wir hatten uns ohnehin in verschiedene Richtungen entwickelt und ich wäre ihm auf keinen Fall nach New York gefolgt. Als ich dann von Wisconsin nach Kalifornien übersiedelte, ließ ich ebenfalls einen Mann zurück, mit dem ich allerdings nicht fest zusammen gewesen war.

Dreimal hatte ich mich für mich selbst entschieden, ohne dabei mit der Wimper zu zucken. Ich bereute meine Entscheidungen nicht. Aber genau wie Gabe würde ich es bedauern, wenn ich uns beiden keine Chance gab. Meinen Job konnte ich überall machen. Ich hatte zwei Freundinnen in Kalifornien, die mir sehr am Herzen lagen, aber unsere Freundschaft würde auch aus der Ferne bestehen bleiben. Außerdem lebte Anaya in Maryland. Ich könnte näher bei ihr und Baby Maxine sein.

»Ich ziehe hierher.«

Kaum waren mir die Worte über die Lippen gekommen, lag ich auch schon auf dem Rücken.

»Ich schwöre dir, ich werde dich nicht enttäuschen.«

Ich antwortete nicht. Nicht weil ich nichts zu sagen hatte, sondern weil Gabe mich leidenschaftlich küsste.

Nachdem er meinen Mund quasi verwüstet hatte, machte er sein Versprechen wahr und verschlang mich gierig, bis ich ihn anflehte aufzuhören. Dann bewies er, dass er tatsächlich eine Maschine war, indem er mich ein drittes und viertes Mal liebte. Als Gabe fertig war, dachte ich weder an meinen bevorstehenden Umzug noch an die lebensverändernde Entscheidung, die ich spontan getroffen hatte.

Ich war zu erschöpft.

Entspannt und überglücklich schlief ich ein.

# KAPITEL EINUNDZWANZIG

Das Klingeln meines Handy riss mich aus dem Schlaf. Ich warf einen Blick auf Evette, die ihren nackten Körper an mich geschmiegt hatte, und dachte, wie schön es war, neben ihr aufzuwachen. Mein nächster Gedanke galt dem Anrufer, der es wagte, uns so früh zu stören. Ich würde ihn umbringen.

»Was zum Teufel?«, murmelte Evette verschlafen.

*Oh ja, es ist wunderbar, auf diese Weise aufzuwachen.*

»Schlaf weiter, Schatz.«

Ich zog meinen Arm unter ihr hervor, griff nach meinem Handy und setzte mich auf die Bettkante.

Herrgott, es war noch nicht einmal sechs Uhr.

»Schläfst du eigentlich nie?«, fragte ich mürrisch, als ich den Anruf entgegennahm.

»Delilah hat Kontakt aufgenommen«, kam Garrett direkt zur Sache.

Sofort war ich hellwach. »Was hat sie gesagt?«

»Irgendwas muss sie zu Tode erschreckt haben. Sie hat Zanes Angebot angenommen.«

»Oder sie will uns eine Falle stellen«, gab ich zu bedenken.

»In einer Stunde wissen wir mehr. Tex ist bereit für eine kurze Besprechung.«

»Im Ernst, schläft von euch überhaupt irgendjemand?«

»Willst du weiter meckern oder deine Frau wecken und deinen Arsch ins Büro bewegen?«

Die Entscheidung fiel mir nicht leicht. Ich warf einen Blick über die Schulter und betrachtete Evette, deren Arm auf dem Kissen lag, auf dem eben noch mein Kopf gelegen hatte. Am liebsten hätte ich Garrett gesagt, dass wir nicht zu der Besprechung erscheinen würden. Und als ich ihre nackte Schulter und ihre teilweise entblößte Brust betrachtete, hätte ich mir gern für den Rest des Tages freigenommen.

Aber da das nicht möglich war, riss ich den Blick von Evette los und antwortete: »Bis gleich.«

Ich beendete das Gespräch und warf mein Handy zurück auf den Nachttisch, als ein lautes Klopfen an der Schlafzimmertür ertönte.

»Warum?«, stöhnte Evette verschlafen und vergrub ihr Gesicht im Kissen.

»Hey! Hast du auch einen Anruf erhalten?«, rief Cooper durch die Tür.

»Bitte sag ihm, er soll weggehen«, beschwerte Evette sich und drehte sich auf den Bauch.

»Ich komme gleich«, rief ich Coop zu und streckte mich neben Evette aus.

Ich wusste, dass sie sofort aus dem Bett springen würde, wenn ich ihr erzählte, dass Delilah sich gemeldet hatte. Also behielt ich diese Information vorerst für mich und beschloss, sie auf andere Weise zu wecken.

»Gabe«, hauchte sie, als ich meine Lippen an ihre Schulter presste.

»Zeit aufzustehen.«

»Es ist noch zu früh.«

Es war nie zu früh, meiner Frau einen Orgasmus zu bescheren. Das bewies ich ihr, indem ich eine Hand an ihrem Rücken hinab und über ihren Hintern gleiten ließ, um schließlich meine Finger durch ihre Spalte gleiten zu lassen.

»Heb dein Knie an, Schatz.«

Sie tat wie geheißen und gewährte mir einen besseren Zugang. Es dauerte nicht lange, bis Evette sich an meiner Hand rieb und ihren Hintern anhob, während sie immer weiter auf den Gipfel der Lust zutrieb. Ich zog meine Finger aus ihrem engen, heißen Unterleib und ließ sie um ihre Klitoris kreisen. Evette vergrub ihr Gesicht noch tiefer im Kissen und stöhnte laut. Kurz darauf zuckte sie mit den Hüften und bebte am ganzen Körper, als sie stöhnend zum Höhepunkt kam.

»Maschine«, murmelte sie und ich grinste.

»Zeit zu duschen«, erwiderte ich mit einem Lachen.

»Ich nehme es zurück. Du bist keine Maschine, sondern der Teufel persönlich.«

Ich zog meine Hand zwischen ihren Beinen hervor und versetzte ihrem prallen Hintern einen Klaps, dann hob ich sie hoch und trug sie ins Badezimmer.

»Satan«, murmelte sie, als ich sie absetzte und den Hahn in der Dusche aufdrehte.

Sobald das Wasser warm war, zog ich sie in die Kabine.

»Fürst der Finsternis«, scherzte sie weiter.

»Baby?«, rief ich.

Sie öffnete die Augen und legte den Kopf in den Nacken, um mich anzusehen. Trotz ihres Protests schenkte sie mir ein Lächeln.

»Ich weiß nicht, worüber du dich beschwerst«, sagte ich.

»Es ist viel zu früh.«

»Ja, das ist wahr. Aber du bist befriedigt und erschöpft eingeschlafen und mit einem Orgasmus aufgewacht. Meiner Meinung nach solltest du mich nicht Satan, sondern König der Muschis nennen.«

»König der Muschis? Redest du von den Großkatzen? Sollte ich mir ein T-Shirt mit einem Tiger zulegen oder hast du schon welche im Schrank hängen?«

»Schön, dass du wach bist.«

»Was …«

Ich brachte sie zum Schweigen, indem ich eine Hand um ihren Nacken schlang und meine Lippen auf ihre presste. Mit der Zunge drang ich in ihren Mund ein und vollführte einen sinnlichen Tanz mit der ihren. Ich nahm mir, was ich wollte, und sie gab sich mir hin. Wunderschön. Sie neigte den Kopf zur

Seite, damit ich den Kuss vertiefen konnte, dann erkundete sie mit den Händen meine Brust, wobei sie mit den Fingernägeln über meine Haut kratzte. Schließlich packte sie mein Haar und gab ein begieriges Wimmern von sich.

Das war genug. Ich zog den Kopf zurück und befahl ihr mit rauer, fordernder Stimme: »Auf die Knie.«

Ich war bereits bretthart, als sie vor mir in die Hocke ging und meine Eichel mit den Lippen umschloss. Mir war klar, dass ich in gerade einmal einer Minute kommen würde. Und als sie mit der Zunge über meinen Schwanz leckte und ihn dann in den Mund saugte, wusste ich, dass es weniger als sechzig Sekunden dauern würde. Ich umfasste ihr Kinn und beobachtete, wie sie meinen Schaft achtmal schluckte. Ja, ich zählte tatsächlich mit. »Ich komme gleich, Schatz«, warnte ich sie.

Sie öffnete die Lider und sah zu mir auf, doch sie ließ nicht von mir ab. Und während ich in ihre wunderschönen, lächelnden Augen blickte und das lodernde Feuer darin sah, ergoss ich mich in ihrem Rachen.

Ich nahm sie nur noch verschwommen wahr, als sie ein Stöhnen um meinen Schwanz ausstieß. Schließlich konnte ich nicht anders, als die Augen zu schließen, als eine unbändige Welle der Ekstase durch mich hindurchrauschte.

Sie zog den Kopf zurück und ließ meinen Schaft aus ihrem Mund gleiten. Ich öffnete die Augen und sah, dass sie sich auf die Fersen gelehnt hatte und mit einem strahlenden Lächeln zu mir aufblickte.

»Du bist wohl ziemlich stolz auf dich, nicht wahr?«, fragte ich.

»Nun, es wäre doch schade, wenn der König der Muschis keine Königin an seiner Seite hätte.«

Ich schob meine Hände unter ihre Achseln und hob sie hoch, um mein Gesicht an ihren Hals zu pressen und schallend zu lachen. Als mein Lachen schließlich verebbte, ging ich vor meiner Königin auf die Knie, um sie zu verehren.

Bis wir geduscht, uns abgetrocknet und angezogen hatten, war mehr als eine Minute vergangen. Als ich die Küche betrat, las Cooper mir wegen der Verspätung die Leviten. Zum Glück hatte er sich wieder beruhigt, bevor Evette kam, um zu frühstücken.

* * *

»BABY, BERUHIGE DICH«, FLÜSTERTE ICH IHR ZU.

Schon zum dritten Mal musste ich sie zur Ruhe ermahnen. Das erste Mal war bei unserer Ankunft gewesen, als sie Zane auf der Treppe erblickt hatte. Das zweite Mal hatte sie sich aufgeregt, als er den Konferenzraum betrat. Und noch einmal, als sie ihn mit verengten Augen finster anstarrte.

»Hast du ein Problem, das du mit der Klasse teilen möchtest, Evette?«, fragte mein Chef, ohne von seinem Tablet aufzublicken. Damit bewies er, dass er tatsächlich überall Augen und Ohren hatte und alles wusste, ohne sein Gegenüber direkt ansehen zu müssen.

»Z«, mahnte ich.

»Ich finde, du bist nicht sonderlich nett«, platzte Evette heraus, woraufhin Zane, Linc, Owen, Coop und Garrett leise lachten. »Ich bin mir nicht einmal sicher, ob ich dich überhaupt mag.«

»Ich bin alles andere als nett. Nun, meine Frau sieht das vielleicht anders, zumindest im Bett«, erklärte er im Plauderton.

»Zane«, brummte ich erneut.

»Wie dem auch sei, es ist mir völlig egal, ob du mich magst oder nicht. Meine Frau liebt mich, und nur sie bedeutet mir etwas. Außerdem scheinst *du* unseren Gabe zu mögen, also ist doch alles in bester Ordnung.«

Zanes Gerede war nur heiße Luft. Wir alle bedeuteten ihm etwas, einschließlich Evette. Andernfalls hätte er nicht alles in seiner Macht Stehende getan, um ihre Sicherheit zu gewährleisten, und das obendrein unentgeltlich. Aber ich wollte ihn weder darauf ansprechen, noch wollte ich, dass Evette sich mit ihm anlegte. Wenn Zane gereizt war, wurde er besonders scharfzüngig, und ich war nicht in der Stimmung für eine Extraportion Sarkasmus.

»Können wir bitte zur Sache kommen?«, fragte ich.

»Ich dachte, du wärst zur Sache gekommen, bevor du hier eingetroffen bist. Hält Coop dich etwa von deinem Vergnügen ab? Die Wände im Unterschlupf sind schalldicht, weißt du?«

Schon wieder musste Zane sticheln, dabei war es noch keine fünf Minuten her, seit er sich gesetzt hatte.

»Ignoriere ihn einfach«, riet Linc. »Ivy hat Erics neue Katze nach Hause gebracht, und jetzt ist er sauer, weil sie dem Vieh mehr Aufmerksamkeit schenkt als ihm.«

»Könntet ihr dieses Gefasel bitte unterlassen, solange meine Frau sich im Raum befindet? Macht euch lieber an die Arbeit.«

Zane hob den Kopf, fixierte mich mit einem rechthaberischen Blick und lächelte.

»Sicher, aber zuerst möchte ich festhalten, dass ich nicht eifersüchtig auf eine Katze bin. Aber wenn das kleine Fellknäuel noch einmal meine Couch zerkratzt, fliegt es raus.«

»Verstanden«, brummte ich. »Also, was hat Delilah gesagt?«

Zum Glück hatte Garrett alles vorbereitet, und Delilahs E-Mail erschien kurz darauf auf dem großen Bildschirm.

Die Nachricht war kurz und bündig. Ein Name, eine Telefonnummer und eine Uhrzeit, zu der Delilah einen Anruf entgegennehmen würde.

»Wer ist Dr. Ramon Gates?«

»Der Schlüssel zu diesem Rätsel«, antwortete Garrett. »Er war der leitende Wissenschaftler eines verrückten Experiments, bei dem er versucht hat, die Durchblutung und Funktion des Gehirns bei enthaupteten Schweinen wiederherzustellen.«

Evette legte eine Hand auf mein Knie und vergrub ihre kurz geschnittenen Fingernägel in meinem Fleisch. Um den Schmerz zu lindern und zu verhindern, dass sie mich bluten ließ, ergriff ich ihre Hand, verschränkte meine Finger mit ihren und legte sie zurück auf meinen Schoß.

»Ist das dein Ernst?«, schnaubte Linc.

»Ja. Ich nenne es zwar verrückt, aber in Wissenschafts- und Forschungskreisen ist es ein riesiger Durchbruch. Allerdings ist die Methode noch immer umstritten, und die nationale Gesundheitsbehörde berät sich mit einer Ethikkommission über weitere Experimente.«

»Inwiefern ist das der Schlüssel?«, fragte Evette.

»Meiner Meinung nach will Abrams genau das vertuschen. Sie finanzieren ein Labor in Kroatien für Dr. Gates.«

Zanes Handy auf dem Tisch klingelte. Er griff danach, warf einen Blick auf das Display und verkündete: »Es ist Tex. Wir kommen später auf dieses Thema zurück.« Er wischte über den Bildschirm und nahm den Anruf entgegen. »Tex, du bist auf Lautsprecher.«

»Wer ist mit dir im Raum?«, ertönte Tex' Stimme.

»Linc, Owen, Cooper, Garrett, Evette London und Mr. Romeo.«

Ich verdrehte die Augen und zeigte Zane den Mittelfinger.

»Wie ich sehe, hast du mehr als nur ein Problem«, warf Tex ein.

»Ja, allerdings. Es ist bedauerlich, weil sie nie auf mich hören. Ich gebe ihnen von Anfang an gute Ratschläge – benutzt ein Kondom, kämpft nicht dagegen an, oder lasst euren Schlamassel zumindest zu Hause. Es ist wirklich ganz einfach, aber sie schleppen ihren Mist jedes Mal mit ins Büro. Und wenn ich versuche, einen Einsatz zu leiten, bekommen sie fast einen Herzinfarkt. Ich werde Ivy bitten, einen Leitfaden für Mitarbeiter anzulegen. Nach dieser Sache muss ich mich mit drei weiteren Idioten herumschlagen, und ich will schriftlich festhalten, dass jede Frau, die in irgendwelche Dramen verwickelt ist, tabu ist.«

»Viel Glück dabei«, lachte Tex, während Cooper gleichzeitig fragte: »Wo muss ich unterschreiben?«

»Auf Evettes Verdacht hin habe ich nachgeforscht. Sie lag ziemlich nahe dran.«

Evettes Miene hellte sich auf und sie lächelte.

»Dann kommen auf dem Grundstück Bodenschätze vor?«, fragte sie.

»Ja, und zwar Silizium. Das ist der Halbleiter, der für die Herstellung von integrierten Schaltkreisen benötigt wird.«

»Ich wusste es. Abrams will sein neues kognitives Radarsystem vor allen anderen auf den Markt bringen. Die Produktion hat sich verzögert, weil sie die monolithischen integrierten

Mikrowellenschaltungen nicht herstellen konnten. Deshalb haben sie es auf das Stück Land abgesehen. Sie wollen das Mineral dort abbauen.«

»Ganz richtig. Außerdem eignet es sich gut als Mülldeponie.«

»Das ergibt Sinn«, warf Garrett ein. »Die chemische Zusammensetzung des Siliziums muss dotiert werden.«

»Äh … wie bitte? Dotiert?« Evette neigte den Kopf und blinzelte.

»Um sowohl die Schaltung als auch die Verbindungsschaltung aus derselben Siliziumkette herzustellen, muss man die Zusammensetzung verändern. Einige der Dotierstoffe verbinden sich mit dem Siliziumkristall und geben ein Elektron ab …« Garrett hielt inne und sah sich im Raum um. Ich musste nicht aufblicken, um zu wissen, dass die anderen ebenso verdutzt dreinblickten wie ich. »Wie dem auch sei, ihr müsst nur wissen, dass die verwendeten Dotierstoffe Arsen und Gallium sind. Beide sind hochgiftig. Nicht nur während der Verwendung, sondern auch in Bezug auf die Lagerung und Entsorgung.«

Mülldeponie.

Abrams wollte sich die Unruhen und die niedrigen Umweltstandards zunutze machen, um das Land auszubeuten und es dann in eine giftige Einöde zu verwandeln.

»Das ist besorgniserregend«, fuhr Tex fort, »aber ich habe mir die Bilder, die Delilah Watts an Evette geschickt hat, genauer angesehen, und da liegt das eigentliche Problem.«

Zane setzte sich in seinem Stuhl auf und versteifte sich sichtlich. Im Stillen dankte ich dem Himmel, dass Kyle noch im Urlaub und nicht mit uns im Konferenzraum war. Eine Drohung gegen seine Frau hätte ihn den Verstand verlieren lassen, und das hätte zu einem Gemetzel geführt.

»Wer ist das Ziel? Piper, Kalee oder Anaya?«, wollte Zane wissen. In seiner Stimme schwang ein bedrohlicher Unterton mit, und sein Bruder Linc wurde hellhörig.

»Keine von ihnen. Anfangs konnte ich einfach nicht herausfinden, warum Delilah diese Bilder geschickt hat. Also habe ich mir die EXIF-Daten angesehen. Für gewöhnlich sind darin Informationen wie das Kameramodell, die Verschlusszeit, der Standort, die Blende und so weiter gespeichert. Aber Delilah ist schlau. Sie hat die enthaltenen GPS-Koordinaten geändert und sie mit versteckten Dokumenten im Darknet verlinkt. Eine Fallstudie von Dr. Ramon Gates …«

»Dr. Gates? Geht es um die Experimenten an Schweinehirnen?«, fragte Garrett.

»Nein. Obwohl ich Informationen darüber ebenfalls gefunden habe. Dr. Gates hat begonnen, mit Bio-Schaltkreisen zu experimentieren, und Abrams finanziert seine Forschung. Der Doktor glaubt, dass biologische Schaltkreise das kognitive Radar verbessern und Abrams in eine neue Ära katapultieren werden«, schloss Tex.

Es herrschte Stille im Raum, dann schnappte Evette nach Luft.

»Jetzt erinnere ich mich.« Sie schlug mit der Hand auf den Tisch und schüttelte den Kopf. »Als ihr El Salvador erwähnt habt, haben die Alarmglocken in meinem Hinterkopf geläutet, aber ich wusste nicht warum. Jetzt fällt es mir wieder ein. Ein Kollege namens Neil hat einen Artikel über einen Wissenschaftler aus Santa Ana, El Salvador verfasst. Dieser ist verschwunden, nachdem er erfolgreich eine Möglichkeit gefunden hatte, Gehirnzellen zu manipulieren, indem er Hautzellen zu Stammzellen umprogrammierte. Der Artikel handelte von Biocomputern. Neil meinte, dass darin die Zukunft liege.«

»Hast du bei der Recherche für diesen Artikel mitgeholfen?«, wollte ich wissen und hoffte, dass sie die Frage verneinte.

»Nein. Ich habe ihn erst gelesen, nachdem er ihn fertiggestellt hatte. Ich hatte nichts damit zu tun.«

In diesem Moment verschwand Delilahs E-Mail und das Bild eines jungen Mannes erschien auf dem Monitor.

»Dr. Ramon Gates.« Garrett zeigte auf den Bildschirm, während er den Blick jedoch weiter auf seinen Laptop gerichtet hatte und las: »Seine Mutter ist Kroatin und lebt derzeit in Dubrovnik. Zufälligerweise ist das die Stadt, in der Abrams gerade acht Hektar Land von der Regierung pachten will. Für alle, die in Geografie durchgefallen sind: Dubrovnik liegt im Süden Kroatiens und grenzt an Bosnien. Gates' Vater war Amerikaner und starb bei einem Autounfall, als Ramon zehn Jahre alt war. Er hat einen Doktortitel in Kognitionswissenschaften und einen Master in Neurowissenschaften. Sein Intelligenzquotient liegt bei einhundertneunundsiebzig. Er war nie verheiratet, hat weder Kinder noch Geschwister.«

»Meine Güte. Er sieht aus wie fünfzehn«, murmelte Owen.

»Oh, das hatte ich vergessen. Er ist fünfunddreißig«, fügte Garrett hinzu.

»Nun, ich stimme Owen zu«, meldete Cooper sich zu Wort. »Der teuflische Gehirnforscher sieht aus wie ein Teenager.«

»Was haltet ihr von Dr. Gates? Macht Abrams sich die Fähigkeiten eines jungen, ehrgeizigen Arztes zunutze oder benutzt der Arzt Abrams, um seine gruseligen Gehirnexperimente voranzutreiben?«

»Keine Ahnung«, antwortete Tex aufrichtig. »Ich bin bestimmt nicht dumm, aber für die Hälfte der Forschungsarbeiten, die ich gelesen habe, brauchte ich ein Wörterbuch. Auf jeden Fall ist der Kerl ein hoch angesehener Wissenschaftler – selbst wenn die Ethikkommission seine Schweinehirn-Experimente unter die Lupe nimmt. Das ist jedoch nicht überraschend, wenn man bedenkt, dass sie die Bedeutung von ›Hirntod‹ neu definieren könnten, was weitreichende Konsequenzen hätte. Allerdings weiß ich mit Sicherheit, dass Delilah Watts in großen Schwierigkeiten steckt. Sie hat ihr Leben riskiert, um Evette diese Informationen zukommen zu lassen. Vermutlich weiß sie, dass Abrams' Interesse an Dr. Gates' Gehirnforschung verdächtig ist. Wenn du mit ihr telefonierst, musst du dafür sorgen, dass sie das Gespräch erst beendet, nachdem sie euch versprochen hat, dass sie sich von euch helfen lässt. Wenn die falsche Person sie in die Finger bekommt, ist sie tot. Ich persönlich bin überrascht, dass die Frau noch lebt. Es wundert mich auch, dass Abrams einen Trottel wie Forrest Lawson geschickt hat, um Evette auszuschalten, wenn man bedenkt, was sich in ihrem Besitz befand. Wahrscheinlich wussten sie nicht, was genau sie hatte, sondern nur, dass sie herumschnüffelte. Und das gefiel ihnen nicht. Also passt weiterhin auf sie auf. Abrams ist zweifellos noch nicht fertig.«

Evette drückte meine Hand, aber ich spürte die Berührung kaum. Ich hörte auch nicht, was Owen zu Tex sagte.

*Abrams ist noch nicht fertig.*

Ich bemühte mich nach Kräften, die in mir aufsteigende Panik zu unterdrücken. Mein Instinkt schrie mich an, mit Evette Reißaus zu nehmen.

Mein Bauchgefühl hatte mich noch nie getäuscht, und das tat es auch jetzt nicht. Allerdings würde ich das erst in einer Weile erfahren, wenn es zu spät sein würde. Und selbst ich hätte nicht vorhersagen können, wie schlimm es werden würde.

# KAPITEL ZWEIUNDZWANZIG

Mein Herz raste. Das Rätsel war gelöst. Alle Puzzleteile fügten sich zusammen.

Delilah Watts war keine Feindin, sondern eine Informantin, und nun machte ich mir ernsthaft Sorgen um sie.

»Apropos Lawson«, sagte Tex und riss mich aus meinen Gedanken. »Ich habe noch tiefer gegraben, aber ich konnte keine einzige Verbindung zu Abrams finden. Lawson ist tot, und wer auch immer ihn umgebracht hat, ist auf freiem Fuß. Die Polizei hat keinerlei Hinweise, auch das habe ich überprüft. Wir wissen weder wo er entführt, noch wo er getötet wurde. Wir haben nur die Beschreibung einer großen, schwarz gekleideten Gestalt mit verdecktem Gesicht, die aus dem Schatten trat, um Lawson in einen Müllcontainer zu werfen. Man kann also mit ziemlicher Sicherheit davon ausgehen, dass es sich um einen Mann handelt. Ich kenne nicht viele Frauen, die sich einen neunzig Kilo schweren Mann über die Schulter werfen, zu einem Container tragen und dort abladen können. Außerdem hat keine der Überwachungskameras ein Fahrzeug erfasst. Es gibt nicht einmal einen Hinweis darauf, wo er geparkt haben könnte. Der Kerl ist ein Geist. Das sagt uns, dass die Leute bei Abrams keine halben Sachen machen. Sie haben einen Profi geschickt, um ihn zu beseitigen. Das wiederum bedeutet, dass sie entweder herausgefunden haben, welche Informationen

Delilah uns geschickt hat, oder dass sie einfach nur Angst haben. Sie hat ihren Job gekündigt und ist geflohen. Nun versuchen sie, ihre Spuren zu verwischen.«

»Habt ihr eine Idee, wen Abrams für einen solchen Job engagieren würde?«, fragte Cooper.

»Ich gehe davon aus, dass sie es intern regeln. Momentan überprüfe ich ihr gesamtes Sicherheitspersonal, doch bisher ist mir niemand ins Auge gestochen. Aber ihr könntet Delilah danach fragen, wenn Evette sie anruft«, antwortete Tex.

Plötzlich wurde ich nervös, denn ich wusste nicht, was ich Delilah sagen sollte. Gestern war ich noch nicht wirklich begeistert von der Idee, sie zu einem Treffen mit Myles und Kevin zu überreden, vorausgesetzt Delilah war in Kalifornien. Ich vertraute Gabe *mein* Leben an, aber ich war mir nicht sicher, ob ich ihm auch das Leben von Delilah anvertrauen konnte. Er hatte mir zwar deutlich gemacht, dass meine Sicherheit für ihn oberste Priorität hatte, aber er glaubte nicht, dass Delilah auf unserer Seite stand. Ich ging nicht davon aus, dass Myles und Kevin ihr etwas antun würden, aber ich machte mir auch keine Illusionen, dass sie Delilah in einem Fünf-Sterne-Hotel unterbringen würden, um mit ihr einen netten Plausch zu halten. Sie würden sie verhören und ihr allein durch ihre Anwesenheit wahrscheinlich eine Heidenangst einjagen.

Doch nun musste ich sie überreden, die Hilfe der Männer anzunehmen.

»Wie viel darf ich ihr erzählen?«

»Was meinst du?«, fragte Lincoln und ich begegnete seinem Blick. Für einen Moment verschlugen mir seine blauen Augen die Sprache. Sie waren fast genauso blau wie die seines Bruders, nur eine Nuance heller. Ich nahm an, dass in seinem Inneren nicht dieselben Dämonen wohnten, von denen Gabe in Bezug auf Zane gesprochen hatte.

Ich hatte Lincolns Frau Jasmin noch nicht kennengelernt, aber Anaya hatte sie als hart, aber liebevoll beschrieben. Und während ich Lincoln betrachtete, dachte ich bei mir, dass ihre Härte ihn wahrscheinlich angezogen hatte, während ihre Liebenswürdigkeit ihn gefesselt hatte.

Da wurde mir etwas klar. Diese Männer waren keine Leibwächter im herkömmlichen Sinne. Sie waren nicht zu Beschützern erzogen worden, sondern mit dem Instinkt und dem natürlichen Trieb geboren, andere zu beschützen.

Anaya hatte jemanden, der auf sie aufpasste. Piper und Kalee ebenfalls. Und ich auch. Gabe würde Himmel und Hölle in Bewegung setzen, um mich zu beschützen, dessen war ich mir gewiss. Er würde sogar sein Leben für mich opfern. Ich wusste nicht, woher diese Gewissheit kam, doch tief in meinem Inneren war ich mir sicher. Allerdings wusste ich nicht recht, was ich davon halten sollte.

»Evette?«, fragte Gabe.

»Ja, tut mir leid. Ich wollte fragen, wie viel ich Delilah gegenüber preisgeben soll, wenn ich mit ihr rede. Und wenn sie nicht wissen darf, dass ich hier bin, wie soll ich ihr dann erklären, woher ich all diese Informationen habe?«

»Du musst ihr alles erzählen, was du weißt, und sie überreden, sich mit Myles zu treffen. Er kann sie in Sicherheit bringen. Sie soll zu ihm und Kevin kommen. Dann müssen die beiden nicht noch mehr Zeit damit verschwenden, nach ihr zu suchen«, antwortete Gabe. Ich war schockiert, als ich hörte, dass er seine Meinung offenbar geändert hatte.

»Dann glaubst du also, sie ist auf unserer Seite?«

»Wie ich zuvor gesagt habe, vertraue ich niemandem außerhalb meines Teams, wenn es um deine Sicherheit geht. Aber ja, ich denke, sie hat versucht, dir Informationen zukommen zu lassen. Ich verstehe auch ihre Beweggründe – sie hat nach einer Verbündeten gesucht. Allerdings behagt es mir nicht, dass ausgerechnet du diese Verbündete bist. Die Informationen, die sie dir geschickt hat, bringen dich in Gefahr.«

»Gabe, ich bin wegen meiner Recherchen in Gefahr geraten. Wie Tex bereits erwähnt hat, hätte Abrams keinen stümperhaften Autodieb auf mich angesetzt, wenn sie gewusst hätten, was Delilah mir geschickt hat. Stattdessen hätten sie den anderen Kerl mit meinem Mord beauftragt, denn er weiß offensichtlich, was er tut.«

Gabes Miene versteinerte sich und die Luft um uns herum

war plötzlich eisig. Die Kälte ging mir unter die Haut und drang in meine Knochen ein. Es war nicht zu überhören, wie unzufrieden er war.

»Offenbar ist dir entgangen, dass du nach wie vor in Gefahr bist. Lawson ist tot. Er wurde von einem Profi ausgeschaltet, und wenn dieser nicht gerade hinter Delilah her ist, ist er auf der Suche nach dir. Die Leute bei Abrams haben deutlich gemacht, dass sie bereit sind zu töten, um die Informationen über ihre Machenschaften unter Verschluss zu halten. Sie wissen jedoch, dass du über die Fakten verfügst, und sie wollen sie zurückhaben.«

Dieser Aspekt war mir nicht entgangen, ich hatte ihn nur ignoriert. Andernfalls wäre ich in Panik geraten, aber um mein Gespräch mit Delilah nicht zu vermasseln, musste ich ruhig und beherrscht bleiben.

»Ich habe es nicht vergessen, Gabe. Aber ich weiß, dass ihr alle mich beschützen werdet. Delilah ist auf der Flucht und wahrscheinlich außer sich vor Angst. Ich sage es nur ungern, aber wir brauchen sie, um die Lücken zu füllen. Wenn ich jedoch ein heulendes Wrack bin, werden wir gar nichts von ihr bekommen. Also werde ich diesen Teil später verarbeiten müssen, aber in der Zwischenzeit kann ich darauf vertrauen, dass du und dein Team mir den Rücken freihaltet. Und das Wissen, dass Piper, Kalee und Anaya nicht in Gefahr sind, macht mir die Sache leichter. Ich werde mit Delilah reden und anschließend besprechen wir, wie es weitergeht.«

»Wie es weitergeht?«

Ich atmete tief durch und erinnerte mich an seine Worte. *Deshalb weiß ich es.* Gabe hatte nie den Wunsch, zu heiraten oder eine Familie zu gründen – bis er mich getroffen hatte. Er wollte, dass ich ihm eine Chance gab. Es ging nicht mehr nur um mich, sondern um uns. Um unsere Beziehung und unsere gemeinsame Zukunft. Ich wollte ein Zuhause mit Gabe, in dem wir unsere gemeinsamen Kinder großziehen würden. Doch all das würde ein Wunschtraum bleiben, sollte Gabe oder mir etwas zustoßen.

Die Rache, nach der ich mich gesehnt hatte, klang auf einmal nicht mehr so süß. Natürlich strebte ich nach Gerechtigkeit, aber ich wusste auch, dass Kalee nicht wollte, dass ich dafür mein Leben riskierte. Das lag nicht in ihrer Natur, weder vor ihrer Entführung noch danach. Für sie waren Phantom, ihre Freunde, ihre Heilung und die Möglichkeit, in die Zukunft zu blicken, am wichtigsten. Bevor ich Gabe begegnet war, hatte für mich nur die Vergangenheit gezählt. Ich hatte den Schmerz nicht loslassen können, den ich empfunden hatte, als ich dachte, sie sei tot. Im Grunde hatte ich nichts aus Kalees wundersamer Rückkehr gelernt. Ich durfte nicht in der Vergangenheit leben, sondern musste nach vorn blicken. Und um das zu tun, musste ich über meinen Schatten springen.

»Du hast gesagt, du würdest am liebsten mit mir fliehen und mich irgendwo verstecken, bis das hier vorbei ist«, erinnerte ich ihn.

»Und du bist bereit, mit mir wegzugehen?«

»Ich muss noch ein paar Dinge wegen meines Jobs regeln, aber ja, ich bin dazu bereit. Ich will nicht, dass jemand wegen meiner Starrköpfigkeit und Dummheit verletzt wird. Ich will, dass Abrams für das, was Kalee und all den anderen Menschen an jenem Tag zugestoßen ist, zur Rechenschaft gezogen wird, aber nicht, wenn du dafür mit deinem Leben bezahlen musst.«

Der Ausdruck der Erleichterung, der über Gabes Gesicht huschte, versetzte mir einen Stich im Herzen. Er machte sich Sorgen, und zwar viel größere, als ich angenommen hatte.

»Gabe«, flüsterte ich.

»Lass uns das Gespräch mit Tex zu Ende bringen, dann können wir dich auf das Telefonat mit Delilah vorbereiten. Über alles andere reden wir später.« Ich nickte, und er fuhr fort: »Gut. Tex, müssen wir sonst noch etwas wissen?«

»Ja, noch eine letzte Sache. Der Wissenschaftler, Alejandro Arias aus Santa Ana, wird nicht vermisst. Er ist tot.«

»Wie ist er gestorben?«, fragte Zane scharf.

»Bei einem Autounfall.«

Zane schnaubte. »Gibt es denn keine Auftragskiller mehr, die etwas Kreativität an den Tag legen? Im Ernst, ein Autounfall ist doch völlig abgedroschen. Will denn niemand mehr Bonuspunkte für Fantasie ernten?«

»Bitte sag mir, dass er scherzt«, murmelte ich.

»Nur ein wenig«, seufzte Gabe. »Hast du eine Ahnung, wer Arias ausgeschaltet hat?«

»Nein«, antwortete Tex. »Ich habe nachgeforscht, aber für die örtliche Polizei war es ein ganz normaler Autounfall.«

»Danke für deine Mühe, Tex«, sagte Zane. »Ich melde mich, sobald Evette mit Delilah gesprochen hat.«

»Verstanden.« Damit beendete Tex das Gespräch.

Kurz darauf meldete Owen sich zu Wort. »Die Sache gefällt mir nicht.«

»Mir auch nicht«, warf Linc ein.

»Wir lassen uns nicht schon wieder in den Schlamassel anderer hineinziehen«, murmelte Zane. »Das haben wir schon hinter uns. Wir werden Evette daraus befreien und überlassen den Rest den anderen. Ich werde dieses Chaos nicht beseitigen.«

»Welches Chaos?«, fragte ich.

»Das Chaos um Ramon Gates und Alejandro Arias. Wir neutralisieren die Bedrohung und überlassen die Gehirnexperimente, oder was auch immer Abrams da betreibt, jemand anderem.«

»Und Delilah? Du wirst ihr doch ebenfalls helfen, nicht wahr?«

Zane presste die Zähne zusammen und legte den Kopf in den Nacken, um an die Decke zu starren. Er murmelte etwas über unbezahlte Rechnungen und finanzielle Verluste, aber er verweigerte seine Hilfe nicht.

»Du hast fünf Minuten, bis du Delilah anrufen wirst«, erinnerte Garrett mich. »Noch Fragen?«

»Nein. Ich improvisiere einfach.«

Zane richtete sich auf und sah mich mit verengten Augen an.

»Du improvisierst?«

»Ja. Sie muss mir vertrauen, doch das wird sie nicht tun, wenn ich klinge, als hätte ich meine Rede vorher einstudiert.«

Zane warf einen Blick auf Gabe. »Brecht ihr gleich danach auf?«

»Ich ziehe es in Erwägung, ja.«

Zane nickte. »Du kannst Rhodes Hütte in Sandpoint oder

Fishs Haus in Rathdrum benutzen, falls du zurück nach Idaho willst. Allerdings ist Rhodes Hütte vielleicht keine so gute Idee. Abe lässt Myles und Kevin bei sich wohnen, und es wäre besser, wenn Delilah und Evette nicht am selben Ort sind. Du könntest das Haus in …«

»Ich habe eine Unterkunft«, unterbrach Gabe ihn.

»Die Hütte?«

»Ja.«

Zane und Gabe starrten einander an, während sie stillschweigend miteinander zu kommunizieren schienen. Was auch immer sie einander sagten, hob Zanes Stimmung sichtlich. Er verzog die Lippen zu einem Lächeln und brachte zwei Grübchen zum Vorschein. Vielleicht hätte ich meine Reaktion unter Verschluss halten sollen, aber ich war völlig schockiert. Zum einen hatte ich Zane noch nie lächeln sehen und zum anderen verschlug es mir bei dem Anblick die Sprache. Wenn er nicht gerade finster dreinblickte und unangebrachte, sarkastische Bemerkungen von sich gab, war Zane verdammt sexy.

»Und wieder eine weniger«, murmelte Linc.

Zanes Lippen zuckten, dann wurde sein Lächeln sogar noch breiter. Wenn ich nicht so verliebt in Gabe gewesen wäre, wäre ich ernsthaft eifersüchtig auf Ivy Lewis gewesen.

»Du solltest deiner Frau vielleicht Luft zufächeln, Bruder«, warf Owen ein.

Ich blinzelte mehrmals, um den Anblick von Zanes Grübchen aus meinen Gedanken zu verbannen, aber das Bild hatte sich in meine Netzhaut eingebrannt.

»Baby?«

»Hm?«

»Gibt es einen Grund, warum du meinen Chef anstarrst?«

»Ja.«

»Also schön, dann versuche ich es anders. Wie wäre es, wenn du aufhörst, ihn anzustarren?«

»Warum?«

»Warum?«, brummte Gabe.

»Ja, warum? Ich befürchte, es könnte sich herausstellen, dass alles nur eine Fata Morgana war, wenn ich den Blick abwende.«

Owen lachte und Gabe stieß ein Knurren aus. Doch statt mir einen Schauer der Erregung über den Rücken zu jagen, brachte er mit dem Laut seine Verärgerung zum Ausdruck.

»Ich weiß nicht, was es da zu knurren gibt, Gabe Harris. Ich bin nur ein wenig schockiert, dass Zane trotz seiner ruppigen Fassade tatsächlich lächeln kann. Das muss ich erst einmal verarbeiten. Dann erst kann ich mich mit den Grunz- und Stöhnlauten auseinandersetzen, mit denen ihr Alphamänner kommuniziert. Ich kenne mich zwar mit dem Jargon nicht aus, aber ich kann hören, dass du wütend bist.«

»Mit dem Jargon?«, fragte Cooper lachend.

»Wie soll ich das Knurren denn sonst nennen? Es klingt wie ein männlicher Dialekt. Du machst ebenfalls davon Gebrauch, allerdings grunzt du und verleihst den Lauten mit deiner Mimik Nachdruck«, erklärte ich Cooper.

Gabe legte seinen Arm um meine Schulter und zog mich an sich. Ich schmiegte mich an ihn, wobei ich den Blick von Zane abwandte.

»Niedlich«, flüsterte Gabe und küsste mich auf die Stirn.

Ich hatte nicht niedlich wirken wollen. Aber wenn Gabe mich so sehen wollte, würde ich ihm nicht widersprechen.

Garrett legte ein Wegwerfhandy vor mir auf den Tisch. Im Unterschied zu dem Gerät, mit dem ich Anaya angerufen hatte, war dieses ein altmodisches Klapphandy.

»Die gibt es noch?« Ich öffnete das Handy und lächelte angesichts des simplen Displays.

»Ja. Kein GPS, kein Internet, keine Apps. Ein ganz normales Telefon.«

»Textnachrichten?«

»Nein, die Funktion ist deaktiviert.«

Ich fummelte nervös an dem Handy herum. Vielleicht hätte ich mich vorbereiten sollen.

»Hey«, rief Owen, »du schaffst das schon. Du hast recht, bleib ganz natürlich. Und wenn du sie nicht dazu bringen kannst, sich von uns helfen zu lassen, dann dränge sie nicht. Wir finden eine andere Möglichkeit, sie in Sicherheit zu bringen. Aber wenn sie sich von dir bedroht fühlt, wird es uns die Sache nur schwerer machen. Atme tief durch, entspann dich und sei du selbst.«

Ich nickte und warf einen Blick auf den großen Bildschirm an der Wand. Garrett hatte die E-Mail mit Delilahs Telefonnummer aufgerufen. Ich sah, dass es Zeit war, und atmete tief ein.

Natürlich.

Entspannt.

»Ich werde es vermasseln«, murmelte ich, während ich die Nummer wählte.

»Nein, wirst du nicht. Du wirst das großartig machen. Sie wird hören, dass du um sie besorgt bist und auf ihrer Seite stehst.«

Zögernd ließ ich den Finger über der Anruftaste schweben und nickte schließlich.

»Okay. Ich schaffe das.«

»Schalte den Lautsprecher ein«, wies Zane mich an.

Ich betrachtete das Telefon und runzelte die Stirn. »Wie?«

Gabe lachte leise und zeigte auf eine Taste über der Anruftaste.

»Lach nicht. Diese Dinger werden seit meinem zehnten Lebensjahr nicht mehr hergestellt.«

Das war übertrieben, doch das spielte keine Rolle.

Ich drückte auf »Anrufen« und wartete, bis es einmal klingelte. Dann zog ich das uralte Gerät von meinem Ohr und schaltete den Lautsprecher ein. Nach dem vierten Klingelton wurde der Anruf angenommen, aber niemand meldete sich.

Ich wartete noch einen Augenblick, bevor ich sagte: »Hallo, ist da jemand?«

Nichts.

Ich sah mich unsicher um, wobei mir klar wurde, dass ich mich besser hätte vorbereiten sollen. Zumindest hätte ich jemanden um Rat fragen sollen, denn ich hatte keine Ahnung, wie ich Delilahs Schweigen deuten sollte.

Gabe tippte mir auf die Hand und bedeutete mir mit einer Geste weiterzureden.

»Ich … äh … habe Ihre Nachricht erhalten. Sie war hilfreich.«

Du meine Güte. Hilfreich?

»Befinden Sie sich an einem sicheren Ort, an dem Sie reden können?«

Immer noch nichts.

»Wenn nicht, kann ich Ihnen helfen.«

Garrett klopfte mit den Fingerknöcheln auf den Tisch, und ich sah zu ihm auf. Energisch vollführte er mit der Hand eine Geste, als würde er sich die Kehle durchschneiden, um mir zu verstehen zu geben, dass ich das Gespräch beenden sollte.

Gabe kam mir zuvor und wollte gerade die Verbindung trennen, als eine Stimme am anderen Ende der Leitung ertönte. Aber es war nicht Delilah, sondern eine tiefe, unheilverkündende Männerstimme.

»Tut mir leid, Miss London, Miss Watts ist nicht mehr erreichbar. Aber da ich Sie schon einmal am Apparat habe …«

Die Stimme verstummte, als Gabe den Anruf beendete.

»Hast du einen Standort ermitteln können?«, fragte Zane.

»Nein«, antwortete Garrett, während er angestrengt auf seiner Tastatur tippte.

»Hat jemand uns geortet?«

»Auf keinen Fall.«

Okay, das war gut. Unser Anruf wurde nicht zurückverfolgt, aber die Tatsache, dass Delilah nicht mehr mit uns sprechen konnte, verhieß nichts Gutes.

»Gabe«, stammelte ich.

»Beruhige dich, Schatz.«

*Ich muss mich zusammenreißen.*

Eine ominöse Stimme hatte mir gerade erklärt, dass Delilah nicht erreichbar war. Der Jargon der Auftragskiller war mir zwar nicht geläufig, aber ich war mir ziemlich sicher, dass der Kerl mir nicht hatte sagen wollen, dass Delilah gerade ein Schaumbad nahm und er sie nicht stören wollte.

»Ich habe meinen Namen nicht genannt«, platzte ich heraus. »Er wusste, wie ich heiße, aber ich habe es ihm nicht gesagt. Er weiß …«

»Baby, beruhige dich, okay? Nur noch ein paar Minuten, dann fahren wir los.«

*In unser Versteck.*

Gabe würde mich an einen sicheren Ort bringen. Und seine Teamkameraden würden den Schlamassel beseitigen, den ich ihnen beschert hatte. Ich war einfach in die Empfangshalle von Z Corps spaziert und hatte Kyle alle meine Probleme aufgebürdet. Ohne mit der Wimper zu zucken, hatte Gabe sich an die Arbeit gemacht, um sie zu lösen.

Ich wurde von einem schlechten Gewissen gepackt und mein Herz raste.

Vage nahm ich wahr, dass die anderen sich miteinander unterhielten, dann hallte Tex' wütende Stimme durch den Raum und vermengte sich mit Garretts besorgtem Tonfall. Ich hörte, wie Zane Befehle bellte und Owen und Cooper daraufhin den Raum verließen.

Gabe hörte ich zwar nicht, aber ich konnte ihn spüren. Plötzlich lag eine heiße und stickige Atmosphäre in der Luft.

Er strahlte so viel wütende Energie aus, dass er mich damit zu verschlingen drohte.

Zwei schwarze Rucksäcke wurden vor mir auf den Tisch geworfen. Ich hatte nicht einmal Zeit zusammenzuzucken, bevor Gabe einen davon schulterte und nach dem anderen griff. Dann zog er mich aus meinem Stuhl.

»Bereit?«

Das war keine Frage, denn er begann sogleich, mich zur Tür zu zerren.

*Offenbar brechen wir auf, und zwar sofort.*

»Was ist mit …«

»Wir kaufen unterwegs, was du brauchst«, fiel Gabe mir ins Wort.

Den Weg durch das Büro nahm ich nur verschwommen wahr. Erst als wir das Gebäude verlassen hatten, bemerkte ich, dass wir nicht durch die Empfangshalle ins Parkhaus gegangen waren.

»Wohin gehen wir?«

»Auf die Rückseite zum Wegwerf-Fahrzeug.«

»Wegwerf-Fahrzeug?«

»Das ist ein Wagen, der auf eine Scheinfirma zugelassen ist, die nicht mit uns in Verbindung steht. Es ist eine alte Rostlaube, aber wir können sie notfalls einfach irgendwo stehen lassen, falls wir sie loswerden müssen.«

Meine Güte. Wer hätte gedacht, dass es so etwas wie ein Wegwerf-Fahrzeug gab?

»Wo …«

»Nicht hier.«

Ich hielt den Mund und warf einen Blick auf Gabe. Er sah sich aufmerksam um, was mich dazu veranlasste, ebenfalls den Blick über die Umgebung schweifen zu lassen. Ich konnte niemanden entdecken, aber ein Attentäter würde wohl kaum mit einem leuchtend orangefarbenen T-Shirt umherlaufen, auf dem das Logo der Attentäter-Gewerkschaft abgebildet war. Also senkte ich den Blick zu Boden und konzentrierte mich darauf, einen Fuß vor den anderen zu setzen.

Mehr musste ich nicht tun, Gabe würde sich um alles andere kümmern.

»Es tut mir so leid«, flüsterte ich.

»Du musst dich nicht entschuldigen.«

»Wir sind …«

»Baby. Im Ernst, wir können später darüber reden.«

Wieder presste ich die Lippen zusammen und sagte kein Wort mehr.

Nicht einmal, als er die Beifahrertür eines älteren silbernen Buicks entriegelte. An dem Wagen war nichts Auffälliges, er war absolut nichtssagend und dadurch völlig unscheinbar.

Nachdem Gabe mir beim Einsteigen geholfen hatte, ging er zur Fahrerseite, schloss die Tür auf und warf die Rucksäcke auf den Rücksitz. Dann setzte er sich hinters Steuer, startete den Motor und fuhr los.

Währenddessen ging mir durch den Kopf, wie klug es war, einen alten Wagen um die Ecke des Gebäudes zu parken. Eigentlich erinnerte es mich eher an einen Fluchtwagen, aber ich nahm an, Gabe würde es nicht schätzen, wenn ich ihn darauf hinweisen würde, also schwieg ich.

Wir waren gerade einmal zehn Minuten unterwegs, als es passierte. Es ging so schnell, dass ich alles nur verschwommen wahrnahm.

Irgendetwas explodierte in dem Moment, in dem ein anderer Wagen den Buick seitlich rammte. Ein Lieferwagen kam vor uns zum Stehen. Eine weitere Explosion ertönte. Obwohl ich angeschnallt war, prallte mein Kopf gegen das Armaturenbrett. Ich warf einen Blick auf Gabe und sah einen Blutfleck an seiner Brust, der immer größer wurde. Jemand hatte auf ihn geschossen. Ich hatte keine Zeit, darüber nachzudenken, denn im nächsten Augenblick wurden beide Vordertüren aufgerissen. Aus dem Augenwinkel beobachtete ich, wie Gabe seine Waffe hob, doch es war zu spät.

Alles um mich herum wurde schwarz.

# KAPITEL DREIUNDZWANZIG

Ein Hinterhalt.

Ein verdammter Hinterhalt.

Das war der erste Gedanke, der mir durch den Kopf schoss, als ich zu mir kam. Außerdem durchströmte mich eine unbändige Wut, aber ich musste einen kühlen Kopf bewahren. Nicht um meinetwillen, sondern für Evette.

Ich war wach, hielt aber die Augen geschlossen, um die Lage zu sondieren. Meine Hände waren über meinem Kopf gefesselt, und meine Schulter schmerzte höllisch. Ich war angeschossen worden. Ich spürte das Ziehen von Klebeband an meiner Haut, also hatte jemand die Wunde verbunden. Das bedeutete, dass sie mich lebend wollten. Ich wusste nicht, ob das gut oder schlecht war, aber ich war dankbar.

Ich versuchte weiter, mich zu orientieren. Meine Knöchel waren gefesselt, aber ich hatte keinen Knebel im Mund. Ich befand mich in einem kühlen Raum, in dem es jedoch nicht eiskalt war. Die Luft roch muffig und abgestanden.

»Sie vergeuden nur Zeit.«

Ein Mann. Ohne Akzent. Er stand ganz in der Nähe.

»Je mehr Zeit Sie vergeuden, desto mehr Spaß werde ich mit Miss London haben.«

Ich riss die Augen auf, und mir wurde sofort übel. Nachdem ich die Galle hinuntergewürgt und der Schleier vor meinen

Augen sich ein wenig gelichtet hatte, konnte ich Evette erkennen.

Sie war an einen Stuhl gefesselt, geknebelt und blutete an Stirn, Nase und Lippen.

Dieser Mistkerl würde für jede einzelne Wunde bezahlen.

»Mr. Harris.« Der Mann lächelte und trat näher. Er befand sich zu meiner Linken. »Schön, dass Sie an unserer Party teilnehmen. Wie Sie sehen, haben wir schon ohne Sie angefangen. Offenbar hat mein Partner Ihnen die falsche Dosis verabreicht. Wir haben lange darauf gewartet, dass Sie aufwachen.«

Besagter Partner umkreiste Evette, blieb dann hinter ihr stehen und hob beide Hände.

»Rühr sie nicht an.«

Das Arschloch legte seine Hände auf ihre Schultern und Evette riss die Augen auf. Sie hatte solche Angst, dass ich beschloss, den Kerl zu bestrafen, indem ich ihn seiner Finger entledigte. Ich würde sie ihm einen nach dem anderen abschneiden und sie vor ihm aufreihen, damit er sie anstarren konnte, während ich den nächsten absägte.

»Da wir nun geklärt haben, dass Sie hier nicht das Sagen haben, würde ich gern mit Ihnen über Delilah Watts reden.«

Nichts war geklärt, aber wenn der Schwachkopf glauben musste, dass er der Chef war, um mit seiner Befragung weiterzumachen, würde ich ihm seine Illusion nicht rauben. Je mehr Fragen der Schwachkopf stellte, desto eher konnte ich herausfinden, was er wollte.

»Was ist mit Delilah?«, wollte ich wissen.

»Wo ist sie?«

»Keine Ahnung.«

Arschloch schob eine Hand in Evettes Haar und riss ihren Kopf nach hinten, sodass sie ein Wimmern ausstieß.

»Vielleicht würdest du deine Antwort gern überdenken?«, fragte Schwachkopf.

»Ja, aber nur dahingehend, dass Delilah Watts höchstwahrscheinlich irgendwo in einem Graben liegt. Genau dort wird dieser Mistkerl auch landen, wenn er meiner Frau etwas antut.«

Ein Fausthieb in die Niere raubte mir den Atem. Wahrscheinlich würde ich später Blut pinkeln.

»Was ist mit dir, Süße? Bist du bereit zu reden? Wo ist Delilah Watts?«

Evette schüttelte den Kopf soweit ihr das möglich war, denn Arschloch hielt immer noch ihren Kopf fest.

Die verneinende Geste brachte mir zwei weitere Schläge ein. Der erste landete wieder auf Nierenhöhe, der zweite traf mich etwas höher. Ich musste das Knacken nicht hören, um zu wissen, dass eine Rippe gebrochen war, denn mein nächster Atemzug brannte höllisch.

»Wir lassen euch zwei Turteltauben jetzt allein, damit ihr euch unterhalten könnt. In ein paar Minuten kommen wir zurück. Dann bist du hoffentlich zur Vernunft gekommen und erzählst mir, was ich wissen will. Ich verspreche dir, dass ich Miss London freilassen werde, wenn du mit der Antwort herausrückst. Wenn du dich beeilst, werde ich vielleicht so nett sein, sie zur nächsten Tankstelle zu fahren, damit sie Hilfe rufen kann. Aber wenn du meine Zeit verschwendest, wird sie zu Fuß gehen müssen.«

Arschloch versetzte Evettes Kopf einen Schubs und ließ sie los. Sie begegnete meinem Blick und ich sah den Schmerz in ihren Augen.

*Verdammte Scheiße.*

Auf dem Weg zur Tür hielt Schwachkopf neben Evette inne, riss ihr den Knebel aus dem Mund, der um ihren Hals fiel, und tippte ihr an die Schläfe.

»Seien Sie klug, Miss London.«

Sie leckte sich die Lippen, hielt den Blick gesenkt und antwortete nicht.

Nachdem die Männer den Raum verlassen und die Tür hinter sich geschlossen hatten, nahm ich mir einen Moment Zeit, um meine Wut zu bändigen. Evette musste ruhig bleiben und sich wappnen. Ich musste sie darauf vorbereiten, was in Kürze geschehen würde.

»Evette, Schatz, sieh mich an.«

Sie schüttelte den Kopf und kniff die Augen zusammen.

»Ich kann nicht.«

*Was zum Teufel?*

Meine Wut wallte von Neuem auf, doch diesmal war sie gegen mich selbst gerichtet. Ich hatte alles vermasselt, und jetzt war sie an einen Stuhl gefesselt und hatte Angst. Obwohl ich ihr versprochen hatte, sie zu beschützen, hatte ich versagt. Und nun wollte sie mich nicht einmal mehr ansehen.

»Ich kann nicht«, wiederholte sie und hielt inne, um sich zu räuspern. »Meinetwegen bist du angekettet und verletzt. Ich kann nicht …«

»Nein, Evette. Wir sind hier, weil *ich* Mist gebaut habe. Ich. Du hast nichts getan, außer darauf zu vertrauen, dass ich dich beschützen würde. Ich weiß, dass ich viel von dir verlange, aber du musst mir zuhören. Wenn die Männer zurückkommen, werden sich einige unschöne Szenen abspielen. Dann will ich, dass du die Augen schließt und still bist.«

Evette hob ruckartig den Blick und schrie fast: »Wie bitte?«

»Solange ich gefesselt bin, kann ich dich nicht beschützen. Sie werden uns gegeneinander ausspielen, und ich will, dass sie sich auf mich konzentrieren. Da ich die Informationen, die sie wollen, nicht habe, werden sie in Rage geraten. Ich will, dass ihre Wut sich gegen mich richtet, nicht gegen dich. Also halte deine Augen geschlossen. Egal was du hörst, du darfst die Augen nicht öffnen und keinen Mucks von dir geben.«

»Vielleicht, wenn du ihnen erzählst …«

»Nein. Wir sagen ihnen nichts. Wir schweigen und geben meinem Team Zeit, uns zu finden. Sobald wir diesen Männern irgendwelche Informationen geben, sind wir tot. Wir beide, Schatz. Sie werden mich zuerst umbringen, weil sie denken, dass du dann reden wirst. Also sagen wir ihnen nichts.«

»Und wir lassen einfach zu, dass sie dich verprügeln?«

Ich stieß einen Seufzer aus und meine Lunge protestierte. Das erinnerte mich daran, dass eine meiner Rippen bereits gebrochen war und ich noch weitere Rippenbrüche erleiden würde, bevor das hier vorbei war. Schwachkopf würde sich nicht mit ein oder zwei Fausthieben begnügen, er würde mich windelweich prügeln und Evette würde gezwungen werden zuzuhören. Ich wollte nicht, dass sie es auch mit ansehen musste.

»Ja, Schatz, sie werden mich verprügeln. Ich will, dass du die Augen schließt und dich in deinen klugen Kopf zurückziehst. Du musst an irgendetwas außerhalb dieses Raumes denken, statt dich darauf zu konzentrieren, was hier drin geschieht.«

»Ich kann nicht einfach zulassen, dass sie dir wehtun. Das kannst du nicht von mir verlangen.«

»Das habe ich gerade getan.«

»Aber ...«

»Du kannst nichts tun, um es zu verhindern. Bitte hör auf mich.«

»Aber ...«

»Ich bin gefesselt«, erwiderte ich schroff und verlor die Beherrschung. »Angekettet, Evette. Also kann ich sie nicht davon abhalten, dir wehzutun. Sie sollen vergessen, dass du dich im Raum befindest, und sich nur auf mich konzentrieren. Wenn sie dich anrühren, werde ich durchdrehen, und dann werden wir beide sterben. Ich muss Zeit schinden, und das kann ich nur tun, wenn du die Augen geschlossen hältst und still bist. Ganz gleich, was sie mir antun, du bleibst ruhig.«

Evette hob den Kopf und sah mich mit tränennassen Augen an. Ich bemühte mich nach Kräften, meine Gefühle unter Kontrolle zu bringen.

Machtlos.

*Durch und durch machtlos.*

Obwohl ich mir geschworen hatte, dieses Gefühl nie wieder zu empfinden, traf es mich nun mit voller Wucht. Und diesmal war es noch schlimmer. So viel schlimmer. Meine Evette war entführt, an einen Stuhl gefesselt und geknebelt worden. Sie hatte Angst und blutete. Und ich konnte nichts dagegen tun. Ich konnte nicht zu ihr gehen und sie in den Arm nehmen, während sie weinte. Ich konnte sie nicht vor dem schützen, was sie hören und sehen würde. Am schlimmsten war jedoch, dass ich sie nicht vor körperlicher Gewalt würde bewahren können.

Ich hatte auf ganzer Linie versagt.

All die Wut, die ich in mir aufgestaut hatte, brach sich ungehemmt Bahn und ich wurde von Angst gepackt. Die Empfindungen rauschten durch mich hindurch, hinterließen eine Spur der Verwüstung und verursachten ein Engegefühl in meiner Brust, gegen das ich ebenfalls *machtlos* war. In diesem Moment wurde mein Geist leer und ich spürte keinen Schmerz mehr. Ich versuchte, mich aus den Handschellen zu winden, und zerrte an den Ketten. Ich wand mich und kämpfte um meine Freiheit, mit dem einzigen Ziel, Evette in Sicherheit zu bringen.

Sie durfte nicht sehen, was mir widerfahren würde. Ich würde die Schläge bereitwillig auf mich nehmen, aber nicht, während sie zusah oder zuhörte.

»Hör auf.«

Ich hörte, wie ihre Bitte in ein Schluchzen überging, aber ich war nicht imstande, meine Wut zu zügeln.

»Gabe! Hör auf.«

Aber es war zu spät.

Zu spät für mich. Zu spät für sie.

Schwachkopf und Arschloch waren zurück.

# KAPITEL VIERUNDZWANZIG

*Verdammte Scheiße.*

Garrett saß vor seinem Computer und zwang sich, die Überwachungsaufnahmen noch einmal anzusehen. Der Überfall war penibel geplant gewesen. Aus dem hinteren Fenster eines 4Runners war eine Blendgranate geworfen worden. Das war der Grund, warum Garrett nie hinter einem Geländewagen mit heruntergelassenen Fenstern fuhr. Im Folgenden war Gabes Wagen eingekesselt, seitlich gerammt und beschossen worden.

*Verflucht.*

»Irgendwas Neues?«, bellte Zane.

Garrett biss die Zähne zusammen, um seinem Chef nicht die Meinung zu geigen.

»Es sind zwei Minuten vergangen, Z. Ich warte immer noch. Tex arbeitet daran.«

»Geh alles durch, was wir wissen.«

Garrett hatte keine Lust, schon wieder alles durchzukauen, denn sie hatten es bereits zweimal besprochen. Vielmehr wollte er sich das Video so lange ansehen, bis ihm etwas ins Auge stach, was ihm einen neuen Hinweis liefern könnte.

Nichtsdestotrotz erfüllte er Zane seinen Wunsch.

»Drei Wagen. Keine Kennzeichen. Zwei Männer mit Masken. Profis. Der Überfall dauerte nicht länger als vierundvierzig Sekunden.«

Mehr wussten sie nicht.

Garretts Handy klingelte. Er nahm das Gespräch an und kam gleich zur Sache. »Hast du etwas gefunden?«

»Ich konnte die Fahrgestellnummer ermitteln«, verkündete Tex. »Der 4Runner ist auf BZ Systems zugelassen. Die Firma ist Abrams' schärfster Konkurrent. Die Zentrale befindet sich in Lynchburg, Virginia. Ich schicke euch die Adresse und eine Liste der Immobilien, die BZ gehören. Ich recherchiere weiter. Hat Myles sich gemeldet?«

»Ja, er und Kevin sind bei Abe und Wolf.«

»Dann habt ihr etwas herausgefunden?«, fragte Tex.

»Möglicherweise. Da ich den Anruf nicht zurückverfolgen konnte, habe ich den Hintergrund isoliert. Darin sind Dekompressionsbremsen und Schüsse zu hören. Ich habe die Aufnahme an Abe geschickt und er glaubt zu wissen, wo Delilah ist. Zumindest kann er das Gebiet eingrenzen. Scheinbar gibt es einen Schützenverein unweit der Autobahn in Dulzura. In der Gegend ist nichts als Wüste und Ranches. Sie werden in etwa fünfzig Minuten dort sein.«

»Das ist weit hergeholt«, meinte Tex.

»Ja, aber mehr haben wir nicht. Und wenn Abe sagt, dass er *glaubt*, es zu wissen, dann stehen die Chancen ziemlich gut. Owen sieht sich die Gegend an und besorgt Grundbuchauszüge. Es wäre hilfreich, wenn wir mehr Leute vor Ort hätten, aber da ein Attentäter in der Stadt ist, bleiben Phantom und sein Team in der Nähe ihrer Frauen.«

»Verstanden. Ich melde mich wieder.«

»Bis später«, sagte Garrett und beendete das Gespräch.

»Big Island«, brummte Zane.

»Wie bitte?«

»Sie sind in Big Island. Zuletzt wurden sie von einer Verkehrskamera auf der Autobahn 66 in Höhe von Front Royal erfasst. Die 66 kreuzt die 81, und diese führt direkt nach Big Island. Dort gibt es nichts außer einem Waldgebiet, ein paar Gehöften und einer Baptistenkirche. Dort sind sie.«

Garrett tippte die Adresse ein und rief die Karte auf. Big Island, Virginia war vier Stunden Fahrt entfernt. Wenn Zane sich irrte, wäre das ein vierstündiger Fehler, den Gabe und Evette möglicherweise nicht überleben würden.

»Ich nehme Cooper mit«, sagte Zane. »Owen bleibt an Delilah dran, es sei denn, du brauchst ihn. Das Red Team ist unterwegs und das Gold Team hält sich bereit. Schick alle los, die du brauchst.«

»Zane …«

»Ich kann es fühlen, Garrett. Sie sind in Big Island. BZ ist hinter Informationen her, die Gabe nicht hat. Evette ist bei ihm.«

Garrett wurde übel bei dem Gedanken, dass Evette als Druckmittel benutzt wurde, um Gabe zum Reden zu bringen. Seit ihrer Entführung waren bereits Stunden vergangen, in denen alles Mögliche hätte passieren können. Gabe würde sich nie davon erholen, wenn Evette vor seinen Augen gefoltert würde.

*Verdammte Scheiße.*

»Ich schlage vor, du legst die Strecke in drei Stunden zurück und bereitest dich auf ein Chaos vor, falls Gabe sich befreien kann, bevor du dort eintriffst.«

Zum ersten Mal, seit Gabe und Evette entführt worden waren, lächelte Zane. Allerdings war es kein humorvolles Lächeln, sondern ein teuflisches.

»Ich würde nichts anderes erwarten.«

Zane ging davon und Garrett widmete sich wieder den körnigen Aufnahmen einer Verkehrskamera.

Darauf beobachtete er, wie Gabes und Evettes reglose Körper auf den Rücksitz des 4Runner geworfen wurden. Sie waren betäubt worden.

Noch zweimal spielte er das Video ab, dann begann er, die restlichen Adressen durchzuarbeiten, die Tex ihm geschickt hatte.

# KAPITEL FÜNFUNDZWANZIG

Ich hatte die Augen geschlossen.

Schon seit einer Weile kniff ich sie so fest zusammen, dass meine Schläfen pochten.

Aber nur weil ich nichts sehen konnte, bedeutete das nicht, dass ich nichts hörte.

Jeden Schlag, jeden Atemzug.

Fäuste, die auf Fleisch trafen.

Angestrengtes Stöhnen.

Ich hatte Gabe versprochen, nicht hinzuschauen. Doch als er sich zu befreien versuchte, indem er an der Kette über seinem Kopf zerrte, bis das Blut aus seinen Handgelenkswunden hervortrat und über seine Unterarme rann, hätte ich ihm alles versprochen. Dies war meine Schuld. Ich hätte sofort einwilligen sollen, als er mich das erste Mal darum gebeten hatte. Stattdessen hatte ich Gabe so lange gedrängt, bis er die Beherrschung verloren hatte.

Am liebsten hätte ich den Mann, der auf ihn einschlug, angefleht aufzuhören. Doch die Worte blieben mir im Halse stecken und brannten, als ich sie hinunterschluckte. Gabe wollte, dass ich mich still verhielt, aber ich konnte es nicht länger ertragen. Ich konnte unmöglich einfach dasitzen, während der Mann, den ich liebte, zu Tode geprügelt wurde.

Plötzlich kehrte Ruhe ein. Trotzdem hielt ich die Augen

geschlossen, weshalb ich die Ohrfeige nicht kommen sah. Der Schlag war so heftig, dass ich vor Schmerz aufschrie. Instinktiv wollte ich mir eine Hand an die Wange legen, doch das Seil um meine Handgelenke machte das unmöglich.

»Nicht«, krächzte Gabe.

Es war das erste Wort, das er geäußert hatte, seit der Kerl begonnen hatte, auf ihn einzuprügeln. Das Geschrei war ausschließlich von unserem Entführer gekommen. Immer wieder hatte er zu wissen verlangt, wo Delilah war. Weder Gabe noch ich selbst hatten geantwortet. Aber das hatte ihn nicht davon abgehalten, immer wieder dieselben Fragen zu stellen.

»Ihr habt bis morgen Zeit. Wenn ihr dann immer noch nicht zur Vernunft gekommen seid, seid ihr beide tot.«

Ich hörte Schritte, dann kamen zwei schwarze Stiefel in mein Sichtfeld. Sie berührten die Spitzen meiner Turnschuhe. Aus irgendeinem albernen Grund war ich dankbar, dass ich mich nicht für die adretten Sandalen entschieden hatte, die Ivy mir gekauft hatte.

»Morgen sind Sie an der Reihe, Miss London.«

»Wenn ich wüsste, wo sie ist, würde ich es Ihnen verraten.«

Ich hätte es getan. Zwar hätte ich ein schlechtes Gewissen gehabt, aber ich hätte Delilahs Aufenthaltsort preisgegeben, um Gabe zu retten.

»Das ist bedauerlich.« Der Mann hielt kurz inne, dann befahl er: »Lass ihn runter und binde sie los.«

Ich brachte es nicht über mich, Gabe anzusehen. Es war feige, aber ich hatte jeden Schlag gehört und war einfach noch nicht bereit, mich dem Anblick seiner Verletzungen zu stellen. Noch nicht. Nicht, solange ich gefesselt war und nicht zu ihm gehen konnte. Nicht, solange unsere Entführer im Raum waren und beobachten würden, wie ich zusammenbrach. Denn genau das wollten sie. Aber ich weigerte mich, ihnen noch mehr zu geben, als sie mir ohnehin schon genommen hatten. Also hielt ich den Blick gesenkt, während ich das Klirren der Kette und dann Gabes Stöhnen hörte.

Als meine Hände losgebunden wurden, rührte ich mich nicht. Allerdings konnte ich ein Wimmern nicht unterdrücken, als meine Arme schlaff an meinen Seiten herabfielen und ein unerträglicher Schmerz durch meinen Körper schoss. Dann durchfuhr mich ein Kribbeln, bevor meine Hände sich verkrampften und meine Finger sich fast zu Fäusten krümmten. Ich atmete durch den Schmerz hindurch, damit Gabe nicht mitbekam, wie sehr ich litt. Er hatte schon genug durchgemacht und musste mich nicht auch noch weinen hören.

Doch als die Tür ins Schloss fiel und ich den Kopf hob, verlor ich die Fassung. Nichts hätte mich auf den Anblick vorbereiten können, der sich mir bot. Ein lautes Schluchzen entfuhr meiner Kehle.

Ich hatte mit Verletzungen gerechnet, aber nicht mit einem Blutbad.

Gabes Gesicht war blutig und übersät mit Wunden und Schnitten. Sein großer, muskulöser Körper lehnte an der Wand. Seine Arme waren hinter dem Rücken fixiert, seine Beine vor ihm ausgestreckt und an den Knöcheln gefesselt. Doch vor allem der Anblick seines Kopfes, der zur Seite fiel, während sein Kinn schlaff herabhing, schmerzte tief in meiner Seele.

Er zerriss mir das Herz.

Vergeblich versuchte ich aufzustehen. Da ich noch nie unter Drogen gesetzt und stundenlang an einen Stuhl gefesselt worden war, hatte ich keine Ahnung, wie gefährlich eine schnelle Bewegung war. Mir wurde schwindelig, und meine Sicht verschwamm. Dann gaben meine Beine nach, ich kippte nach vorn und landete mit einem dumpfen Schlag auf Händen und Knien. Ein stechender Schmerz durchzuckte mich und strahlte in meine Arme und Beine aus. Ich ignorierte das Pochen und kroch weiter. Ich musste zu Gabe. Seine Augen waren geschlossen, und ich konnte nicht erkennen, ob er noch atmete.

Als ich ihn schließlich erreichte, wusste ich nicht, wie ich mich verhalten sollte. Ich hatte keine Ahnung, wo ich ihn berühren oder was ich sagen sollte. Wie konnte ich wiedergutmachen, was ich angerichtet hatte?

»Gabe«, flüsterte ich.

Keine Antwort.

Ich robbte näher an ihn heran, stemmte mich auf die Knie

und legte so behutsam wie möglich zwei Finger an seine blutige Kehle, um seinen Puls zu fühlen. Es war nicht so einfach, wie es in Filmen immer aussah. Vor allem nicht, wenn man Todesängste ausstand und am ganzen Leib zitterte. Obendrein versuchte ich, den Puls des Mannes zu ertasten, der mein Herz in dem Moment erobert hatte, in dem er den Raum betreten hatte. Ich hätte schwören können, dass ich mich in ihn verliebt hatte, noch bevor ich ihn gesehen oder seine Stimme gehört hatte. Es war geschehen, als ich seine Präsenz gespürt hatte. Und nun versuchte ich herauszufinden, ob dieser Mann noch lebte. Je länger ich kein Lebenszeichen fand, desto panischer wurde ich.

»Bitte, Gabe, wach auf.«

Ich gab die Suche nach der Halsschlagader auf und legte stattdessen meine Hand an seine Brust. Und da spürte ich es – einen gleichmäßigen Herzschlag. Er fühlte sich nicht besonders stark an, aber ich übte auch nur wenig Druck aus. Die Hauptsache war, dass ich ihn spüren konnte.

Ich lehnte mich zurück, hockte mich auf die Fersen und zwang mich, ihn genau zu betrachten. Dabei zählte ich die Schnitte in seinem schönen Gesicht. Mit dem Blick folgte ich dem blutigen Rinnsal, das aus einer Wunde an seiner Stirn austrat, über seine Schläfe, seine Wange und seinen Kiefer floss und schließlich von seinem Kinn tropfte. Am Saum seines T-Shirts gab es eine winzige Stelle, die nicht blutbefleckt war.

Den Geruch würde ich nie vergessen. Zwar hatte ich oft gehört, dass Blut metallisch roch, doch der Raum war stattdessen von dem Gestank der Angst erfüllt. Von dem Geruch meiner eigenen Verzweiflung, weil ich nicht wusste, wie ich Gabe helfen konnte.

Ich war vollkommen hilflos.

Zum ersten Mal, seit ich in diesen Raum gesperrt worden war, sah ich mich um. Es gab keine Fenster, nur eine verschlossene Tür und den Betonboden. Ich ignorierte die tiefroten Flecke, die mit der hellgrauen Oberfläche kontrastierten. Von der Decke hing eine Kette und das einzige andere Objekt im Raum war ein Stuhl. Ich kroch dorthin zurück, kippte ihn um und untersuchte die dünne Metallkonstruktion. Der Plastiksitz und die Rückenlehne waren nutzlos. Aber wenn es mir gelang, sie von den Stützstreben zu lösen, könnte ich sie vielleicht verwenden. Ich wusste nur noch nicht wofür. Als Waffe? Oder als Brecheisen, um Gabe von den Handschellen zu befreien?

Ich zerrte und zog daran, doch ich war nicht stark genug, um die verschraubten Teile auseinanderzubiegen. Auf wackeligen, schwachen Beinen stand ich auf. Sobald ich mein Gleichgewicht gefunden hatte, nahm ich den Stuhl und warf ihn mit Wucht auf den Boden.

Ich hoffte inständig, dass niemand den Lärm gehört hatte, doch inzwischen hatte ich nichts mehr zu verlieren. Am nächsten Morgen würden wir tot sein. Ich wollte nicht wie ein Feigling schluchzend in einer Ecke kauern, bis es so weit war. Ich würde nicht still und untätig herumsitzen, wie ich Gabe versprochen hatte. Auf keinen Fall. Wenn sie mich töten wollten, dann mussten sie gegen mich kämpfen. Und wenn sie noch einmal versuchen würden, Gabe zu schlagen, dann müssten sie zuerst an mir vorbei. Es war mir egal, ob ich den Stuhl in seinem intakten Zustand benutzen müsste – ich würde damit zuschlagen, bevor sie Gabe noch einmal anrühren konnten.

Bei dem Versuch, den Stuhl zu zerschlagen, hatte sich lediglich etwas von der Beschichtung gelöst. Aber niemand kam. Ich nahm dies als gutes Zeichen und hob den Stuhl wieder auf. Diesmal warf ich ihn jedoch nicht, sondern packte die Rückenlehne und schmetterte ihn so fest ich konnte auf den Betonboden.

Nichts.

Also wiederholte ich den Vorgang mehrmals. Mit jedem Versuch schwanden meine Kräfte und ich wusste, dass bald jemand kommen würde, wenn ich so weitermachte. Schließlich hörte ich ein Knacken, und die Stützstrebe löste sich von einem der Stuhlbeine. Mit wild pochendem Herzen hielt ich inne, doch niemand öffnete die Tür. Ich wartete noch ein paar Sekunden, dann packte ich den Stuhl und ging zu Gabe zurück.

Erneut legte ich eine Hand auf sein Herz, um mich zu vergewissern, dass er noch lebte. Der gleichmäßige Rhythmus besänftigte mich vorübergehend, doch genauso schnell, wie die Ruhe gekommen war, verflog sie auch wieder.

»Du musst aufwachen«, flüsterte ich.

Gabe antwortete nicht.

Ich setzte mich auf den Boden und widmete mich erneut dem Stuhl. Es fiel mir nicht schwer, eine der Stützstreben zu verbiegen und zu brechen. Als ich das gezackte Metallende sah, hätte ich vor Freude am liebsten laut gejubelt. Jetzt hatte ich eine Waffe. Da ich nichts anderes zu tun hatte und mich ablenken musste, um nicht zusammenzubrechen und meiner Angst nachzugeben, machte ich weiter. Ich hatte keine Ahnung, wie lange ich arbeitete, aber irgendwann hatte ich den größten Teil des Stuhls auseinandergenommen. Leider erbeutete ich am Ende nur zwei Metallteile, die ich als Waffen benutzen konnte. Aber zwei waren besser als keine.

Sie gaben mir Hoffnung.

Ich kroch zu Gabes Füßen und musterte die Fesseln. Kabelbinder aus Plastik. Zwar wäre ich kaum in der Lage, seine Hände von den Handschellen zu befreien, doch ich war mir ziemlich sicher, dass ich das Plastik um seine Knöchel durchsägen konnte.

Aber schon nach wenigen Minuten verlor ich die Hoffnung. Ich war nicht sonderlich weit gekommen und bereits völlig erschöpft. Meine Oberarme brannten, und so sehr ich mich auch bemühte, ich schaffte es kaum, den Kabelbinder durchzuschneiden.

Doch dann geschah ein Wunder.

Gabe stieß ächzend meinen Namen hervor. Seine Stimme erfüllte mich mit neuer Energie.

Ich hielt inne und drehte mich zu ihm um.

»Hey, du bist wach.«

Ganz langsam blinzelte er. »Geht es dir gut?«

Er wollte wissen, ob es *mir* gut ging?

Mir ging es ganz und gar nicht gut. Ich hatte Angst.

»Ja, es ist alles in Ordnung«, log ich. »Ich habe den Stuhl auseinandergenommen.« Ich hielt die Metallstange in die Höhe. »Habe ich dir wehgetan?«

»Nein. Wie lange war ich bewusstlos?«

Als ich den Schmerz und die Scham in seiner Stimme hörte, keimte ein neues Gefühl in mir auf: Hass. Ich hatte mich nie als gewalttätig erachtet. Zwar wollte ich mich für das rächen, was Kalee durchlitten hatte, doch dieser Wunsch entsprang meinem Sinn für Gerechtigkeit.

Aber ich konnte den Gedanken kaum ertragen, dass Gabe sich für die Prügel schämte, die er eingesteckt hatte. Jeder andere hätte um Gnade gefleht, doch er hatte nur hin und wieder ein Stöhnen ausgestoßen.

*Hin und wieder.*

Mein Mann, der stets alles unter Kontrolle hatte, hatte kaum einen Laut von sich gegeben, während er zusammengeschlagen worden war.

Verdammt nein.

Auf keinen Fall.

Eine unbändige Wut stieg in mir auf und ich schwor mir, diesem Arschloch die Augen auszustechen, wenn er zurückkam.

Das behielt ich jedoch für mich. Ich ließ Gabe nicht wissen, dass ich alles gehört hatte. Stattdessen bemühte ich mich um einen gemessenen Tonfall und antwortete: »Nicht sehr lange. Ich habe deine Beine fast befreit. Wenn ich dir keine Schmerzen bereite, würde ich gern weitermachen.«

»Evette, Schatz, komm hierher.«

Ich schloss die Augen. »Ich kann nicht. Wenn ich jetzt aufhöre, breche ich zusammen. Ich halte mich mit Mühe aufrecht, aber um deinetwillen muss ich stark sein. Ich muss dich befreien.«

»Baby, bitte vertrau mir und komm hierher.«

»Ich vertraue dir, aber ...«

»Ich habe etwas, das dir helfen wird.«

Mir helfen?

Ich brauchte Hilfe. Jede Hilfe, die ich kriegen konnte. Also rutschte ich mit meiner Waffe in der Hand nach oben, wobei ich darauf achtete, ihn nicht versehentlich zu stoßen. Auf Höhe seiner Hüfte hielt ich inne.

»Wie schlimm ist es?«, wollte er wissen.

»Dir geht es gut. Was hast du …«

»Baby. Wie schlimm?«

»Schlimm«, flüsterte ich. »Ich habe dein T-Shirt nicht ange-hoben, während du bewusstlos warst, weil ich Angst hatte, dir wehzutun. Aber du hast zwei große Schnittwunden, die noch bluten, und ich habe nichts, um die Blutung zu stoppen.«

»In Ordnung. In meiner Brieftasche ist ein Universal-schlüssel für die Handschellen. Meine Rippen sind gebrochen und meine Lunge brennt. Ich kann mich nur schwer bewegen. Ich werde mich so weit wie möglich zur Seite rollen, damit du in meine Gesäßtasche greifen kannst.« Gabe hielt inne und atmete mühsam ein und aus. »Leider kann ich mich nicht allzu weit zur Seite lehnen, denn wenn ich es übertreibe und einen Lungenflügel durchbohre, bin ich erledigt. Du musst dich also beeilen.«

Oh Gott.

Ein durchbohrter Lungenflügel.

Mir blieb jedoch kaum Zeit, darüber nachzudenken, denn im nächsten Moment rollte Gabe sich ein Stück zur Seite und ich griff in seine Hosentasche. Ich schaffte es, meine Finger hinein-zuschieben, aber ich brauchte mehr Platz.

»Kannst du dich noch ein Stück rüberrollen?«, bat ich ihn.

Er nickte und lehnte sich noch weiter. Dabei stieß er einen leisen, kehligen Laut aus, der dem Wehklagen eines verwun-deten Tieres ähnelte. So schnell ich konnte, zog ich seine Brief-tasche heraus und öffnete sie, während Gabe sich zurück in die Ausgangsposition rollte.

»Hinter meinem Führerschein.«

Ich fand den Schlüssel und steckte seinen Geldbeutel in meine Gesäßtasche.

Dann schob ich eine Hand hinter seinen Rücken und Gabe beugte sich nach vorn. Mehrere quälende Minuten tastete ich blindlings nach den Handschellen und versuchte, den Schlüssel ins Schloss zu stecken, während Gabe vor Schmerzen keuchte. Nach mehreren erfolglosen Versuchen spürte ich endlich, wie der Schlüssel einrastete. Die Handschellen öffneten sich und fielen mit einem Klirren zu Boden.

»Ich kann nicht glauben, dass du einen Schlüssel dabeihast«, murmelte ich.

»Alte Gewohnheit.«

Gott sei Dank.

»Jetzt befreie ich dich von den Fußfesseln«, erklärte ich.

Bevor ich wieder hinunterrutschte, musterte ich jedoch die Schnittwunden in seinem Gesicht. Dann begegneten sich unsere Blicke und für einen Moment starrten wir einander nur an.

»Mutig«, keuchte er. Ich schüttelte den Kopf, doch er wiederholte: »So mutig.«

»Ich glaube, du bist der mutigste Mensch, den ich kenne, Gabe Harris. Aber darüber können wir uns streiten, nachdem wir entkommen sind.«

Er verzog seine geschwollenen, zerschnittenen Lippen zu einem blutigen Lächeln.

»Also gut, Evette. Schneide die Fesseln durch, während ich die Durchblutung in meinen Armen wieder in Gang setze. Danach verschwinden wir von hier.«

Mit neu gewonnener Energie machte ich mich wieder an die Arbeit und stellte fest, dass die Kabelbinder sich nach Gabes aufmunternden Worten viel leichter durchsägen ließen. Schließlich befreite ich ihn von den Fesseln, und er beugte langsam die Knie. Ich wusste, wie schmerzhaft es war, wenn das Blut in die tauben Gliedmaßen schoss. Sobald die Krämpfe nachgelassen hatten, fragte er: »Ist die Tür verriegelt?«

Mist. Daran hatte ich nicht gedacht.

»Ich habe nicht nachgesehen.«

»In Ordnung. Ich habe noch ein paar Fragen, bevor wir zur Tat schreiten. Wie lange vor mir bist du aufgewacht? Weißt du, wo wir sind?«

»Ich bin kurz vor unserer Ankunft im Wagen zu mir gekommen. Ich habe nur Bäume gesehen. Das Fahrzeug hat ziemlich geruckelt, daher vermute ich, dass wir auf einer unbefestigten Straße unterwegs waren. Wir befinden uns in einer Hütte. Ich habe mich bewusstlos gestellt, daher konnte ich mich nicht umsehen, aber ich habe einen flüchtigen Blick auf das Wohnzimmer erhaschen können. Es ist nicht besonders groß und in einer Ecke befindet sich eine Kochnische. Wir sind im letzten Zimmer am Ende des Flurs. Auf dem Weg habe ich drei weitere Türen gezählt.«

Gabe lächelte und nickte.

»Gut, Schatz. Jetzt sag mir die Wahrheit: Wie lange war ich zuletzt bewusstlos?«

Ich presste die Lippen zu einer dünnen Linie zusammen. Da die Information wichtig war, antwortete ich wahrheitsgemäß: »Eine ganze Weile. In der Zeit bin ich zu dir und wieder zurück zu dem Stuhl gekrochen, habe ihn auf den Boden geschlagen, bis er zerbrach, und ihn dann zu dir geschleift, um mich neben dich zu setzen und ihn auseinanderzunehmen. Das Ganze hat etwa eine Stunde gedauert. Dabei habe ich eine Menge Lärm gemacht, aber niemand ist gekommen, um nachzusehen.«

»Okay. Du musst mir versprechen …«

»Nein, Gabe. Keine Versprechen mehr.«

»Evette …«

»Nein«, zischte ich. »Einfach nein. Ich habe getan, was du verlangt hast, und die Augen geschlossen gehalten. Aber so etwas werde ich *nie wieder* tun. Auf keinen Fall werde ich ohne dich weglaufen. Und ich werde nicht still sein. Mir ist klar, dass du glaubst, es sei deine Pflicht, mich zu beschützen. Du solltest jedoch eines verstehen: Ich bin genauso verantwortlich für deinen Schutz wie du für meinen. Wir stecken gemeinsam in diesem Schlamassel. Im Moment bin ich das einzige Mitglied deines Teams und ich werde dich niemals zurücklassen, um mich selbst zu retten. Also verlange nicht von mir, dir irgendwelche Versprechungen zu machen.«

»Evette …«

»Nein, ich werde dir nichts versprechen«, fuhr ich ihn an.

Ich hätte es nicht für möglich gehalten, dass Gabes Gesicht unter all den Blutergüssen rot anlaufen könnte, doch es färbte sich tatsächlich rubinrot.

Unsere Diskussion wurde unterbrochen, als die Haustür mit einem Knall ins Schloss fiel.

»Wie lautet dein Plan?«, fragte ich.

»Wir kämpfen.«

»Äh … könntest du das vielleicht etwas näher erläutern?«, stammelte ich.

»Kämpfe wie eine Löwin, Schatz. Schwing deinen Schlagstock. Du musst treten, schlagen, kratzen, beißen, schreien, spucken und dich festkrallen. Tu, was immer du tun musst, bis du fliehen kannst. Dann lauf um dein Leben und bleib nicht stehen.«

»Gabe …«

»Wenn ich zu Boden gehe, kannst du nichts mehr für mich tun. Du kannst mir nur helfen, indem du wegläufst und Hilfe holst.«

Okay. Mist. Er hatte recht. Ich konnte ihn unmöglich über meine Schulter werfen und in Sicherheit bringen.

Ein durchbohrter Lungenflügel.

Wenn eine gebrochene Rippe seine Lunge durchstach, könnte er sterben.

Er war angeschossen und zusammengeschlagen worden und hatte eine Menge Blut verloren.

Wir brauchten Hilfe.

»Also gut. Ich schaffe das.«

»Ja, Schatz, du schaffst das.«

Das war gelogen. Ich hatte noch nie im Leben jemanden geschlagen, aber ich würde mich dazu überwinden, um Gabe zu helfen.

»Geh zur Tür«, befahl er. »Wenn sie geöffnet wird, schwingst du die Stange mit aller Kraft. Ziel auf seinen Kopf. Und denk daran, dass du das gezackte Ende benutzen kannst, um ihn zu stechen und zu schneiden.«

Stechen und schneiden.

Schneiden und stechen.

Oh mein Gott.

Ich konnte nicht glauben, dass das passierte.

Ich rappelte mich auf, nahm meinen provisorischen Schlagstock zur Hand und ging zur Tür. Gabe erhob sich mit langsamen Bewegungen. Mir wurde klar, warum er mich zur Tür geschickt hatte, statt sich selbst dort zu postieren. Er musste zuerst sein Gleichgewicht wiederfinden, und falls jemand hereingekommen wäre, während ihm immer noch der Kopf schwirrte, hätte er sich nicht wehren können.

Ich wollte gar nicht darüber nachdenken, wie viel Überwindung es ihn gekostet hatte, mich zu seiner Verteidigung vorzuschicken.

Als ich die Schritte im Flur hörte, konnte ich nur daran denken, dass ich ihn nicht im Stich lassen würde.

Gabe vertraute mir.

Dann wurde die Tür geöffnet und ich schlug mit aller Kraft zu.

# KAPITEL SECHSUNDZWANZIG

Der Schwachkopf, der auf mich eingeprügelt hatte, grunzte und taumelte, doch Evette ließ nicht von ihm ab. Immer wieder schlug sie auf seinen Kopf und sein Gesicht ein.

Sie war so verdammt mutig.

Bei diesem Anblick schoss mir die Wut durch die Adern.

Mein Magen rebellierte, aber das lag nicht an meiner Gehirnerschütterung, sondern daran, dass meine Frau den Feind bekämpfte, um mich zu beschützen.

Es war so verdammt falsch.

Ich machte mir meinen Zorn zunutze, um den Schmerz und den Schwindel zu verdrängen.

Mit übermenschlicher Anstrengung stieß ich mich von der Wand ab. Vor meinen Augen tanzten zwei Paare. Das eine Paar bestand aus Evette und dem Schwachkopf, das andere war ein unscharfes Abbild der beiden.

»Halt!«, schrie ich. Evette trat zur Seite, als ich Schwachkopf meine Faust gegen das Kinn rammte.

Ein brennender, glühender Schmerz schoss meinen Arm hinauf, umkreiste die Schusswunde in meiner Brust und wanderte dann weiter zu meinem Brustkorb, um mich unsanft daran zu erinnern, dass einige meiner Rippen gebrochen waren. Ich unterdrückte die aufsteigende Übelkeit und erwischte den Kerl mit einem linken Haken. Schwachkopf schwankte rückwärts, bis er außerhalb meiner Reichweite war, aber meine schöne, mutige Kriegerin schlug ihm mit ihrem Metallknüppel gegen den Hinterkopf, woraufhin er zusammenbrach.

»Taste ihn nach einer Waffe ab.«

Mit verschwommenem Blick beobachtete ich, wie sie neben dem Kerl in die Hocke ging und seinen Körper abtastete, bis sie eine Pistole in die Höhe hielt.

*Herrgott.*

»Nimm den Finger vom Abzug.«

»Natürlich. Hier, willst du sie nehmen?«

Ich streckte die Hand aus, woraufhin sie mir die Waffe in die Handfläche legte. Ich musste die Pistole nicht sehen, um zu wissen, dass es eine Glock war. Und ich machte mir auch nicht die Mühe, das Magazin zu überprüfen, denn ich hätte die Patronen nicht zählen können, ohne mich zu übergeben.

Das Schwindelgefühl wurde immer schlimmer.

Wir mussten hier raus.

»Sieh nach, ob er eine Brieftasche, ein Handy oder Schlüssel bei sich hat.«

Erneut befolgte Evette meine Befehle, ohne zu zögern.

»Er hat eine Brieftasche. Keine Schlüssel.«

Sie stand auf, steckte Schwachkopfs Geldbeutel in ihre Tasche und hob ihren Schlagstock auf.

»Also schön. Hör mir gut zu. Wir haben nicht viel Zeit. Lauf so schnell du kannst ins Wohnzimmer und versuche, einen Schlüssel zu finden. Ich werde dir folgen. Falls jemand in die Hütte kommt, schrei so laut du kannst, dann tust du dasselbe wie eben und kämpfst.«

Ich befand mich in einer ganz neuen Art von Hölle. Es war ein schreckliches Gefühl, das Haus nicht selbst sichern zu können und meine Frau an die Front schicken zu müssen.

*Was für ein Mann bin ich nur?*

»In Ordnung«, stimmte sie zu.

»Lauf, Baby. Beeil dich.«

Evette schoss los wie eine Rakete. Allein beim Anblick ihrer ruckartigen Bewegungen wurde mir erneut übel und meine

Sicht verschwamm, bis schwarze Flecke vor meinen Augen tanzten.

Ich musste es nur aus der Hütte schaffen und mich einige Hundert Meter weit schleppen, dann würde ich Evette davon überzeugen können, ohne mich weiterzugehen.

Ich stützte mich mit einer Hand an der Wand ab und kämpfte mich den Flur entlang.

Evette kam auf mich zu und blieb vor mir stehen.

»Keine Schlüssel, aber ich habe ein Handy gefunden. Ich glaube nicht, dass der andere Kerl in der Nähe ist.«

*Scheiße.*

Die Worte des Arschlochs kamen mir wieder in den Sinn. Er hatte gesagt, er würde sie zur nächsten Tankstelle fahren.

Das bedeutete, dass wir fernab der Zivilisation waren.

»Hat das Telefon Empfang?«

»Ja. Einen Balken. Ich glaube, es ist ein Wegwerfhandy. Man muss kein Passwort eingeben, um es zu benutzen.«

»Du musst eine Nummer für mich wählen.«

»In Ordnung.«

Ihre Stimme stockte und klang ein wenig zittrig, aber sie hielt sich aufrecht.

»Du machst das großartig, Schatz. Wir haben es fast geschafft.«

Ich diktierte ihr Zanes Nummer und bat sie, die Verbindung herzustellen. Dann reichte sie mir das Telefon.

»Lewis«, meldete Zane sich knapp.

»Zane. Ich bin's.«

»Herrgott. Wo bist du?«

»Keine Ahnung. Irgendwo in einer Hütte. Evette hat gesagt, sie hätte auf der Fahrt nur Bäume gesehen. Hör zu, wir müssen von hier verschwinden. Evette hat einen der Typen ausgeschaltet, aber sie sind zu zweit. Ich will weg sein, bevor der andere Kerl zurückkommt. Wenn wir wirklich mitten im Nirgendwo sind, werden wir kaum Empfang haben.«

»Lass das Telefon zurück. Ich bitte Garrett, es zu orten. Wir wissen, wer euch entführt hat. Das einzige abgelegene Anwesen, das diese Leute besitzen, befindet sich in Big Island, Virginia.

Coop und ich sind in zwei Stunden dort. Wenn ich mich nicht irre, liegt es an einer unbefestigten Straße, achthundert Meter vom Blue Ridge Parkway entfernt. Folgt der Straße nach Osten. Das Problem ist allerdings, dass der Parkway hoch in den Bergen verläuft und ihr erst nach dreißig Kilometern wieder auf die Zivilisation stoßen werdet. Haltet euch in den Wäldern, dort gibt es einen Bach. Bewegt euch in der Nähe des Baches in Richtung Osten. Wir werden euch finden.«

»Verstanden.«

»Gabe?«

»Ja.«

»Wie schlimm?«, wollte Z wissen.

Ich schluckte schwer, dann gestand ich: »Schlimm.«

»Nur du oder sie auch?«

»Nur ich.«

»Scheiße. Wirst du durchhalten, bis wir da sind?«

»Negativ. Wir gehen in den Wald und arbeiten uns bis zum Bach vor. Ich bringe uns so weit wie möglich, aber weit werde ich es nicht schaffen, Z.«

Ich hörte, wie er nach Luft schnappte, dann stieß er eine Reihe von Flüchen aus, wobei die meisten keinen Sinn ergaben.

»Bruder, du musst durchhalten.«

»Bring einfach meine Frau in Sicherheit, Z. Ich zähle auf dich.«

»Du kannst dich auf mich verlassen. Aber dich hole ich ebenfalls.«

»Sicher. Ich lege jetzt das Telefon ab, dann machen wir uns auf den Weg.«

Normalerweise hatte Zane immer das letzte Wort, doch ich wartete nicht darauf, dass er noch etwas sagte. Stattdessen reichte ich Evette das Telefon. »Du darfst die Verbindung nicht unterbrechen. Leg das Telefon mit dem Bildschirm nach unten auf die Anrichte.«

»Sollen wir unseren Standort googeln?«

In einer perfekten Welt, in der ich nicht jeden Moment das Bewusstsein hätte verlieren können, wäre es klug gewesen, unsere Position zu bestimmen. Wenn ich nicht am Ende meiner Kräfte gewesen wäre und Angst gehabt hätte, vielleicht nicht mehr aufzuwachen, wären wir in der Hütte geblieben und hätten auf Zane und Cooper gewartet. Doch die Schwindelanfälle kamen in immer kürzeren Abständen und dauerten jedes Mal länger an. Meine Sicht verdunkelte sich. Ich musste Evette von hier fortbringen, bevor das Arschloch zurückkehrte.

Wenn Zane behauptete zu wissen, wo wir waren, dann wusste er es. Er irrte sich selten, und wenn er Zweifel gehabt hätte, hätte er es mir gesagt.

»Dafür bleibt keine Zeit. Wir müssen von hier verschwinden, bevor der andere Kerl zurückkommt. Zane wird in zwei Stunden hier sein. Bis dahin verstecken wir uns im Wald.«

»Okay.«

Gott sei Dank.

Evette durchquerte den Raum, legte das Telefon auf die Anrichte und eilte zu mir zurück. Ich packte ihre Hand und verließ mit ihr die Hütte.

Leider kamen wir nur im Schritttempo voran. Statt in einen Dauerlauf zu verfallen, musste ich mich darauf konzentrieren, mich aufrecht zu halten. Ich konnte Evette nicht schützen, indem ich sie mit meinem Körper abschirmte und die Umgebung absuchte. Es lag an ihr, uns ans Ziel zu bringen.

Der Gedanke lag mir schwer im Magen.

»In der Nähe muss ein Bach sein«, erklärte ich. »Wir müssen ihm nach Osten folgen.«

»In Ordnung.«

Sie festigte ihren Griff um meine Hand, beschleunigte ihre Schritte und zog *mich* mit sich.

»Wie verschwommen ist deine Sicht?«, flüsterte sie.

*Verdammte Scheiße.*

Mit geschwollenen Augen starrte ich auf das dichte Unterholz, doch ich konnte nichts weiter erkennen als einen grünlichbraunen Fleck. Ich war nicht in der Lage, Blätter, Grashalme, den Boden oder Bäume auszumachen. Es schien, als ginge ein Busch in den nächsten über. Ich nahm alles nur verschwommen wahr, und mit jedem Schritt wurde es schlimmer.

Ich wich Evettes Frage aus und sagte stattdessen: »In zwei Stunden werden Z und Coop auf dem Berg sein.«

»Gabe …«

»Wir finden den Bach, folgen ihm ein Stück weit nach Osten, bis wir etwas Abstand zur Hütte gewonnen haben, und warten dann.«

»Gabe …«

»Geh weiter, Evette!«, blaffte ich.

Im nächsten Moment stolperte ich und riss sie beinahe zu Boden. Hätte sie sich nicht gegen meine Brust gestemmt und mich aufgerichtet, wären wir gestürzt.

»Verdammt noch mal!« Meine Sicht verdunkelte sich und ich schwankte erneut. *Scheiße!*«

»Also gut, Gabe, ich verstehe, dass das schwer für dich ist, aber ich muss wissen …«

»Wirklich? Weißt du eigentlich, wie schwer es für mich ist, dass ich dich im Stich gelassen habe? Dass ich dich nicht beschützen kann? Dass ich dich bitten musste, mich zu beschützen? Dass ich nicht einmal richtig gehen kann? Dass ich wieder einmal machtlos bin – und diesmal mit meiner Frau im Schlepptau?«

»Ja, Gabe«, zischte sie. »Ich weiß, wie schwer es für dich ist, denn ich kenne dich. Mir ist klar, dass das, was in dir vorgeht, schlimmer ist als die Schnitte, die blauen Flecke und das Blut, das immer noch von deiner Stirn rinnt. Aber es war verdammt schwer für mich zu hören, wie du zusammengeschlagen wurdest, während ich hilflos danebensaß und dir nicht helfen konnte. Ich verstehe dich. Du bist durch und durch ein Mann. Und ich liebe dich dafür. Ich weiß, dass du alles tun würdest, um mich zu beschützen. Du hast dich sogar fast zu Tode prügeln lassen. Aber du scheinst nicht zu verstehen, dass ich durch und durch eine Frau bin, Gabe Harris. Ich werde das, was mir gehört, mit meinem letzten Atemzug beschützen. Das bedeutet, dass ich mich jetzt bei dir revanchieren und dir helfen werde. Sag mir also, wie schlimm es ist, damit ich meinen Job machen und meinen Mann in Sicherheit bringen kann.«

»Herrgott.«

»Wie kann ich bestimmen, wo Osten ist?«, fragte sie.

»Scheiße.«

»Die Sonne geht im Osten auf und im Westen unter«, murmelte Evette. Kurz darauf sagte sie: »Hier entlang.«

Mit einem sanften Ruck versuchte sie, mich zum Weitergehen zu bewegen, doch ich blieb stehen und zog sie zu mir, sodass sie mir gegenüberstand. Aus nächster Nähe konnte ich ihr hübsches Gesicht erkennen. Ich sah Schnitte an ihrer Stirn und etwas getrocknetes Blut über ihrer Augenbraue. Langsam hob ich eine zitternde Hand und ignorierte den stechenden Schmerz in Schulter und Brustkorb, während ich ihr ungeschickt mit den Fingern über die Wange strich. Dann ließ ich meine Hand sinken.

»Ich habe eine Gehirnerschütterung. Die Schwindelanfälle häufen sich und ich kann fast nichts mehr sehen. Du musst die Waffe nehmen. Sobald wir Rast machen, erkläre ich dir, wie sie funktioniert. Falls jemand kommt, ziel einfach auf ihn und schieß. Ich weiß allerdings nicht, wie viel Munition im Magazin ist.«

Evette nickte. »Ich habe es dir noch nicht erzählt, aber ich gehe seit meinem dreizehnten Lebensjahr regelmäßig mit meinem Vater zum Schießstand. Er hatte immer Pistolen im Haus, sodass ich schon früh den sicheren Umgang mit Waffen gelernt habe. Ich kann also schießen. Zwar bin ich keine großartige Schützin, aber ich bin gut genug.«

Erleichterung durchflutete mich. Nicht genug, um die Säure wegzuspülen, die in mir brannte, aber genug, um zu wissen, dass sie sich verteidigen konnte, sollte ich ohnmächtig werden.

»Gut. Nimm die Waffe und lass uns gehen.«

Evette griff hinter meinen Rücken und zog die Glock aus meinem Hosenbund. Dann streifte sie mit ihren Lippen sanft über meine.

»Ich liebe dich, Gabe, und ich verspreche dir, dass ich das schaffe.«

Verdammt noch mal.

»Ich weiß, dass du es schaffen wirst, Schatz.«

Sie drehte sich um, ergriff meine Hand und brachte uns in Sicherheit, wie sie es versprochen hatte.

# KAPITEL SIEBENUNDZWANZIG

Wir waren erst zehn Minuten unterwegs, als es passierte. Die ganze Zeit über hatte ich leise mit Gabe gesprochen und ihm Fragen gestellt, um ihn wach zu halten. Doch jedes Wort aus seinem Mund klang, als sei er mittels Folter zum Reden gezwungen worden. Ich wusste nicht viel über Gehirnerschütterungen, außer, dass man die Person mit der Kopfverletzung alle paar Stunden aufwecken musste.

Gabe bewegte sich immer langsamer vorwärts, stolperte häufiger und hatte zu lallen begonnen.

Wir mussten anhalten.

Ich hatte den Bach gefunden und hoffte, dass wir nach Osten gegangen waren. Wir hatten die untergehende Sonne im Rücken, daher war ich mir fast sicher, dass ich die richtige Richtung eingeschlagen hatte. Wenn nicht, mussten Zane und Cooper uns eben suchen. Ich sah mich nach einem geeigneten Platz um, an dem wir auf sie warten konnten.

Ich erblickte einen großen umgestürzten Baumstamm in der Nähe des Baches, den man kaum als einen solchen bezeichnen konnte. Vielleicht würde er bei Regen oder während der Schneeschmelze im Frühjahr anschwellen, aber im Moment war es nicht mehr als ein knöcheltiefes Rinnsal. Doch Zane würde ihm folgen. Außerdem musste ich das Blut aus Gabes Gesicht waschen. Der Holzstamm lag direkt neben einem Baum und bot einen hervorragenden Rastplatz.

»Ich weiß, wo wir anhalten können.«

»Wie lange?«, lallte Gabe.

»Wir sind weit genug gekommen.«

»Wie lange?«

»Eine ganze Weile, Gabe«, log ich. »Wir können jetzt Rast machen.«

Ich führte uns zu dem Baumstamm. Der Ort war tatsächlich bestens geeignet, denn Gabe konnte sich in der Ecke ausruhen, während die umliegenden Bäume Schutz boten.

»Dreh dich zu mir um. Jetzt gehe zwei Schritte zurück, bis du mit dem Rücken gegen einen Baum stößt. Kannst du dich daran hinabgleiten lassen? Ich glaube nicht, dass ich stark genug bin, dich herunterzulassen.«

»Ja.«

Die Tatsache, dass er mir sofort zustimmte, verriet mir, wie schlecht es um ihn stand. In seiner Stimme schwangen weder Wut noch Frustration oder gar Resignation mit. Ich hörte nur Erschöpfung und Schmerz.

Ich half ihm so gut ich konnte, doch Gabe war groß und so schwer verletzt, dass er wie totes Gewicht an dem Baumstamm hinunterglitt. Dabei rutschte nicht nur sein T-Shirt hoch und die Rinde schürfte über seinen Rücken, er kippte auch nach vorn. Um seinen Sturz abzufangen, ging ich mit ihm zu Boden.

Verdammt, das tat weh.

Mit einem Knie landete ich auf der weichen Erde, während das andere auf einem Felsen aufschlug. Und Gabes Schulter traf mich an der Nase. Ich war froh, dass es nicht die Schulter mit der Schusswunde war und er glücklicherweise auf den Hintern fiel.

Gabe stöhnte und sein Kopf fiel zur Seite. Sofort musste ich daran denken, wie ich in der Hütte zu ihm gerobbt war.

»Gabe? Kannst du mich hören?«

Er murmelte etwas Unverständliches, und die Angst, die ich versucht hatte zu unterdrücken, stürmte mit voller Wucht auf mich ein.

Ich war mitten in der Wildnis, ohne Telefon, ohne Trinkwasser oder etwas zu essen, ohne Unterschlupf, und die Sonne stand bereits tief am Himmel. Es würde bald dunkel werden, und Gabe war kaum noch ansprechbar. Ich hatte keine medizinische Ausbildung, und er hatte viel Blut verloren, eine Gehirnerschütterung und gebrochene Rippen.

Eine punktierte Lunge.

Oh Gott.

»Gabe, du musst die Augen öffnen, Baby.«

Wieder gab er nur unverständliches Gemurmel von sich.

»Bitte, Gabe. Sieh mich an. Kannst du in dieser Position atmen? Soll ich dich hinlegen?«

»Nein«, brachte er hervor. »Muss ... aufrecht sitzen ... tut weh ... aber ... okay.«

*Gut. Was jetzt? Denk nach, Evette. Was jetzt?*

Blut tropfte aus der großen, klaffenden Wunde an seiner Stirn. Ich musste die Blutung stoppen. Danach würde ich mir seine Schulter ansehen.

Mein Plan war nicht gerade durchdacht, aber ich zog mein Oberteil aus, drehte es auf links und überprüfte die Ärmel. Da ich sie nicht um seinen Kopf binden konnte, versuchte ich stattdessen, das T-Shirt an der Seitennaht aufzureißen. Das war schwieriger, als ich gedacht hatte. Ich beschloss, in Zukunft auf Actionfilme zu verzichten. Darin sah alles immer so einfach aus, aber es war gar nicht so leicht, ein Hemd in Fetzen zu reißen. Tatsächlich brauchte ich eine ganze Weile dafür und als ich fertig war, war es fast dunkel.

Schließlich riss ich die Vorderseite in zwei Hälften. Mit einem der Stofffetzen ging ich zum Bach und tränkte ihn im Wasser. Die Flüssigkeit sah so verlockend aus. Ich hatte großen Durst und hätte vielleicht davon getrunken, wenn Gabe mir nicht gesagt hätte, dass Hilfe unterwegs sei. Ich musste nur noch eine Weile durchhalten. In diesem Moment wurde mir klar, dass ich nichts über das Überleben in der Wildnis wusste. Andernfalls hätte ich in der Hütte nach Wasserflaschen gesucht oder vielleicht einen Krug gefüllt.

Gott, war ich dumm.

Ich ging zu Gabe zurück und säuberte seine Stirn so gut ich konnte.

»Herrje, ich hoffe, in dem Wasser sind keine fleischfressenden Bakterien.«

Gabe antwortete nicht.

Er stöhnte nicht einmal.

Ich säuberte schnell sein Gesicht, wobei ich dreimal zum Bach zurückgehen musste, um das Blut auszuspülen. Als ich fertig war, faltete ich den zweiten Streifen meines Hemdes, wickelte ihn um seinen Schädel, band ihn zusammen und lehnte seinen Kopf vorsichtig an den Baumstamm.

Ein kühler Luftzug streifte meine Haut, und mir wurde schmerzlich bewusst, dass ich nur einen BH trug. Aus irgendeinem Grund fühlte ich mich dadurch besonders verletzlich. Da es nicht mehr lange dauern würde, bis die Nacht endgültig hereinbrach, hob ich Gabes Hemd an und schnappte unwillkürlich nach Luft. Jeder Zentimeter seines Oberkörpers war lila, schwarz, grün oder rot verfärbt. Einige Stellen waren geschwollen und entzündet und zeugten davon, wie schlimm er gefoltert worden war. Bei diesem Anblick brach ich in Tränen aus. Durch den Verband an seiner Schulter sickerte Blut und rann ihm über die Brust.

Ich nahm die übrigen Stofffetzen, faltete sie und drückte sie gegen seine Brust. Mit der anderen Hand zog ich die Waffe aus dem Bund meiner Jeans, ließ mich neben Gabe fallen und schmiegte mich so fest ich konnte an seine Seite.

Dann wartete ich. Und wartete. Nur Gabes Stöhnen durchbrach hin und wieder die schreckliche Stille. Ich hatte Todesangst. Ich hatte Angst vor Bären und Wildkatzen, aber auch davor, dass die Entführer uns finden könnten. Ich hatte Angst, dass Gabe vielleicht sterben würde und ich nichts unternehmen konnte, um ihn zu retten. Ich hatte einfach nur Angst.

»Wir schaffen das, Gabe«, flüsterte ich.

Gabe antwortete nicht.

Aber sein Herz schlug weiterhin.

Das gab mir Hoffnung.

Während ich in der Dunkelheit saß und fror, hatte ich

nichts Besseres zu tun, als über mein Leben zu sinnieren. Ich dachte an die Dinge, die ich erreicht hatte, und die, die ich noch erreichen wollte. Wie immer, wenn ich angestrengt grübelte, legte ich jede Entscheidung, die ich je getroffen hatte, auf die Goldwaage. Ich erinnerte mich daran, wie ich im Alter von zehn Jahren zum ersten Mal ein Buch der Kinderkrimi-Reihe »Encyclopedia Brown« gelesen hatte. Meine Familie war nicht reich, aber auch nicht arm. Trotzdem war es für meine Eltern ein Schlag, als aus einem Buch plötzlich alle neunundzwanzig Bände wurden. Da ich offensichtlich eine Leseratte war, besorgte meine Mutter mir einen Bibliotheksausweis. Als Teenager verschlang ich sämtliche Bücher über die jugendliche Schnüfflerin Nancy Drew, den Detektivjungen Leroy Brown und den Clue Club. Von da an wusste ich, was ich später einmal werden wollte. Allerdings hatte ich als Kind keine Ahnung von den Gefahren, die mein Beruf mit sich bringen würde. Hätte ich es gewusst, wäre ich vielleicht Chiropraktikerin geworden. Hätte ich geahnt, dass meine Liebe zu guten Krimis dazu führen würde, dass ich eines Tages neben dem Mann, den ich liebte, im Dunkeln im Wald kauern würde, hätte ich vielleicht einen Weg gefunden, meine Leidenschaft zu zügeln.

Aber wenn ich mich nicht mit Kalees Verschwinden auseinandergesetzt hätte, hätte ich Gabe nie kennengelernt. Ich drückte mich näher an ihn und lauschte. Seine angestrengten, keuchenden Atemzüge durchdrangen die Stille. Wie war es möglich, dass ich einen Mann schon nach so kurzer Zeit so sehr liebte? Vor zwei Wochen saß ich noch in Kalifornien, umgeben von Millionen von Menschen, und doch war ich so einsam und unglücklich. Doch dann traf ich Gabe, und plötzlich hatte alles einen Sinn. Er hatte mich nicht wie ein Ritter in strahlender Rüstung von den Füßen gerissen. Die Gefühle, die ich für ihn empfand, waren viel tiefer.

Es war Schicksal.

Magie.

Und zum ersten Mal in meinem Leben dachte ich nicht an all die falschen Entscheidungen und verpassten Chancen, sondern tröstete mich mit dem Wissen, dass ich genau dort war, wo ich sein sollte.

Ich war bei Gabe.

Wir würden das durchstehen. Es gab keine andere Möglichkeit. Wir hatten eine gemeinsame Zukunft vor uns. Ich musste meinen Chef darüber informieren, dass ich nach Maryland ziehen würde. Ich musste mich von meinen Freunden in Riverton verabschieden und meine Eltern anrufen. Meine Mutter würde sich überschwänglich freuen, weil ich die Liebe meines Lebens gefunden hatte, und mein Vater würde nach Maryland kommen, um meinen Mann zu begutachten.

Ich hatte alles, wofür es sich zu leben lohnte. Und Gabe ebenfalls.

Plötzlich wurde ich aus meinen Gedanken gerissen, als irgendwo ein Knacken ertönte. Ich hielt den Atem an und wartete. Nach zwei Sekunden hörte ich es wieder. Irgendjemand war ganz in der Nähe.

Ich stand auf, stellte mich vor Gabe und hob die Waffe an. Ich hätte überprüfen sollen, wie viele Patronen noch im Magazin waren.

*Verdammt.*

Es herrschte eine erdrückende Stille.

Jemand war hier. Ich konnte es spüren. Die Härchen auf meinen Armen standen zu Berge und ich bekam eine Gänsehaut.

Ich hörte ein Rascheln und ein weiteres Knacken, und ich konnte nicht mehr an mich halten.

»Noch einen Schritt weiter und ich schieße.«

»Evette?«

»Komm nicht näher.«

»Ich bin es, Zane.«

Nein, unmöglich. Der Mann klang nicht wie Zane.

»Ich schwöre bei Gott, ich schieße.«

»Ich werde den Rest des verdammten Teams kastrieren«, murmelte die Stimme, und ich begann, an mir zu zweifeln. »Glaub mir, ich bin es, Zane. Leg die Waffe weg und lass mich zu Gabe.«

»Nein!«

»Nein?«

»Tritt zurück und schalte eine Taschenlampe ein, damit ich dich sehen kann.«

»Um Himmels willen. Sie will meine Identität überprüfen. Warum konnte Gabe keine unterwürfige Frau finden, die Befehle befolgt?« Nach einer kurzen Pause erhellte ein schwacher Lichtstrahl die Dunkelheit, und der Mann beleuchtete sein Gesicht. »Besser? Willst du mich immer noch erschießen?«

»Vielleicht. Aber nur, weil du so ein Idiot bist.«

Der Lichtstrahl traf mein Gesicht und ich zuckte zusammen, bevor ich den Blick zu Boden senkte.

»Verdammte Scheiße.«

Zane trat einen Schritt vor. Ich hatte keine Ahnung, was über mich kam, doch als er mir die Hand reichte, brach ich zusammen.

Erleichterung durchströmte mich und ich schluchzte so heftig, dass ich am ganzen Körper bebte.

»Hey«, sagte Zane mit beruhigendem Tonfall. »Ich bin hier, Schätzchen. Alles wird gut. Wir werden Gabe von diesem Berg und in ein Krankenhaus bringen.«

Ich nickte und Zane drückte mich behutsam. »Das hast du gut gemacht, Evette. Wirklich gut.«

Ich nickte erneut und löste mich von Zane.

»Wie geht es Gabe?«, wollte er wissen.

»Seine Schulter blutet immer noch. Das Blut ist durch die Mullbinde und mein Hemd gesickert. Ich glaube aber, dass die Wunde an seiner Stirn mittlerweile nicht mehr so stark blutet. Er hat gebrochene Rippen und eine Gehirnerschütterung. Da er unter Schwindelanfällen litt, immer wieder gestolpert ist und undeutlich gesprochen hat, konnten wir nicht weitergehen. Wenn er gefallen wäre, hätte ich ihn nicht tragen können. Bevor er das Bewusstsein verlor, sagte er mir, dass er atmen könne. Ab und zu stöhnt er, aber ich war nicht in der Lage, ihn aufzuwecken.«

»Wie lange ist er schon bewusstlos?«

»Keine Ahnung. Ich schätze, über eine Stunde.«

»Von der Hütte bis hierher sind es etwa zehn Minuten. Und ich habe vor zwei Stunden und dreißig Minuten mit ihm telefoniert.«

Wow. So lange.

»Das ist gar nicht gut«, flüsterte ich.

Zane ignorierte meine Worte und fragte stattdessen: »Bist du in der Lage, mit mir zu Fuß durch den Wald zu gehen?«

»Sicher.«

»Dann lass uns aufbrechen.«

Ich trat beiseite. Zane bückte sich und hob Gabe mit übermenschlicher Kraft hoch, als sei er eine Puppe.

Dann gingen wir los.

Die ganze Zeit über gab Gabe keinen Ton von sich.

# KAPITEL ACHTUNDZWANZIG

»Er wird aufwachen«, sagte Anaya.

»Ich weiß.«

Ich wusste es nicht, aber nach zwei Tagen fiel es mir leichter zuzustimmen. Zumindest würde meine Freundin mich dann nicht mehr mit diesem traurigen Blick betrachten. Und Zanes Miene würde sich nicht jedes Mal versteifen, wenn er mich ansah. Er machte sich schon genügend Sorgen um Gabe, da musste er sich nicht auch noch über mich den Kopf zerbrechen.

»Geh mit Anaya und Kyle und hol dir was zu essen«, schlug Cooper vor.

Allein die Erwähnung von Essen versetzte mir einen Stich ins Herz. Es war albern, aber ich wollte, dass Gabe mich fragte, ob ich Hunger hatte. Ich wollte, dass er mich finster ansah, wenn ich eine Mahlzeit ausließ. Und ich wollte in seine schönen, warmherzigen braunen Augen blicken.

Ich wollte, dass er aufwachte.

»Ich habe keinen Hunger.«

»Eve …«

»Bitte nicht.«

Cooper presste die Lippen zusammen und verengte die Augen zu dünnen Schlitzen. »Nur damit du es weißt: Ich führe Buch.«

»Worüber?«

»Über jede Mahlzeit, die du ablehnst. Wenn Gabe aufwacht, werde ich ihm Bericht erstatten.«

»Das würdest du nicht wagen.« Ich kniff ebenfalls die Augen zusammen.

»Doch, das würde ich. Und er wird wütend sein. Du musst etwas essen. Seit zwei Tagen sitzt du jetzt schon in diesem Zimmer und bist kaum von dem Stuhl aufgestanden. Du musst …«

»Ich muss hierbleiben, Coop. Ich habe ihm versprochen, dass ich auf ihn aufpasse. Auf keinen Fall werde ich von seiner Seite weichen.«

Cooper Cain veränderte schlagartig seine Haltung. Ein sanfter Ausdruck trat in seine Augen, und seine Miene erweichte sich.

»Das hast du getan, Schätzchen. Du hast ihn beschützt und alles richtig gemacht. Er ist hier und erholt sich. Aber du tust dir keinen Gefallen, wenn du nichts isst. Um seinetwillen musst du bei Kräften bleiben.«

Wenn Gabe aufwachte, würde ich für ihn stark sein.

»Würde er mich verlassen, wenn ich in diesem Bett läge? Würde er mit dir und Zane etwas essen gehen? Nein, er wäre genau hier. Ich werde nirgendwohin gehen.«

»Evette«, versuchte Anaya es erneut. »Süße, du musst …«

»Er hat die Schläge eingesteckt, um mich zu schützen«, weinte ich. »Meinetwegen liegt er in diesem Bett. Ich weiß, dass ihr es alle nur gut meint. Aber ihr wart nicht dabei. Ihr habt es nicht gehört. Ich habe gehört, wie er … Er hing an einer Kette und wusste, dass ich jeden Schlag und jedes Stöhnen hören konnte. Ich habe mitbekommen, wie dieses Arschloch mit den Fäusten auf ihn eingeschlagen hat. Auf meinen Gabe. Ihr werdet mich nicht dazu bringen, etwas zu essen oder aufzustehen. Ich verlasse ihn nicht. Niemals.«

»Lasst sie in Ruhe!«, hallte Zanes raue Stimme durch den Raum. »Kyle, bring ihr etwas zu essen. Coop, begleite die beiden.«

Kyle und Cooper gingen zur Tür, aber Anaya kam auf mich zu.

Sie öffnete den Mund, um etwas zu sagen, doch ich kam ihr zuvor. »Yaya«, warnte ich sie.

»Diesen Spitznamen habe ich schon ewig nicht mehr gehört.« Sie lächelte und ergriff meine Hand, die ich neben Gabe auf das Bett gelegt hatte. »Ich will dir nur sagen, dass ich dich liebe und dass ich ungefähr weiß, was du gerade durchmachst.«

Damit lag sie nicht falsch. Nachdem Kalee für tot erklärt worden und Piper in die USA zurückgekehrt war, war Anaya nach Timor-Leste zurückgereist. Sie hatte geholfen, ein Waisenhaus zu schließen, das als Deckmantel für einen Sexhandelsring gedient hatte. Dabei war sie entführt worden, und Kyle hatte sie gerettet. Sie wusste also ansatzweise, was ich fühlte, aber das ganze Ausmaß meiner Emotionen konnte sie nicht erfassen. Kyle war nicht fast gestorben, während sie an einen Stuhl gefesselt gewesen war. Und er hatte nicht bewusstlos in einem Krankenhausbett gelegen.

»Ich liebe dich auch. Danke, dass du dich um mich kümmern willst.«

»Du musst mir nicht danken, ich will einfach nur für dich da sein. Wenn du diesen Raum nicht verlassen willst, kann ich dich nicht dazu zwingen. Aber du musst etwas essen, Süße. Ich mache mir Sorgen.«

»Wenn du mir etwas bringst, werde ich es essen«, flüsterte ich.

»Danke«, sagte sie und ließ meine Hand los.

Sofort ergriff ich Gabes Hand, umschloss seine Finger mit meinen und versuchte, die wütenden Striemen um sein Handgelenk zu ignorieren. Diese hatte er sich selbst zugefügt, als er versucht hatte, sich zu befreien. Und das war meine Schuld.

»Evette?«, rief Zane.

»Hm?«

»Schätzchen, sieh mich an.«

»Nein.«

Das große, starke, sarkastische Biest von einem Mann stieß einen tiefen Seufzer aus. Vermutlich hatte ich Zane Lewis während der letzten zwei Tage an den Rand des Wahnsinns getrieben. Ich wusste, dass ich mein Glück herausforderte, aber das Problem war, dass unter seiner harten Fassade ein warmherziger Mensch steckte. Er hatte alles in seiner Macht Stehende getan, um mir alles zu geben, was ich brauchte. Seit dem Moment, in dem wir Gabe in die Notaufnahme gebracht hatten, hatte Zane sich um mich gekümmert.

Vor zwei Tagen hatte ich gelernt, dass niemand Zane Lewis einen Wunsch abschlagen konnte. Weder Ärzte noch Krankenschwestern. Jedes Mal wenn jemand versuchte, mich aus dem Zimmer zu bringen, hatte Zane gefaucht, geknurrt, gebellt oder alles auf einmal getan. Danach hatte niemand mehr gewagt, mich zum Gehen zu bewegen.

Und genauso wie vor ein paar Minuten hatte er die ganze Zeit hinter mir gestanden. Als Cooper, Owen, Natasha, Kyle, Anaya oder Ivy versucht hatten, mich zu überreden, mit ihnen an die frische Luft zu gehen, hatte er ihnen befohlen, mich in Ruhe zu lassen. Einmal hatte er sich sogar heftig mit Kyle gestritten. Ich war dankbar für das, was Gabes Freunde und Anaya für mich tun wollten.

Sie meinten es gut.

Aber Zane verstand, was in mir vorging.

Ich würde nicht von Gabes Seite weichen, bevor er dieses Zimmer mit mir verlassen konnte.

»Warum höre ich immer nur nein von dir? Du bist schlimmer als meine Frau«, murrte er.

»Ivy bietet dir viel häufiger Paroli als ich.«

»Das ist wahr, aber sie hat mir noch nie gedroht, mich zu erschießen.«

»Das kann ich mir kaum vorstellen«, erwiderte ich.

Zanes tiefes, dröhnendes Lachen erfüllte den Raum und fühlte sich an wie Schmirgelpapier, das über meine Haut kratzte. Niemand sollte lachen dürfen, während Gabe reglos im Bett lag. Niemand sollte glücklich sein, während Gabe eine Kanüle im Arm hatte, an Monitore angeschlossen war und über eine Nasenkanüle beatmet wurde. Niemand sollte seine Freude zum Ausdruck bringen, bis Gabe die Augen öffnete.

Es war egoistisch. Aber so empfand ich nun einmal.

Und je mehr Stunden vergingen, desto nervöser wurde ich.

Nicht einmal das rhythmische Schlagen seines Herzens konnte mich besänftigen. Nichts würde mich beruhigen können, bis er aufwachte.

»Also schön, Schätzchen. Es wird Zeit«, sagte Zane. Die Belustigung war aus seiner Stimme gewichen.

»Zeit wofür?«

»Für Ehrlichkeit.«

»Ich will nicht …«

»Ich weiß, dass du nicht darüber reden willst, aber du musst es hören. Ich habe zwei Tage gewartet.«

»Wie großzügig von dir, ganze zwei Tage«, spottete ich.

In dem Moment, in dem mir die Worte über die Lippen kamen, bereute ich sie. Zane hatte meine Kaltschnäuzigkeit nicht verdient. Er hatte so viel für mich getan.

»Es tut mir leid«, flüsterte ich. »Das war nicht nett von mir.«

»Falls du es nicht bemerkt hast, Evette, ich habe ein dickes Fell. Du hast jedes Recht, wütend und verängstigt zu sein, aber du darfst deine Gefühle nicht in dich hineinfressen. Es wird dir nicht helfen, wenn du an deinem Zorn festhältst. Die beiden Männer, die euch entführt haben, sitzen hinter Schloss und Riegel. Zwar sind die beiden nicht so übel zugerichtet wie Gabe, aber sie haben ziemlich was abbekommen. Den einen hast du erledigt und um den anderen hat Coop sich gekümmert. Sie können dir und Gabe nichts mehr antun.«

Auf dem Weg zum Krankenhaus hatte Zane mir erklärt, dass der Mann, den ich niedergeschlagen hatte, noch bewusstlos war, als er und Cooper die Hütte erreichten. Es war ein glücklicher Zufall gewesen, dass der zweite Mann sich gerade über seinen Kumpel beugte, als Cooper sich von hinten anschlich. Zane war nicht ins Detail gegangen, aber ich hatte den Eindruck, dass sowohl Cooper als auch Zane Gelegenheit gehabt hatten, den Kerl zu bearbeiten, bevor sie beide Männer in Handschellen legten und Cooper die Polizei rief. Danach war Zane in den Wald gelaufen, um nach Gabe und mir zu suchen. Als wir zur Hütte zurückkehrten, war Cooper nicht mehr dort. Zane hatte Gabe in den Wagen geladen und wir waren losgefahren. Erst Stunden später, als die Polizei meine Aussage aufnehmen wollte, sah ich Cooper wieder. Bei seinem Anblick brach ich zum zweiten und letzten Mal zusammen. Sobald er mich in seine Arme gezogen hatte, schluchzte ich hysterisch. Dann hielt er meine Hand, während ich der Polizei alles erzählte, woran ich mich erinnern konnte.

Danach zog ich mich in mein Schneckenhaus zurück.

Ich weinte nicht.

Und ich schluchzte nicht.

Ich musste für Gabe stark sein.

Zane hatte mich darüber informiert, dass die Männer von einer Firma namens BZ Systems angeheuert worden waren. Sie hatten uns entführt, um an Delilah Watts zu gelangen. Das wusste ich bereits, da die beiden uns immer wieder nach ihr gefragt hatten. Außerdem erzählte Zane mir, dass Delilah immer noch vermisst wurde und Kevin und Myles nach ihr suchten.

»Die Gefahr ist noch nicht gebannt«, erinnerte ich Zane.

»Für dich schon.«

»Wie kannst du so etwas sagen? Abrams steckt hinter …«

»Vertrau mir, Evette. Für dich ist die Sache erledigt. Vollständig und endgültig.«

»Wie kann das sein?«

»Die Kerle hatten es nicht auf dich, sondern auf die Informationen abgesehen. Wir haben die Nachricht verbreitet, dass wir im Besitz dieser Informationen sind. Nachdem Abrams erfahren hatte, was wir wissen und wie viel wir gegen sie in der Hand haben, haben sie beschlossen, dass es in ihrem besten Interesse ist, sich zurückzuziehen. Wir haben ihnen klar zu verstehen gegeben, dass sie dich nicht behelligen dürfen. Falls sie auch nur in deine Nähe kommen, veröffentlichen wir alles, was wir über sie wissen.«

Das war beruhigend. Ich konnte verstehen, warum Abrams nicht wollte, dass ihre schmutzige Wäsche in der Öffentlichkeit gewaschen wurde. Aber einige Punkte waren immer noch offen.

»Und was ist mit Timor-Leste? Darf Abrams einfach so weitermachen und noch mehr Leben ruinieren?«

»Nein, Evette. Teil der Abmachung ist, dass sie von den Pachtverträgen zurücktreten. Auch in diesem Fall haben sie erkannt, dass es klüger ist, wenn nichts über die Zahlungen an die Regierung an die Öffentlichkeit gelangt. Vor allem wollen sie verhindern, dass die Forschungsergebnisse von Dr. Gates in die Hände ihrer Konkurrenten gelangen.« Zane hielt inne und atmete tief durch. Es war nicht zu übersehen, dass er nur mit Mühe die nötige Geduld aufbrachte, um sich mit mir auseinanderzusetzen. »Ich weiß, dass du Gerechtigkeit für Kalee willst. Und ich verstehe dein Bedürfnis nach Rache. Du willst, dass jemand für das Leid, das diese Leute verursacht haben, bezahlt. Aber in diesem Fall musst du dich damit zufriedengeben, dass Kalee nach Hause zu ihrem Vater gekommen ist, mit Phantom lebt und mit ihm eine Familie gründen wird. Kalee Solberg hat gewonnen. Und jeden Tag gewinnt sie mehr.«

Zane hatte recht. Dieses Wissen musste ausreichen. Phantom hatte mir im Grunde das Gleiche gesagt. Für ihn war Kalee immer am wichtigsten gewesen; die Rebellen oder das Bedürfnis nach Rache waren zweitrangig. Er liebte Kalee, und sie liebte ihn – das genügte ihm. Also musste ich mich damit ebenfalls begnügen.

Nicht nur das: Ich hatte mich selbst in Gefahr gebracht und mein Handeln hätte Gabe beinahe das Leben gekostet. Ich hatte genug davon, die Amateurdetektivin zu spielen. Meine Aufgabe war es nicht, Verbrechen aufzuklären, sondern darüber zu berichten. Das musste ich mir immer wieder vor Augen führen.

»Was ist mit Delilah?«

Zanes kristallblaue Augen verdunkelten sich und er biss die Zähne zusammen. Der Anblick gefiel mir nicht, er machte mich nervös. Sie würden ihr nicht helfen.

»Delilah geht dich nichts an«, sagte er.

»Falsch«, entgegnete ich und sprang auf. »Sie geht mich sehr wohl etwas an.«

»Das tut sie nicht, und ich werde dir erklären warum. Siehst du den Mann, der dort liegt? Er ist einer meiner Kameraden. Noch bevor er dir gehörte, gehörte er zu *mir*. Verstehst du, was ich dir damit sagen will? Meine Loyalität gilt meinen Männern und den Frauen, die sie in unsere Familie aufgenommen haben. Dazu gehörst jetzt auch du. Da Gabe im

Moment keine Entscheidungen treffen kann, übernehme ich das für ihn. Alles, was deine Sicherheit betrifft, werde ich regeln. Delilah Watts ist nicht dein Problem. Im Moment musst du mir einfach vertrauen. Du musst nur wissen, dass ich dich und Gabe beschützen werde und die Situation unter Kontrolle habe.«

Ich holte tief Luft und hielt den Atem an. Dann dachte ich an das, was Gabe mir über Zane erzählt hatte.

*Aber unter der harten Schale steckt ein Mann, dem seine Männer am Herzen liegen. Er spürt die Last seiner Entscheidungen und nimmt sie sehr ernst.*

Und der Mann, der vor mir stand, spürte die Last seiner Entscheidungen. Deshalb beschloss ich, ihm zu vertrauen, auch wenn mir die möglichen Konsequenzen für Delilah nicht gefielen.

»Es behagt mir nicht«, murmelte ich. »Ich habe das Gefühl, dass es falsch ist, ihr den Rücken zuzukehren. Aber ich werde dir vertrauen.«

Zane trat einen Schritt auf mich zu, legte seine große Hand auf meine Schulter und drückte sie.

»Ich wende mich nicht von ihr ab. Aber für dich ist die Sache Schnee von gestern. Konzentriere dich darauf, deinen Schmerz loszulassen, und überlasse den Rest mir.«

Erleichterung durchströmte mich. Eines konnte ich mit Sicherheit über Zane sagen: Wenn er versprach, etwas zu tun, dann tat er es auch.

»Es geht mir gut.«

»Das tut es nicht. Dir geht es alles andere als gut. Du brauchst ...«

*Nicht schon wieder.*

Ich trat zurück und entzog mich seinem Griff.

»Du hast recht. Mir geht es nicht gut. Ich bin wütend, weil alle mich unter Druck setzen. Ich will nur, dass Gabe aufwacht.«

»Das wird er.«

»Wirklich? Wann? Und wenn er aufwacht, was dann? Was, wenn die Schwellung in seinem Gehirn bleibende Schäden hinterlässt? Was, wenn seine Sehkraft eingeschränkt ist? Was, wenn er aufwacht und nichts mehr mit mir zu tun haben will? Was, wenn er …«

Eine unbändige Angst übermannte mich und verdrängte jeden rationalen Gedanken. Ich konnte nur daran denken, was passieren würde, wenn Gabe die Augen öffnete und mich von sich stieß. Was, wenn er mich nach allem, was passiert war, nicht mehr liebte? Was, wenn er erkannte, dass ich es nicht wert war?

»Das ist ein lustiges Spiel, ich mache mit«, lachte Zane. »Was, wenn er aufwacht und ein Schädelhirntrauma hat? Machst du dich dann aus dem Staub? Was, wenn er auf einem oder sogar auf beiden Augen blind ist? Wirst du ihn dann verlassen? Was, wenn sein Gehör durch die wiederholten Schläge auf sein Ohr dauerhaft geschädigt ist? Gehst du dann zurück nach Riverton, um dein Leben zu leben und zu vergessen, dass Gabe Harris jemals existiert hat?«

»Natürlich nicht.«

»Eben. Also hör auf, den Teufel an die Wand zu malen, und warte erst einmal ab.«

Ich erwiderte nichts. Nicht weil ich nichts mehr zu sagen hatte, sondern weil es sinnlos gewesen wäre. Er würde meine Ängste nie verstehen. Er war schließlich der allmächtige König Zane Lewis. Wenn ihm etwas nicht passte, knurrte er, und das Problem war auf magische Weise gelöst. Er bekam immer seinen Willen. Er würde nie nachvollziehen können, wie es sich anfühlte, Angst vor dem Menschen zu haben, den man liebte. Angst, dass er dir nie wieder in die Augen sehen und sich darin verlieren würde. Oder die Angst, dass er deinem Blick begegnete und für dich verloren war. Ich konnte mir ein Leben ohne Gabe nicht vorstellen.

»Ich weiß, wie du dich fühlst«, sagte Zane.

»Das bezweifle ich.«

»Vor einiger Zeit wurde Ivy entführt und beinahe … vergewaltigt.« Zane spuckte das letzte Wort förmlich aus. »Als ich sie fand, tat ich etwas, wodurch ich ihr mein wahres Wesen offenbarte. Ich bereue meine Tat nicht, aber ich hatte höllische Angst, dass sie sich von mir abwenden würde. Dass sie erkennen würde, dass der Mann, den sie liebte, ein Monster war. An jenem Tag hätte ich beinahe alles vermasselt und mich von meiner Angst überwältigen lassen. Zum Glück waren mein Bruder und meine Kameraden bei mir und haben mir geholfen. Du hast im Moment leider nur mich, und als emotionaler Beistand bin ich eine Niete. Ich bin besser darin, Kondome zu verteilen und beschissene Ratschläge zu geben. Deshalb kann ich dir nur Folgendes sagen: Hör auf, dir den Kopf zu zerbrechen. Lass dich von deinen Unsicherheiten nicht in den Wahnsinn treiben. Gabe Harris liebt dich, dessen bin ich mir sicher. Und du *weißt* es, Evette. Wenn er aufwacht, wird er als Erstes wissen wollen, ob es dir gut geht. Ihr beide werdet das gemeinsam durchstehen. Also hör auf, dich wie ein Feigling zu benehmen, schalte deinen Verstand ab und hör auf dein Herz.«

*Verdammt.*

Ich wusste, dass Gabe mich liebte. Ich wusste es tief in meiner Seele. Und in einem Punkt hatte Zane recht. Ich ließ zu, dass meine Unsicherheit meine Panik schürte. Es war lächerlich. Ich wusste, dass Gabe sich niemals von mir abwenden würde.

»Du irrst dich.«

»Evette …«

»Du bist ein sehr guter emotionaler Beistand. Natürlich in dem Sinne, dass dein Beistand auch Beleidigungen enthält. Doch du hast recht. Gabe und ich werden das durchstehen. Allerdings werden wir dabei nicht allein sein.«

»Nein, das werdet ihr nicht. Wir alle werden euch unterstützen.«

»Danke.«

Zane nickte mir zu und verzog die Lippen zu einem Lächeln.

Aber es war kein fröhliches Lächeln, also wappnete ich mich für eine sarkastische Bemerkung.

»Jetzt, da das geklärt ist, solltest du dich unter die Dusche stellen. Es sind bereits zwei Tage vergangen und du trägst immer noch mein T-Shirt.«

Ich betrachtete das Hemd, das mir viel zu groß war, und zuckte zusammen. Es war nicht schmutzig, aber auch nicht gerade sauber. Für mich war es jedoch wie eine warme, wohlige Decke, die mich umhüllte.

Zane hatte es aus seiner Tasche geholt, nachdem er Gabe in den Geländewagen geladen hatte. Seit ich es angezogen hatte, klammerte ich mich daran fest. Als ich nur mit einem BH bekleidet neben dem bewusstlosen Gabe im Dunkeln im Wald gesessen hatte, hatte ich mich verletzlich gefühlt. Doch Zanes T-Shirt gab mir ein Gefühl von Sicherheit. Er hatte uns gefunden und Gabe geholfen.

»Also schön. Aber das T-Shirt behalte ich«, sagte ich verschmitzt.

Ich dachte, Zane würde über meine alberne Bemerkung lachen, doch stattdessen bedachte er mich mit einem unendlich sanften Blick, bevor er kurz die Augen schloss.

»Es gehört ganz dir, Schätzchen.«

»Ich habe dir nie gedankt …«

»Das musst du auch nicht.«

Auch das glaubte ich ihm. Trotz all der Last, die er trug, war Zane ein sehr fürsorglicher Mensch. Vielleicht zu sehr. Er verbarg so viel Güte in seinem Inneren, dass ich inzwischen verstand, warum er sich nach außen hin wie ein Idiot benahm.

»Ich durchschaue dich«, flüsterte ich.

»Wie bitte?«

»Du wirst es leugnen, aber ich durchschaue dich. Ich sehe den Mann hinter der Maske. Du versteckst ihn hinter einer Mauer, die von knurrenden, beißenden Rottweilern bewacht wird. Aber ich kann sehen, wer du wirklich bist. Du bist kein Monster, sondern ein Held. Und nur damit du es weißt, Gabe sieht es auch. Ich würde wetten, dass jeder, der dir nahesteht, weiß, wer du wirklich bist.«

»Ev…«

»Halt die Klappe, Z, und verschwinde, damit ich duschen kann, bevor meine Eltern hier auftauchen und ich sie mit meinem Gestank in Angst und Schrecken versetze.«

»Eigentlich wollte ich nichts sagen, aber du stinkst tatsächlich. Nach Sumpfwasser und faulen Zwiebeln.«

Ich musste unwillkürlich lächeln. Zane war ein Arschloch, und er gab sich alle Mühe, eines zu sein.

»Da ist sie ja«, murmelte Zane. »Tapfer und wunderschön. Gabe ist ein Glückspilz.«

Mit diesen Worten verließ Zane das Zimmer.

Ich nahm mir einen Moment Zeit, um nach meinem Mann zu sehen, und gab ihm einen zärtlichen Kuss auf die spröden Lippen. Dann stieg ich unter die Dusche, die ich dringend nötig hatte. Meine Eltern würden bald eintreffen, doch ich hatte ihre Ankunft verdrängt, um nicht auch noch deswegen in Panik zu geraten.

Anaya hatte sie gestern angerufen und ihnen alles erzählt, woraufhin sie umgehend einen Flug nach Virginia gebucht hatten. Bevor ich ihnen jedoch gegenübertreten konnte, musste ich den Gestank von Angst, Schweiß und Blut abwaschen.

# KAPITEL NEUNUNDZWANZIG

»Mom. Dad. Das ist Gabe«, stellte ich sie einander vor.

Mein Vater festigte seinen Griff um meine Schultern und zog mich an sich.

Anderen wäre es vielleicht seltsam erschienen, dass ich meinen Eltern den Mann vorstellte, den ich liebte, während er bewusstlos im Krankenhaus lag. Aber ich wollte, dass sie Gabe kennenlernten, wenn auch nur durch seine Freunde, während er schlief.

Ich hörte, wie meine Mutter sich räusperte und einige Male schniefte, bevor sie einlenkte und mitspielte.

»Gabe. Das ist ein guter, starker Name«, begann meine Mutter. »Ich bin Jenny London und freue mich, dich kennen-zulernen.«

Mein Vater spielte nicht mit. Stattdessen wandte er sich an Zane und begann, ihn mit Fragen zu bombardieren.

»Und meine Tochter ist wirklich nicht in Gefahr?«

»Wirklich nicht, Mr. London.«

»Wie können Sie sich da so sicher sein?«

»Wie wäre es, wenn wir nach draußen gehen und einen Spaziergang machen?«

Mein Vater schob mich ein Stück hinter sich. Da Zane stets wachsam war, entging ihm auch diese Bewegung nicht. Mein Vater machte keinen Hehl daraus, dass er mich beschützen wollte. Bei diesem Gedanken wurde mir bewusst, dass er mir die Leviten lesen würde, weil ich ihn nicht angerufen hatte, als ich mich in diesen Schlamassel gebracht hatte.

*Verdammt.*

»Joe«, rief meine Mutter. »Geh mit Mr. Lewis spazieren.«

Mein Vater rührte sich nicht vom Fleck, also trat ich vor ihn und legte eine Hand an seinen Oberarm. Sobald er meinen Blick erwiderte, schenkte ich ihm ein Lächeln.

»Es ist alles in Ordnung. Geh und sprich mit Zane. Er wird dir alle deine Fragen beantworten.«

»Danach wirst du zurück nach Hause zu deiner Mutter und mir ziehen. Wir werden deine Sachen packen und nach Milwaukee liefern lassen.«

Ich hatte geahnt, dass so etwas passieren würde. Das war einer der Gründe, warum ich meinen Eltern nicht erzählt hatte, dass ich in Gefahr war.

Nebenbei bemerkt war ich nicht die Einzige in der Familie, die zu viel grübelte. Wenn meine Mutter sich in ihren Gedanken verlor, machte sie sich vor allem Sorgen. Und mein Vater neigte dazu überzureagieren. Er wollte meine Mutter und mich beschützen, was absolut liebenswert war – bis er versuchte, die Kontrolle an sich zu reißen und alles zu bestimmen.

Und genau deshalb hatte ich ihn nicht anrufen wollen. Anaya hatte es nur gut gemeint, als sie meine Eltern kontaktiert hatte, denn sie hatte sich große Sorgen um meine emotionale Verfassung gemacht. Nun musste ich jedoch Schadensbegrenzung betreiben, bevor ich die Beherrschung verlor.

»Dad. Ich weiß, dass du nur das Beste für mich willst, aber ich ziehe nicht nach Milwaukee.«

»Wir reden darüber, nachdem ich mit Mr. Lewis gesprochen habe.«

Ich konnte an seinem strengen Tonfall hören, dass er meine Einwände nicht gelten lassen würde. Aber ich war kein sechzehnjähriges Mädchen mehr, das sich seinen Wagen leihen wollte. Und ich war auch nicht mehr siebzehn und bettelte darum, abends länger wegbleiben zu dürfen.

»Ich liebe dich, Dad. Ich weiß es zu schätzen, dass du hierhergekommen bist, um nach mir zu sehen, aber ich ziehe nicht nach Milwaukee. Punkt.«

»Du wirst anders denken, nachdem du mit deiner Mutter und mir ins Hotel zurückgekehrt bist und eine Nacht darüber geschlafen hast. Dann wirst du einsehen, dass es das Klügste ist, nach Hause zu kommen.«

Obwohl ich mich nach Kräften bemühte, meine Reaktion zu unterdrücken, zuckte ich unwillkürlich zusammen. Der Zorn, von dem Zane gesprochen hatte, brodelte in meinem Inneren, bis ich rotsah.

»Ich verlasse dieses Zimmer nicht«, schrie ich und klang dabei wahrscheinlich wie eine Besessene. Aber das war mir egal. »Ich habe versucht, respektvoll und nett zu sein, aber eigentlich wollte ich dir sagen, dass ich mit dir nicht über meine zukünftigen Lebensumstände diskutieren werde. Ich bin erwachsen, und genauso solltest du mich behandeln.«

»Evette«, flüsterte meine Mutter.

»Was denn? Ich *bin* eine erwachsene Frau. Vor zwei Tagen war ich an einen verdammten Stuhl gefesselt, nachdem Gabe angeschossen worden war. Wir wurden mit Drogen betäubt und als Geiseln festgehalten. Dieser Mann dort hat mir das Leben gerettet. Sieh ihn dir an. Sieh dir an, was er meinetwegen durchgemacht hat. Er hat sich zusammenschlagen lassen, damit ich verschont blieb. Und Dad spaziert einfach hier herein und glaubt, ich würde mit euch ins Hotel gehen, in einem bequemen Bett schlafen und morgen mit dem Gedanken aufwachen: ›Oh, ich sollte Gabe wohl besser verlassen und nach Hause zurückziehen, damit mein Daddy sich um mich kümmern kann.‹ Das wird nicht passieren. Auf keinen Fall. Ich werde Riverton zwar verlassen, aber ich werde bei Gabe einziehen.«

Ich hätte mir auf die Lippen beißen und den Mund halten sollen. Mir war bewusst, dass ich mich meinem Vater gegenüber wie eine undankbare Zicke aufführte. Der Mann hatte mir mein Leben lang nichts als Liebe entgegengebracht. Aber ich konnte mich einfach nicht zurückhalten. All die hässlichen Gefühle, die ich in mir aufgestaut hatte, kamen an die Oberfläche und entfachten in mir den Drang, jemandem wehtun zu wollen.

*Was ist nur los mit mir?*

»Er hat mir das Leben gerettet, Dad. Dieser Mann dort liebt mich so sehr, dass er sich geopfert hat, um mich zu retten.«

»Eigentlich«, hörte ich eine krächzende Stimme, »hast du mir das Leben gerettet.«

Ich schloss die Augen und versteifte mich am ganzen Körper.

Kratzig. Rau. Trocken.

Sie war Musik in meinen Ohren.

»Evette, Schatz.«

Heiser. Belegt. Schroff.

Wunderschön.

Endlich riss ich mich aus meiner Starre und drehte mich um.

Vor mir lag Gabe und blickte durch geschwollene Lider zu mir auf. Er hatte die schönsten, ausdrucksvollsten, fesselndsten braunen Augen, die ich je gesehen hatte.

»Hey.«

Ich rückte näher an das Bett heran und ergriff Gabes Hand. Er schloss seine Finger um meine und zog mich mit erstaunlicher Kraft zu sich.

»Geht es dir gut?«, fragte er.

In diesem Moment brachen die Dämme. Zum Glück heulte ich nicht wie ein hysterisches Weib, aber die Tränen strömten mir ungehindert über die Wangen.

»Ja, Gabe, es ist alles in Ordnung.«

»Gut. Und warum hast du so geschrien?«

*Scheiße.*

»Wir sollten den Arzt rufen …«

Ich kam nicht dazu, den Satz zu beenden, denn Gabe zog mich noch näher zu sich.

»Mir geht es gut«, sagte er und hob die andere Hand, um mir die Tränen aus dem Gesicht zu wischen. Aber sie wollten einfach nicht versiegen. »Meine tapfere Evette. So stark. So schön.«

Ich hörte das Schluchzen einer Frau, doch ich war mir nicht sicher, ob es von meiner Mutter oder Anaya kam. Ivy und Natasha konnten es nicht gewesen sein, denn sie waren mit der kleinen Maxine nach draußen an die frische Luft gegangen.

Aber es war völlig egal, wer im Hintergrund schluchzte. Gabe war wach. Er konnte sprechen. Und er sah mich an.

Das Zimmer hätte in Flammen stehen können, und ich hätte es ignoriert.

»Ich hatte solche Angst«, gestand ich.

»Ich auch. Ich hatte befürchtet, dass sie uns in diesem Wald finden würden, und wusste, dass du mich nicht verlassen würdest.«

»Ich habe dir doch gesagt …«

»Ich weiß, was du mir gesagt hast, und du hattest recht. Wir sind ein Team. Du hast mir den Rücken freigehalten, hast mich aus der Hütte geführt und uns in Sicherheit gebracht, als ich nicht dazu imstande war. Danke.«

Ich würde später darüber nachdenken, dass er mir gerade seine Angst gestanden hatte. In diesem Moment war ich einfach überglücklich, dass er aufgewacht war.

»Ich habe dich vermisst.«

»Ich habe von dir geträumt.« Er lächelte und runzelte dann die Stirn. »Du hast dich mit Cooper gestritten, weil du nichts essen wolltest.«

Oh nein.

»Das hast du gehört?«

»Ja, Schatz, ich habe es gehört. Ich schwankte zwischen Bewusstsein und Bewusstlosigkeit und habe Bruchstücke der Unterhaltung mitbekommen. Hast du etwas gegessen?«

Ich presste die Lippen zusammen, um ihn nicht belügen zu müssen.

»Coop«, brummte Gabe, »bitte besorg meiner Frau etwas zu essen. Und da ich so schnell nicht aus diesem Bett aufstehen kann, hast du meine Erlaubnis, ihr Handschellen anzulegen und sie zum Essen zu zwingen.«

»Erlaubnis?«, blaffte ich. »Du willst mich von ihm zwangsernähren lassen?«

Wir starrten einander an. Kaum drei Minuten, nachdem er das Bewusstsein wiedererlangt hatte, stritten wir uns über das Essen.

Gott sei Dank.

Danke, *danke*, danke, Gott.

Gabe war zurück.

»Also schön, ich werde etwas essen«, lenkte ich mit gespielter Verärgerung ein.

Insgeheim war ich überglücklich, dass er sich wieder beschweren konnte, weil ich mehrere Mahlzeiten verweigert hatte.

»Ich werde etwas essen«, wiederholte ich, »wenn der Arzt dich untersuchen darf.«

»Abgemacht«, stimmte er zu.

»Abgemacht.«

Hinter mir räusperte sich jemand. Gabe wischte mir noch eine Träne von der Wange und sagte: »Geh mit deiner Mutter und Anaya und besorge dir etwas zu essen. Ich würde gern mit deinem Vater und Zane reden.«

»Ich denke, der Arzt sollte dich zuerst untersuchen.«

»Nachdem ich mit deinem Vater gesprochen habe.«

»Gabe! Du warst zwei Tage lang bewusstlos. Zwei. Du hast eine schwere Gehirnerschütterung. Der Arzt muss dich untersuchen.«

»Dann lass den Arzt auf dem Weg nach draußen wissen, dass ich wach bin.«

Wir starrten uns erneut an. Ich wusste, dass Gabe den Arzt wegschicken würde, wenn ich ihn jetzt rufen würde. Und da Zane im Zimmer war und als Wachhund fungierte, würde der Arzt den Schwanz einziehen und Reißaus nehmen.

Ich wusste auch, dass ich diesen Streit nicht gewinnen würde. Die Bestätigung erhielt ich, als Gabe eine Hand um meinen Nacken schlang und mit sanfter Stimme murmelte: »Es ist wichtig, dass ich mit deinem Vater rede. Er macht sich zu Recht Sorgen.«

Ich hatte ernsthafte Bedenken, Gabe allein zu lassen. Panik stieg in mir auf. Was, wenn er wieder einschlief und erst nach zwei Tagen wieder aufwachte? Was, wenn mein Vater ihn verärgerte und dadurch einen Rückfall auslöste? Was, wenn die Schwellung nicht zurückgegangen war und ihn die Aufregung krank machte? Es konnte so viel schiefgehen.

»Ganz ruhig, Baby, atme.« Gabe schüttelte mich behutsam. »Mach dir keine Sorgen. Es geht mir gut. Und dir auch. Du hast uns in Sicherheit gebracht. Entspann dich, es ist vorbei. Du bist in Sicherheit.«

Ich nickte, obwohl ich ihm nicht glaubte. Denn mir ging es nicht gut. Ich hatte das Gefühl, jeden Moment aus der Haut fahren zu müssen.

»Okay«, stimmte ich widerwillig zu.

»Okay«, flüsterte er. »Ich liebe dich, Evette. Wir schaffen das.«

Das glaubte ich ihm wiederum, denn Gabe würde dafür sorgen, dass wir das durchstanden.

Wie so oft in den vergangenen zwei Tagen beugte ich mich vor und presste meine Lippen sanft auf Gabes. Als er den Kuss erwiderte, kamen mir erneut die Tränen.

Er war wach.

Gott sei Dank.

Ich hielt den Blick gesenkt und sah meine Mutter nicht an, als ich mich vom Bett aufrichtete und zur Tür ging. Als ich an der Schwesternstation haltmachte, um das Personal über Gabes Zustand zu informieren, hielt ich Abstand. Doch als wir an den Aufzügen warteten, hielt meine Mutter es nicht länger aus und zog mich in ihre Arme. Und auf einmal fühlte ich mich so geborgen wie zu Hause.

»Lass es raus, mein Kind. Ich bin für dich da«, murmelte sie, und ich begann, am ganzen Leib zu beben. »So ist es gut, mein schönes Mädchen. Alles wird gut«, flüsterte sie.

Ich wünschte mir, dass alles gut enden würde. Doch Schuldgefühle und Angst durchströmten mich und überwältigten mich schließlich so sehr, dass ich mich nicht mehr daran erinnern konnte, wovor ich eigentlich Angst hatte.

Vor allem.

Ich fürchtete mich vor allem.

Und ich bezweifelte, dass es mir je wieder gut gehen würde.

# KAPITEL DREISSIG

Ich wusste nicht, ob ich lachen oder vor Frust schreien sollte.

Mein Schädel pochte schmerzhaft. Ich lag in einem Krankenhausbett und trug einen Krankenhauskittel. An einem Arm hing ein Infusionstropf, am anderen war eine Blutdruckmanschette angebracht, die mir den letzten Nerv raubte.

Der Vater meiner Freundin stand neben meinem Bett. Dies war meine erste Begegnung mit dem Mann, dessen Tochter mir das Leben gerettet hatte. Und ich trug nichts als diesen dünnen Kittel. Als ich die Beine anzog, um mich aufzusetzen, spürte ich ein Ziehen an meinem Schwanz.

*Großartig.*

Entweder steckte ein Katheter in meiner Harnröhre oder ein Urinalkondom war über meinen Schwanz gestreift worden. Ich konnte es nicht mit Sicherheit sagen, denn meine Lendengegend war etwas taub. Aber ich konnte sehen, dass ein Urinbeutel neben meinem Bett hing.

Und ich traf zum ersten Mal den Vater meiner Frau.

Während ich ein Kleid trug und ein Schlauch an meinem Schwanz befestigt war.

Wunderbar.

*Scheiß drauf.*

Ich hob den Arm mit der Blutdruckmanschette und reichte ihm die Hand. »Gabe Harris«, stellte ich mich vor.

Evettes Vater zögerte einen Moment, dann trat er einen Schritt auf mich zu und ergriff meine Hand. Ich war angenehm überrascht, als er sie mit festem Griff schüttelte, statt mich wie einen Invaliden zu behandeln. Gleichzeitig versuchte er auch nicht, seine Dominanz zu beweisen, indem er zu viel Druck ausübte.

»Joe London«, sagte er.

»Ich würde liebend gern aufstehen, aber ich fürchte, dass ich zusammensacken, mir den Kopf stoßen und wieder das Bewusstsein verlieren könnte. Das würde Evette um den Verstand bringen.«

»Du hast ja keine Ahnung«, murmelte Zane. »Die Frau kann einem richtig Angst einjagen, wenn sie eine Pistole in der Hand hält. Sie hat gleich zweimal gedroht, mich zu erschießen. In Zukunft solltest du ihr unter keinen Umständen eine Waffe geben.«

Ich ließ Joes Hand los und wandte mich langsam Zane zu. Sternchen tanzten vor meinen Augen, doch sie verblassten schnell und ich konnte meinen Chef klar sehen.

»Wie bitte?«

»Bruder, diese Frau hat mich mit einer Waffe bedroht. Sie hat sich geweigert, mich zu dir zu lassen. Obwohl ich ihr zuge-rufen hatte, zwang sie mich, meine Identität zu beweisen, indem ich meine Taschenlampe auf mein Gesicht richtete. Niemand kam unbemerkt an ihr vorbei. Glaub mir, sie hätte mich tatsäch-lich erschossen. Und in den vergangenen zwei Tagen durfte niemand ohne Erlaubnis an dein Bett. Daher rate ich dir, brav liegen zu bleiben, die Anweisungen des Arztes zu befolgen und sie nicht zu verärgern. Andernfalls wird sie nicht nur die Beherrschung verlieren, sondern völlig durchdrehen und dir wahrscheinlich Handschellen anlegen. Zum Glück liebt sie dich, daher wird sie dich wohl kaum erschießen. Aber ich werde dem Rest unserer Kameraden ans Herz legen, dass sie sich ihrem Willen besser fügen sollten.«

Wie immer triefte Zane vor Sarkasmus, aber ich hörte auch Stolz in seiner Stimme. Als Evette und ich uns in den Wald geschleppt hatten, hatte sie mir versprochen, mich nicht zu verlassen. Ich wusste, dass sie Wort halten würde, aber ihr emotionaler Zustand war mehr als nur ein wenig beunruhigend.

»Was zum Teufel?«

Jegliche Belustigung wich aus Zanes Tonfall, als er sagte: »Du warst bewusstlos, daher habe ich die Entscheidungen für dich getroffen. Unter keinen Umständen hätte ich sie dazu bewegen können, von deiner Seite zu weichen. Also habe ich sie bei dir sitzen lassen, weil sie in deiner Nähe sein musste. Zum Glück bist du jetzt wach. Sobald sie sieht, dass es dir gut geht, wird es ihr auch gut gehen. Dräng sie nicht, Gabe. Gib ihr so viel Zeit, wie sie braucht. Als ich sie im Wald gefunden habe, saß sie praktisch allein in der Dunkelheit. Sie hatte ihr T-Shirt zerfetzt und um deinen Kopf gebunden. Sie wurde nur noch von Instinkt und Adrenalin angetrieben. Nach allem, was sie durchgemacht hatte, hielt ich es nicht für angebracht, ihr eine Predigt zu halten.«

»Was zur Hölle? Glaubst du etwa, ich würde sie von mir stoßen?«

»Nein. Aber ich habe das Gefühl, du könntest denken, es sei ungesund, dass sie nicht von deiner Seite gewichen ist. Vielleicht bist du sogar der Meinung, dass wir sie damit allein gelassen haben. Aber das haben wir nicht. Ich habe nur entschieden, sie nicht zu etwas zu zwingen, was sie nicht wollte. Wenn sie an deiner Stelle in diesem Bett gelegen hätte, wärst du auch bei ihr geblieben. Also sei ganz beruhigt, ihre Reaktion ist völlig normal. Vor allem war es wunderschön mit anzusehen. Ich bin froh, dass du eine Frau gefunden hast, die sich nicht nur zu helfen weiß, sondern dich obendrein so sehr liebt, dass sie dich mit ihrem eigenen Leben beschützt.«

Verdammte Scheiße.

*Dass sie dich mit ihrem eigenen Leben beschützt.*

Das waren blumige Worte aus dem Mund von Zane Lewis. Vielleicht war ich noch bewusstlos oder litt aufgrund meiner Gehirnerschütterung an Wahnvorstellungen. Ich glaubte schon, Ersteres sei der Fall, als Joe sich räusperte.

»Anaya hat Jenn und mir erzählt, dass Evette Nachforschungen darüber angestellt hat, was ihrer Freundin Kalee zugestoßen ist. Dabei ist sie in Schwierigkeiten geraten und hat Sie um Hilfe gebeten.«

»Das ist richtig«, antwortete Zane.

»Und worauf ist sie gestoßen?«

»Sie hat herausgefunden, dass ein Rüstungsunternehmen versucht hat, ein Grundstück in Timor-Leste zu pachten«, erklärte ich. »Kalee war dort für das Friedenskorps tätig. Besagtes Unternehmen wollte das Land nicht nur pachten, um dort Silizium abzubauen, sondern auch, um einen Computerchip herzustellen, den sie für ein neues Radarsystem benötigten. Eine Angestellte der Firma hat herausgefunden, was Evette vorhatte, und beschlossen, ihr zu helfen, indem sie ihr Informationen zuspielte.«

Ich hielt inne und dachte an Delilah Watts. Sie hatte es gut gemeint, aber in Wirklichkeit hatte sie Evette in große Gefahr gebracht.

»Abrams wusste nichts von Evettes Recherchen. Sie sind erst darauf aufmerksam geworden, als Delilah begann, diese E-Mails zu schicken«, sagte ich zu Zane.

»Garrett und Tex sind der gleichen Meinung. Garrett hat die E-Mails noch einmal durchgesehen. Delilah war vorsichtig, dennoch hat sie eine Nachricht von ihrem Arbeitscomputer versendet und nicht alle Spuren gelöscht. Dadurch hat Abrams von Evette erfahren.«

»Also war nichts davon Evettes Schuld. Sie flog unter dem Radar, bis Delilah herausfand, wer sie war und was sie tat.«

Zane schwieg und seine ausdrucklose Miene sprach Bände.

*Verflucht.*

»Wer hat uns entführt?«

»Die Namen der Männer lauten Jacko Yaffe und Mario Newman. Sie arbeiten in der Sicherheitsabteilung von BZ Systems, einem Konkurrenten von Abrams. Sie hatten es auf Delilah abgesehen. Du und Evette habt den Kerl namens Jacko ausgeschaltet. Er hat alles gestanden, allerdings hat er der Polizei eine etwas andere Version der Geschichte aufgetischt. Angeblich haben er und sein Kumpel euch entführt, um Lösegeld zu erpressen. Es sei alles seine Idee gewesen und Mario hätte ihm nur geholfen. BZ Systems hat ihnen gekündigt. Tex hat aber bereits neue Konten aufgespürt, die BZ auf den Namen von Mrs. Jacko Yaffe und Mrs. Mario Newman eingerichtet hat. Das alles ist äußerst dubios, aber da Jacko gestanden hat und Mario die Lügengeschichte bestätigt hat, ist der Fall für die Polizei klar.«

»Und Evette ist nicht mehr in Gefahr.«

Zane nickte und verbarg sich hinter einer Maske kühler Gefasstheit. »Ja. Für Evette besteht keine Gefahr mehr. Die Bedrohung wurde neutralisiert.«

Das war zweifellos die Wahrheit, aber ich wusste, dass Zane einiges verschwieg.

Bevor ich mir klar darüber werden konnte, ob ich mich ärgerte, weil ich nicht wusste, was vor sich ging, oder ob ich wütend war, weil ich mit pochendem Schädel und nur mit einem Hemd bekleidet im Krankenhaus lag, ergriff Joe wieder das Wort. Leider hatte ich keine andere Wahl, als dazuliegen und zuzuhören.

»Ich kenne meine Tochter. Wenn sie sich etwas in den Kopf gesetzt hat, gibt es für sie kein Halten mehr. Ich sehe auch, dass Sie in diesem Bett liegen, nicht Evette. Das rechne ich Ihnen hoch an. Ich würde gern in allen Einzelheiten erfahren, was passiert ist, aber zuerst muss ich mich um meine Familie kümmern und Sie müssen sich ausruhen. Außerdem sollten Sie eines wissen: Ich bin Ihnen sehr dankbar, dass meine Tochter unverletzt ist, aber diese Situation behagt mir trotzdem nicht. Ich kann rechnen und weiß, dass Evette erst seit Kurzem in Maryland ist. Und wenn Sie meine Tochter nicht schon kannten, bevor sie Sie um Hilfe gebeten hat, ist es meiner Meinung nach zu früh für sie, bei Ihnen einzuziehen. Ich weiß auch, dass sie stur ist und meine Meinung in dieser Angelegenheit nicht akzeptieren will. Deshalb hoffe ich, dass Sie meine Sichtweise verstehen und meine Tochter von ihren Umzugsplänen abbringen und sie stattdessen überreden, zu ihrer Mutter und mir zurückzukehren. Wenn Sie sie so sehr lieben, wie sie glaubt, dann sollte das kein Problem sein. Es wäre in ihrem besten Interesse, wenn sie sich von diesem traumatischen Erlebnis erholen kann, während Sie sich mit einer Fernbeziehung begnügt. Ich werde auf der Polizeiwache anrufen und mich vergewissern, dass die Männer, die meine Tochter entführt haben, in Gewahrsam sind und keine Möglichkeit haben, gegen Kaution freizukommen.«

»Ich kann Ihnen die Mühe ersparen, Mr. London«, warf Z ein. »Chief Carson bearbeitet diesen Fall persönlich und wird Gabe befragen, sobald er dazu in der Lage ist. Ich werde dafür sorgen, dass sie sich die Zeit nimmt, um mit Ihnen zu sprechen.«

»Danke, Mr. Lewis. Und Gabe, ich hoffe, Sie lassen sich meine Worte durch den Kopf gehen.«

Es entging mir nicht, dass Joe Zane als Mr. Lewis ansprach und mich lediglich beim Vornamen nannte. Zane war die Autoritätsperson. Ich war nur der Trottel in einem Krankenhausbett, den er sich nicht als Partner für seine Tochter wünschte.

Das konnte er vergessen.

»Bei allem Respekt …«

»Gabe«, unterbrach Zane mich. »Gib Joe Zeit, um einen Spaziergang zu machen. Sobald er sich ein wenig beruhigt hat, wird er zweifellos einsehen, dass er seine Worte nicht so gemeint hat.«

Joe runzelte die Stirn. »Ich verstehe nicht …«

»Sie haben recht, Mr. London, Sie verstehen vieles nicht. Zum einen glauben Sie, Ihre Tochter zu kennen. Ich bin selbst Vater und halte mich deshalb respektvoll zurück und spreche nicht aus, was mir wirklich auf der Zunge liegt. Aber ich habe weder die Zeit noch die Geduld, mich zu wiederholen. Offensichtlich haben Sie Evette nicht zugehört, als sie Ihnen klar und deutlich gesagt hat, wo *sie* leben will. Sie haben auch nicht mitbekommen, wie ich Gabe erklärt habe, dass Ihre Tochter unter keinen Umständen von seiner Seite weichen wollte. Bevor Sie also von Gabe verlangen, ihr den Rücken zu kehren, und ihr vorschlagen, bei Ihnen und Ihrer Frau einzuziehen, sollten Sie darüber nachdenken, wie sehr Sie Evette damit verletzen würden. Gehen Sie spazieren. Ich rufe Sie an, wenn Chief Carson auf dem Weg hierher ist.«

Ein Klopfen ertönte an der Tür, dann wurde sie aufgestoßen.

Eine große, ältere Frau betrat das Zimmer. Sie musterte mich von Kopf bis Fuß und lächelte.

»Mr. Harris, Sie sind wach. Entschuldigen Sie bitte, dass ich so lange gebraucht habe. Ich saß schon im Wagen und wollte gerade losfahren, als die Krankenschwester mich anpiepste. Ich bin Dr. Lexington. Der Arzt, der heute Abend Schicht hat, wird gleich zu uns stoßen. Er ist gerade noch mit einem Patienten beschäftigt.« Dr. Lexington sah sich im Zimmer um und sagte: »Meine Herren, ich bitte Sie nun, den Raum zu verlassen, damit ich meinen Patienten untersuchen kann. In dreißig Minuten dürfen Sie gern wieder hereinkommen.«

Joe wandte sich wortlos ab und stürmte regelrecht aus dem Zimmer.

»Das ist ja großartig gelaufen«, murmelte ich.

»Zum Glück wurden keine Waffen gezogen«, erwiderte Z mit einem Achselzucken.

»Ich bin unbewaffnet, es sei denn, du hast ein Sturmgewehr unter meinem Bett deponiert. Du weißt schon, direkt neben dem Urinbeutel.«

»Oh, richtig. Evette war bei dieser lustigen Prozedur anwesend.«

»Im Ernst?«

»Was hast du denn? Sie wollte das Zimmer nicht verlassen und ich nahm an, dass sie ihn ohnehin schon gesehen hatte. Zumindest hoffe ich das.«

»Nimmst du eigentlich irgendetwas ernst?«, murrte ich.

Im nächsten Moment stand Zane direkt vor mir. Sein Lächeln war verschwunden und seine Miene wie versteinert, während er die Schultern gestrafft hatte.

»Es gibt viele Dinge, die ich ernst nehme. Zum Beispiel, dass Jacko und Mario in naher Zukunft nicht mehr glücklich werden. Dass du in diesem Bett liegst und aussiehst, als hättest du zehn Runden mit einem Schwergewichts-Champion gekämpft und verloren. Dass dein Gehirn anschwillt. Dass Evette fast den Verstand verloren hätte, weil der Mann, den sie über alles liebt, nicht aufgewacht ist. Aber dass deine Frau deinen Schwanz gesehen hat, ist eher nebensächlich.«

»Ich bin dir dankbar, dass du dich um sie gekümmert hast.«

»Das weiß ich. Aber das ist nicht der Grund, warum ich es getan habe. Evette ist … etwas Besonderes. Ich respektiere ihre Loyalität. Und die Tatsache, dass sie bereit war, auf mich zu schießen, weckt in mir den Wunsch, eine enge Freundschaft mit ihr einzugehen.«

Er alberte schon wieder herum. Zane konnte einfach nicht anders.

»Geh schon, damit die Ärztin meinen Kopf untersuchen und ich meine Frau zurück ins Zimmer holen kann.«

»Ein Gutes hat das Ganze. Wir wissen jetzt, dass du ein Gehirn hast. Es ist allerdings besorgniserregend, dass es nur auf die Größe des Gehirns eines normalen Menschen angeschwollen ist.«

»Ja, das ist großartig. Und jetzt raus hier.«

Zane starrte mich an, nickte mir kurz zu und sagte: »Schön, dass du wach bist.«

Wie immer musste er das letzte Wort haben, bevor er das Zimmer verließ.

# KAPITEL EINUNDDREISSIG

Ich löste den Blick von dem Baby in meinen Armen und sah zu Anaya auf. Sie hatte sich zu Ivy hinübergebeugt und kicherte über etwas, das Natasha gesagt hatte. Ich hatte festgestellt, dass Nat einen trockenen Humor hatte und häufig über sich selbst lachte. Gerade erzählte sie eine Geschichte darüber, wie sie zum ersten Mal Holz gehackt hatte. Daran war an sich nichts Lustiges, aber die Art, wie sie die Anekdote zum Besten gab, war zum Totlachen. Noch lustiger waren ihre zahlreichen Kommentare zu den Reaktionen der Jungs, als Nat mit einem Arm voller Holzscheite in die Hütte zurückgekehrt war und verkündet hatte, dass sie sie mit ihrer Arbeit warm halten würde.

Sogar meine Mutter lachte. Meiner Meinung nach war das bemerkenswert, wenn man bedachte, dass sie vor nicht einmal einer Stunde aus Wisconsin angereist war, um ins Krankenhaus zu kommen, nachdem sie erfahren hatte, dass ihre Tochter entführt worden war. Als hätte sie nicht schon genug Grund zur Sorge gehabt, hatte ich auch noch einen hässlichen Streit mit meinem Vater, bei dem ich ihm einige gemeine Dinge an den Kopf geworfen hatte. So etwas war noch nie vorgekommen. Natürlich hatte ich mich früher häufig mit meinen Eltern gezankt, vor allem als Teenager. Ich war oft mit meinem Vater aneinandergeraten, aber noch nie so gemein zu ihm gewesen. Ich liebte meine Eltern von ganzem Herzen. Sie waren gute

Menschen und großartige Eltern. Mein Vater hatte immer eine schützende Hand über mich gehalten, war dabei aber stets gerecht gewesen.

Als ich jedoch in der schäbigen Krankenhauscafeteria saß, überlegte ich nicht, warum ich mich meinem Vater gegenüber wie eine Zicke verhalten hatte und wie ich es wiedergutmachen konnte. Ich dachte nicht an Gabe, der ein paar Stockwerke über mir lag. Und ich konzentrierte mich nicht darauf, wie sich mein Magen bei dem Anblick des Burgers umdrehte, den Cooper mir auf den Tisch gestellt hatte. Stattdessen starrte ich Anaya an und sinnierte darüber, wie sehr meine Freundin sich verändert hatte. Und zwar nicht nur ein wenig, sie war eine neue Frau.

Ich kannte Anaya schon lange. Früher schreckte sie vor Berührungen zurück und hasste es, von anderen angefasst zu werden. Da ich ihre Vorgeschichte kannte, war ihre Abneigung gegen jede körperliche Nähe keine Überraschung. Doch jetzt war das genaue Gegenteil der Fall. Es war schockierend zu sehen, wie sie sich aus freien Stücken an Ivy lehnte. Und es war ein Segen. Ich wusste, dass dies Kyles Verdienst war, und ich würde ihm ewig dankbar sein, dass er Anaya nie aufgegeben und unter all ihrem Narbengewebe die Frau gefunden hatte, die wirklich in ihr steckte. Er hatte sie Schicht für Schicht davon befreit, und heute strahlte sie förmlich. Das Zeugnis ihrer Liebe lag in meinen Armen: Baby Maxine mit ihren weichen blonden Haaren, ihrer süßen Stupsnase und ihren gespitzten Lippen. Sie war der Beweis dafür, dass Liebe heilen konnte.

Während ich meinen Gedanken nachhing, kam Anaya irgendwann auf ihren Urlaub in Cheyenne zu sprechen und ihr Lächeln verblasste.

»Ich ärgere mich immer noch, weil Kyle mir nichts davon erzählt hat, bevor wir losgefahren sind. Ich wäre nicht mitgefahren.«

»Sei nicht böse«, sagte ich, und Anaya sah ruckartig zu mir auf. »Was ich getan habe, war dumm. Ich hätte dich, Piper, Kalee – sogar jeden, der mir nahesteht – in Gefahr bringen können. Kyle hat richtig gehandelt, als er mit dir nach Wyoming gefahren ist. Er wusste, dass du mir andernfalls beigestanden hättest, und dadurch wärst du in ernsthafte Gefahr geraten.«

»Das wäre ich«, bestätigte Anaya unnötigerweise. »Und es ist schrecklich, dass du in Gefahr warst und mich niemand darüber informiert hat. Es war nicht nett von dir, mir vor deiner Abreise aus Kalifornien nicht zu erzählen, was los war.«

Verdammt. Sie war immer noch aufgebracht.

»Ich dachte, wir hätten das geklärt und du bist nicht mehr wütend auf mich.«

Anaya setzte sich aufrechter hin und verengte die Augen zu dünnen Schlitzen. Bei dem Anblick wurde mir klar, dass sie mich wohl für begriffsstutzig hielt.

»Ich bin nicht wütend auf dich. Ich war nie wütend *auf* dich. Aber es bringt mich zur Weißglut, dass du ständig glaubst, alles allein bewältigen zu müssen.«

Vielleicht sollte sie sich an die eigene Nase fassen. Aber ich erinnerte Anaya nicht daran, dass sie Piper und mir ihre Vergangenheit vorenthalten hatte. Ihre Gründe dafür waren jedoch verständlich, meine waren egoistisch.

»Ich habe es dir nicht erzählt, weil ich wusste, dass es falsch war zu recherchieren. Phantom hat mir geraten, die Finger davon zu lassen. Kalee hat mir gesagt, ich solle es vergessen, weil sie wieder zu Hause und glücklich war. Sie wollte einfach alles hinter sich lassen. Aber ich konnte damit nicht leben. Es war egoistisch und dumm weiterzugraben. Ich habe Kyle in eine Lage gebracht, in der er dich anlügen musste. Ich habe Gabe verletzt und Zane verärgert. Jetzt sind Kevin und Myles auf der Suche nach einer Frau, die sie nicht kennen und die für keinen von ihnen eine Bedeutung hat. Aber Zane, der unter seiner ruppigen Fassade ein großes Herz hat, setzt seine Ressourcen, seine Zeit und sein Geld ein, um sie zu finden. Das ist alles meine Schuld. Ich habe einen riesigen Schlamassel verursacht, weil ich nachts nicht schlafen konnte. Ich habe kein Auge zugetan, weil die Leute, die für Kalees Unglück verantwortlich waren, frei herumliefen, während sie mit ihren Dämonen kämpfte.«

Ivy machte eine abwinkende Geste. »Mach dir keine Sorgen

um meinen Mann. Er ist ständig wegen irgendetwas wütend. Und die Jungs werden unruhig, wenn sie in den Staaten sind und nichts zu tun haben oder nicht auf jemanden schießen können. Sie sind froh, im Einsatz zu sein. Und wegen des Geldes musst du dir wirklich keine Gedanken machen. Zane ist stinkreich, er schwimmt im Geld. Zwar beschwert er sich über die Ausgaben, aber er meint es nicht so. Du weißt doch, wie die meisten Männer Geld für die Hochzeit ihrer Tochter sparen, oder? Nachdem Olivia und Leo zueinandergefunden hatten, Violet und Jax ein Paar geworden waren und Zane mich getroffen hatte, erkannte er einen Trend und begann, Geld beiseitezulegen. Er nennt es den prophylaktischen Fonds. Er hat ihn bereits für das Gold Team benutzt. Owen und Nat haben ebenfalls davon profitiert. Jetzt auch du und Gabe. Aber auch darüber musst du dir nicht den Kopf zerbrechen. Abrams schickt Zane einen dicken Scheck für seine Mühen.«

»Wie bitte? Er erpresst sie?«

Das klang nicht gut. Tatsächlich befürchtete ich, dass Zane sich damit eine Menge Ärger einhandeln würde.

»Erpressung ist ein hässliches Wort. Es ist eher eine Entschädigung dafür, dass Abrams dein Leben gefährdet hat. Ich persönlich finde, Zane hätte mehr verlangen sollen – immerhin wärst du fünfmal fast gestorben. Das ist meiner Meinung nach mehr als eine halbe Million wert. Aber ich war nicht an den Verhandlungen beteiligt, deshalb konnte ich meine Einwände nicht vorbringen.«

Ich hörte, wie meine Mutter nach Luft schnappte, und sagte hastig: »*So* schlimm war es gar nicht, Mom.«

»Das ist einer dieser Momente, in denen ich es besser nicht hören will. Du sitzt neben mir und bist in Sicherheit. Und so wie ich das sehe, liebst du einen Mann, der dich ebenfalls liebt. Mehr muss ich nicht wissen.«

Ich blinzelte mehrmals hintereinander. Wer war diese Frau? Was war mit meiner stets besorgten Mutter passiert?

»Mom ...«, begann ich und verstummte, weil ich nicht wusste, was ich sagen sollte.

Wahrscheinlich hätte ich sie nur unnötig aufgewühlt, wenn

ich sie darauf hingewiesen hätte, dass sie sich normalerweise zu viele Sorgen machte. Aber ihre Gelassenheit machte mich ein wenig nervös.

»Apropos Liebe, ich werde mit deinem Vater reden. Momentan ist er nicht ganz bei Sinnen und kann nicht klar denken. Aber ich kenne ihn. Sobald er sieht, dass es dir gut geht, wird er zur Vernunft kommen. Dann könnt ihr euch aussprechen.«

»Ich muss mich bei ihm entschuldigen. Ich habe mich danebenbenommen«, gab ich zu.

»Das habt ihr beide«, stimmte sie zu, und ich verspürte ein Ziehen in der Brust. »Aber ihr seid euch sehr ähnlich. Wenn ihr einen Menschen liebt, dann mit ganzem Herzen und voller Leidenschaft. Und manchmal macht euch diese Liebe blind. Dein Vater wird es erkennen. Vertrau mir. Er braucht nur ein oder zwei Tage.«

»Was wird er erkennen?«

»Dass der Mann, der gerade in diesem Bett aufgewacht ist, mit dir gesprochen hat, als seist du das Wertvollste auf der Welt. Er ist beinahe gestorben, doch als Erstes wollte er wissen, ob es dir gut geht. Er hat sich weder nach seinem Gesundheitszustand erkundigt noch wollte er wissen, was passiert war oder wie er ins Krankenhaus gekommen war. Er wollte dich einfach nur in seiner Nähe haben. Und dann hat er dich für deine Tapferkeit gelobt. Dein Vater hat es auch gesehen, genauso wie ich und alle anderen Leute im Zimmer. Gabe ist in jeder Hinsicht der Mann, den dein Vater sich für dich wünscht. Gib ihm etwas Zeit. Er muss erst darüber hinwegkommen, dass sein einziges Kind betäubt, entführt und Zeugin eines traumatischen Ereignisses wurde.«

Ich schluckte die Tränen hinunter, die mir in die Augen stiegen, und wartete, bis die Emotionen, die mir die Kehle zuschnürten, verebbt waren. Das dauerte eine ganze Weile. Währenddessen bedachte meine Mutter mich mit einem warmherzigen, liebevollen Blick voller Zuneigung und Güte. So war sie nun einmal. Nur weil sie dazu neigte, aus einer Mücke einen Elefanten zu machen und sich dann den Kopf darüber zu zerbrechen, bis ihre Nerven blank lagen, bedeutete das nicht, dass sie kein Verständnis für mich hatte. Sie war eine kluge Frau und hatte ein gutes Gespür für die Gefühle der Menschen, die sie liebte – nämlich meinen Vater und mich. Oft erkannte sie, was ich brauchte, noch bevor ich es selbst wusste. So wie in diesem Moment. Sie hatte alles gesagt, was ich hören musste, um die letzten Reste meiner Angst zu vertreiben.

Gabe würde mich nicht von sich stoßen oder wütend auf mich sein. Tief im Inneren wusste ich das, trotzdem hatte die Angst an mir genagt. Gabe war ein ganzes Leben lang vor Beziehungen zurückgeschreckt, weil er sich vor der Verantwortung gescheut hatte. Und dann war ich in sein Leben geplatzt und die Verantwortung, die er mir gegenüber empfunden hatte, war ihm zum Verhängnis geworden und hatte ihm im wahrsten Sinne des Wortes Kopfzerbrechen bereitet.

Aber ich hätte es besser wissen müssen. Ich hätte mehr Vertrauen in ihn haben sollen, statt mir zwei Tage lang Sorgen darüber zu machen, dass er sich von mir abwenden könnte. Die Angst, ihn zu verlieren, hatte mich dazu gebracht, mich an ihn zu klammern. Das war allerdings nicht der einzige Grund, warum ich mich geweigert hatte, von seiner Seite zu weichen. Ich hatte ihm versprochen, dass ich ihn nicht im Stich lassen würde. Und in meinen Augen war meine Pflicht erst erfüllt, wenn er aufwachte. Aber ich konnte nicht leugnen, dass ich es übertrieben hatte, weil ich an ihm gezweifelt hatte.

Verdammt.

Und dann hatte ich auch noch meinen Vater vor den Kopf gestoßen.

Verflucht.

»Ich kenne Gabe noch nicht lange ...« Plötzlich brach meine Mutter in schallendes Gelächter aus und ich zuckte zusammen. Ich wartete einen Moment lang geduldig, bis sie sich wieder beruhigt hatte, doch als ihr Lachen nicht verebbte, fragte ich: »Was ist so lustig?«

»Entschuldige bitte.« Sie wedelte mit den Händen vor ihrem Gesicht und fächelte sich Luft zu. »Dein Vater soll dir erklären, was so lustig ist.«

»Ich glaube nicht, dass Dad gerade zum Lachen zumute ist. Warum erzählst du es mir nicht?«

Meine Mutter schenkte mir ein breites, glückliches Lächeln. Dieser Anblick überraschte mich, denn ich erinnerte mich nicht daran, meine Mutter je so strahlend lächeln gesehen zu haben.

»Du solltest deinen Vater fragen, wann er mich gebeten hat, ihn zu heiraten«, sagte sie, doch ich verstand nicht ganz, worauf sie hinauswollte.

»Ich kenne die Geschichte, Mom. Euer Verlobungsfoto steht auf dem Kaminsims. Dad hat während eines Familientreffens in Eagle River um deine Hand angehalten. Es war Herbst, die Blätter hatten sich verfärbt, und er hat dir vor den Augen der ganzen Familie am Pier einen Antrag gemacht.«

»Nein, Evette. Das war lediglich der Tag, an dem ich endlich Ja gesagt habe«, erklärte sie. »Das erste Mal hat er mich eine Stunde nach unserer ersten Verabredung gefragt. Dann noch einmal bei unserem dritten Rendezvous. Bevor ich schließlich einwilligte, hatte er in drei Monaten zweiunddreißig Mal um meine Hand angehalten.«

Wie war das? Mein Vater hatte meiner Mutter bei ihrer ersten Verabredung einen Antrag gemacht? Warum hatte mir das niemand erzählt?

»Warum weiß ich davon nichts?«, fragte ich. »Und warum hast du seinen Antrag zweiunddreißig Mal abgelehnt?«

»Um genau zu sein, habe ich ihn einunddreißig Mal abgelehnt. Beim zweiunddreißigsten Mal habe ich Ja gesagt. Und zuvor habe ich Nein gesagt, weil er keinen Ring hatte.«

Ich starrte meine Mutter fassungslos an. Dann brach ich in schallendes Gelächter aus.

Meine Mutter war eine kluge Frau.

Sie hatte auf einen Ring gewartet.

»Ich hätte seinen Antrag schon bei unserer ersten Verabredung angenommen. Ich hätte sogar Ja gesagt, wenn er nach fünf Minuten um meine Hand angehalten hätte. Als ich deinen Vater zum ersten Mal gesehen habe, befanden wir uns in einem Raum voller Leute. Wir waren auf einer Hochzeitsfeier. Ich kam zu spät und verpasste die Zeremonie. Er war der Trauzeuge und saß am Tisch der Hochzeitsgesellschaft. Ich war noch keine zwei Minuten dort und suchte meine Freundinnen in der Menge, als unsere Blicke sich trafen. In diesem Moment wusste ich, dass er der Eine war. Dein Vater legte seine Gabel auf den Tisch, stand auf und kam auf mich zu. Ich rührte mich nicht von der Stelle. Ich glaube, ich habe den Atem angehalten, bis er vor mir stehen blieb. Er stellte sich nicht vor und fragte mich nicht nach meinem Namen, er lächelte einfach nur ...«

»Und ich dachte bei mir: Das ist die Frau, die ich für den Rest meines Lebens glücklich machen werde«, beendete mein Vater den Satz, als er hinter mir durch die Tür trat.

Meine Mutter strahlte ihn an.

Ich spürte, wie mein Vater eine Hand auf meine Schulter legte. Da ich ein schlafendes Baby im Arm hielt und keine Hand frei hatte, hob ich die Schulter an und neigte den Kopf, bis meine Wange seinen Handrücken berührte.

»Und genau das fühlst du auch, nicht wahr?«, fragte meine Mutter.

»Ja«, gestand ich. »Ich hatte solche Angst, als ich in Maryland eintraf. Aber in dem Moment, in dem ich Gabe sah, fühlte ich ...«

Ich konnte es nicht in Worte fassen. Es gab keine Möglichkeit, dieses Gefühl zu beschreiben, das ich empfunden hatte.

»Einen inneren Frieden«, ergänzte mein Vater.

Auch wenn das das Ausmaß meiner Emotionen nicht ganz erfasste, kam es ihm ziemlich nahe.

»Ja, Dad. Ich verspürte einen inneren Frieden. Plötzlich war ich überzeugt davon, dass sich in meinem Leben alles zum Besten gewendet hatte. Ich hatte das Gefühl, dass der Mann, den ich für den Rest meines Lebens glücklich machen sollte, direkt vor mir stand. Und ich wusste, dass er der Mann ist, der dazu bestimmt ist, mich glücklich zu machen.«

Mein Vater und meine Mutter schwiegen beide. Ivy senkte den Blick auf ihren Schoß und lächelte. Anaya hatte Tränen in den Augen. Aber Natasha starrte mich mit einem wissenden Blick an.

»Es fühlt sich gut an, nicht wahr?«, flüsterte sie.

Da ich meiner eigenen Stimme nicht traute, nickte ich nur.

»Lass nicht los. Es wird nur noch besser«, fuhr sie fort.

Mein Vater drückte meine Schulter und gab mir einen Kuss auf den Kopf. In diesem Moment wusste ich, dass er mir vergeben hatte. Ich würde mich trotzdem bei ihm entschuldigen und ihn vielleicht sogar damit aufziehen, dass er so oft um die Hand meiner Mutter angehalten hatte.

Der Koten in meinem Magen hatte sich endlich gelöst, aber ich wollte unbedingt zurück zu Gabe.

»Kann jemand diesen Burger einpacken, damit ich ihn später essen kann? Und wenn Gabe mich fragt, was ich gegessen habe, erwarte ich von euch allen, dass ihr mich deckt und ihm erzählt, ich hätte meine Pommes und eine Tüte Chips verdrückt.«

»Wir stehen hinter dir, Schwester«, verkündete Ivy mit einem Lächeln.

Ich kannte sie zwar kaum, aber ich glaubte ihr.

Anaya ergriff Ivys Hand und fügte hinzu: »Wir alle stehen hinter dir.«

# KAPITEL ZWEIUNDDREISSIG

Ich würde noch fünf Minuten warten, dann würde ich mir die Blutdruckmanschette vom Arm reißen und aufstehen. Dr. Lexington hatte mich zusammen mit einem viel zu jungen Dr. Westing untersucht. Der junge Arzt hatte Dr. Lexington offensichtlich mit seinem frisch erworbenen Doktortitel imponieren wollen und fünfzehn Minuten lang einen medizinischen Fachbegriff nach dem anderen fallen lassen. Er schien eine Vorliebe für lange, komplizierte Wörter zu haben. Dr. Lexington hatte sich allerdings wenig beeindruckt gezeigt und sämtliche Tests, die Dr. Westing anordnen wollte, kurzerhand abgelehnt.

Gott sei Dank.

Dr. Ich-habe-gerade-meine-Zulassung-bekommen wollte mich noch eine Woche lang unter Beobachtung im Krankenhaus behalten. Doch es hätte viel länger gedauert, um all die Tests durchzuführen.

Achtundvierzig Stunden waren in Dr. Lexingtons Augen ausreichend.

Noch zwei verdammte Tage.

Ich wollte Einspruch erheben, den Dr. Lexington jedoch nicht gelten ließ. Also würde ich noch zwei Tage hierbleiben.

Zumindest hatte sie zugestimmt, den verdammten Katheter zu entfernen. Obwohl die Krankenschwester alles getan hatte, um die Prozedur so angenehm wie möglich zu gestalten, war sie äußerst schmerzhaft gewesen. Ich war nicht gerade stolz auf mich und froh, dass Evette nicht im Zimmer gewesen war, um mich wimmern zu hören. Aber immerhin durfte ich jetzt aufstehen und mich bewegen, solange jemand bei mir war.

»Am besten bleibt der große Kerl hier«, hatte Dr. Lexington gesagt und dabei auf Zane gezeigt.

Nachdem sie mir das Versprechen abgenommen hatte, nur unter Aufsicht aufzustehen, ging sie und nahm Doogie Howser, M.D. mit.

Im Moment wartete ich darauf, dass Zane zurückkehrte und die Krankenschwester kam, um noch einmal meinen Blutdruck zu messen, bevor sie die Manschette abnahm.

Die Tür zu meinem Zimmer wurde geöffnet, aber statt der Krankenschwester trat Zane ein. Viel lieber hätte ich Evette gesehen, doch bevor sie zurückkam, brauchte ich noch ein paar Informationen von ihm. Er verschwieg mir etwas. Ich konnte verstehen, dass er nicht mit der Sprache herausrücken wollte, als Joe London mit uns im Raum war. Aber Letzterer war nicht mehr hier. Wahrscheinlich versuchte er gerade, seine Tochter davon zu überzeugen, mich zu verlassen.

Bei dem Gedanken verkrampfte sich mir der Magen. Evette konnte den zusätzlichen Stress und Druck nicht gebrauchen. Und ich war nicht in der Verfassung, aufzustehen und sie von den Worten ihres Vaters abzuschirmen. Das fraß mich innerlich auf.

Auch in diesem Punkt hatte ich versagt.

»Wie ich höre, hat man dir den Schlauch aus dem Schwanz gezogen.« Das waren Zanes einleitende Worte. Arschloch.

Ich zeigte ihm den Mittelfinger und murmelte: »So viel zu dem Patientendatenschutzgesetz.«

»Neidisch?«

»Neidisch, dass du mit meiner Krankenschwester gesprochen hast und sie gegen die Vorschriften verstoßen und dir vertrauliche Informationen gegeben hat? Wohl kaum.«

»Zugegeben, dein armer Pipimann ist wahrscheinlich ziemlich wund, aber ...«

»Hast du meinen Schwanz gerade Pipimann genannt?«

»Meine Güte, bist du empfindlich.« Zane verdrehte die Augen und grinste.

»Du bist ein Arsch, weißt du das?«

»Ein Arsch mit Grübchen und blauen Augen.«

»Weiß deine Frau, dass du mit anderen flirtest, um an Informationen zu kommen?«

»Natürlich weiß sie das. Sie ermutigt mich sogar dazu. Ihr ist jede Methode recht, mit der ich anderen Informationen entlocken kann, ohne mir die Hände blutig machen zu müssen.«

Es war Zeit, dieses alberne Gespräch zu beenden. Zane konnte den lieben langen Tag über seine Frau, seine Grübchen und seine blauen Augen schwadronieren, die ihm tatsächlich oft zu seinem Vorteil gereichten. Auf keinen Fall hatte er seine Frau durch seine einnehmende Persönlichkeit an sich gebunden.

»Was ist mit Myles und Kevin? Haben sie Delilah gefunden?«

Zane seufzte wie ein unglücklicher Teenager, da das Thema Schwänze und Pipimänner nun vom Tisch war.

»Sie sind in Mexiko.«

»Mexiko? Was zum Teufel? Ich dachte, Abe hat sie in Kalifornien vermutet.«

»Das hatte er auch. Sie sind nach Dulzura gefahren und haben mit einigen Einheimischen gesprochen. Einem Rancher war ein Wagen aufgefallen, der in eine Straße zu einem benachbarten Ferienhaus eingebogen war. Da er das Fahrzeug nicht kannte, folgte er ihm. Als der Rancher den Fahrer befragte, hatte dieser sämtliche Informationen über den Grundstückseigentümer parat. Der Rancher nahm also an, dass der Mann das Haus gemietet hatte, und ging wieder. Trotzdem hatte er ein ungutes Gefühl und kehrte ein paar Stunden später zurück. Als er dort ankam, war der Mann verschwunden. Der Rancher hatte sich nicht nur das Kennzeichen gemerkt, sondern auch Kameras am Ende seiner Einfahrt installiert. Diese muss man passieren, um zu dem Grundstück zu gelangen. Wir haben ein Video von Delilah und dem Fahrer. Der Mann heißt Tamir Cohen.«

»Tamir Cohen? Warum kommt mir dieser Name bekannt vor?«

»Erinnerst du dich an die Mädchenschule in Uganda?«

Ich musste nicht lange in meinem Gedächtnis kramen. Diese Mission hatte sich für immer in meine Netzhaut eingebrannt. Fünfzig Mädchen und Lehrerinnen waren von einer Terrororganisation abgeschlachtet worden. Hundert weitere waren als Geiseln genommen worden. Mein SEAL-Team hatte mit einer Spezialeinheit der israelischen Streitkräfte namens Jamam zusammengearbeitet, die aus knallharten, bestens ausgebildeten Kommandosoldaten bestanden hatte. Das war die beste Antiterror- und Rettungseinheit, die Israel zu bieten hatte. Gemeinsam befreiten wir die Geiseln. Jamam verlor an jenem Tag einen Soldaten. Isaac Cohen.

»Verdammt noch mal. Isaac Cohen.«

»Isaac Cohen«, bestätigte Zane. »Sein Bruder Tamir verließ Schajetet 13 und wechselte zu der Einheit seines Bruders. Dort lernte er einen Freund seines Bruders namens Aviv Abrams kennen. Nachdem sie die israelischen Verteidigungsstreitkräfte verlassen hatten, gründete Aviv die Firma Abrams Industries und stellte Tamir als Sicherheitschef ein.«

»Da stimmt etwas nicht, Z. Ich war bei Isaacs Beerdigung. Ich kann nicht behaupten, dass ich ihn oder seine Familie kannte. Aber die Cohens sind unter Mitgliedern der Streitkräfte Legenden – und das waren sie schon vor Isaacs Tod. Tamir, Isaac und ihre Schwester sind in den USA aufgewachsen, aber alle drei sind nach Israel zurückgekehrt, um dort ihren Militärdienst zu leisten. Layla Cohen hat vier Jahre lang im Caracal-Bataillon gedient. Danach ist sie zur Grenzpolizei gegangen und war bei der Magav-Einheit. Die Cohens sind als Familie bekannt, die sich dem Dienst an ihrem Land verschrieben und in der Heimat ihres Vaters eine heilige Pflicht erfüllt hat. Ich kann nicht glauben, dass Tamir zu so etwas wie einem Handlanger geworden ist, der Avivs Drecksarbeit macht. Das passt einfach nicht zu ihm.«

»Menschen ändern sich.«

»Wirklich? So sehr, dass sie ihre moralischen Werte und ihre Überzeugungen über Bord werfen? Isaac hat sich für das Leben anderer geopfert. Layla hat an der Front gekämpft. Tamir wollte seinen Bruder ehren, indem er in seiner alten Einheit diente. Ich sage dir, Zane, da stimmt etwas nicht.«

»Es mag sich nicht richtig anhören, aber Tamir hat Delilah in seiner Gewalt und hat sie nach Mexiko gebracht. Ich habe die Aufnahmen von der Grenzüberquerung selbst gesehen. Seine Ankunft in Kalifornien stimmt zeitlich mit dem Mord an Forrest Lawson überein.«

»Vielleicht hilft er Delilah?«

Ich wusste, dass ich nach Strohhalmen griff. Aber Tamir Cohen war einst einer der besten Kommandosoldaten gewesen, die Schajetet 13 je ausgebildet hatte. Ich konnte nicht glauben, dass er sich so sehr verändert hatte.

»Bruder, sie hat geknebelt auf dem Vordersitz gesessen. Er ist nicht mehr der, der er war.«

Ein eiskalter Gedanke schoss mir durch den Kopf.

»Myles und Kevin brauchen Verstärkung.«

»Die bekommen sie.«

»Wen schickst du?«

»Linc, Leo, Colin, Jax und Garrett sind unterwegs.«

»War Garrett in den letzten fünf Jahren im Einsatz?«

Zane warf mir einen entnervten Blick zu. Vielleicht hätte ich den Mund halten sollen, aber heutzutage saß Garrett nur noch von seinen Computermonitoren umgeben hinter seinem Schreibtisch. Und das nicht, weil er dazu gezwungen war, sondern weil er es so wollte. Nichtsdestotrotz war Garrett wahrscheinlich der tödlichste Soldat der ganzen Truppe. Einst war er aus seiner SEAL-Einheit abgezogen worden und jahrelang verschwunden. Zane wusste möglicherweise, was Garrett in dieser Zeit getan hatte, aber wir anderen hatten keine Ahnung. Irgendwann erschien Garrett wieder auf der Bildfläche, um dann erneut für ein Jahr unterzutauchen. Diesmal war es seine eigene Entscheidung. Niemand wusste, wo er sich aufhielt, aber laut Garrett hatte er sich selbst finden müssen. Als er zurückkam, trat er Z Corps bei und nahm einen Schreibtischjob an.

Ich ließ das Thema Garrett fallen und kam wieder auf Abrams zurück.

»Wie hast du Abrams in die Knie gezwungen?«

»Mit den Informationen. Aviv hat mir versprochen, dass er Evette nicht mehr behelligen wird. Entweder er vergisst, dass sie existiert, oder ich veröffentliche alles, was wir über seine Firma haben. Er tritt von den Pachtverträgen in Timor-Leste und El Salvador zurück, wird aber in Kroatien weiterarbeiten. Ich lasse Dr. Gates in Ruhe und störe seine Forschung nicht. Im Gegenzug hören und sehen wir nie wieder etwas von Aviv.«

Verdammte Scheiße.

Zane hatte gute Arbeit geleistet. Evette war in Sicherheit … oder etwa nicht?

»Und Delilah? Aviv will sicher, dass du dich nicht einmischst, nicht wahr?«

»Ja. Er hat sie eine Verräterin genannt und will sie tot sehen.«

»Verdammt, Z. Wenn Aviv herausfindet, dass du ein Team geschickt hast, um Delilah zu retten, wird es Ärger geben.«

»Wahrscheinlich wird er wütend werden.«

Was zum Teufel?

»Zane.«

»Er kann wütend werden, so viel er will. Ich werde nicht zulassen, dass diese Frau ermordet wird. Aviv Abrams kann einen Wutanfall bekommen und mir den Krieg erklären, oder er kann klug sein und mir Delilah ausliefern. So oder so, ich werde diesen Mistkerl fertigmachen.«

Ich hörte den boshaften Unterton in Zanes Stimme, in der mehr als seine übliche Schroffheit mitschwang.

»Warum?«

Für einen Moment herrschte Stille, bevor Zane tief durchatmete und seine Maske abnahm.

»Weil du recht hast. Ein Mann, der treu gedient, seinen Bruder, seine Schwester und seine Familie geehrt und aus einem moralischen Pflichtgefühl heraus einem Land gedient hat, das nicht das seine, sondern das seines Vaters war, wendet sich nicht einfach so von alledem ab. Es sei denn, es gibt einen triftigen Grund dafür. Und mein Bauchgefühl sagt mir, dass Aviv Abrams dieser Grund ist. Ganz gleich, was Tamir Cohen getan hat, ich fühle mich zutiefst verpflichtet, einem Bruder zu helfen, der vom Weg abgekommen ist. Wenn ich mit meiner Vermutung richtigliege und Aviv Tamir zu seinem persönlichen Totschläger gemacht hat, werde ich keine Sekunde zögern, ihm den Garaus zu machen.«

Scheiße. Dafür hatte ich Verständnis. Aber aus egoistischen Gründen war Tamir Cohen mir völlig egal. Ich sorgte mich nur um Evette und ihre Sicherheit.

»Aber«, fuhr Zane fort, »dazu kommen wir später. Evette ist in Sicherheit, und ich gebe dir mein Wort, dass das so bleiben wird. Du musst dich nur darauf konzentrieren, die Wohnung deiner Frau aufzulösen, ihre Sachen in deine Villa am Flussufer zu bringen und ihr einen teuren Wagen zu kaufen, denn wir alle wissen, dass du sie verwöhnen wirst. Außerdem haben wir noch andere Probleme, mit denen wir uns befassen müssen. Owen besteht darauf, dass wir uns diesen Bronson Williams genauer ansehen und den Tod seines Bruders untersuchen. Es fällt mir allerdings schwer, jemanden ernst zu nehmen, der sich für den Riddler aus einem schlechten Superheldenstreifen hält und mir mit einem lächerlichen Drohbrief Angst machen will. Ich habe für so einen Mist keine Zeit und habe keine Lust, einen zehn Jahre alten abgeschlossenen Fall neu aufzurollen, der nichts mit mir zu tun hat.«

»Owen glaubt, dass Bronson Williams' Drohungen eskalieren werden«, bemerkte ich.

»Was will er tun? Will er mir Tüten voller Hundescheiße auf meiner Veranda anzünden? Wen interessiert das schon? Einmal pro Woche erhalte ich Drohungen von Leuten, um die ich mir wirklich Sorgen machen muss. Männer, die wissen, wie man eine Leiche zerstückelt und eine Bombe baut. Ich werde Aaron Cardon überprüfen, aber erst später. Vielleicht in ein oder zwei Jahren. In der Zwischenzeit muss ich mich um dich und Evette kümmern und mich auf Myles, Kevin und Cooper vorbereiten. Und ich habe das unbestimmte Gefühl, dass wir uns wappnen sollten, wenn Coop an der Reihe ist. Nach außen hin gibt er sich lässig und sorglos, macht Witze und freut sich, in Maryland bei seiner Familie zu sein. Aber sein Blick sagt mir, dass er bis zum bitteren Ende kämpfen wird. Du wirst schon sehen.«

»Wovon zum Teufel redest du bloß?«

»Von Frauen, Bruder. *Frauen.* Drei von euch sind noch nicht liiert und ich glaube, dass wir das Schlimmste noch vor uns haben.«

Das waren tatsächlich schlechte Aussichten, denn das würde ein Chaos nach dem anderen bedeuten.

»Vielleicht trifft Coop eine nette Frau, zum Beispiel eine Barista. Und Myles hasst Dramen. Ich könnte mir ihn mit einer Lehrerin vorstellen. Kevin hat bereits verlauten lassen, dass er ein Auge auf diese Nutte geworfen hat. Sie wird pro Woche gebucht, also ist er versorgt, bis ihm das Geld ausgeht.«

»Bitte sag mir, dass du ihm nicht noch ein Stelldichein mit einer Nutte bezahlt hast«, stöhnte Zane.

»Das habe ich nicht. Er ist ein undankbarer Arsch. Ich wollte ihm nur helfen, denn seine Durststrecke war äußerst deprimierend. Er hat es mir gedankt, indem er mir ein blaues Auge verpasst hat. Und ich bin um zwei Riesen ärmer.«

Es hatte ein Scherz sein sollen. Ich hatte nicht erwartet, dass Kev tatsächlich mit ihr schlafen würde, und dachte, er würde darüber genauso lachen wie wir alle. Aber er hatte es nicht lustig gefunden. Und ich auch nicht, als ich mit einem Eisbeutel auf dem Gesicht und Blut auf meinem T-Shirt auf der Couch gesessen hatte.

»Kev ist empfindlich.« Zanes Lippen umspielte ein Lächeln.

Kevin war nicht empfindlich. Er war steinhart.

»Dann ist also alles geregelt?«, fragte ich.

»Ja, es ist alles geregelt. Ruh dich aus. Dann bringen wir dich und deine Frau nach Hause.«

Das schien mir ein guter Plan zu sein.

*Nach Hause mit meiner Frau.*

# KAPITEL DREIUNDDREISSIG

Ich hatte das Gefühl, nur noch auf Reserve zu laufen und von Adrenalin angetrieben zu werden. Glücklicherweise wurde dieses Gefühl von freudiger Aufregung und nicht von Angst begleitet. In den vergangenen vier Tagen hatte ich viele Höhen und Tiefen durchlebt. In den ersten beiden war Gabe bewusstlos gewesen und in den letzten beiden immer wieder in den Schlaf abgedriftet. Er hatte nicht die Kraft, die Augen offen zu halten, und es war ihm nie gelungen, lange wach zu bleiben.

Cooper, Owen, Kyle, Anaya, Nat und Ivy waren alle an dem Abend gegangen, an dem Gabe aufgewacht war. Ivy wollte zu ihrem Sohn zurück, Cooper und Owen mussten arbeiten und Nat hatte Owen begleitet. Kyle wollte seine Mädchen zu Hause haben. Meine Eltern hatten mir erklärt, dass sie in ihr Hotel zurückkehren und sich mit mir treffen würden, nachdem ich Gabe nach Hause gebracht hatte. Gabe hatte mich überrascht, als er darauf bestanden hatte, dass sie in seinem Haus und nicht in einem Hotel übernachten sollten. Noch überraschender war, dass mein Vater das Angebot angenommen hatte.

Bisher hatte ich mich noch nicht mit meinem Vater ausgesprochen. Das würde ich jedoch noch tun, bevor meine Eltern nach Hause zurückkehrten. Stattdessen hatte ich achtundvierzig Stunden neben Gabe gelegen und mich mit ihm unterhalten. Irgendwie hatten die Rollen sich vertauscht. Er hatte die ersten beiden Tage geschlafen, während ich nur hin und wieder ein Auge zugetan hatte. In den letzten beiden Tagen war ich zwischen unseren Gesprächen, von denen einige sehr tiefgründig waren, immer wieder eingedöst.

Gabe erzählte mir mehr über seine Kindheit. Das Gröbste wusste ich bereits, aber er beschrieb einige Aspekte im Detail. Es war herzzerreißend. So hatte ich zwar gewusst, dass er viel hatte entbehren müssen, aber ich hatte keine Ahnung gehabt, dass er einst tagelang nichts gegessen hatte. Im ersten Sommer, nachdem sie ihre Wohnung hatten aufgeben müssen, war seine Mutter in eine Depression verfallen und hatte ihren Job verloren. Mittellos und ohne Zugang zur Schulkantine hatte Gabe lange Zeit gehungert, bis seine Mutter wieder Arbeit gefunden hatte. Es war niederschmetternd. Als ich das hörte, schwor ich mir, Gabe nie wieder Vorwürfe zu machen, wenn er mich zum Essen nötigte. Ich würde alles verspeisen, was er mir vorsetzte, solange ich ihn dadurch glücklich machen konnte.

Er erklärte mir auch, dass er in Garretts Softwarefirma investiert hatte, die dieser neben seiner Arbeit bei Z Corps auch noch besaß. Als Garrett die G2-Anwendung verkaufte, strichen sowohl er als auch Gabe einen satten Gewinn ein. Je länger ich Gabe über Geld reden hörte, desto klarer wurde mir, dass er entgegen seiner eigenen Behauptung kein Problem damit hatte. Er hatte klug investiert, gespart und für seine Rente vorgesorgt. Was er darüber hinaus hatte, gab er nach Belieben aus. In meinen Augen war das kein Problem – schließlich hatte er hart dafür gearbeitet.

Während ich ihn immer besser kennenlernte, erzählte ich ihm auch alles über mich. Es war wie ein achtundvierzigstündiges Speeddate ohne Pause. Wir packten Monate in wenige Stunden. Und in gewisser Weise war es perfekt. Es fühlte sich richtig an. Wir hatten uns auf den ersten Blick ineinander verliebt und lernten uns in einem Krankenhausbett kennen, nachdem wir zusammen entführt worden waren.

Das waren wir.

Durch und durch.

Und jetzt fuhr Zane uns zu Gabes Haus. Seltsamerweise war

ich nicht nervös. Obwohl alles so schnell gegangen war, fühlte es sich nicht so an. Tatsächlich hoffte ich, dass wir nie langsamer werden würden.

Irgendwo klingelte ein Handy. Ich wandte den Blick von der Straße ab und spähte zwischen den beiden Vordersitzen hindurch. Zum Glück hatte jemand die Polster reinigen lassen, seit Gabe vor vier Tagen blutend auf dem Rücksitz gelegen hatte. Die dunkelroten Flecke auf dem hellgrauen Leder waren verschwunden. Zunächst hatte ich Angst, ich könnte einen Flashback erleiden, aber seltsamerweise fühlte ich mich getröstet. Wir hatten Gabe helfen können. Er lebte. Ich lebte. Und alles war gut.

»Joe«, sagte Gabe zur Begrüßung, als er den Anruf entgegennahm. Es folgte eine lange Pause. Dann murmelte er: »Okay. Wir sind in etwa zwanzig Minuten da. Wir sehen uns, wenn ihr zurück seid.«

Gabe warf das Handy zurück in den Getränkehalter, reckte den Hals, um mich anzusehen, und lächelte.

»Deine Eltern fahren zum Supermarkt.«

Auch das hatte sich geändert. Mein Vater rief immer häufiger Gabe statt mich an. Ich befürchtete schon, er wollte auf diese Weise mehr über Gabe in Erfahrung bringen. Vielleicht wartete er auch einfach darauf, dass Gabe sich als Arschloch entpuppte, damit mein Vater mich zurück nach Milwaukee schleppen konnte.

Ich hatte Gabe nicht gefragt, was er davon hielt, sondern spielte einfach mit. Meine Mutter rief weiterhin mich an, und zwar alle paar Stunden. Anfangs dachte ich, sie wollte sich nur nach meinem Wohlbefinden erkundigen. Doch dann erkannte ich, dass sie hauptsächlich über Gabes Haus sprach. Ich hatte ihr gegenüber zugegeben, dass er und die anderen mich in einem sicheren Unterschlupf untergebracht hatten und ich sein Heim daher noch nie gesehen hatte. Also hatte meine Mutter mir aufgeregt Bericht erstattet. Die Aussicht war grandios. Die Küche war ein wahr gewordener Traum für jeden Koch. Der Wintergarten eignete sich hervorragend zum Lesen. Der Steg war spektakulär. Das große Schlafzimmer war paradiesisch und das Badezimmer wunderschön. Diese letzte Information ließ mich aufhorchen und ich bat meine Mutter, nicht in Gabes Privatsphäre herumzuschnüffeln. Ich wusste, dass sie meine Bitte ignoriert hatte, denn als sie mich erneut anrief, erzählte sie mir von dem begehbaren Kleiderschrank und dem großzügigen Stauraum. Kurzum, meine Mutter war begeistert. Sie schien kein Problem damit zu haben, dass ich mit einem Mann zusammenzog, den ich erst seit Kurzem kannte, und in einem Haus wohnen würde, das ich noch nie zuvor gesehen hatte. Einmal flüsterte sie mir zu: »Wenn es sich richtig anfühlt, ist es richtig. Und nur du weißt, ob es richtig ist.«

Meine Mutter war eine kluge Frau. Da sie mich daran erinnert hatte, dass nur ich wusste, was für mich richtig war, beließ ich es dabei.

»Meine Mutter ist ein lieber Mensch, aber sie kann auch ziemlich herrisch sein«, platzte ich heraus.

»Wie bitte?«

Ich rutschte auf meinem Sitz ein Stück vor und wurde zum ersten Mal seit Verlassen des Krankenhauses nervös.

»Meine Mutter. Nach außen hin wirkt sie lieb und sanftmütig – und das ist sie auch. Wenn sie jedoch die Menschen pflegt, die ihr am Herzen liegen, verwandelt sie sich in eine herrische Bestie. Als ich noch ein Kind war, hat sie mich verhätschelt, sobald ich auch nur einen Schnupfen hatte. Da du verletzt bist, wird sie dich nicht nur verhätscheln, sondern auch herumkommandieren. Es wird ihr vermutlich egal sein, dass du ein erwachsener Mann bist oder dass sie sich in deinem Haus befindet. Sie wird dich auf die Couch verbannen und dir jeden Wunsch von den Augen ablesen. Ihrer Meinung nach ist es ihre Pflicht, und diese nimmt sie sehr ernst. Das kann sehr nervtötend sein. Wenn du dich dagegen wehrst, bemüht sie sich nur noch mehr. Deshalb entschuldige ich mich im Voraus und werde mein Bestes tun, um sie davon abzubringen. Aber selbst Dad kann sich ihr nicht entziehen, also werde ich wohl nicht viel Erfolg haben.«

Gabe schwieg einen Moment und ein trauriger Ausdruck huschte über sein zerschrammtes Gesicht. Vier Tage nachdem er verprügelt worden war waren seine Stirn, seine Wangen, seine Augen und sein Kiefer gelb, grün und lila verfärbt. Die Wunde an seiner Stirn war genäht worden. Im Gegensatz zu ihm hatte ich mir bei dem Unfall nur eine kleine Beule zugezogen, als mein Kopf gegen das Armaturenbrett geprallt war. In meinem Fall hatte ein Pflaster völlig ausgereicht, doch Gabe sah furchtbar aus.

»Mach dir keine Gedanken«, sagte er, aber ich konnte an seinem Tonfall erkennen, dass ihn etwas bedrückte.

»Ich werde meinen Vater bitten, mit ihr zu reden.«

»Meine Mutter hat sich nie um mich gekümmert.«

*Oh. Scheiße.*

»Gabe«, flüsterte ich mit schmerzerfüllter Stimme und bat ihn im Stillen, nicht weiterzureden.

»Sie konnte es nicht. Und obwohl deine Mutter dir auf die Nerven ging, war es doch sicher auch ein gutes Gefühl. Mach dir also keine Sorgen. Alles wird gut.«

Gabe hatte recht. Ich hatte die Fürsorge meiner Mutter stets mehr genossen als gehasst. Und da seine Mutter sich wahrscheinlich nie richtig um ihn kümmern konnte, weil sie sich halb zu Tode geschuftet hatte, nickte ich nur und ließ das Thema fallen.

Den Rest der Fahrt hing ich meinen Gedanken nach. Ich stellte mir einen jungen Gabe vor, der auf dem Rücksitz des Wagens seiner Mutter schlief. Ich fragte mich, warum er bisher noch nicht erwähnt hatte, dass ich seine Mutter eines Tages treffen würde. Zane und Gabe unterhielten sich hauptsächlich über Delilahs letzten bekannten Aufenthaltsort. Da ich meine Lektion gelernt hatte, mischte ich mich nicht ein und unterdrückte ausnahmsweise meine angeborene Neugier. Wenn Gabe und Zane sagten, sie hätten die Situation im Griff, dann glaubte ich ihnen. Ich war mir sicher, dass sie mich um meine Meinung bitten würden, wenn sie diese hören wollten. Wenn nicht, würde ich mich zurückhalten.

Außerdem hatte ich andere Sorgen, beispielsweise, dass meine Eltern bei Gabe wohnten.

* * *

HEILIGE MUTTER GOTTES.

Gabes Haus war nicht nur schön, es war atemberaubend.

Die raumhohen Fenster im Wohnzimmer boten einen ungehinderten Blick auf den Fluss und den Steg. Die Küche war nicht nur der Traum eines jeden Kochs, sie war schlichtweg traumhaft. Das ganze Haus sah aus, als sei es einem Hochglanzmagazin für Innenarchitektur entsprungen. Es war prachtvoll und doch gemütlich. Offensichtlich war es von einem Designer eingerichtet worden, der dem Ambiente eine maskuline Note verliehen hatte, ohne es wie eine Junggesellenbude wirken zu lassen.

Ich liebte es. Es war wunderschön, doch etwas fehlte. Ich wurde jedoch eines Besseren belehrt, als Gabe mich entgegen meiner Bitte herumführte. Obwohl ich ihn gebeten hatte, auf der Couch sitzen zu bleiben, hatte er darauf bestanden, mir alles zu zeigen. Im Erdgeschoss befanden sich ein großes Wohn- und Esszimmer, die Küche und ein Arbeitszimmer. Der erste Stock beherbergte einen Abstellraum und drei Schlafzimmer. Doch als wir den zweiten Stock betraten, war mir klar, was den Reiz dieses Hauses ausmachte.

Das große Schlafzimmer nahm die gesamte oberste Etage ein. Meine Mutter hatte nicht erwähnt, wie atemberaubend es war, aber ihre Worte hätten mich ohnehin nicht auf den Anblick vorbereiten können. Als ich die Aussicht sah, schnappte ich nach Luft.

»Ich könnte mich den lieben langen Tag nur in diesem Raum aufhalten und wäre rundum zufrieden«, seufzte ich und betrachtete die Schönheit, die mich umgab.

Die Einrichtung war schlicht und geradlinig. Weiße Wände, weiße Bettdecken, solide, elegante Möbel. Die einzigen Farbakzente waren marineblaue Details. Ich liebte es. Es passte irgendwie zu Gabe. Doch der Glanzpunkt waren die drei Wände, die nur aus Fenstern bestanden und einen atemberaubenden Ausblick boten.

»Wegen dieses Zimmers habe ich das Haus gekauft.«

»Das kann ich verstehen.«

»Wenn ich morgens aufwache und die Sonne durch die Fenster fällt, fühle ich mich frei.«

Auch das konnte ich verstehen.

»Das ganze Haus ist wunderschön, aber mir fehlen die Worte, um diesen Raum zu beschreiben.«

»Es freut mich, dass es dir gefällt.«

Gabe kam auf mich zu und blieb dicht vor mir stehen. Ich legte den Kopf in den Nacken und lächelte zu ihm auf.

Er wirkte glücklich, während ich außer mir vor Freude war, hier zu sein. Aber nicht, weil ich nun in einem schicken Haus am Flussufer wohnte, das geschmackvoll eingerichtet war, sondern weil ich mit Gabe zusammen war. Ich konnte kaum beschreiben, wie ich mich fühlte, weil meine Zukunft mit ihm noch vor mir lag.

»Fühlt es sich richtig an, dass ich hier bin?«, fragte ich.

Gabe antwortete, ohne zu zögern: »Nichts von dem, was ich erreicht habe, war jemals genug. Auch wenn ich noch so viel Geld gespart hatte, hat mir das nie ein Gefühl von Sicherheit gegeben. Ich habe mich noch nie an einem Ort heimisch gefühlt. Nichts in meinem Leben hat sich je richtig angefühlt, bis ich dich getroffen habe. Jetzt verstehe ich warum. Nichts *war* richtig, nichts *war* genug, ich *war* an keinem Ort zuhause, weil *du* nicht da warst.«

»Ich kenne dieses Gefühl«, erwiderte ich.

»Ich werde dich heiraten, Evette.« Mir stockte der Atem und ein Schauer durchfuhr mich. »Dann werde ich mit dir Kinder zeugen und dir alles geben, was du dir jemals gewünscht hast.«

»Nur dich. Das ist alles, was ich brauche.«

»Nein, du verdienst alles.«

Gabe Harris würde lernen, was es bedeutete, ein erfülltes Leben zu führen.

»Schon bald wirst du es verstehen. *Du* bist alles. Nur du. Die Art, wie du mich anlächelst und mich ansiehst. Manchmal liegt ein sehnsüchtiger Ausdruck in deinen Augen, der mich erschauern lässt. Und manchmal betrachtest du mich mit einem sanften Blick, der mich von innen heraus wärmt. Aber jedes Mal siehst du mich an, als sei ich kostbar. Es bedeutet mir *alles*, dass du mir das Gefühl gibst, in Sicherheit zu sein und geliebt zu werden. Es erfüllt mich, dein Lachen zu hören, mitten in der Nacht neben dir zu liegen und deinen Geschichten zu lauschen und eng an dich gekuschelt einzuschlafen und genauso wieder aufzuwachen.«

»Mein Gott«, raunte er.

Der Laut war nicht getrieben von einem sinnlichen Verlangen, sondern schien fast schmerzhaft aus den Tiefen seines Herzens zu kommen.

»Gabe …«

»So etwas solltest du nicht sagen.«

»Warum nicht?«

»Aus zweierlei Gründen.« Er schlang eine Hand um meinen Nacken und zuckte dabei sichtlich zusammen. »Zum einen wecken deine Worte in mir den Wunsch, dich auf unser Bett zu werfen und dir zu beweisen, wie sehr ich dich liebe. Aber das kommt im Moment für mich nicht infrage, denn deine Eltern könnten jeden Moment zurückkommen.«

Es war ein Jammer, dass er mich nicht auf das Bett werfen konnte. Nachdem er es in diesem rauen, herrischen Tonfall erwähnt hatte, sehnte ich mich förmlich danach.

»Und zum anderen?«, wollte ich wissen.

Gabe krümmte seine Finger und drückte zu. Die Geste ließ mich erschaudern, und ein Kribbeln durchströmte meinen Körper. Diese Reaktion entging ihm nicht, aber ich hatte mir auch nicht die Mühe gemacht, sie zu verbergen. Dies war einer dieser Momente, in denen ich mich erfüllt fühlte, nur weil er bei mir war.

»Zum anderen bist du so wunderbar, dass ich deine Eltern am liebsten aussperren würde, um dich hemmungslos zu küssen, wozu ich leider noch nicht in der Lage bin. Dann würde ich andere Stellen deines wunderschönen Körpers liebkosen, was dazu führen würde, dass du all diese Laute von dir geben würdest, die ich so sehr liebe. Das würde wiederum bedeuten, dass ich dich auf unser Bett werfen und dir zeigen würde, wie sehr ich sie liebe, indem ich dich noch mehr stöhnen lasse. Und da ich nichts davon tun kann, wäre ich dir dankbar, wenn du all diese Dinge im Moment noch für dich behältst.«

Gabes missmutiger Blick entlockte mir ein Grinsen. Dann dachte ich daran, dass er *sein* Bett bereits zweimal als *unser* Bett bezeichnet hatte, und mein Lächeln wurde noch breiter.

»Das ist ein und derselbe Grund, nur unterschiedlich formuliert«, gab ich zu bedenken.

Gabe stimmte jedoch nicht zu.

Stattdessen ließ er mein Herz mit seinen nächsten Worten höherschlagen.

»Willkommen zu Hause, Evette.«

Oh. Mein. Gott.

»Willkommen zu Hause, Gabe.«

# KAPITEL VIERUNDDREISSIG

Ich konnte mich nicht daran erinnern, je so viele Leute in meinem Haus gesehen zu haben. Aber es war ein gutes Gefühl und sorgte für eine heimelige Atmosphäre.

Doch im Moment beachtete ich weniger meine Kameraden und ihre Familien, die sich drinnen aufhielten, sondern konzentrierte mich auf Evette und ihren Vater, die draußen auf dem Steg standen.

»Sie hat sich umsonst Sorgen gemacht«, sagte Jenn London neben mir, während sie ihren Mann und ihre Tochter beobachtete.

Evette hatte recht behalten, ihre Mutter war tatsächlich streng und herrisch. Aber wie ich Evette während der Heimfahrt erzählt hatte, hatte meine Mutter sich nie um mich kümmern können, wenn ich krank war. Zumindest nicht mehr nach dem Tod meines Vaters. Ich hatte durchaus hin und wieder eine Erkältung oder Grippe gehabt, aber meine Mutter hatte keine Zeit gehabt, für mich zu sorgen. Jenn London hatte genügend Zeit, und so wie sie mich herumkommandierte, hatte sie obendrein viel Übung.

Es machte mir nichts aus.

Ähnlich wie ihre Tochter, war Jenn bezaubernd.

»Sie hatte ein schlechtes Gewissen, weil sie die Beherrschung verloren hatte«, bemerkte ich.

»Die beiden sind sich sehr ähnlich. Es ist ein Wunder, dass sie sich nicht öfter gestritten haben, als Evette noch ein Kind war. Aber Joe hat ihr beigebracht, stark und loyal zu sein, für sich selbst einzustehen, ihre Meinung zu äußern und ihrem Herzen zu folgen, vor allem wenn die Welt gegen sie zu sein schien. Es ist also keine Überraschung, dass sie zu der Frau geworden ist, die er aus ihr gemacht hat. Und nach allem, was ihr beide durchgemacht habt, vermute ich, dass du weißt, von welcher Frau ich rede.«

»Ja, das weiß ich«, bestätigte ich.

»Joe weiß es auch. Aus diesem Grund hört er gerade nicht auf die Worte aus dem Mund seiner Tochter. Vielmehr spürt er die tiefere Bedeutung derselben und sieht in das Herz der Frau, die sie dank ihm heute ist. Und dann kommt er zu dem Schluss, dass er seine Pflicht als Vater erfüllt hat, weil seine Tochter sich nicht einfach mit dem Guten in ihrem Leben zufriedengegeben hat. Stattdessen hat sie auf etwas Großartiges gewartet. Sie war nicht nur klug genug, es zu erkennen und daran zu glauben, sondern hat auch, ohne zu zögern, ihre Chance ergriffen.«

Ein Blitz durchzuckte mich, und ich spürte ein noch nie da gewesenes Gefühl. Es durchbohrte mein Herz und heilte alte Wunden, deren Heilung ich niemals für möglich gehalten hätte.

*Sie hat auf etwas Großartiges gewartet.*

Ich kannte Jenn London nicht besonders gut, aber ich wusste, dass sie, genau wie ihre Tochter, ihre Meinung ehrlich und mit voller Überzeugung äußerte.

Sie hätte es nicht gesagt, wenn sie es nicht so gemeint hätte.

»Danke.«

Langsam wandte Jenn sich vom Fenster ab und ließ den Blick über die Menschen im Wohnzimmer schweifen. Dann begegnete sie meinem Blick. Da wurde mir etwas klar. Joe hatte seiner Tochter vielleicht beigebracht, stark und loyal zu sein, aber ihr Mitgefühl und ihre Freundlichkeit hatte Evette ihrer Mutter zu verdanken.

»Du zweifelst noch«, bemerkte Jenn und senkte den Kopf. Dann sagte sie etwas Seltsames: »Weißt du, in Japan werden kaputte Gegenstände oft mit Gold repariert. Dadurch soll die Unvollkommenheit nicht überdeckt werden. Vielmehr sorgt es dafür, dass der Gegenstand verschönert und zu etwas Einzigartigem wird. Je mehr Risse er hat, desto außergewöhnlicher ist er. Er wird zu einem unvergleichlichen Meisterwerk.«

»Ich kann dir nicht folgen.«

»Ich denke durchaus, dass du das kannst, Gabe. Du bist ein Mann mit tiefen Rissen, die mit Gold gefüllt sind. Du scheinst allerdings nicht zu sehen, dass sie dich zu einem Meisterwerk machen. Einzigartig. Einmalig. Du bist ein außergewöhnlicher Mann, der sein Leben für die Frau opfern würde, in die er sich verliebt hat. Über die Jahre werden wir uns besser kennenlernen. Ich freue mich schon darauf. Es gibt also keinen Grund, mir dafür zu danken, dass ich dir die Wahrheit gesagt habe. Was auch immer für deine Selbstzweifel verantwortlich ist, ich hoffe, du kannst dich irgendwann davon befreien. In der Zwischenzeit sollst du wissen, wie dankbar ich für das bin, was du für Evette getan hast.«

Das Brennen in meiner Brust wurde immer stärker. Und wenn ich nicht wollte, dass ein Inferno in mir zu lodern begann, musste ich es unterdrücken. Also wechselte ich das Thema.

»Meine Mutter wird dich mögen«, sagte ich.

»Apropos. Ich will nicht aufdringlich sein, aber … äh … wo ist sie?«

Ich schenkte Evettes Mutter ein beruhigendes Lächeln.

»Meine Mutter ist sehr sensibel, vor allem seit dem Tod meines Vaters. Ich habe ihr nichts von den Geschehnissen erzählt und werde es auch nicht tun. Wenn sie mich so sehen würde, würde sie das sehr mitnehmen. Ich achte sehr darauf, sie nicht mit etwas zu belasten, was ihr seelische Schmerzen verursachen könnte.«

»Das ist eine große Verantwortung, wenn du sie vor allem beschützen willst, was sie verletzen könnte.«

Es war eine große Verantwortung. Ich wusste, dass ich meine Mutter nicht vor allem abschirmen konnte, aber ich würde es versuchen.

»Sie ist eine gute Frau, die trotz aller Schwierigkeiten ihr Bestes gegeben hat. Ich bin es ihr schuldig, alles in meiner Macht Stehende zu tun, um für sie zu sorgen. Wenn ich wieder gesund bin, werde ich sie hierherfliegen lassen, damit sie Evette kennenlernen kann. Wir werden ein Familientreffen organisieren. Aber in meinem jetzigen Zustand kommt das nicht infrage.«

Jenn legte eine Hand an meine Wange und sah mir direkt in die Augen.

»Auch das spricht für dich. Du liebst deine Mutter und zeigst es ihr, indem du dich um sie kümmerst. Ich bin froh, dass meine Evette einen so guten Mann gefunden hat.« Jenn hielt inne und lächelte. »Da ich die Einzige hier bin, die alt genug ist, um deine Mutter zu sein, werde ich mich jetzt um dich kümmern. Also zurück auf die Couch. Du warst lange genug auf den Beinen. Ich werde nach deinen Gästen sehen.«

Ich versuchte erst gar nicht, mich ihren Anweisungen zu widersetzen. Das hatte ich schon versucht und überraschenderweise war es mir nicht gelungen. Jenn London war eine Meisterin der Manipulation. Wenn die Frau einen Befehl erteilte, war es in deinem besten Interesse, ihn zu befolgen. Aber ich hatte trotzdem noch etwas zu sagen.

»Meine Kameraden sind keine Gäste, sondern Schmarotzer, die nur wegen des Essens und der alkoholischen Getränke hier sind. Sie können sich selbst bedienen. Du hast genug getan. Warum holst du dir nicht etwas zu essen, setzt dich hin und entspannst dich?«

»Das werde ich wohl tun.«

»Gut.«

Jenn wollte ihre Hand sinken lassen, doch ich ergriff sie.

»Ich weiß es zu schätzen, dass du dir die Zeit genommen hast, mit mir zu reden. Es ist bedauerlich, dass wir uns unter diesen Umständen kennengelernt haben, aber irgendwie tut es mir nicht leid. Mir ist bewusst, dass es für Evette ein großer Schritt ist, ihr Leben in Kalifornien aufzugeben, um mit mir zusammen zu sein. Ich werde alles in meiner Macht Stehende tun, damit sie ihre Entscheidung nie bereut.«

»Das glaube ich dir.«

»Wenn ich etwas will, zögere ich nicht, und ich bin auch nicht dumm. Ich werde Evette bitten, meine Frau zu werden, und zwar schon bald.«

»Dann sollte ich wohl besser anfangen, die Hochzeit zu planen.«

In diesem Moment wurde die Hintertür geöffnet und Evette kam, dicht gefolgt von Joe, ins Haus.

»Oh, gut, du bist zurück. Führe Gabe zur Couch, damit er sich hinsetzt und etwas ausruht.«

Ich unterdrückte den Drang, die Augen zu verdrehen, aber die Bewegung hätte mir wahrscheinlich Kopfschmerzen bereitet. Dann hätte Jenns Fürsorge vermutlich keine Grenzen mehr gekannt und sie hätte mich noch mehr herumkommandiert.

»Du weißt doch, dass ich Gabe zu nichts zwingen kann, nicht wahr?«, erwiderte Evette.

»Unsinn, Mädchen. Geh mit ihm, er wird sich gern ausruhen, solange du bei ihm bist.«

Jenn hatte recht.

Vor über einer Stunde waren meine Freunde in mein Haus eingefallen, und seitdem hatte ich kaum Zeit mit Evette verbracht. Ich war keine einzige Sekunde mit ihr allein gewesen. Wenn ich recht darüber nachdachte, hatte es durchaus Vorteile, im Krankenhaus zu liegen. Dort hatte ich Stunden nur mit Evette verbracht. Sie hatte mir Geheimnisse zugeflüstert, und ich hatte ihr Geschichten aus meiner Vergangenheit erzählt. Gemeinsam hatten wir Pläne für die Zukunft geschmiedet.

Evette hatte ihrem Chef eine E-Mail geschickt und ihn um eine Besprechung über Videochat gebeten. Sie hatte ihm bereits mitgeteilt, dass sie nach Maryland ziehen und ihren Job gern behalten würde, sofern sie ihre Arbeit von zu Hause erledigen konnte. Falls er ablehnte, würde Evette sich selbstständig machen. Sie war begeistert von der Aussicht, Artikel zu schreiben, die sie selbst wählen konnte. Wie auch immer ihr Chef sich entscheiden würde, sie würde zufrieden sein.

Sie hatte außerdem ihre Freundin Piper angerufen und sie gebeten, die Umzugshelfer zu beaufsichtigen, die ich engagiert hatte. Laut Evette hatte Piper sofort Kalee mit eingespannt.

Diese hatte dann den Rest der kalifornischen Frauengruppe informiert, zu der auch Caite, Sidney, Zoey und Avery gehörten. Ich hatte sie noch nie getroffen, aber ich kannte ihre Männer. Es würde ein paar Wochen dauern, bis Evettes Sachen hier eintrafen, doch das war ihr egal. Sie war völlig gelassen und entspannt. Ihre Nervosität war verflogen. Sie war einfach glücklich, hier zu sein.

In der Zwischenzeit würde ich mit ihr einkaufen gehen. Ich wusste bereits, dass ich ihr eine neue Garderobe besorgen und sie ihre alten Sachen danach nicht mehr brauchen würde. Ich wusste auch, dass Evette sich dagegen wehren würde. Auf die Diskussion freute ich mich schon.

»Herrisch«, murmelte Evette und kam auf mich zu. »Wir sollten uns besser hinsetzen, bevor Moms Kopf explodiert und sie die Kinder mit ihrem Gezeter in Angst und Schrecken versetzt.«

»Mein Kopf wird auf jeden Fall explodieren, wenn du mir noch einmal sagst, dass er explodiert«, blaffte Jenn.

»Wir beeilen uns besser, gleich ist es so weit«, flüsterte Evette verschwörerisch.

»Geht schon«, befahlt Jenn mit einem breiten Lächeln und einem Augenzwinkern.

Ich ergriff Evettes Hand und führte sie zum Sofa. Ich setzte mich und zog sie auf meinen Schoß.

»Gabe.«

»Entspann dich.«

»Ich kann nicht. Ich werde dir wehtun.«

»Das wirst du, wenn du dich nicht entspannst.«

Für einen Moment zappelte Evette herum, was tatsächlich äußerst schmerzhaft war, doch dann machte sie es sich bequem. Als sie sich an mich kuschelte, wurde mir klar, dass ich jeden Schmerz ertragen konnte, solange sie bei mir war.

»Hast du dich gut mit deinem Vater unterhalten?«

»Ja. Ich habe mich für mein Verhalten entschuldigt, und er hat mir verziehen. Dann hat er mir geraten, gar nicht erst auf eine Antwort von meinem Chef zu warten, sondern zu kündigen. Er sagte, ich solle meinen Träumen folgen und die

Geschichten schreiben, die ich schreiben will. Er hat mir auch gesagt, ich solle dein Geld nicht vergeuden, indem ich meine Möbel hierherbringen lasse. Zum einen ist dein Haus …«

»Unser Haus«, erinnerte ich sie.

»Unser Haus«, sagte sie mit einem Lächeln. »Es ist bereits möbliert. Außerdem sind meine Sachen von minderer Qualität und würden nicht zu deinen passen.«

»Wenn du lieber deine Möbel haben willst, kann ich meine aus dem Haus räumen.«

»Deine sind viel schöner.«

»Das ist egal. Wenn du deine eigenen Sachen lieber magst, bring sie mit. Solange deine Couch bequem ist, ist es völlig unwichtig, wie sie aussieht. Allerdings tauschen wir keine Betten, es sei denn, du hast ein übergroßes Doppelbett. Nur damit das klar ist: Es war verdammt schwer, diese Matratze in den zweiten Stock zu schleppen. Deine Matratze sollte also der Himmel auf Erden sein.«

»Mein Bett ist ein schäbiges kleines Doppelbett«, erwiderte sie.

»Dann wirf es weg oder tausche es gegen eines aus dem Gästezimmer.«

Für einen Moment herrschte Schweigen, dann versteifte Evette sich.

»Baby?«

»Du meinst es wirklich ernst.«

»Wovon redest du?«

»Dir ist egal, ob deine Möbel schöner sind. Abgesehen von der Matratze könnte ich all meine Sachen hierherbringen.«

»Es ist auch dein Zuhause. Glaub mir, du hast mir viel mehr gegeben als ich dir. Zuvor hat mir dieses große Haus nicht viel bedeutet, aber durch deine Anwesenheit ist es zu einem Heim geworden. Du kannst es nach Belieben mit Dingen füllen. Mir ist nur wichtig, dass du hier bei mir bist.«

»Das ist lieb von dir«, flüsterte sie.

Ich spürte, wie das Sofakissen neben mir nachgab, und wusste, dass der innige Moment mit meiner Frau vorbei war.

Das zerrte an meinen Nerven.

»Also«, sagte Owen gedehnt. »Wie läuft es denn so?«

Evette kicherte.

Ich nicht.

»Hau ab.«

»Ich soll abhauen? Störe ich etwa?«, fragte er, obwohl er genau wusste, dass ich im Augenblick lieber auf seine Anwesenheit verzichtet hätte.

»Du hast deinen Standpunkt klargemacht. Jetzt willst du mich nur noch sticheln.«

»Ich? Glaubst du wirklich, ich würde so etwas tun?«

»Du weißt doch selbst, dass du es tun würdest. Und derzeit störst du sie«, warf Natasha ein. »Steh auf und lass sie in Ruhe.«

Owen stand nicht auf. Stattdessen ergriff er Nats Hand und zog sie auf seinen Schoß. Bei der ruckartigen Bewegung geriet Evette ins Wanken, woraufhin ein stechender Schmerz meine Brust durchzuckte.

»Herrgott«, stöhnte ich. »Meine Rippen sind gebrochen, schon vergessen?«

»Heulsuse«, stichelte Cooper, als er sich zu uns gesellte.

»Verpiss dich.«

»Nicht doch. So hässliche Worte im Beisein von so schönen Frauen«, entgegnete Coop.

»Weißt du«, begann ich und wandte mich Owen zu, »du hast nicht unrecht mit deiner Rache. Eines Tages werde ich es Coop heimzahlen und ihm dabei so richtig wehtun.«

»Wir könnten doch Taser-Tag spielen und sehen, ob er Myles' Rekord schlagen kann.«

»Du meinst wohl Laser-Tag?«, fragte Evette.

Natasha kicherte und schüttelte den Kopf. »Nein, er meint Taser-Tag mit einer Taser-Pistole. Offenbar mag Gabe es gern etwas härter.«

»Darauf wäre ich nie gekommen«, scherzte Evette.

So sehr ich mich auch bemühte, ich konnte mein Lachen nicht unterdrücken. Ich bereute es sofort, denn es schmerzte höllisch. Doch dann blickte ich in Evettes wunderschöne braune Augen, die vor Belustigung funkelten.

»Ihr seid gemein. Ich sollte mir vielleicht doch einen anderen

Job suchen.« Cooper trat von einem Fuß auf den anderen. »Ich dachte, ich müsste mir lediglich Sorgen darüber machen, dass jemand mein Arschloch foltern könnte. Da ich nicht vorhabe, Nat zu verärgern, hatte ich angenommen, ich sei sicher. Aber jetzt muss ich befürchten, dass Gabe mich mit einem Taser überfallen könnte.«

»Das werdet ihr mir wohl noch ewig vorhalten«, brummte Nat.

»Niemand ist bei Gabe sicher«, warf Owen ein.

»Da bin ich anderer Meinung«, verteidigte Evette mich.

»Er hat nicht unrecht, Schatz. Wenn ich die Gelegenheit bekomme, beschieße ich Coops Hintern mit einem Taser. Ich meine es ernst, ich werde auf seinen Arsch zielen.«

»Du hast wohl einen Arschfetisch«, murmelte Evette. »Solange du mich damit in Ruhe lässt, ist alles in Ordnung.«

Sie hatte ja keine Ahnung. Ich hatte tatsächlich eine Vorliebe für Ärsche und würde sie damit garantiert nicht in Ruhe lassen. Aber sie würde es auf jeden Fall genießen. Da wir Gesellschaft hatten, behielt ich das jedoch für mich.

»Zane wirkt entspannt«, bemerkte Coop.

Ich warf einen Blick auf meinen Chef, der einen zappelnden Eric festhielt, während er sich mit Joe und Jenn unterhielt.

»Das liegt daran, dass er die Gelegenheit hatte, jemandem körperliche Gewalt anzudrohen. Er hat Aviv Abrams im Detail beschrieben, wie er ihm mit seinem Feldmesser zuerst die Milz und dann die Eingeweide herausschneiden würde«, erklärte ich Coop.

»Das hat er doch nicht wirklich gesagt, oder?«, wollte Evette wissen.

Ich war kurz davor, sie mit einer Lüge zu beschwichtigen, aber sie musste verstehen, dass sie frei und in Sicherheit war.

»Aviv Abrams weiß ganz genau, was ihm widerfahren wird, falls dir etwas zustoßen sollte. Er hat erkannt, dass es klüger ist, sich von dir fernzuhalten. Also ja, Zane hat ihm erklärt, dass der Tod durch Ausweiden sehr schmerzhaft wäre.«

Evette verzog vor Ekel das Gesicht und schüttelte den Kopf.

»Dann hoffen wir, dass Aviv klug ist und Zanes Rat befolgt.

Das scheint mir eine ziemlich unsaubere Methode zu sein. Außerdem hat Ivy verlauten lassen, dass sie keine Lust hat, Blutflecke von Zanes Hemd zu entfernen. Ich will nicht, dass sie wütend auf mich ist, weil ich der Grund dafür bin, dass Zane zu derart unzivilisierten Mitteln greift.«

Ich verschwieg ihr lieber, dass es beim Ausweiden mit einem Fleckentferner nicht getan war. Es war einfach zu viel Blut.

»Da du deine Türen nun schon einmal geöffnet hast, können wir doch sicher öfter in der Casa de Gabe vorbeischauen, nicht wahr?«, fragte Owen.

»Nein. Ich werde nicht öffnen, wenn ihr unangemeldet hier auftaucht.«

»Ich schon«, widersprach Evette.

»Sie sind wie streunende Hunde. Wenn man sie füttert, gehen sie nie wieder weg«, warnte ich.

»Gut.«

Natasha schenkte Evette ein Lächeln, und mir wurde bewusst, was Evette alles zurückließ. Sie stand Piper und Kalee sehr nahe. Und obwohl sie mit Anaya eng befreundet war, würde sie mehr Frauen um sich brauchen. Natasha würde eine gute Freundin für sie sein. Genauso wie all die Frauen meiner Kameraden aus dem Gold und Red Team. Sie würden Evette in ihre Mitte aufnehmen und ihr das Gefühl geben, willkommen zu sein.

Und Evette würde unser Haus in ein Zuhause verwandeln.

* * *

»Magst du Zigarren, mein Sohn?«

Ich sah von meinem Tablet auf und erblickte Joe, der vor der Couch stand.

»Gelegentlich.«

»Dann lass uns das heute zu einer dieser Gelegenheiten machen.«

Joe wartete nicht auf meine Zustimmung, sondern wandte sich ab und ging in den Wintergarten.

Es war schon spät. Die anderen hatten Jenn und Evette beim Aufräumen geholfen und waren dann nach Hause gefahren.

Ich war hundemüde und hatte keine Lust auf eine Zigarre. Jeder Muskel in meinem Körper schmerzte. Ich hoffte, dass Evette ihren Kaffee bald austrinken und das Gespräch mit ihrer Mutter beenden würde, damit wir zu Bett gehen konnten. Aber Joe schien etwas auf dem Herzen zu haben. Da er und Jenn am nächsten Tag nach Milwaukee zurückreisen würden, ahnte ich bereits, worüber er reden wollte. Also würde ich aufstehen und mich mit ihm unterhalten.

Bisher hatten wir beide uns noch nicht über Evettes Umzug nach Maryland ausgesprochen. Zwar hatte Joe mit seiner Frau und seiner Tochter darüber geredet und schien sich damit abgefunden zu haben, aber das bedeutete nicht, dass er glücklich war. Er schien mir ein Mann der alten Schule zu sein, und ich glaubte, dass er mir offen sagen würde, wenn er ein Problem damit hätte.

Ich wusste so viel Ehrlichkeit zu schätzen, aber nicht, wenn mein Kopf kurz davor war zu explodieren und meine Rippen wie Feuer brannten.

Dennoch stand ich vorsichtig auf und ging zu Joe in den Wintergarten.

Ich schloss die Tür, um uns etwas Privatsphäre zu verschaffen, und setzte mich ihm gegenüber auf einen Stuhl.

»Ich kann sehen, dass du Schmerzen hast, also werde ich mich kurz fassen. Die Zigarre heben wir uns für ein andermal auf, wenn wir sie genießen können.«

»Vielen Dank, Joe.«

»Dann komme ich gleich zur Sache. Ich habe mich im Krankenhaus danebenbenommen. Evette hatte recht mit dem, was sie gesagt hat, und das habe ich ihr gegenüber zugegeben. Ich muss mich bei dir entschuldigen und dir meine Dankbarkeit aussprechen.«

»Das ist nicht nötig.«

»Blödsinn. Wenn ein Mann einen Fehler macht, dann steht er dazu und entschuldigt sich, andernfalls ist er ein Nichtsnutz. Aber ich denke, das weißt du bereits, denn ich kann sehen, was für ein Typ Mann du bist. Ich kann morgen zufrieden nach Hause zurückkehren in dem Wissen, dass ich mein Mädchen in guten Händen lasse. Du solltest wissen, dass ich zu diesem Schluss gekommen bin, bevor wir dein Haus gesehen haben. Es ist zwar schön zu wissen, dass du offensichtlich die Mittel hast, um für Evette zu sorgen, aber vor allem schätze ich die Fürsorge, die du ihr entgegenbringst. Mir ist nicht entgangen, dass dein erster Gedanke ihr galt, als du im Krankenhaus aufgewacht bist. Ich war einfach zu stur und hatte zu viel Angst, um das zu erkennen. Ich vertraue meiner Tochter. Wenn sie mir sagt, dass du der Mann bist, den sie liebt und den sie eines Tages heiraten wird, dann glaube ich ihr. In diesem Sinne habe ich einen väterlichen Rat für dich.« Joe verlagerte sein Gewicht, zog etwas aus seiner Tasche und streckte mir die Hand entgegen. »Das ist für dich.«

Als ich meine geöffnete Hand anhob, ließ er einen Ring in meine Handfläche fallen.

»Hör mir gut zu. Ich habe zweiunddreißig Versuche gebraucht, bis ich es endlich richtig gemacht habe. Wenn du um die Hand meiner Tochter anhältst, dann nur damit. Wenn du keinen Ring hast, wird sie deinen Antrag ablehnen.«

Ich betrachtete den schlichten Goldring und meine Kehle schnürte sich zusammen. Aber nicht vor Angst. Ich wusste, dass ich Evette heiraten würde. Wahrscheinlich würde Jenn keine Gelegenheit haben, eine große, aufwendige Hochzeit zu planen, weil ich nicht so lange warten wollte, wie die Planung dauerte. Nein, ich verspürte eine Enge in der Brust, weil Joe mir seinen Segen gegeben hatte. Ich hatte geglaubt, ich würde ihn nicht brauchen, aber jetzt wurde mir bewusst, wie viel mir seine Zustimmung bedeutete.

»Zweiunddreißig Versuche?«

»Ich habe bei unserer ersten Verabredung um Jenns Hand angehalten. Sie hat abgelehnt. Danach habe ich sie noch dreißig weitere Male gefragt, bevor ich mich bei meinem Vater beschwerte, dass ich sie einfach nicht dazu bringen konnte, meinen Antrag anzunehmen. Er gab mir einen Klaps auf den Hinterkopf, durchwühlte den Schmuckkasten meiner Mutter und gab mir den Ring. Damals war meine Mutter schon seit vielen Jahren tot. Der Ring hatte ihr gehört. Dann gehörte er Jenn. Jetzt möchte ich, dass du ihn Evette gibst, damit sie ihn eines Tages an eure Tochter weitergeben kann. Selbst wenn du ihr einen neuen kaufst, wäre es eine Ehre, wenn du mit diesem Ring um ihre Hand anhältst.«

Überwältigt von meinen Emotionen sagte ich: »Ich werde ihr damit einen Antrag machen.«

»Gut. Ich weiß deine Gastfreundschaft zu schätzen. Das nächste Mal besuchen wir euch unter angenehmeren Umständen und genießen eine Zigarre zusammen. Aber du bist hundemüde. Schnapp dir dein Mädchen und bring sie ins Bett. Jenn und ich schließen ab.«

»Ich bin ohne Vater aufgewachsen.«

»Das tut mir leid.«

»Nach seinem Tod ging alles den Bach runter.«

Joe antwortete nicht, aber es gab auch nicht wirklich etwas zu sagen.

»Es wäre schön gewesen, wenn ich einen Vater wie dich gehabt hätte.« Joe nickte mir zu, und ich fuhr fort: »Das weiß ich, weil du Evette alles gegeben hast und sie zu der Frau gemacht hast, die sie heute ist. Dafür danke ich dir. Danke, dass du sie zu einer starken und mutigen Frau erzogen hast. Sie hat mir das Leben gerettet, Joe. Und dazu war sie nur in der Lage, weil sie einen Vater wie dich hatte. Sie ist weder zusammengebrochen noch hat sie sich versteckt und auf Hilfe gewartet. Ich habe jede verdammte Sekunde gehasst. Aber du kannst stolz auf sie sein.«

»Das bin ich«, murmelte er.

»Ich liebe sie und ich verspreche dir, dass ich sie glücklich machen werde.«

»Mehr kann sich ein Vater nicht wünschen.«

Ich sagte nichts mehr. Joe auch nicht.

Dann verließ ich den Wintergarten und fand Evette in der Küche vor, als sie gerade ihre Tasse abspülte. Anschließend gingen wir nach oben ins Bett.

In dieser Nacht fühlte ich mich zum ersten Mal in dem Haus, in dem ich seit Jahren wohnte, wirklich zu Hause.

Ich schlief in meinem Bett, während Evette neben mir lag. In meiner Nachttischschublade lag der Ring, der zuvor ihrer Mutter und ihrer Großmutter gehört hatte, und wartete darauf, an Evettes Finger gesteckt zu werden.

Schon bald.

# KAPITEL FÜNFUNDDREISSIG

*Sieben Wochen später*

»Gabe!« Mein überraschter Aufschrei ging in ein Stöhnen über, als Gabe mich zurück in die Dusche zog und seine Erektion gegen meinen Hintern presste.

»Wir sind noch nicht fertig«, flüsterte er an meinem Nacken und liebkoste die empfindsame Stelle unterhalb meines Ohrs.

»Wie ist das möglich?«

Gabe hielt inne, und ich spürte, wie er die Lippen zu einem Lächeln verzog.

»Schatz«, sagte er mit einem belustigten Tonfall.

Es war Sonntagmorgen. Mein liebster Tag der Woche. Manchmal musste Gabe samstags ins Büro, dann setzte ich mich an meinen Schreibtisch in meinem neuen, schicken Arbeitszimmer und arbeitete, während er weg war. Und da ich nun meine eigene Chefin war, konnte ich mir meine Zeit selbst einteilen. Also hatten wir sonntags beide frei.

Für gewöhnlich faulenzten wir im Bett, unterhielten uns und standen nur auf, um etwas zu essen. Ein paarmal mussten wir uns anziehen, weil Owen, Cooper oder Kevin vor der Tür gestanden hatte. Kevin und das Red Team waren seit zwei

Wochen wieder zu Hause. Myles war nicht zurückgekehrt, sondern suchte weiterhin in Mexiko nach Delilah. Er weigerte sich aufzugeben. Garrett und Tex taten immer noch ihr Bestes, um ihm zu helfen, aber Gabe hatte mir erzählt, Tamir Cohen sei untergetaucht. Als ich ihn fragte, was das genau zu bedeuten habe, erklärte er mir, dass Tamir ein ehemaliger israelischer Elitesoldat war, den Myles wahrscheinlich nicht würde aufspüren können, wenn er nicht gefunden werden wollte. Die Hoffnung, dass Delilah noch am Leben war, schwand mit jeder verstreichenden Woche. Obwohl ich die Frau nie getroffen hatte, fühlte ich mich schrecklich.

Abgesehen davon war das Leben wie ein wahr gewordener Traum.

Gabe hatte etwa drei Wochen gebraucht, um zu genesen, aber ich wusste, dass seine Rippen auch heute noch schmerzten. Er beschwerte sich nie, aber hin und wieder sah ich, wie er zusammenzuckte. Das hatte ihn jedoch nicht davon abgehalten, vor drei Wochen das Sexverbot aufzuheben. Dabei hatte er es nicht nur aufgehoben, sondern mir auch ordentlich eingeheizt.

»Ich will dir nicht die Laune verderben, aber wir müssen in zwanzig Minuten los, um deine Mutter vom Flughafen abzuholen.«

»Wir beeilen uns.«

»Das hast du auch gesagt, bevor wir unter die Dusche gestiegen sind. Du hast dich nicht beeilt, sondern dir Zeit gelassen. Und jetzt sind wir spät dran.«

»Es ist nicht meine Schuld, dass du so gut schmeckst.«

Um seinen Worten Nachdruck zu verleihen, ließ er seine Zunge über meine Haut gleiten, obwohl ich genau wusste, dass er nicht das Aroma meines Nackens gemeint hatte. Er vergrub sein Gesicht so häufig zwischen meinen Schenkeln, dass er keinen Zweifel daran ließ, welchen Teil meines Körpers er besonders mochte. Aber ich würde mich nicht beschweren, denn er war ein wahrer Meister darin, mich zu befriedigen. Und weil er im Grunde alles hervorragend beherrschte, gab ich nach und neigte den Kopf zur Seite.

Gabe zog das Becken zurück und ich spürte, wie er seine Eichel an mein feuchtes Geschlecht presste. Dann wartete er. Sobald ich den Hintern anhob, drang er in mich ein.

»Wie beeilen uns, Schatz«, erinnerte er mich.

Ich stützte mich mit beiden Händen an der gefliesten Wand ab und stellte mich auf die Zehenspitzen, um ihn noch tiefer in mich aufzunehmen.

»Ich liebe deine Muschi.«

Gabe schlang einen Arm um meine Taille und umfasste mit seiner Hand meine Brust. Mit der anderen Hand packte er meine Hüfte und hielt mich fest, während er sich bis zum Anschlag in mir vergrub.

»Maschine«, murmelte ich.

Ich spürte ein weiteres Lächeln an meinem Nacken, dann trieb er mich in Rekordzeit auf den Gipfel der Lust. Er löste die Hand von meiner Hüfte und schob sie auf meine Scham, um seinen Mittelfinger um meine Klitoris kreisen zu lassen. Gleichzeitig reizte er mit den Fingern seiner anderen Hand meine Brustwarze.

»Mehr?«

Seine tiefe, von Lust durchdrungene Stimme jagte mir einen erregenden Schauer durch den Körper und ich schob meinen Hintern weiter zurück, um seinen Stößen entgegenzukommen.

»Mehr«, bestätigte ich.

Er zwickte in meine Brustwarze und brachte mich der Ekstase immer näher. Sein Finger an meiner Lustperle wurde schneller. Gabe war kurz davor, zum Höhepunkt zu kommen, doch ich war noch näher dran.

»Ich liebe es, wie du mich nimmst, Gabe.«

»Mein Gott.«

»Ich liebe es, Baby.«

Ich hörte, wie er nach Luft schnappte, und wusste, was als Nächstes kommen würde.

»Gib es mir, Evette«, knurrte er.

Und ich gab es ihm. Ich ließ den Kopf nach vorn fallen, als eine unbändige Welle der Ekstase durch mich hindurchrauschte.

»Scheiße.«

Er stieß ein letztes Mal zu, vergrub sich tief in mir und stöhnte vor Lust.

Ein paar Sekunden später, als meine Atmung sich wieder beruhigt hatte, hob ich den Kopf und reckte den Hals, um Gabe anzusehen.

Meine Güte, er war so schön.

»Habe ich dir heute schon gesagt, wie sehr ich dich liebe?«

»Ich glaube, du hast es vor etwa dreißig Minuten geschrien. Und gerade eben hast du es wieder gesagt, nur leiser.«

Ich verdrehte die Augen, dann begegnete ich wieder seinem Blick.

»Gut, dann muss ich es ja nicht noch einmal aussprechen.«

Gabe zog sich zurück, drehte mich um und schlang seine Arme um mich.

»Sag es mir«, forderte er mit einem Lächeln.

»Auf keinen Fall. Ich habe es schon geschrien, schon vergessen?«

»Sag es mir.«

»Warum?«

»Damit ich es ebenfalls sagen kann.«

»Vielleicht will ich ja, dass du es zuerst sagst?«

Ich wollte ihn nur necken. Gabe sagte mir ständig, dass er mich liebte, und äußerte die Worte meist vor mir. Immer, wenn er den Raum betrat, in dem ich mich gerade aufhielt, kam er auf mich zu, küsste mich und flüsterte mir »Ich liebe dich« ins Ohr. Jedes Mal. Egal ob er mich erst vor wenigen Minuten oder vor Stunden gesehen hatte. Gabe begrüßte mich immer mit einer Liebkosung.

»Ich verehre dich«, sagte er. »Du bist mein Ein und Alles. Das Beste an meinem Tag ist, neben dir aufzuwachen.«

»Ich liebe dich. Und das Beste an meinem Tag ist, neben dir einzuschlafen.«

Jeden Tag verliebte ich mich etwas mehr in Gabe.

Insgeheim bereute ich meine Entscheidung nicht, Recherchen über Timor-Leste angestellt zu haben, egal wie gefährlich es gewesen war. Denn dadurch hatte ich Gabe getroffen.

* * *

»Evette?«, rief Gabe. Ich löste den Blick von seiner Mutter und sah zu ihm auf.

»Ja?«

»Komm, lass uns spazieren gehen.«

»Jetzt? Ich unterhalte mich gerade mit deiner Mutter«, erklärte ich ihm. Das wusste er jedoch bereits, denn er stand neben der Couch und starrte uns beide an.

»Geh schon, Schätzchen. Ich habe eine anstrengende Reise hinter mir und werde zu Bett gehen«, sagte sie.

»Bist du sicher?«

»Ja. Ja. Ich bin völlig erledigt. Geh mit Gabe. Ich sollte mich schlafen legen, damit ich früh aufstehen kann. Da ich nur zwei Tage hier sein werde, will ich keine Sekunde davon vergeuden.«

»Also gut. Gute Nacht, Betsy.«

Ich beugte mich vor und drückte ihr einen Kuss auf ihre faltige Wange. Sie tätschelte meine.

Seltsamerweise war ich bei dem Gedanken, Gabes Mutter persönlich zu treffen, nicht nervös gewesen. Ich hatte fast jeden Tag mit ihr telefoniert. Ab und zu verstrichen ein paar Tage, an denen wir nicht miteinander plauderten, aber grundsätzlich rief sie so gut wie jeden Abend an. Offenbar war das nicht ungewöhnlich, denn Gabe hatte mir erzählt, dass er vier- oder fünfmal pro Woche mit seiner Mutter sprach.

Auf eine ruhige Art war Betsy ein sehr freundlicher und humorvoller Mensch. Gabe hatte sie als sensibel beschrieben, und damit hatte er recht. Vielleicht war sie sogar ein wenig empfindlich. Sie war gutherzig und sehr empfänglich für Gabes Emotionen. Die beiden hatten eine enge Bindung, die in der Not geknüpft wurde, aber von Liebe bestimmt war. Ich war wirklich froh, dass Betsy hier war. »Nochmals vielen Dank, dass du zu uns gekommen bist. Ich kann mich immer noch nicht mit dem Gedanken anfreunden zu fliegen.«

»Ich ergreife mit Freuden jede Gelegenheit, meinen Sohn zu besuchen. Und jetzt auch dich. Ich komme, so oft ich eingeladen werde«, erwiderte sie.

Ich wandte mich Gabe zu und bemerkte seinen ungeduldigen Blick. Er hätte genauso gut mit dem Fuß auf und ab wippen und mit den Fingern schnippen können.

»Meine Güte, ganz ruhig.«

»Ich habe nichts gesagt, Evette. Aber wenn du dich nicht beeilst, werfe ich dich über meine Schulter.«

Ich verengte die Augen, fragte ihn aber erst gar nicht, ob er es ernst meinte, denn ich wusste genau, dass er seine Drohung wahr machen würde. Also sparte ich mir die Worte und stand auf.

»Wohin gehen wir?«

»Zum Steg.«

Das war nichts Ungewöhnliches. Wir setzten uns abends häufig ans Flussufer, um die Brücke und die Lichter der Marineakademie zu betrachten. Ich war mir ziemlich sicher, dass Gabe das nur tat, um mir eine Freude zu machen. Die Aussicht war wunderschön, aber er lebte schon seit einiger Zeit in dem Haus, sodass der Reiz für ihn vermutlich längst verflogen war.

Als wir das Ende des Stegs erreichten, schmiegte er seine Brust an meinen Rücken und schlang seine Arme um mich. Es war eine wunderschöne, wolkenlose Nacht. Die Lichter funkelten auf dem Severn River und ließen das Wasser tanzen und lebendig werden.

»Danke«, flüsterte er so leise, dass ich das Wort fast nicht gehört hätte.

»Wofür dankst du mir?«

»Dafür, dass du mich glücklich machst.«

Er legte seine Hände auf meine, und ich spürte, wie er mit meinen Fingern spielte. Ich wandte jedoch den Blick nicht vom Fluss ab, als ich sagte: »Du machst mich unglaublich glücklich.«

»Gut. Dann heirate mich, damit ich dich für den Rest deines Lebens glücklich machen kann.«

Ich spürte, wie etwas gegen meinen Finger drückte, und senkte den Kopf. Mein Blick fiel auf einen dünnen goldenen Reif und mir stockte der Atem.

»Ist das der Ring meiner Mutter?«

»Und davor der deiner Großmutter.«

»Woher hast du ihn?«

Ich spürte, wie Gabes Körper hinter mir zu beben begann. Es fühlte sich an, als würde er lachen.

»Wenn du mich fragst, ob ich deine Mutter zu Boden gerungen, ihren Finger eingefettet und mich mehrfach strafbar gemacht habe, um den Ring deiner Großmutter zu bekommen, kann ich dir versichern, dass ich das nicht getan habe. Dein Vater hat ihn mir gegeben.«

»Wann?«

Als das Beben stärker wurde, wusste ich, dass ich mit meiner Vermutung richtiglag. Lachend antwortete er: »Da ich noch nie in Milwaukee war und deinen Vater nur einmal getroffen habe, hat er ihn mir gegeben, als er und deine Mutter zu Besuch hier waren.«

»Verdammt soll er sein«, sagte ich schroff.

»Wie bitte?«

»Er hat mir eine gute Geschichte geraubt.«

»Eine gute Geschichte?«, fragte Gabe lachend.

»Ja, Gabe. Eine Anekdote, die ich unserer Tochter erzählen kann, bevor sie heiratet. Meine Mutter hatte auch eine gute Geschichte. Er musste sie zweiunddreißig Mal fragen, bevor sie seinen Antrag annahm.«

»Baby, ich hätte nicht ohne Ring um deine Hand angehalten. Er hat dir gar nichts geraubt.«

Ich schnaubte und starrte auf den Ring. Dann blickte ich mit tränennassen Augen zu Gabe auf. Der Ring meiner Großmutter. Dann meiner Mutter. Jetzt meiner.

*Meiner.*

Ich würde Gabe heiraten.

»Glaubst du, du könntest vielleicht noch in diesem Jahrzehnt antworten?«

»Habe ich denn nicht geantwortet?«

»Nein, Schatz, du hast angefangen, über Anekdoten und deinen Vater zu schimpfen.«

»Ja, ich werde dich heiraten. Aber ich …«

Ich kam nicht dazu, den Satz zu beenden, denn Gabe drehte mich zu sich um und presste seine Lippen auf meine.

Zwei Sekunden später hatte ich bereits vergessen, worüber ich mich aufgeregt hatte. Und eine Sekunde danach hörte die Welt auf zu existieren.

Der Kuss war unglaublich.

# KAPITEL SECHSUNDDREISSIG

*DELILAH WATTS – MEXIKO*

Mir war kalt.

So kalt, dass meine Zähne klapperten und ich am ganzen Leib unkontrolliert zitterte.

Jede Nacht war es dasselbe.

Tagsüber versuchte ich, eine Möglichkeit zu finden, mich zu befreien, bis ich völlig verschwitzt war. Wenn dann die Nacht hereinbrach, waren meine Kleider immer noch feucht und ich zitterte so heftig, dass meine Muskeln schmerzten.

Aber es hätte schlimmer sein können, nicht wahr? Tamir hätte mich verletzen können. Und das nicht nur, weil er ein Hüne war. Ich wusste, dass er bei den israelischen Streitkräften gedient hatte, denn ich hatte ihn überprüft. Als Aviv ihn überredet hatte, als Sicherheitschef für Abrams zu arbeiten, hatte ich die Unterlagen für seine Versicherung zusammengetragen. Letztere hatte nicht viele Informationen benötigt und die Dokumente hatten nicht einmal einen Bruchteil seiner wahren Identität widergespiegelt. Aber ich hatte tiefer gegraben und herausgefunden, wer er wirklich war. Ja, Tamir Cohen hätte mich auf hundert verschiedene Arten umbringen können, aber er hatte es nicht getan.

Dafür war ich dankbar.

Ich war dankbar genug, um den Hunger zu ignorieren und nicht daran zu denken, dass mein Mund völlig ausgetrocknet war und ich mich so fühlte, als würde ich Glas und Dreck schlucken.

Aber ich war nicht dankbar genug, um keine Angst zu haben. Ich fürchtete mich ständig. Seit Monaten waren wir nun schon unterwegs und hatten nie zwei Nächte hintereinander am selben Ort verbracht. Während der gesamten Zeit hatte Tamir kein einziges Wort mit mir gewechselt. Kein einziges. Er hatte mir nicht einmal verboten, den Mund aufzumachen. Er fragte mich nicht, ob ich Hunger hatte oder auf die Toilette musste. Stattdessen stellte er mir hin und wieder etwas zu essen hin und hielt alle paar Stunden an, damit ich auf die Toilette gehen konnte. Manchmal nur am Straßenrand.

Er hatte mich nicht geschlagen. Tatsächlich hatte er mich nicht einmal angefasst, seit er mich aus dem Hotelzimmer entführt hatte, in dem ich mich versteckt hatte. Als ich ihn das letzte Mal hatte sprechen hören, hatte er den Anruf von Evette angenommen, den ich arrangiert hatte.

Da er schwieg, schwieg ich ebenfalls.

Die Stille machte mir Angst, aber ich fürchtete mich zu sehr, um das Schweigen zu brechen. Ich wollte Tamir nicht verärgern. Ich hatte gewartet, in der Hoffnung, irgendwann fliehen zu können. Doch ich hatte zu lange gezögert und nun steckte ich wirklich in der Klemme.

Ich hatte meine Entscheidung viel zu spät getroffen.

Ich hätte das Angebot von Zane Lewis annehmen und mir von ihm helfen lassen sollen.

Ich hätte meine Angst beiseiteschieben und Tamir Fragen stellen sollen. Vor allem aber hätte ich viel früher versuchen sollen zu fliehen.

Jetzt befand ich mich in einem Haus ohne Strom und ohne Möbel. Die Küche war völlig leer, die Fenster waren mit Gitterstäben versehen und die Tür mit zwei Riegeln gesichert. Und da es in dem Haus buchstäblich nichts zu stehlen gab, dienten sie nicht als Schutz gegen Diebe, sondern dazu, mich einzuschließen.

Auch das machte mir Angst.

Ich war gefangen.

Ich hatte eine Toilette und einen Wasserhahn, aus dem eine trübe Brühe tropfte.

Und Tamir war verschwunden. Seit Tagen schon.

Doch die Tatsache, dass mein Entführer mich zurückgelassen hatte, verschaffte mir keine Erleichterung.

Er war wochenlang ziellos durch Mexiko gefahren, ohne ein Wort zu sagen, und hatte mir damit fast den Verstand geraubt. Dann hatte er mich in diesem Haus abgeladen und war verschwunden. Das Schlimmste daran war, dass ich dummerweise in mein eigenes Grab gegangen war. Ich würde hier sterben.

Allein.

Mit klappernden Zähnen.

Mit leerem Magen.

Mit kratzender Kehle.

Ich hatte keine Hoffnung mehr.

Nun gehörte ich offiziell zu den Frauen, die zu dumm waren, um lebensfähig zu sein. Wahrscheinlich hatte ich es verdient, in diesem baufälligen Haus mitten im Nirgendwo zu sterben. Ich betete, dass Evette London in Sicherheit war. Und ich hoffte, dass sie alle nötigen Informationen hatte, um Aviv Abrams zu Fall zu bringen und seinen kranken Experimenten Einhalt zu gebieten. Der Mann war verrückt. Sein Plan war verrückt. Wenn sie ihn würde aufhalten können, wäre es mein Opfer wert gewesen.

Dieser Gedanke ging mir durch den Kopf, während ich zwischen Wachen und Schlaf hin und her glitt.

Kalt und allein.

* * *

WIRD DELILAH DIE FLUCHT GELINGEN? WIRD JEMAND SIE aufspüren? Finden Sie es heraus in *Myles (SFOA)*, dem nächsten Band der Reihe »Blue Team – Stahlharte Beschützer«.

# DANKSAGUNG

An Sie alle – meine Leserinnen und Leser. Danke, dass Sie dieses Buch gelesen und mir einige Stunden Ihrer Zeit geschenkt haben. Ob dies nun das erste Buch ist, das Sie von mir lesen, oder ob Sie schon von Anfang an dabei sind, danke für Ihre Unterstützung. Ihretwegen habe ich den tollsten Job der Welt.

BÜCHER VON RILEY EDWARDS

**<u>Blue Team – Stahlharte Beschützer:</u>**

*Owen*

*Gabe*

*Myles (7 Okt)*

*Kevin (4 Nov)*

*Cooper (2 Dez)*

*Garrett (6 Jan)*

**<u>Gold Team – Stahlharte Beschützer:</u>**

*Brooks*

*Thaddeus*

*Kyle*

*Maximus*

*Declan*

**<u>Red Team – Stahlharte Beschützer:</u>**

*Jasmins Erinnerung*

*Schutz für Olivia*

*Vergebung für Violet*

*Erlösung für Ivy*

*Die Rettung von Erin*

**<u>Die Gemini-Gruppe:</u>**

*Nixons Versprechen*

*Jamesons Erlösung*

*Westons Schatz*

*Alecs Traum*

*Chasins Kapitulation*

*Holdens Erwachen*

*Jonnys Befreiung*

**<u>Eliteteam 707:</u>**

*Shanes Auferstehung*

*Jaspers Freiheit*

*Levis Erkenntnis*

*Nolans Zwiespalt*

# BIOGRAFIE

Riley Edwards ist eine USA Today und Wall Street Journal Bestsellerautorin, Ehefrau und Armee-Mom. Geboren und aufgewachsen ist sie in Los Angeles, lebt inzwischen jedoch mit ihrem fantastischen Ehemann und ihren Kindern an der Ostküste.

Riley schreibt herzerwärmende Liebesgeschichten mit sexy Alphahelden und noch stärkeren Heldinnen. Rileys Lieblingsgenres sind spannende Liebesromane und Militärromanzen.

Besuchen Sie Riley im Netz!
www.rileyedwardsromance.com
facebook.com/Novelist.Riley.Edwards
instagram.com/rileyedwardsromance
youtube.com/channel
tiktok.com/@rileyedwardsromance
twitter.com/rileyedwardsrom
E-Mail: riley@rileysrebels.com

facebook.com/Novelist.Riley.Edwards
x.com/rileyedwardsrom
instagram.com/rileyedwardsromance
bookbub.com/authors/riley-edwards
amazon.com/author/rileyedwards

# BÜCHER VON SUSAN STOKER

**<u>SEALs of Protection:</u>**

*Schutz für Caroline*
*Schutz für Alabama*
*Schutz für Fiona*
*Die Hochzeit von Caroline*
*Schutz für Summer*
*Schutz für Cheyenne*
*Schutz für Jessyka*
*Schutz für Julie*
*Schutz für Melody*
*Schutz für die Zukunft*
*Schutz für Kiera*
*Schutz für Alabamas Kinder*
*Schutz für Dakota*

**<u>SEALs of Protection: Legacy</u>**

*Ein Beschützer für Caite*
*Ein Beschützer für Brenae*
*Ein Beschützer für Sidney*
*Ein Beschützer für Piper*
*Ein Beschützer für Zoey*
*Ein Beschützer für Avery*
*Ein Beschützer für Kalee*

*Ein Beschützer für Jane*

### <u>Die Zuflucht in den Bergen</u>
*Zuflucht für Alaska*
*Zuflucht für Henley*
*Zuflucht für Reese*
*Zuflucht für Cora*
*Zuflucht für Lara*
*Zuflucht für Maisy*
*Zuflucht für Ryleigh*

### <u>SEALs of Protection: Alliance</u>
*Schutz für Remi*
*Schutz für Wren*
*Schutz für Josie*
*Schutz für Maggie*
*Schutz für Addison*
*Schutz für Kelli*
*Schutz für Bree (6 Jan)*

### <u>Das Bergungsteam vom Eagle Point</u>
*Ein Retter für Lilly*
*Ein Retter für Elsie*
*Ein Retter für Bristol*
*Ein Retter für Caryn*
*Ein Retter für Finley*
*Ein Retter für Heather*
*Ein Retter für Khloe*

### <u>Die SEALs von Hawaii:</u>
*Die Suche nach Elodie*
*Die Suche nach Lexie*
*Die Suche nach Kenna*
*Die Suche nach Monica*
*Die Suche nach Carly*
*Die Suche nach Ashlyn*
*Die Suche nach Jodelle*

**<u>Delta Team Zwei</u>**

*Ein Held für Gillian*
*Ein Held für Kinley*
*Ein Held für Aspen*
*Ein Held für Jayme*
*Ein Held für Riley*
*Ein Held für Devyn*
*Ein Held für Ember*
*Ein Held für Sierra*

**<u>Die Delta Force Heroes:</u>**

*Die Rettung von Rayne*
*Die Rettung von Emily*
*Die Rettung von Harley*
*Die Hochzeit von Emily*
*Die Rettung von Kassie*
*Die Rettung von Bryn*
*Die Rettung von Casey*
*Die Rettung von Wendy*
*Die Rettung von Sadie*
*Die Rettung von Mary*
*Die Rettung von Macie*
*Die Rettung von Annie*

**<u>Mountain Mercenaries:</u>**

*Die Befreiung von Allye*
*Die Befreiung von Chloe*
*Die Befreiung von Morgan*
*Die Befreiung von Harlow*
*Die Befreiung von Everly*
*Die Befreiung von Zara*
*Die Befreiung von Raven*

**<u>Ace Security Reihe:</u>**

*Anspruch auf Grace*
*Anspruch auf Alexis*
*Anspruch auf Bailey*

*Anspruch auf Felicity*
*Anspruch auf Sarah*

### Die Männer von Silverstone
*Vertrauen in Skylar*
*Vertrauen in Taylor*
*Vertrauen in Molly*
*Vertrauen in Cassidy*

### Eine Sammlung von Kurzgeschichten
*Ein langer kurzer Augenblick*

### *BIOGRAFIE*

Susan Stoker ist die New York Times, USA Today und Wall Street Journal Bestsellerautorin der Buchreihen »Badge of Honor: Texas Heroes«, »SEAL of Protection«, »Die Delta Force Heroes« und einigen mehr. Stoker ist mit einem pensionierten Unteroffizier der US-Armee verheiratet und hat in ihrem Leben schon überall in den Vereinigten Staaten gelebt – von Missouri über Kalifornien bis hin zu Colorado. Zurzeit nennt sie die Region unter dem großen Himmel von Tennessee ihr Zuhause. Sie glaubt ganz und gar an Happy Ends und hat großen Spaß daran, Geschichten zu schreiben, in denen Romantik zu Liebe wird.

Besuchen Sie Susan im Netz!
www.stokeraces.com
facebook.com/authorsusanstoker
twitter.com/Susan_Stoker
bookbub.com/authors/susan-stoker
instagram.com/authorsusanstoker
Email: Susan@StokerAces.com